羊は安らかに草を食《は》み

宇佐美まこと

JN100390

祥伝社文庫

目次

第一章　旅の始まり

石神井川《しゃくじい》は緩やかに蛇行《だこう》している。この川沿いの遊歩道を歩くことは、益恵《ますえ》の家を訪ねる楽しみの一つだ。京浜東北線《けいひんとうほく》の王子《おうじ》駅北口を出て、川面《かわも》を撫《な》でた風が吹き渡る。

持田《もちだ》アイは、胸いっぱいに風を吸い込んだ。かすかに甘い花の匂いがした。都内にいることを忘れてしまうくらい、緑が多くて静かな場所だ。

「もうすぐ桜が咲くわねえ」

隣を歩く須田富士子《すだふじこ》が言う。

「そうね。またお花見に来なくちゃ」

「まあさんも一緒にね」

まあさんとは、友人の都築《つづき》益恵のことだ。仲のよい三人は、お互いのことを「まあさん」「アイちゃん」「富士ちゃん」と呼び交わしていた。三人が出会ってもう二十数年。皺《しわ》くちゃの老婆《ろうば》が少女のような呼び名を口にする。益恵は八十六歳、アイは八十歳、富士子は七十七歳になる。

一番若い富士子は、真っ赤なウォーキングシューズを履《は》いて足取りも軽く歩いていく。遊歩道の先に「音無《おとなし》さくら緑地」が見えてきた。まだ桜のつぼみは固い。満開の時には、桜のアーチの下を歩くことができるのだ。「緑の吊《つ》り橋《ばし》」と呼ばれる吊り橋も見える。

もっと行くと、「音無もみじ緑地」もある。「音無」とは、石神井川の別名である音無川から来たものだ。音無川の由来は、名前の通り緩やかに蛇行する静かな流れということらしい。そういう知識を、益恵の夫の三千男《みちお》から教えてもらった。もともと屈曲していた流れは、護岸工事で直線化が図《はか》られた。それでも湾曲していた当時の地形は残っている。その地形を利用して作られたのが、「音無さくら緑地」と「音無もみじ緑地」だ。

二つの緑地を結ぶ遊歩道は、元の川床《かわどこ》を行くようになっていて、ここがかつては渓谷《けいこく》だったことが感じられた。この窪地《くぼち》は、石神井川が氾濫《はんらん》した時の調整池にもなるという。

「ちょっと休んでいきましょうよ」

息が切れたアイは、木製のベンチに座った。先に行きかけた富士子も戻ってきて、アイの隣に腰を下ろす。ベンチは日陰に置かれていて、いくぶん湿っているような気がした。夏は涼むのにちょうどいいのだが、緑の濃い窪地を吹き抜ける風はまだ冷たい。緑の吊り橋を、子供を連れた若い夫婦が通っていく。三歳くらいの子は、揺れる橋にキャッ、キャッと笑い声を上げた。

「いいわねえ。あれくらいの子が一番かわいいわよ」

アイは最近、めっきり顔を合わすことのなくなった孫たちを思い浮かべた。富士子がウエストポーチから手帳とペンを取り出して、何かを書きつけている。

「何？　富士ちゃん、一句できた？」

「まだまだ。目にとまった素材を書き留めておくだけよ」

「まめだねえ、富士ちゃんは」

三人が出会ったのは、あるカルチャーセンターの「俳句教室」だった。八年ほど通ったが、アイも富士子もそれほど腕が上がったということはない。それでも「頭の体操」だとか「下手の横好き」だとか言いながら通った。

そのうち、講師が高齢になって教室は畳まれてしまった。その後も三人は、どこかの句会に時折寄せてもらったりしていた。音頭を取るのは、年長者の益恵だった。彼女は俳句をもう何十年も続けていて、膨大《ぼうだい》な数の句を詠《よ》んでいる。俳句雑誌にも時々載ったりする腕前だった。リーダーシップがあり、面倒見もよかった。アイと富士子が俳句を続けてきたのは、彼女の人柄によるところが大きい。

満州《まんしゅう》から引き揚げてきた苦労人だったから、他人のためにもよく動いた。行動力も決断力もあった。時にどきっとするほど鋭いことを言った。それが句にも表れていて、感性のよさを先生からよく褒められていた。

「三千男さん、何のお話かしらね」

手帳からふと顔を上げて富士子が言った。

「さあ」

ヒワがどこかでビュイーンと引き伸ばした声で鳴いた。

三年ほど前から現れた益恵の認知症の症状は、少しずつ進行していた。今では句を詠むことはおろか、通常の生活もおぼつかなくなった。夫の三千男と、親しい友人であるアイと富士子のことはわかるが、会話は嚙《か》み合わない。あれほど長い時間を一緒に過ごしたというのに、そのほとんどを憶《おぼ》えていないようなのだ。寂しいとは思うが、夫である三千男はもっとせつなく、悲しいだろうと思う。

あの夫婦がお互いをどれほど大事に思い、労《いた》わり合っているか、アイにはよくわかっていた。家事もできなくなった益恵の代わりに、三千男は炊事、洗濯、掃除、加えて益恵の身の回りの世話をかいがいしくやっている。しかし益恵と同い年の三千男にも持病があるし、しだいに足腰は弱ってきている。この先、どうするのだろうと心配していたところだった。

彼らには子供がいない。再婚どうしで、五十代で一緒になったと聞いている。益恵は最初の夫との間に女の子をもうけたが、生後数か月で亡くしてしまい、それから前夫が病気で亡くなるまではずっと二人暮らしだった。三千男も、若い時に妻を交通事故で亡くしてしまったのだと言っていた。

その三千男から二人に連絡がきた。折り入って頼みたいことがあるのだと言う。おそらくは益恵の今後についてだとアイは見当をつけている。デイサービスにも行きたがらない益恵の世話は、高齢の三千男には負担が大きいに違いない。

穏やかに年を重ねるのはいいことだが、いつかは自分の身の始末を考えなければならない。そのことは、アイもよくわかっていた。アイの夫の義信《よしのぶ》は、五年半前に亡くなった。以来、気楽な一人暮らしだ。それでもやがておしまいはやってくる。これだけは自分の問題だ。

まだ何か手帳に書きつけている富士子を見やった。彼女は生涯独身を通した。ある大きな企業が設立した博物館の学芸員として長年働いた。その企業の社長が趣味で集めた骨董《こっとう》品《ひん》や民俗学的な価値を持つ品を展示する博物館だった。かなりマニアックな展示品もあった博物館で、彼女自身も楽しみながら勤め上げた。退職後は俳句だけでなく、水彩画や習字、水泳などの教室に通った。スポーツウーマンで勉強家で読書家で美食家で好奇心旺盛《おうせい》だ。

今も溌剌《はつらつ》として人生を楽しんでいる。だが、彼女にもその時は来る。そういうことを真剣に話し合ったことはないが、用意周到な富士子のことだ。何もかも決めて、段取りを整えていることだろう。

るから。

——お義母《かあ》さんはお元気ですから助かります。ご自分のことはご自分でなさってくださるから。

長男の嫁の今日子《きょうこ》が、電話の向こうで言った言葉を思い出した。長男聡平《そうへい》は三年前、今日子の実家の両親と同居を始めた。家を二世帯住宅に建て直したのだ。その土地は、まだ夫が生きていた時に聡平夫婦に買い与えたものだった。それなのに、年を取って病《やまい》を得た今日子の両親と同居することを報告してきたのは、何もかもが決まった後だった。

もともとアイと今日子は、あまりうまくいっていなかった。向こうもアイのことを嫌っている。孫たちが成人してからは、都内に住んでいるのにほとんど行き来がなくなっていた。それでも耳に挟んだ以上はと思い、新築祝いを送った。それに対して電話一本のお礼が今日子からかかったきりだった。祝い金を送り付けたのを嫌みと取ったのか、そんな皮肉っぽい言葉を吐いた。

ばかばかしくて言い返す気にもなれなかった。妻の言いなりになる聡平のことを、情けないとは思ったが、つまらない口を挟んだらいっそう関係がこじれるだけだ。だから沈黙を守った。アイは未《いま》だに新しい家に招待されたことはない。長男一家と嫁の両親がどんな暮らし方をしているのかも知らない。

「さあ、行こうか」

富士子が手帳をしまって立ち上がった。

「そうね。三千男さんとまあさんが待ってる」

アイにとって、家族よりも近しい関係にあるのが友人たちだった。

都築三千男の家は、石神井川沿いの遊歩道からほど近いところにあった。水が豊かで、風が気持ちよく吹き渡る起伏《きふく》に富《と》んだ土地は、穏やかな夫婦が住むのに適した場所だと思えた。彼らの家自体は、建て込んだ住宅街の中にあるこぢんまりした家屋《かおく》だ。築四十年は経《た》っていると思《おぼ》しき家だった。この中古住宅を、三千男は益恵と所帯を持つ時に買い求めたのだという。王子というところには、明治期から大正期に建てられたレンガ造りの遺構が残っている。陸上自衛隊十条《じゆうじよう》駐屯地《ちゆうとんち》の門も、軍施設の廃レンガを利用したものだ。そんな趣《おもむき》のある町だから、古さが馴染《なじ》んでいる。

通されたのは、小さな庭に面した居間だった。年中出ている飴色《あめいろ》になった籐《とう》の椅子《いす》に、益恵が座っていた。背もたれに、元気な時に彼女が編んだかぎ針編みのカバーがかかっていた。

「まあさん、お元気？」

「顔色がいいわ」

益恵は二人の顔を交互に見やるが、言葉は出ない。それでも親しい友人が訪ねてきたことはわかっているのだ。目を見ればわかる。

「ほら、まあさん、お土産《みやげ》をいただいたよ」

三千男が二人が持参した菓子箱を持ち上げると、益恵は「ありがとう」と頭をぺこりと下げた。三千男は杖《つえ》をついている。前は外出する時だけ杖を使っていたのだが、今は家の中でも手放さない。さらに脚が不自由になったようだ。

そのことを問うと、三千男は顔を曇《くも》らせた。

富士子は、勝手のわかっている台所に入って、お茶の用意をしている。

「一度、家の中で転んじゃってね。たいしたことはなかったんだが、それ以来怖くてね。僕が寝込んでしまっては、まあさんの世話ができないから」

三千男も定位置である古ぼけた回転椅子にどっかりと座る。部屋の隅には木製の机が置いてあって、三千男はここで本を読んだり書き物をしたりする。物静かな三千男は、そうやって家にいることを好んだ。益恵がアイたちと出かけるのを、黙って見送ってくれていたのだ。

「それは知らなくてごめんなさい。これからは富士ちゃんともっと寄って、お手伝いをするから」

三千男は顔の前で手を振った。

「いやいや、そういうつもりで言ったんじゃないよ。ヘルパーさんも来てくれるから心配ないよ」

「でも三千男さんだって大変でしょう。私たちもたいしたことはできないけど――」

ちょうど富士子が湯呑《ゆのみ》の載った盆を持ってやって来た。

「ねえ、富士ちゃん。私たちなら、遠慮することないわよね」

「そうよ。何でも言ってね、三千男さん。お買い物でもおうちの中の片づけでも」

富士子がアイの隣に腰を下ろしたのを見て、三千男は決心したように言った。

「これからお二人にお願いするのは、もっと大変なことなんだ。本当に厚かましいことなんだよ」

アイと富士子は、そっと顔を見合わせた。三千男はいったい何を言い出すのだろう。かしこまった物言いに、居住まいを正す。

「まず先に言っておかなければならないのは――」

ちょっと言葉を切って、ちらりと妻の顔を見やる。釣られてアイと富士子も益恵の方に視線を送った。掃《は》き出《だ》し窓の前の籐の椅子にもたれかかった益恵は、三人の視線を受けて、居心地《いごこち》が悪そうにしている。

「まあさんを施設に入れようと思うんだ。去年から探していて、やっといいところが見つかったから」

アイは詰めていた息を吐いた。

だいたい予測はついていた。益恵の世話をここまで一人でやってきた三千男を責《せ》めることはできない。最愛の妻を、一人で施設へやる三千男の方が辛《つら》いに違いない。

「そう」富士子が小さな声で呟《つぶや》いた。

「それがいいわね。三千男さんもここまでよくしてあげたと思う」

アイも続けた。仕方のないこととは思うが、少なからず気落ちしていた。施設に入った益恵を訪ねていくのと、この気持ちのいい家を訪ねて夫婦と語らうのとでは、まったく違う。しかしそれは、他人である自分の気持ちの問題だ。三千男が出した結論に異議を唱える資格はない。

益恵は認知症だが、脚は丈夫だ。家の中は自由に歩き回るし、唐突《とうとつ》に玄関を開ける素振《そぶ》りをするので、油断できないと三千男は言う。脚の弱った三千男には、外までついていくのは無理だろう。アイと富士子がこうして時々訪ねてくるのは、益恵に外の空気を吸わせるためでもあった。彼女は自分から散歩に行きたがることはないが、無理にでも連れ出すことが肝心だ。

植え込みに咲く花や電線に留まった鳥を見たり、また新しくできた店に入ったりして、季節が移っていくことや街が変わっていく様子を、益恵に感じてもらいたかった。初めは気が乗らない様子の益恵も、次第に明るい表情を浮かべるようになる。外出が、彼女の精神にいい影響を与えていると感じられる瞬間だった。

なってる」

「でもまだ先の話なんだ。申し込みはしたが、順番待ちでね。空き次第連絡が来ることに
「まあさんはどうなの？　わかってるの？」

三千男はゆっくりと首を横に振った。

「説明はしたけど、すっかり理解しているとは思えないな。環境が変わって初めてよそへ
来たことがわかるんじゃないかな」

また三人は、同時に首を回《めぐ》らせて益恵の顔を見た。

益恵は見返しはするが、黙っている。このところ、発する言葉もどんどん少なくなって
きていた。闊達《かったつ》で聡明だった益恵の人格が、日に日に失われていくようで寂しかった。

「あ、忘れてた。お饅頭《まんじゆう》を食べようか。つかさ堂《どう》の薄皮饅頭を買ってきたの」

富士子が菓子箱の包みを開き、それぞれの小皿に一つずつ載せていった。

「そうだね。頂こうか」

三千男もほっと肩の力を抜いた。四人は薄皮饅頭を口に入れ、茶を啜《すす》った。食欲旺盛な
益恵は、ぱくぱくと大きな口を開けて食べた。

「どう？　おいしい？　まあさん。もう一個食べる？」

富士子が一口サイズの饅頭を、益恵の皿に載せてやった。

「おいしいねえ」益恵は今度は食べないで、饅頭を見ているだけだ。「これは取っとこう。

カヨちゃんにあげよう。お腹すいてるだろうから」

富士子はアイに目配せした。認知症が出てから、時折益恵の口から「カヨちゃん」という名前が出るようになった。アイにも富士子にも、また三千男にも心当たりのない名前だ。どうやら子供の頃の友だちの名前らしい。認知症の人は最近のことは忘れても、昔のことは昨日のことのように話すのだ。それも鮮明に憶えているものだ。

年を取って、子供返りをしていくということだろうか。

三千男が食べかけの饅頭を、皿ごとテーブルの上に置いた。

「それでね」唐突に話し始める。「二人にお願いというのは、まあさんを連れて旅に出てもらえないかということなんだ」

一気にしゃべってしまおうというように、早口で続けた。

「旅に？」

意味がよくわからず、三千男の言葉をそのまま反復した。

「旅ってどこに？」

富士子も言葉を重ねる。

「本当に厚かましいお願いだとわかってるんだ。本来なら僕が連れていくべきなんだけど、どうにもこの脚じゃあね」もどかしそうに自分の両脚を見下ろした。「まあさんとあなた方は、よく旅行をしてたでしょう。だからこの人も安心して行くと思うんだ」

限りなく優しい目で、妻を見やる。益恵はティッシュを一枚抜いて、皿の上の饅頭をそれで包もうとしている。カヨちゃんに持っていくつもりらしい。

「そうね。いろんなところに行ったわね」

俳句教室に通っていた時は、年に二度は、吟行《ぎんこう》と称して先生と生徒たちで東京近郊へ一泊旅行をしていた。それ以外にも三人だけであちこちへ旅行した。京都、金沢《かなざわ》、遠野《とおの》、弘前《ひろさき》。北海道にも足を延ばした。六月のいい時期だった。花が咲き乱れる富良野《ふらの》へ行った。詳細な計画を立てるのは富士子の役目で、あとの二人は気まぐれに行きたい場所を言うだけだった。気心の知れた三人だけの旅行は本当に楽しかった。

あの時のことを思い出しているのか、富士子も遠い目をしている。

「あなた方にまあさんを連れていってもらいたいところは――」三千男の声に、現実に引き戻される。「まあさんが今まで住んだ土地なんだ」

「と、いうと？」

益恵のことは、だいたいわかっているつもりだったが、一応そう尋《たず》ねてみた。

「まずは滋賀県大津《おおつ》市。それと愛媛県松山《まつやま》市。それから、長崎県の國先島《くにさきじま》」

三千男は真っすぐにアイを見返してきた。益恵は満州から引き揚げてきた後、長崎県沖に浮かぶ國先島という離島でしばらくは暮らしたようだ。彼女の両親は広島の出だが、原爆投下で壊滅《かいめつ》状態になり、益恵が一人戻っても頼るべき人はいなかったらしい。だから益恵は広島へは戻らなかったと言っていた。

それから大津と松山。結婚した益恵が前夫と住んでいた町だ。前夫が亡くなってから東京に出てきて、三千男と知り合ったのだと聞いていた。益恵にとって、大津や松山は懐かしい土地だということは理解できた。つまり三千男は、益恵の人生をたどる旅をさせようと思っているのだ。施設に入ってしまえば、もうそんな旅はできない。

隣に座った富士子が、アイに視線を送ってくる。その目は「どうする?」と問うていた。

「いいわ」即座にアイは答えた。「まあさんを連れて、その三か所を訪ねましょう」

「そうね。私たちの最後の旅ね」

富士子が力強く言うと、三千男の顔に安堵《あんど》の色が広がった。

「ありがとう」丁寧《ていねい》に頭を下げる。

「費用は僕が持つから、計画はお任せする」

「いいえ、そんな——」

「だめだよ。こんな無理をお願いしているんだから、それだけは呑んでくれなくちゃ」

「わかりました。それはまた話し合うとして——」

アイはすぐに頭を切り替えた。

「どういう旅にしたらいいのかしら」

「それだけど――」三千男は体を乗り出した。彼には考えがあるようだった。

「これ」

机の上から一冊の本を取り上げる。「アカシア」というタイトルを見るまでもなく、それが益恵の句集だとわかった。彼女の句業の集大成として、七年前に三千男が自費出版で作ってやったものだ。アイも富士子も一冊ずつもらって、大事にしている。

「この句集ができた時に、まあさんは知り合いに送ったんだ。まだしゃんとしていた時だったから」

三千男の言葉に、悲しみが混じり込む。しゃんとしていた時――句を詠んで、おしゃべりをして、旅行をして、笑い合っていた時だ。

「その時の名簿がある」

三千男が取り出したのは、何十人かの名前と住所が載った名簿だった。益恵の文字で丁寧に書いてある。アイと富士子は、同時に老眼鏡を取り出してかけた。渡された名簿に二人で目を落とす。

「あとで僕がパソコンで清書したんだけど、それが渡された下書きなんだ」

「へえ」

もう会うことのなくなった俳句教室のかつての生徒の名前や、東京で交際していた人々、益恵が参加していたボランティア団体のメンバー、夫婦共通の知り合いなどの名前が並んでいた。その中に、大津市や松山市に住まう人の名前があった。

「きっとその人たちがそこに住んでいた時の知人だと思うんだ。当時、もう年賀状のやり取りだけになっていたようだったけど、自分の句集を送るんだから、かなり親しくしていた人じゃないかな」

今となっては、益恵に尋ねることも叶《かな》わない。

「この人たちに連絡を取って、会いに行けばいいのね」勘のいい富士子が弾《はず》んだ声を上げた。「きっとまあさん、喜ぶと思うわ」

認知症になっても、益恵の中に喜怒哀楽の感情は確かにあると思う。だが、それを如実《にょじつ》に表すことはあまりない。没感情《ぼっかんじょう》と外への興味の減少が、認知症になった人の特徴のようだ。長年共に歩んできたアイは、益恵の中に押し込められた感情を何とか手繰《たぐ》り寄せ、引き出そうと心を砕いている。

感情豊かで行動的だった益恵が家にじっと縮こまっているのは悲しかった。三千男の提案した旅は、固まってしまった益恵の心にいい影響を与える気がした。訪ねていけば、きっと相手も感激するに違いない。益恵のことだ。その土地ごとに、いい人間関係を結んでいただろうから。この人も——とアイは三千男を見詰めた。この人も人生の仕舞《しま》い方を考えているのだ。だから施設に入ることになった妻に、今まで世話になった人々と別れの挨《あい》拶《さつ》をさせるつもりなのだ。

その道ゆきに付き添ってあげたいと、アイは切実に思った。

「あら？　ちょっと待って。これ――」富士子が二重線で消された一人の名前を指差して読み上げた。「宇都宮佳代《うつのみやかよ》」

「カヨちゃん！　この人が？」

アイの声に、益恵がぱっと顔を上げた。三人にじっと見詰められた益恵は、ティッシュに包んだ饅頭を持ち上げてみせた。カヨちゃんにあげようとしたお菓子を。

「でもなぜ送るのをやめたのかしら」

「宇都宮佳代、カヨちゃん――」富士子が復唱する。「どこかで聞いた名前のような気もするけど」

少しの間考え込んでいたが、諦《あきら》めて首を振った。長い付き合いの間に、益恵の口から出たことがあったのか。だが、アイにも覚えがなかった。

そういえば元気な時の益恵は、自分のことや三千男のこと、今の生活のことなどはしゃべったが、過去についてはあまり口にしなかった。アイは自分の記憶を探った。いや、まったく話さないということはなかった。益恵のだいたいの人生については知っている。知り合って親しく付き合い出してから、お互いの身の上を語り合ったから。それでも益恵はかいつまんで簡単に話しただけだった。

満州から引き揚げた時、自分は十一歳だったこと。親も兄弟も大陸で亡くなってしまったので、一人で日本の土を踏んだこと。結婚後、一人娘を亡くしたこと。前夫にも先立たれたこと。その裏には言葉にできないほどの苦労や悲しみがあったろうに、さもないことのように淡々《たんたん》と語った。益恵の気持ちを慮《おもんぱか》って、アイも富士子も深くは尋ねなかった。

「あ、ほら、この人の住所を見て」

富士子が指差した宇都宮佳代の住所は、長崎県佐世保《させぼ》市國先町《くにさきちょう》となっていた。

「國先島？」

揃《そろ》って顔を上げる。三千男は大きく頷《うなず》いた。

「身寄りのなくなったまあさんがこの島に行ったのは、彼女の誘いがあったからじゃないかな」

「まあさんは、満州から引き揚げてきたんだったでしょう？」

三千男に確かめた。

「そうだ。満州へ一家で移り住んで、終戦後に苦労して引き揚げたんだそうだ。その時にこの人以外の家族は皆死んでしまったって」

「そうね。私たちもそう聞いたわね。まあさんは、戦争で天涯孤独の身の上になったんだって」

富士子も辛そうに口添えした。満州という名前が出た途端に、益恵の眉間《みけん》がきゅっと狭《せば》まったような気がした。

「苦労したんでしょうね、まあさん。泣き言や恨《うら》み言は、一切《いっさい》口にしない人だったけど」

富士子が手を伸ばして、肘掛《ひじか》けに置かれた益恵の手の甲をさすった。

「本当のところは、僕もこの人の過去についての詳細はよく知らないんだよ。知り合った時には前のご主人も亡くなって一人っきりだったし、根掘り葉掘り訊《き》くのもどうかと思ってね」

「前の結婚生活についても訊かなかったんですか？」

アイはつい踏み込んだことを口にした。

「そうだなあ」

三千男は、人柄をそのまま表したような鷹揚《おうよう》な物言いをする。

「先のご主人とは佐世保で知り合って結婚して、赤ん坊が生まれたんだけど、その子を生後数か月で亡くしたってことは言ってたなあ」

その子の位牌《いはい》は、今都築家の仏壇の隅に祀《まつ》ってある。

「そのことは、私たちも聞いたわね？」

富士子に同意を求めるように視線を投げかけると、まだ益恵の手をさすりながら、富士子は頷いた。

「そうね。それからは望んでも子供には恵まれなかったって」

その後、益恵は前夫と一緒に松山、大津と移り住んだ。夫を看取《みと》ったのは大津だった。

家族を戦争で亡くし、子供にも夫にも先立たれた益恵は、また孤独な身の上になったわけだ。そうやって振り返ると、益恵はあまり幸せな人生を歩んでこなかったような気がした。だが運命は、益恵のようにひたむきに生きてきた女性を見捨てなかった。

大津で知り合った人の口利《くちき》きで、東京へ出てきた益恵は、三千男と出会って人生を共にすることになるのだ。晩年の益恵には、アイと富士子という俳句仲間を超えた友人ができた。アイにとっても、益恵はかけがえのない友だ。彼女や三千男と知り合って共に過ごした年月は、豊かで彩りに満ちたものだった。

今、人生が尽きようとしている時、こうしてゆったりと過ごせるのは、益恵夫婦と富士子のおかげだ。もし彼らと知り合えなかったら、殺伐《さつばつ》とした息子夫婦との関係に、神経をすり減らしてしまっていたことだろう。

益恵が籐の椅子からふらりと立ち上がった。自分のことを話しているのがわかり、落ち着かない気分になったのか、視線がきょろきょろと定まらない。だが言葉は出ない。

「まあさん、お散歩に行きましょうね」

富士子が益恵の気持ちを慰撫《いぶ》するように言い、立ち上がった。

益恵はティッシュに包んだ小さな饅頭を、大事そうに上着のポケットに入れた。

きっちり二時間の散歩を終えて、午後四時前に三千男の待つ家に戻ってきた。よく行く飛鳥山《あすかやま》公園を散策し、その後、三人で都電荒川《あらかわ》線に乗った。ゆっくり走る都電は、益恵のお気に入りだ。山手《やまのて》線に乗り換えて巣鴨《すがも》まで行くこともあるが、今日は早稲田《わせだ》まで乗って、電停近くの喫茶店に入った。少し休憩してからその辺をぶらついた。

年を取っても体の丈夫な益恵は、どこまでもさっさと歩いていく。病気らしい病気をしたことがないというのが、益恵の自慢だった。益恵より六歳も年下なのに、高血圧症を患《わずら》い、歯は総入れ歯、その上腰痛を抱えたアイには羨《うらや》ましいことだ。よく益恵は、「私を丈夫な体に産んでくれたお母さんに感謝しなくちゃ」と言っていた。

益恵を丈夫に産んでくれた母親は、どんな亡くなり方をしたのだろう。まだ十一歳だったという彼女はその時、どんなことを思ったのか。そんなことを、ついぞ本人の口から聞いたことはない。おそらく壮絶な体験をしたに違いないのだ。だが益恵にとっては思い出したくない辛い記憶なのだろう。

気持ちよく疲れた態《てい》の益恵は手を洗い、白湯《さゆ》で喉《のど》を潤《うるお》してから、彼女が普段使っている部屋に入っていった。益恵はさっさとベッドに腰かける。隣は三千男の寝室だ。夜には襖《ふすま》を開け放って眠るようにしているらしい。アイは、益恵の上着を脱がせてやった。ティッシュに包んだ饅頭は潰《つぶ》れていた。それをそっと取り出した。

「ああ、よかった。間に合ったわね、まあさん」

富士子がリモコンを取り上げて、ベッドの脇に置かれた小さなテレビを点《つ》けた。益恵のお気に入りのドラマの再放送が始まるのだ。「春の嵐」というタイトルが現れ、聞き慣れたテーマソングが流れ始めると、益恵の目は画面にくぎ付けになった。

正確にいうと、このドラマに主演している女優のファンなのだ。月影《つきかげ》なぎさという名前で、もう六十代のはずだが、若々しく美しい。確か宝塚《たからづか》音楽学校の出身だったはずだ。最近は、舞台女優として活動することが多いようだ。

益恵は、アイたちと知り合う前から月影なぎさの大ファンで、一緒に舞台を観《み》に行ったことも何度かある。あまり物事に固執《こしつ》しない益恵には珍しい熱の入れようだと思ったが、俳句以外にも好きなものがあるのはいいことだと、アイと富士子は付き合ったものだ。

今はもう舞台鑑賞に足を運ぶことはないが、やはり月影なぎさが出演しているものは、気になるようだ。彼女が宝塚を卒業した当時、何曲か歌謡曲を歌ってヒットした。そのレコードも大事に取ってあるそうだ。三千男が時々かけてやっている。益恵は嬉しそうに聴いている。

テレビの再放送に見入っている益恵を置いて、居間を覗《のぞ》いた。三千男は机に向かって益恵の句集を読んでいた。

「じゃあ、私たちは失礼します。例の旅のことは、富士ちゃんともよく相談してみましょう。なるべく早く実現できるように」

三千男は句集を閉じて立ち上がろうとする。それを押しとどめた。

「本当にすまないね。認知症のまあさんを連れての長旅なんて、無理かなあと何度も迷ったんだけど、どうしても行かせてやりたくてね」

「大丈夫。あれだけしっかり歩けるんだもの。私たち二人がついていればなんとかなると思うの」

回転椅子を回して二人に向き直り、三千男は深々と頭を下げた。

「無理せず、行けるところまででいいから。途中で帰ってきてくれてもいいんだ。よろしく頼むよ」

「そうね。気楽に行くわ」

富士子が明るい声で言った。だが三千男は、まだ申し訳なさそうな顔をしている。

「まあさんには、何というか――」言葉を探して宙に視線を泳がせる。だが、やがて諦めたように緩く首を振った。

「いい旅になるといいけど。これは僕の独断なんだ。もうあの人の意見を聞くことはできんから」

その言葉の重さをアイは噛み締めた。

三人で旅行に出るのは、五年と八か月ぶりだった。不安もあったが、浮き立つ気持ちの方が勝《まさ》った。

アイと富士子は、何度も会って打ち合わせをした。

三千男が渡してくれた名簿には、丁寧に目を通した。会いにいって不在だったり、会うことを拒《こば》まれたりしたら無駄足になるので、先に連絡をしておこうということになった。大津市の住所が書かれた二人は、服部頼子《はっとりよりこ》と坂上《さかがみ》ナヲエ。三千男は、近所に住んでいた人ではないかと言う。一応益恵に問うてはみたが、「お友だち」と言ったり「知らない」と言ったりする。

三千男が益恵の住所録から、電話番号を拾ってきてくれた。頼子の電話番号はわかった。今も同じ電話番号かどうかは定かでない。住所ももしかしたら今は違っているかもしれない。

松山市の送り先は、岩本《いわもと》イサ子と古川満喜《ふるかわまき》。彼女らは俳句仲間かもしれないと三千男は言った。正岡子規《まさおかしき》の出生地ということで俳句が盛んな松山市で、益恵は俳句を始めたようだ。この二人の電話番号はわからなかった。

旅行の段取りは富士子にまかせて、アイは会いに行くべき人たちに連絡を取ることに専念した。まず、滋賀県大津市の服部頼子に電話をかけてみた。固定電話の呼び出し音が鳴っている間は、緊張で体を強張《こわば》らせていた。

受話器の向こうから聞こえてきたのは、張りのある女性の声だった。それだけでほっと胸を撫で下ろす。

「服部です」とは答えたから、頼子の家には違いない。

どうやら頼子本人ではないようだ。

「頼子さんをお願いします。古い知り合いなんです」

あらかじめ決めておいた通りの文言《もんごん》を口にした。益恵と自分たちの関係も、この旅の目的も、なかなか相手に理解してもらうのが難しい。言葉に置き換えると、どんどん曖昧《あいまい》になってしまう。だから取り次いでもらう時は、シンプルにそう言おうと決めていた。

案の定、相手は要領を得ないといった口ぶりだったが、「ちょっと待ってください。母を呼んできますから」と答えた。どうやら服部頼子の娘らしい。結構長い時間待たされて、頼子が電話口に出た。

「まあ！　益恵さんのお知り合いの方？　新井《あらい》益恵さんの？」

アイが益恵の友人だと名乗ると、頼子は弾んだ声を出した。「新井」は、益恵の再婚前の名字だ。それを相手も気づいたらしく、「今は都築さんでしたわねえ」と訂正した。益恵の現在の状況を説明し、会いに行きたいのだと伝えると、さらに大きな声がした。

「そうですか！　こちらに来はりますの？　もちろん、お会いしたいです」

「でも、さっきも申し上げた通り、益恵さんは認知症でして、服部さんのこともわからないかもしれません」

「かまいません。それでも会いたい。益恵さんがこちらに住んではった時には、ほんとに仲ようにしてもろて――」

頼子は感極まったように言葉を詰まらせた。

同じ町内に住んでいて、親しく行き来をしていたそうだ。もう一人の坂上ナヲエも自分も市内の別の町に転居してしまったが、今も付き合いはある。ナヲエも連絡すれば喜んで来るだろうと頼子は言った。頼子がナヲエには話を通しておくと言ってくれた。

いつ来るのかと問われて、まだ日にちは決まっていないから、決まり次第連絡をすると答えた。

「ああ、早《はよ》う会いたいわぁ。長生きすれば、ええことがありますねえ」

電話を切る前に、頼子はまた弾んだ声を出した。

電話番号のわからない松山市の岩本イサ子と古川満喜には、手紙を書いた。アイと益恵との関係、そちらまで会いに行きたい旨《むね》、返事をいただきたいと書き添え、自分の住所と携帯番号も記しておいた。どちらからもなかなか返事がこなかった。

その間に富士子は旅行の手はずを着々と進めていた。益恵に負担がかからないよう、いい時期にゆったりとした旅程で進めることにした。その都度、三千男とも相談した。旅の計画が固まってくると、費用もはっきりしてきた。三千男が言い張るので、交通費と宿泊費は三千男が持ち、現地での行動に係《かか》る費用と食費は、アイと富士子が負担するということで落ち着いた。もし何かの都合で延泊するようになったら、それも二人が折半《せっぱん》するという細かいことまで打ち合わせた。

あらかじめ決めたスケジュールに無理に合わせず、益恵の体調を見ながら臨機応変《りんきおうへん》に対応しようとも話し合った。アイも富士子も時間的余裕はたっぷりある。

「まあさん、また一緒に旅行に行こうね」

と話しかけると、益恵は「飛行機は嫌だからね」とはっきり意思表示した。

「まあさん、飛行機に乗った時、怖がってたもんね」

富士子が笑いこけ、目尻の涙を拭《ぬぐ》いながら言った。

三人で北海道に行った時の話だ。あの時、益恵は初めて飛行機に乗ったのだ。たまたま気流が乱れていて、かなり揺れた。益恵は青い顔をしていた。着陸した途端「飛行機はもうこりごり」と言ったものだ。あの時のことを憶えているのだろうか。

認知症になった益恵にはわからないと判断していい加減にしゃべっていると、ずばりと鋭いことを指摘してくることがあった。

「ねえ、大津に住んでいた時のことを憶えている？　服部頼子さんがまあさんにとても会いたがっていたわよ」

水を向けてみるが、そっちのほうには反応がない。

旅に出るのは、五月の連休明けに決めた。暑くもなく寒くもなく、雨の心配もあまりない。人出もゴールデンウィークほどはないだろう。それまでには、旅の準備を整えなくてはならない。

國先島の宇都宮佳代の電話番号を三千男が住所録から見つけてきてくれたので、かけてみた。すると「この電話番号は現在使われておりません」というアナウンスが流れた。手紙も出してみたが、返事はない。だが、「あて所に尋ねあたりません」と送り返されてはこないから、誰かは受け取ったということか。何か事情があって、返事ができないでいるのか。会いたいとは思っていないのか。推測するしかない。

「ねえ、まあさん、カヨちゃんてどんな人？」

益恵の居室でアイは尋ねた。富士子のスマホにダウンロードした月影なぎさの歌が、部屋に流れていた。

益恵は、月影なぎさの写真集から目を上げた。立派な装丁《そうてい》の写真集は、なぎさの芸能活動三十五周年を記念して発行されたものだ。宝塚時代の華々しい衣裳《いしょう》を身につけたものから、時代劇で演じた娘役、シリーズで長く続いた母親役の扮装《ふんそう》で撮影されたもの、プライベートのスナップまでたくさんの写真が載っている。

「まあさんのお友だち？　子供の頃の」

噛み砕くように尋ねると、首を縦に振った。

「じゃあ、会いに行こうか」それには首を横に振る。

「カヨちゃんとはもう会えないのよ」

きっぱりとそう答えた。アイと富士子は顔を見合わせた。

「もう亡くなってしまったのかもね」富士子が小声で言った。

そういうこともあり得る。何せ益恵はもう八十六歳なのだから。この秋にはもう一つ年を取る。

なぜ今、三千男は益恵の人生を遡《さかのぼ》るような旅を思いついたのだろう。施設に入る節目ということはあるが、三千男が元気な時に二人で訪ねてもよかったのではないか。もしかしたら、三千男が提案しても益恵が拒んだのではないか。認知症になった今だから、益恵はおとなしくついてくる。この旅の先には何があるのだろう。初めてアイはそんなことを思った。

「カヨちゃんて、島に住んでいるの？　そこで一緒だった人？」

富士子が益恵の隣に腰かけて話しかけるが、益恵はもう口を閉ざしてしまい、月影なぎさの写真集に見入っている。

その日家に帰ったら、古川満喜から手紙が届いていた。アイは荷物を置くのもそこそこに、封を切った。手がうまく動かないのか、字形はやや歪《ゆが》んでいた。手紙をもらった礼と、返事が遅くなった詫《わ》びが丁寧に述べてあった。益恵とは、やはり俳句仲間だったようだ。若い頃に松山市が主催する句会で知り合い、その後もある俳句サークルで一緒に活動していたとあった。そういうサークルは、松山にはたくさんあったそうだ。

その俳句サークルへ誘ってくれたのは、岩本イサ子だったのだが、彼女はもう亡くなってしまったとあった。益恵はとても熱心に俳句に取り組んでいたらしい。

「益恵さんは、心の中にあったものを吐き出す先が欲しかったんだと思います。それには、短い言葉で端的に表す俳句は適していたようです。いろいろご苦労をされていたようだから」

そんなふうに満喜は書いていた。そして、松山に来られるのでしたら、是非《ぜひ》会いたいと結んであった。彼女の家の電話番号も記されていた。岩本イサ子が亡くなっていたのは残念だが、それでも松山で会うべき人と連絡がついたことに、アイは安堵した。

益恵は機嫌《きげん》のいい時、過去の場面を切り取ったようなことを口にする。「だるま屋洋品店でショールを買ったのよ。白にしようか、ピンクにしようか迷ったんだけど、ピンクにしたのよ」とか、「堀本《ほりもと》かまぼこで、じゃこ天を買って食べた。さっと炙《あぶ》って、お醤油《しょうゆ》をたらすとおいしいの」とか、そういう日常のちょっとしたことだ。大津か松山にいた時のことだろうと思えるが、人の名前は出てこない。死んだ前のご主人は「新井忠一《ちゅういち》」という名前だそうだが、それも出てこない。彼女が口にする人の名前はただ「カヨちゃん」だけだ。

果たして旅の終わりに、「カヨちゃん」にたどり着けるのだろうか。アイは考え込んだ。五月の中旬あたりに行こうと思うと、古川満喜に知らせておこうかと、携帯を取り上げた。一度はずした老眼鏡をかけ直し、満喜の手紙に書かれた番号を読み取って押そうとした時、呼び出し音が鳴った。

ディスプレイに現れたのは、娘の美絵《みえ》の名前だった。

「はい？」

「お母さん」

いきなり興奮した口調で呼びかけられ、背中がびくんと伸びた。いい話ではなさそうだ。手にしていた手紙をダイニングテーブルの上に置いて、庭を眺められるソファに腰を落とした。

「もう私、限界だわ」

「何？」

「別れる」

「え？」

「だから、誠治《せいじ》と別れる」

アイは深々とため息をついた。

「本気だからね」

娘の美絵夫婦は、夫の誠治が定年退職をしてからうまくいっていない。美絵は、特に趣味もなく、仕事一辺倒だった誠治が家にずっといるのが、鬱陶《うっとう》しくて仕方がないのだ。世間的にはよくある話と、アイは愚痴《ぐち》の聞き役に回っていた。

しかし、夫婦の関係はどんどん険悪《けんあく》になっていくようだった。だいたい美絵は社交的な性格で、友人も多い。誠治が仕事に出ている間は気ままに外出していたのが、家に縛り付けられたようで鬱々《うつうつ》としている。

誠治も妻が出かけることぐらい、大目に見てやればいいものを、いちいち癇《かん》に障《さわ》ることを言うらしい。

「それじゃあ、二人で出かけたらいいじゃない」

アイの提案も一蹴《いっしゅう》された。とにかく誠治は外に出たがらない。美絵がしつこく誘うと不機嫌になる。今まで付き合いがあったのは仕事関係者ばかりで、友人もいない。あんな人だとは思わなかった。何が楽しくて生きているのかわからない。そんなことまで美絵は口にした。向こう意気の強い美絵のことだ。その文言を夫にも投げつけたに違いない。アイは暗澹《あんたん》たる気持ちになったものだ。

定年を迎えた夫が家にいるという状況に慣れて、バランスが取れだすまでのことと、たかをくくっていたのだが、そうもいかなくなった。

「あの人、頭がおかしいのよ」

三か月前もそんなことを言っていた。文句を言う夫を無視して出かけようと、着替えのためにクローゼットを開けると、美絵の洋服がズタズタに切り裂かれていたという。これはもう病的だと判断せざるを得なかった。

夫が生きていれば、娘婿《むこ》と冷静に話してくれるだろうに、女親ではどうにもならない。その時は、美絵夫婦の息子である洋司《ようじ》が間に入って収めてくれたようだ。アイの孫にあたる洋司は大学院を卒業して、化学薬品の開発と製造を行う会社に技術職として就職をした。しばらくは実家で暮らしていたが、最近一人暮らしを始めた。そういう環境が美絵の決心を促《うなが》したのかもしれない。

「洋司も仕方がないねって言ってるの」アイの心を見透《みす》かしたように美絵が言う。「あの子も匙《さじ》を投げたっていうことよ」

父親の異常さに気がついた洋司は、彼を心療内科に連れていこうとしたらしい。それがまた誠治の逆鱗《げきりん》に触れてすったもんだがあったという。そのことは、アイの耳には入っていなかった。一人っ子の洋司はもともとお母さん子だった。仲裁《ちゅうさい》をしてみたものの、父親に愛想《あいそ》をつかしたということか。

「とにかく、もう離婚届は書いたから」

「ちょっと！」

思わず、立ち上がってしまった。腰がズキンと痛み、顔をしかめて筋を揉《も》んだ。

「ねえ、お母さん。そういうことだから、そっちに帰ってもいいでしょう？」

「そっちって？」

「だから、お母さんと一緒に住むってことよ」

「そんな――」言葉に詰まった。

「いいじゃない。部屋は余っているんだし。お母さんも一人暮らしで何かと不自由でしょう」

「そんなこと――。とにかく私は反対だからね」

「お願いよ。お母さん」今度は懇願《こんがん》するように言う。「誠治はね、出ていくのはお前の勝手だから、びた一文《いちもん》払わないって言うのよ」

「そりゃあそうでしょうね」

「でも年金は私ももらってるから、生活費は何とかなる」

たいした額ではないのはわかっている。住居費までは捻出《ねんしゅつ》できないから、実家に戻りたいという魂胆《こんたん》なのだ。

「聡平にも相談したの。聡平もそれでいいって」

「それでって？」

「だから、その家のことよ。聡平は今日子さんの両親と同居しているじゃない。だからその家は私の好きにしたらいいって」

母親に言う前に、弟とそんな相談をしたのか。要するに、聡平は妻の両親の面倒をみるから、美絵がここでアイの世話をし、アイが死んだらこの家を譲り受けるという了解を取ったということだ。

「勝手にそんなことを決めて」何とか感情を抑《おさ》えた。「私は不承知だからね」

「お母さん」

真っ向から反対されるとは思っていなかったのだろう。電話の向こうの声に焦《あせ》りが混じる。

「もう少し誠治さんと話し合いなさいよ。別れるって決めてかからないで」

「そんなこと言わないでよ」向こうの声も震えている。「こうなった以上、こっちの家は出て行くしかないのよ。離婚届に判を押したって言ったでしょ。もう後戻りはできない」

「後戻りはできないって、あんた」おどおどとした声を出す。「それは困ったわね」

明らかにほっとした様子が電話の向こうから伝わってきた。もうひと押しすれば、母親が「うん」と言うと踏んでいるのだ。

「いいでしょう？　そこは私の生まれた家なんだから」

「でももうあんたはとっくに出ていった人間なんだよ。若い娘じゃあるまいし、帰る帰るって言わないで」

心を鬼にしてそう言った。自分が受け入れる姿勢を見せたら、娘の離婚話はどんどん進んでしまう気がした。

「お母さん！」

悲鳴に似た美絵の声を聞きながら、通話を切った。

アイはどかりとソファに腰を落とした。庭に色の濃い緋寒桜《ひかんざくら》が咲いていた。どこかにホオジロが止まっているらしく、囀《さえず》りが聞こえた。「囀り」は春の季語だ。

「囀や二羽ゐるらしき枝移り」

水原秋櫻子《みずはらしゅうおうし》の句が口をついて出た。これも益恵が教えてくれたものだ。波立っていた心がすっと落ち着いた。

「心の中にあったものを吐き出す先が欲しかったんだと思います」と言った古川満喜の言葉が思い出された。益恵が句に託して吐き出したかったものとは何だったのだろう。

「ちょっとごめん」

富士子がそばに置いたリュックサックから、ピルケースを取り出した。眉根《まゆね》を寄せながら、錠剤やカプセルを摘《つま》み出す。グラスの水で、一粒一粒飲み下すところを、アイはじっと見詰めていた。

「随分たくさんのお薬を服《の》むのねえ」

喉をうまく通らないのか、いちいち上向いて飲み込む富士子は、苦笑した。

「ほんと、いやんなっちゃう。こんなにお薬に頼らなくっちゃ生きられない体になるなんて」

「しょうがないね。私だって降圧剤は手放せないもの」

「年は取りたくないもんね」

「何よ。富士ちゃんみたいな若い人が」

「若いって私、もう七十七歳よ」

二人は顔を見合わせてふふふっと笑った。

富士子は二年前に子宮筋腫《しきゅうきんしゅ》の手術を受けた。その後、骨盤臓器脱《こつばんぞうきだつ》に悩まされていた。

骨盤臓器脱とは、本来骨盤の中に収まっているべき臓器が、膣壁《ちつへき》を押し出して、膣の出口の方へ下がってきた状態になることだ。体操療法や整体だけでは治らず、今年の一月にとうとう手術をして元の位置に戻してもらった。

入院中にお見舞いに行こうとしたが、二回とも「簡単な手術だからいいよ」と断られた。それまでに、入院してもお互い様だからお見舞いとかはやめようと取り決めてあった。富士子には妹が付き添っていたから、手助けもいらないと思い遠慮した。子宮筋腫の手術の後は、体力の回復に時間がかかった。開腹手術で、子宮をかなりの部分取り去ったせいだろう。しかし今年の手術の後は、すこぶる元気だったから、安心したものだ。

それでも年齢が年齢だから、お互い何があるかわからない。益恵も含めて、友人との時間は大切にしようと常々思っている。

富士子とは、東武東上線《とうぶとうじょうせん》北池袋《きたいけぶくろ》駅近くの軽食喫茶で待ち合わせ、軽いお昼を摂《と》った。二人とももうあまり食べられない。富士子は子宮筋腫の手術の後、目に見えて食が細くなった。アイはもともと歯が悪く、数年前に総入れ歯にした。以来、食べ物の味が変わってしまったような気がする。これも年のせいだから、仕方がない。

大ターミナル駅池袋の次の駅である北池袋は、拍子抜《ひょうしぬ》けするほど静かな駅だ。周辺には全国チェーンのコーヒーショップやファミリーレストランもあるにはあるが、個人経営のレストランや食堂、喫茶店もたくさん残っている。

そういう雰囲気が気に入って、二人はよくこの辺りで待ち合わせをした。富士子は、この近くのマンションに住んでいるのだ。ここからなら、ふと思いついて王子の益恵宅へもすぐに行ける。たいてい先に到着するアイは、大きなガラス窓の向こうに、リュックを背負った富士子が、姿勢よく歩いてくるのを見るのが好きだった。

この町に馴染んでいる富士子は、「この界隈《かいわい》と、ハッピーロード大山《おおやま》があれば生活には困らない」としょっちゅう言っている。一人暮らしが板についた富士子は、何でもちゃっちゃと自分でやってしまう。妹家族が東武東上線でつながった川越《かわごえ》に住んでいることもあり、快適な生活を送っているようだ。

その身軽さがアイには羨ましい。三日前の娘とのやり取りを思い出してため息が出た。実家に戻ることを前提として、離婚話を進めるなんて。しかも当の母親には何もかも決めてから連絡するとは、どういう料簡《りょうけん》なのだろう。忌々《いまいま》しい気持ちでそんなことを考える。あれから美絵は何も言ってこない。アイから連絡を取ることもない。だが、あれで収まるとは考えにくかった。

「何？　アイちゃん、さっきからため息が多いね」

ピルケースをしまいながら、富士子がクスクス笑った。

「大丈夫だって。旅行は準備万端よ。海外へ行くわけじゃあるまいし」

「あ、そうじゃないの。そっちは富士ちゃんにお任せして、大船に乗った気でいるから」

長年付き合ってきた腰痛が心配だったが、そのことは口に出すまいと決めていた。整形外科でこしらえたコルセットを巻けば何とかなるだろう。

「まあ、そんなに期待されても困るけど。でもいい旅になると思う」

「そうね」

今は三人の最後の旅に集中しようとアイは思った。きっと楽しい思い出になるに違いない。懐かしい人々に会って、益恵の記憶も鮮明になるかもしれない。そうでなくても、気持ちに区切りをつけて、来たるべき「死」に備えることができるのではないか。そして同じことが自分たちの身に起きるのも、そう遠いことではない。

こうして人生の終焉《しゅうえん》に際して、手を携《たずさ》えていける友がいることに、アイは感謝した。

「まあさんも一緒に、喫茶店でよくおしゃべりしたわね」

香り高いコーヒーがきたところで、富士子が感慨深げに言った。

「そうね」

初めに入った俳句教室が本郷《ほんごう》にあったから、帰りのどこかの駅で降りて、三人でお茶をしたものだ。

「ちょっと私、ドキドキしてる」

コーヒーのカップを両手でくるむようにして、富士子が目を輝かせた。

「どうして？」

「だって、まあさんが今までどんな人生を送ってきたかがわかるんじゃないかと思って」

三千男にこの旅を提案された時に、アイが思ったのと同じことを富士子は口にした。

「まあさんは、あんなふうにずっと明るく振る舞っていたけど、とても重いものを背負ってきてると思うの」

富士子はコーヒーカップを持ち上げて、一口啜った。湯気の向こうから、上目遣《うわめづか》いにアイをじっと見ている。

「そうね。表面上は陽気で気丈夫で、誰とでもすぐに打ち解けたけど——」
益恵の芯には、とても硬く凝《こ》り固まった部分があると思う。それは自分に許さないそれはあの人の生き方その
ものを支えている。それは確かなのだけれど、逆に解放されない、それを自分に許さない
頑《かたく》なな何かであるような気もする。はっきりとそのものの正体をつかむことへの畏《おそ》れが、
いつの間にかアイの中で膨らんできている。同じ思いを、富士子も抱いているということ
か。
夫である三千男ですら、しっかりとはつかみきれない何か。今、認知症になった益恵
は、赦《ゆる》しや救いの中にいるのかもしれない。富士子が言うように、背負ってきた重い荷物
を忘れ果てた今は。それなのに、親しいとはいえ、他人の自分たちにそこへ踏み込む権利
はあるのだろうか。益恵が忘れようとして忘れられなかった領域に。
この旅で、彼女がもう意識の外に追いやってしまったことに向かい合うことになった
ら？　益恵にとって辛いことになるのではないか。このまま穏やかに、死に向かわせてあ
げるべきではないのか。それが益恵にとって一番幸せなことなのでは？　思いは揺れ動
く。
「でも、これを言い出したのは、三千男さんなのよね。私たちではなく」
ぼそっと呟いた富士子の言葉にはっとする。富士子は富士子なりの結論を出したのだ。
「私たちは夫婦の思いに寄り添って行動すればいいのよね」

念を押すように、ゆっくりと富士子が言い、アイは頷いた。

「だけど、初めに知るのは私たちだからね」

「ええ」

「つまり、こういうことよ」アイはテーブルの上に身を乗り出した。「私たちはフィルターの役目も担《にな》っているってこと」

どういうこと？ というように富士子は片眉を持ち上げた。

「まあ、どういう意図があって、三千男さんがまあさんの過去を振り返るような旅を思いついたかは置いておいて――」

コーヒーを一口飲んだ。それは少しだけ冷めて、苦さが増していた。

「一つは、まあさんを必要以上に刺激するようなことからは遠ざけること」

「うん」と富士子は顎《あご》を小さく動かした。

「それから、三千男さんに告げるべきこと、伏せておくことは、私たちで吟味《ぎんみ》すること」

富士子はちょっと目を見開いたが、何も言わなかった。

「ちょっと大げさよね」急いで付け加えたけれど、富士子は笑わなかった。

「文字通り、老婆心《ろうばしん》よ。だってね、前のご主人との生活とか、いろいろわかるかもしれないじゃない。今さらそんなこと、三千男さんの耳に入れて益《えき》があるかどうか――」

「そうね」富士子は素直に答えた。「まあさん、満州から引き揚げてきた時のこと、あんまり話したくなかったみたいじゃない。口にできないほど辛い思いをしてきたに違いないよ。そんな昔のことに今さら直面させるのは、可哀《かわい》そうな気がする」

「そうね」

今度はアイが相槌《あいづち》を打つ。國先島まで行くとなると、そういう場面にも出会いそうだった。

「目的は、まあさんの心を安らかにすることだからね」

富士子は「安らかに」というところを強調した。それから、傍《かたわ》らに置いたリュックサックを引き寄せると、中に手を突っ込んだ。

引っ張り出してきたのは、例の句集だった。老眼鏡をかけ、それをパラパラとめくる。

「この句集の中には、満州のことを詠んだ句がいくつかあるでしょう。あれ、ほんとに心を打つわよね。まあさん、三千男さんや私たちにはあえて語らないけど、子供の頃に満州で壮絶な体験をしてきたんだと思う」

「うん。実は私も満州のことを詠んだ句を見た時は衝撃を受けた。その時にも訊いたのよ。これはどういう情景を詠んだものなの？　って。でもまあさんは、笑うだけで、決して何も言わなかったわね」

「そうでしょう？　この句集にはまあさんの大陸への、あるいは戦争への思いがこもっていると思うのよね。第一、アカシアって満州で日本が作り上げた大都市の街路樹として植えられていたものでしょ？　それをタイトルにしたってことで、もうこれはある種の象徴だと思う」

熱を帯びた口調で富士子は言った。そして忙しく手を動かして句集をめくる。

「これなんか――」

あるページを開いて、アイの目の前に持ってきた。老眼鏡を出して見返すまでもなく、それがどの句なのか、アイにはわかった。『アカシア』は、何度も何度も読み込んだから。

「これなんか、身が凍るような句よね。これをたった十歳かそこらの子が体験したとすると」

アイは目を閉じた。その句は、もう諳《そら》んじることができる。

それでも富士子がそれを読み上げる声が、耳に流れ込んできた。

「背を向けるむくろを照らす赫《あか》き夕陽《ゆうひ》に」

背を向けるむくろを照らす赫き夕陽に

飛行機の爆音がした。かなり低空で飛んできたようだ。武次《たけじ》が寝間着のまま、窓に駆け寄った。

「姉ちゃん、見て！　飛行機」

益恵も窓から空を見上げた。飛行機の翼に日の丸がない。

嫌な予感がした。

「タケ、引っ込んでな」

言いながら、急いで自分の着替えを取り上げた。四歳の弟は、まだ窓に張りついている。飛行機が家の屋根を越していった途端、バリバリバリッと恐ろしい音がした。

台所で朝ごはんの用意をしていた母が飛んできた。

「こっちに来なさい！」

母親の尋常《じんじょう》でない声に、武次も引き攣《つ》った顔で振り返った。その肩をつかんで、家の奥へ連れていった。台所には、驚いて起きてきた父と勝仁《かつひと》がいた。母は、寝間に入って赤ん坊のふみ代《よ》を抱いてきた。

「いったい何なの？」

「敵機の爆撃だろう」

父の言葉に、母は唇《くちびる》をわななかせた。ふみ代が大声で泣きだした。

「敵機って？　どこの？」

「ちょっと役所に行ってくる」

父は大急ぎで着替えをし、脚にゲートルを巻いた。

「絶対に家から出るんじゃない」

「え？　学校は？」

益恵は思わず問うた。昭和二十年八月九日。在満《ざいまん》国民学校では二学期が始まったばかりだった。

「家にいなさい」

有無を言わせぬ声で命じると、父はそそくさと出ていった。

「いったいどうしたらいいんだろう」

母は青い顔で益恵を見詰めて言った。母は、十歳の益恵を何かと頼りにしていた。

父、堂島悦嗣《どうじまえつし》は、満州拓殖《たくしょく》公社の農業指導員だ。昭和十六年に渡満し、一年後に母トミ子と子供らを呼び寄せた。長女の益恵と長男の勝仁、それに次男の武次だ。ふみ代は満州生まれだ。まだ四か月になったばかりだった。

弟たちを着替えさせ、母の手伝いをして朝ごはんの支度《したく》をした。母がふみ代にお乳をやっている間、弟たちを急《せ》かしてご飯を食べさせた。食器を洗っていると、隣家のたつゑおばさんがやって来た。

「ごめんください。堂島さん、大丈夫？」

早朝の爆撃は、ソ連軍の戦闘機の仕業《しわざ》だと彼女は言った。母はふみ代をぎゅっと抱いて怯《おび》えた顔をした。

「ソ連軍がとうとう国境を越えてきたってこと？」

「大丈夫さ」たつゑおばさんは、ガサガサした手で髪の毛を掻《か》き上げながら笑った。「関東軍がすぐに追い払ってくれるよ」

それから益恵の顔を見て、「あれ？　まあちゃん、学校へ行かないの？　うちの末雄《すえお》は行ったよ」

それを聞いて、益恵は学校へ行こうとした。が、母がそれを許さなかった。

「お父さんが家にいなさいって言ったろ？」

「でも――」

言い返そうとした時、戻ってくる父の姿が見えた。

「開拓団本部から、退避の準備をしておくようにとの連絡があった」

それを聞いて、たつゑおばさんもあたふたと帰っていった。

「退避ってどこに？」

母はすがるように訊いた。

「わからん。軍からの命令だそうだ。とにかく支度をしておきなさい」

父は細々《こまごま》したことを母に言いつけて、また出ていった。公社の方の始末があるからと言っていた。益恵は母に言われるまま、リュックサックに着替えを詰めた。

「何日くらいで帰ってこられるんだろう」

母はぶつぶつと独り言を言っていた。

「どこに行くの？　何に乗っていくの？」

勝仁と武次は、遠足にでも行くみたいにはしゃいでいた。

「これもそっちに入れて」母からふみ代のおむつを渡された。

「もっと入るよ。ふみちゃんの着替えも持っていこうか？」

「そうだね。お願い」

母に頼られるのは、嬉しかった。今までも弟たちの面倒をみたり、家の手伝いをしたりと、益恵はよく働いた。もっとも、開拓団の子供たちは皆同じだった。隣の末雄は益恵と同い年だが、体が大きいので、末っ子ながら兄たちと一緒に田畑に出て一人前に働いていた。

母は黙々と荷物を作った。父の大きなリュックには、米や豆、漬物、飯盒《はんごう》や食器を詰めた。毛布を上にくり付ける。自分のリュックには、父や母、弟たちの着替えを入れる。それでもうパンパンに膨れ上がった。水筒もあるだけ出して、水を満たした。

夜になって父が戻ってきた。荷物を見て、こんなには持っていけないと言う。飯盒や食器を出し、重たい米も減らした。父が荷物を詰め替える間、母は情けない顔をして見守っていた。

「また戻ってこられるんでしょう？」

何度も繰り返される母の問いに、父は答えなかった。

翌朝まだ暗いうちに、起き出した。枕元に置いておいた服に着替える。眠たくてぐずる弟たちを叱《しか》って支度をさせた。

父は、団長を任されていた。父は開拓団に残された数人の壮年男性の一人だった。三、四か月くらい前から四十歳以下の男子には、順に非常召集《しょうしゅう》令状がきて入隊させられていたのだ。おそらく父は農業指導員ということで、召集を免《まぬが》れたのだろう。

そういうことで、父は在郷《ざいごう》軍人の服装をし、ゲートルを巻いて戦闘帽を被《かぶ》っていた。もしもの時のために、団本部から三八式銃と実弾を持たされていた。家を出る前に、父は戸口を釘《くぎ》付けにした。満人に荒らされないためだそうだ。近隣の家は女子供ばかりなので、父とあと三人ほどの男性が釘付けをして回った。隣の松原《まつばら》末雄の家は、長兄が金槌《かなづち》を振るっていた。

益恵らの開拓団は、北満《ほくまん》の哈達河《ハタホ》開拓団で、父が率《ひき》いたのは、その中の一つの分団だった。それでも二十数家族百人以上はいたと思う。頼りになる男性はほとんどおらず、女子供、老人が主だった。満人を雇って馬車《マーチョ》を出してもらった。それに老人と幼い子供は乗せられた。

最寄りの駅まで行き、汽車に乗るのだという。汽車に乗ると聞いて、弟たちは大喜びだった。家族で遠出をするのが嬉しいのだろう。益恵もそう深刻にはとらえていなかった。きっとまたすぐに戻ってこられるものだと思っていた。行き先は哈爾浜《ハルピン》だと聞いたことも心を浮き立たせた。

北満のパリと呼ばれるハルピンは、美しい町だった。益恵はこっちに来る時に、汽車の乗り換えのために下車した時のことを思い出した。帝政ロシアが作った町だから、風格があった。ニレやアカシアの並木道の両側には、バロック風の建物が並んでいた。ロシアの教会も見えた。路面電車も走っていた。

だが駅までの道のりで、すっかり益恵の期待は萎《しぼ》んでしまった。十歳の益恵は馬車に乗せてもらえず、ただひたすら歩いた。道は埃《ほこり》っぽく、足が棒のようになった。張り切って詰めたリュックサックが重く、途中で下ろして馬車の隅っこに載せてもらった。それでも益恵自身は歩くしかなかった。鶏寧《けいねい》という駅に着いたのは、午後も遅い時間だった。ようやく汽車に乗れると思い、ほっとした。

父が汽車はいつ来るのか訊きにいった。そこで汽車はもう来ないと言われたのだった。駅員に線路伝いに歩いていけと、けんもほろろに追い出された。よくよく聞いたら、軍人や役人などは、最後の汽車に乗って避難してしまったという。開拓団には詳しい情報が知らされず、取り残されたのだ。

ソ連の爆撃機を追い払ってくれるはずの関東軍は、民間人より先に逃げてしまった。後は自力でどうにかしろというわけだ。

大人たちが額《ひたい》を突き合わせて相談している間、子供らは無邪気に遊んでいた。満人の車夫は、空《から》の馬車で帰っていってしまった。その間にも駅には、事情を知らないよその開拓団の分団が次々と到着した。皆、益恵たちの団と似たような構成だった。元気な壮年男子は、数えるほどしかいなかった。

後から来た団の人は、血相を変えていた。その人たちは佳木斯《ジャムス》から逃げてきたと言った。ジャムスはよりソ連国境に近い町だ。ソ連軍が戦車で攻めてきていると言う。早く逃げなければ皆やられてしまうと口角泡を飛ばす勢いで言い募《つの》った。そして荷物を担《かつ》ぐと、線路に沿って歩き始める。それに促されるように、益恵の父も出発を決断した。

また歩くのかと、益恵はうんざりした。しかも今度は馬車はない。幼い弟たちも歩かせなければならないのだ。病気の人もいるし、老人もいる。いったいどこまで行けるのか。

途中の駅で汽車に乗れると言う人もあったが、そんなことは望み薄だった。

父がリュックサックの上に武次を乗せて背負った。六歳の勝仁は、益恵が手を引いた。母はふみ代を背中におぶい、体の前にリュックサックをかけた。誰も口をきかない。太陽はギラギラと照りつける。汗だくになった。しかも足下のレールが焼け付くように熱い。枕木の上は歩きにくくて、よろけてレールを踏むと、その熱さに跳び上がった。すでに益恵の靴はボロボロになっていた。

勝仁が疲れたと言って泣くのを、引き立てるようにして歩いた。時折、無人の駅舎を通りかかった。そこには先に行った開拓団の荷物が捨ててあった。それに満人や朝鮮人がたかっていた。食べ物でもないかと近寄ると、青竜刀《せいりゅうとう》を振り回して切り付けてくる。それぱかりか、こっちの荷物まで奪われる。恐ろしくて走って逃げた。

いつの間にか病気の人や年寄りが遅れてくる。父が最後尾に立って励ます声が聞こえていたが、彼らはどんどん取り残されていく。足を緩めようとしたら、母に怒鳴られた。

「振り向くんじゃないよ。前だけ見て歩きなさい」

たぶん、母は後ろでどんなことが行われていたか知っていたのだ。しばらくしたら、父が追いついてきた。周囲の人が、いなくなった人の名前を挙げて、「あの人はどうした」と訊いても、父は答えなかった。真一文字に口を閉じて、遠くを見て歩いていた。

そうやって弱い人を捨てていかなければ、団全体が危険にさらされるのだと、後になって益恵は理解した。

「姉ちゃん、喉渇《かわ》いた。お水ちょうだい」

勝仁がめそめそと言った。もう水筒の中身は空っぽだ。益恵は「今度のお休みの時にあげる」と答えた。何度も同じことを言っているのに、幼い弟は「うん」と黙る。それでも少し歩くと、同じことを訴える。

益恵もへとへとだったが、後ろから追いかけてくるというソ連兵が怖くて、機械的に足を前に出した。荒野の中には、小さな流れの一本も通っていなかった。時に馬の蹄《ひづめ》の跡に溜《た》まった泥水を飲んだ。

益恵の目の前でも脱落者が出始めた。休憩でもないのに、ぺたんと線路の脇に座り込む人がいる。たちまち父がそばに寄っていって、立ち上がるように促す。

「もう歩けません」

足を引きずる初老の男性だったり、子供を四人も五人も連れた女性だったりした。

「そんなことでどうするのです。皆歩いているのですよ。さあ、一緒に行きましょう。次の町へ行けば食べ物も水もきっと手に入ります」

そんなことは気休めだと、誰もがもうわかっていた。通り過ぎる駅は略奪の被害に遭《あ》っていたし、他の建物は火をかけられて燃え落ちていた。一度、燃えた牛舎のそばを通りかかったら、牛が黒焦げになって死んでいた。団の人が駆け寄っていって、牛の肉を切り取ってきた。黒くて硬い肉のかけらが、休憩の時に回ってきた。とても嫌な臭いがしたが、益恵は目をつぶって口に押し込んだ。何かを食べなければ歩けないと、本能的に理解していた。父や母は硬い肉を口の中で嚙み潰して、弟たちに分け与えた。母は自分の分まで子供に食べさせるので、ふみ代に乳房を含ませても、お乳はろくに出なかった。ふみ代はそれでも必死で乳を吸っていた。

不毛なやり取りの後、歩けなくなった人は置いていかれた。父はそれでも、座り込んでしまった家族に付き添おうとする人を引き立てた。付き添って残っても、一緒に死を待つだけだ。時には、子供だけを引き受けて列の中に押し込むこともあった。誰かがその子の手を引いた。弱った母親は、手を合わせて去っていく団の列を見送った。

歩き続ける人々は、もう振り返ることすらしなかった。

時折、爆撃の音や機銃掃射《そうしゃ》の音がした。ソ連軍が間近に迫っているという緊迫した様相だ。父は、とにかく牡丹江《ぼたんこう》まで行こうと皆を励ました。林口《りんこう》か牡丹江に行けば、軍や満鉄の施設があって助けてくれるはずだと言った。

しかし、怖いのはソ連軍だけではなかった。線路に沿って歩いてくる日本人の難民を襲う満人も恐ろしかった。彼らは草むらの中に伏せて待っている。日本人の一団が通りかかると飛び出してくるのだ。その辺りの農民らしく、鎌《かま》や鍬《くわ》を振りかざしている。襲われた日本人は、ただ散り散りになって逃げるしかなかった。満人の目的は、日本人の荷物や着ている衣服だった。貧しい彼らにとっては、避難民の持ちものは格好の獲物だった。日本人が頭を切り落とされたなどという噂《うわさ》も流れた。

開拓団の村では、満人も朝鮮人も日本人に雇われて、一生懸命働いていた。日本人に乱暴を働こうなどとする雇い人は一人もいなかった。それが益恵には不思議でならなかった。皆仲良く暮らしていたのに、どうしてこんなことになるんだろうと思った。

しかし逃避行の途中で、大人たちの話が耳に入ってきた。満蒙《まんもう》開拓を奨励した日本は、大勢の農民を満州国に送り込んだ。その際に、肥沃《ひよく》な農地を耕して平和に暮らしていた満人たちを追い出して入植したのだった。土地を奪われた満人は、日本人に雇われて自らの土地を耕すしかなかった。そんなことは、幼い益恵には知る由《よし》もなかった。

満人たちに襲われて逃げたせいで、多くの家族がはぐれてしまった。満人の中には、子供や女性を連れていってしまうものもあった。女性は自分の妻にしたり、子供は売り飛ばしたりするのだという。それを聞いて母は震え上がった。

「決して勝仁の手を放してはいけないよ。絶対に連れて逃げなさい」

そう益恵に言い聞かせた。父は武次を連れているし、母はふみ代を抱いている。いざとなったら、勝仁は益恵に委《ゆだ》ねるしかなかったのだ。

そんなことが繰り返し起こったので、線路に沿って歩くのは危険だということになった。線路を見失わない程度の距離を保って、山の中を行った方がいいと父が決断した。その時点で、とても山に入る体力はないと脱落していく者もあった。自分から進んで満人部落へ行き、そこで妻となって生きる道を選ぶ女性もあった。夫も戦争に取られ、赤ん坊を抱えた若い女性は、「飢えて死ぬよりましだ。この子のためだ」と団を離れていった。

父の意見に反対して、やはり線路を伝って牡丹江まで行くという人々もあった。益恵らが山に足をむけた時、一行は八家族になっていた。末雄の家族ともはぐれてしまった。

山に入ると、途端に食料に不自由した。線路沿いの部落周辺には農地があって、高粱《コーリャン》やトウキビやジャガイモが実っていた。時々、その農作物を盗んで食べることもできたけれど、山にはそれがない。山ナシやカシバミ、バラの実、キノコ、食べられるものは何でも口に入れた。それでも常に飢えに悩まされた。

武次はずっと下痢《げり》が止まらなかった。ふみ代は見る影もなく瘦《や》せてしまった。母の乳房にはむしゃぶりつくが、吸っても吸っても満足な母乳が出てこないのだろう。

「お母ちゃん、おうちに帰ろうよ」

勝仁も武次もぐずぐず泣いた。益恵にはもう開拓団の家には戻れないということがわかっていたが、幼い弟たちには理解できないのだ。

夜に固まって寝ていると、オオカミの遠吠《とおぼ》えが聞こえた。すぐ近くで獣の気配を感じることがあって震え上がった。開拓団の家畜小屋が、たまにオオカミに襲われることがあった。朝になってみると、内臓を食い荒らされた山羊《やぎ》が横たわっていたり、鶏の羽だけが散らばっていたものだ。山の中はオオカミの活動域なのだ。人間の、それも子供を襲うことなど易《やす》いことだろう。益恵は弟たちを抱き締めて、震えながら眠った。武次の背中は痩せてごつごつと骨が飛び出していた。武次は相当に弱っているようだった。

ソ連の飛行機が山の上を飛んで、ビラを撒《ま》いていく。それには日本語で「日本は戦争に負けたから、出てきてソ連軍に降伏するように」と書いてあった。父以外では、一人残った男性の横溝《よこみぞ》さんが、「でたらめを書きやがって」とビラをびりびりと破った。父はちらりと横目で見たきりで、何も言わなかった。

もはや道を見失い、線路もどこを通っているのかわからなくなった。トウキビ畑が山裾に見えたので、皆で下りていって実を折り取った。すると、畑の中から満人の農民が出てきた。収穫中だと見えて、肩からカゴを提《さ》げ、片手に鎌を持っていた。

全員がぎょっとして固まった。一瞬の後に畑から走り出た。しかし、誰もが俊敏《しゅんびん》に動けない。ぺたんと腰を落として手足を動かしている者もある。子供らは泣きながら走った。満人は追いかけてきて、何かを叫んだ。鎌もカゴも放り出して追いかけてくる。

父の足が止まった。益恵も簡単な中国語なら理解できた。

「待ちなさい」と満人は言った。「食べ物ならわけてあげよう。うちに来なさい」

疑うこともできた。そんなうまい言葉で引き込んで、家に着いたら大勢の満人によってたかってひどい目に遭わされるんじゃないかとか、ソ連軍の手先になって日本人狩りをしているんじゃないかとか。

だが益恵の父は、ふらふらと農民についていった。用心深く思慮深い父には、考えられないことだった。だが、全員が文句の一つも言わず父の後に続いた。横溝さんもよその子の背中を叩いて歩かせた。おそらく誰もがあまりに過酷な状況に、思考停止状態に陥《おちい》っていたのだろう。汚れきった二十人余りが、亡霊のように「食べ物」という言葉に釣られて満人のあとを追った。

益恵も、もし何かを食べさせてくれるなら、それでもう死んでもいいと思った。勝仁も黙って手を引かれた。満人の家は貧しい小屋掛けのようなところだった。部落のはずれに建った家に入ると、農夫は妻に命じて急いで粟飯《あわめし》を炊かせた。それを少しずつ分け合って食べた。ほかほか湯気の立つ粟飯は、涙が出るほどうまかった。実際に泣きながら口に運んでいる人もいた。夫婦は気の毒がって、トウキビを挽《ひ》いた粉でこしらえた饅頭もくれた。自分たちの食べるものも充分にないだろうに、薄汚れた日本人を労《いた》わってくれた。

「ツーバ、ツーバ（食べなさい、食べなさい）」とにこにこしながらそばで見ていた。

満人でも、人はいろいろだと益恵は思った。全員の腹が満たされると、満人はここでしばらく休ませてあげたいが、それはできないと言う。もうすぐソ連兵が巡察に来るのだと申し訳なさそうに言った。あなたたちと同じ身の上の避難民や降伏した日本兵が、ソ連軍の収容所に送られるらしい。こんなふうに逃げ回ってもいずれ捕まるし、それまで命が続くかどうかわからない。降伏したらどうかと盛んに勧められた。だが、それには父はうんとは言わなかった。

団の一行は、満人に丁寧に礼を言って、また歩きだした。満人に道を教えてもらい、線路のある方角に見当をつけた。長い間ろくなものを口にしていなかったので、粟飯を食べた皆の足取りは軽かった。線路が見えてきた。また満人に襲われるかもしれないと、恐る恐る近づいた。すると、線路を手動式のトロッコに乗って、ソ連兵がやって来るのが見えた。

ソ連兵は一団を見つけると、トロッコを止めてバラバラと降りてきた。

「逃げろ！」

一番後ろにいた横溝さんが怒鳴った。隠れる場所も何もない荒れ野の中だ。益恵たちは、悲鳴を上げて逃げ惑《まど》った。後方からダダダダダッと銃を連射する音がした。団の大人がマンドリンと呼んでいた自動小銃だ。父が肩に担いでいた三八式銃で撃ち返す音がした。だが、兵士でもない父の弾が当たるはずもない。益恵は、勝仁の手だけは握《にぎ》り締めて、必死で逃げた。

やがて小山にたどり着き、木立《こだち》の中に逃げ込むことができた。母はふみ代をおぶい、武次の手を引いていた。武次は強引に引きずられたことで、肩を脱臼《だっきゅう》していた。勝仁も青い顔をして、せっかく腹に収めたものをすべて吐いてしまった。

横溝さんが人数を数えた。益恵の父だけがいなかった。あとは全員無事だった。

「堂島さんが戻ってくるまで待ちましょう」

母は不安そうに横溝さんを見たが、何も言わなかった。全員疲れ果て、木立の中に蹲《うずくま》った。ソ連兵は追ってこなかった。陽が傾いても父は戻ってこなかった。とうとう横溝さんが様子を見に行くと言った。

「よろしくお願いします」

母は、すやすや眠ってしまったふみ代を抱きかかえて頭を下げた。武次はぐったりと母にもたれかかっていた。

横溝さんは、すぐに戻ってきた。父が持っていたはずの銃を提げていた。それで何が起こったのか、益恵には推測ができた。母の顔をちらりと盗み見た。母はもう泣いていた。埃《ほこり》で黒くなった頬《ほお》に、涙の筋が何本もついていた。

「堂島さんは撃たれて亡くなっていました」

そう言われても、母は感情を露《あら》わにすることなく、さめざめと泣き続けた。

「お父ちゃん、どうしたの？　ねえ、お父ちゃんは？」

意味のわからない勝仁が、益恵を揺さぶった。

「窪地《くぼち》に寝かせて土を掛けてきました。きちんと埋めてあげたかったのですが、それもできませんでした。いつソ連兵が戻ってくるかわかりませんから」

母が呆《ほう》けたように横溝さんを見上げ、一言「お世話になりました」と呟いた。

そのまま山の奥まで上がった。いくらもいかないうちに日が暮れて、辺りは真っ暗になった。オオカミの鳴き声がしたが、益恵はもう怖いとは思わなかった。


ソ連兵が近くにいることがわかったので、もう山から下りることはできなかった。

死んだ父の代わりに、横溝さんが団を率いることになった。率いるというよりも、あてどもなく歩き回る彼に、女子供がただついて回るという統率の取れない集団になり果てていた。

途中で集団自決をしているどこかの団があった。医者がいた大きな開拓団では、逃避行が始まる前に、全員に青酸《せいさん》カリが配られたということだ。全員が言葉もなく手を合わせた。埋めてやりたいと誰かがぼそっと言ったが、そんな体力は誰にもなかった。山の中を彷徨《ほうこう》するうち、いくつかの集団がそんなあわれな最期《さいご》を遂《と》げている現場に出くわした。しまいには、感情が鈍麻《どんま》してしまい、手を合わせることもなくなった。

牡丹江までハルピンまでと己《おのれ》に言い聞かせて歩いてきたが、そこまでたどり着けるとはもはや誰も思えなくなったようだ。大人たちが生きる力を失っていくのが、益恵にはよくわかった。

宮本《みやもと》さんという若いお母さんが、三歳の男の子を連れて歩いていたのだが、子供が弱って歩けなくなった。それで拾った縄で背中にくくりつけて歩いていた。とうとう宮本さん自身が歩けなくなり、子供を下ろした。三歳の子を背負って山道を行くなどということは、到底《とうてい》無理なことだった。

誰もが口を挟むことなく、彼女のすることを見ていた。一本の木の根元にもたれかかった子供も一言も発しなかった。ただ母親にされるまま、足を投げ出して座った。母親は、途中で採ったアケビのツルをその子に持たせた。男の子は、ツルを口に持っていき、ちゅうちゅうと吸った。あのツルは、酸《す》っぱい味がして食べられたものではない。それを益恵は知っていた。それでもその子は、一心に硬いツルを吸っていた。

「ケンジちゃん、お母さん、後で連れに来るから、ここで待っていなさいね」

そんな嘘《うそ》に、男の子はこくりと頷く。

母親はさっと背中を向けると、足早にその場を離れた。他の人も後に続いた。益恵が最後に振り返って見た時、捨てられた子は、まだアケビのツルをちゅうちゅうと吸い続けていた。

山の中で渓流を見つけた。誰もが我先に渓筋《たにすじ》に下りていって、手ですくって水を貪《むさぼ》り飲んだ。生き返るような気がした。真っ黒に汚れた手も顔も洗ってきれいにした。勝仁の顔も洗ってやった。勝仁は喜んで笑い顔になったが、武次は虚《うつ》ろな目をしてされるがままだった。脱臼した方の腕をだらんと垂らしている。痛がる様子もない。口に水を持っていっても飲み込む力がないのだった。

母は、水辺に座って胸元を広げ、ふみ代に乳をふくませた。水を飲んだから少しは乳が出るのか、ふみ代はいつまでも乳首をくわえていた。

その時、渓の上の繁《しげ》みがガサガサッと揺れた。

「クワイゾー（早く行け）」

中国語が頭の上から降ってきた。満人の男が数人、斜面を滑り下りてきた。どう見ても、食べ物をくれた優しい満人とは違っていた。

「ショウハイ、ライライ（子供来い、来い）」と誘っている。

「人さらいだ」誰かが緊張しきった声を上げた。

母がさっと胸を掻き合わせて立ち上がるのが見えた。ぐったりしている武次の手を引っつかむ。益恵も反射的に勝仁の手を引いた。

「チャンベライ（こっちに来い）」

薄気味の悪い笑顔を貼り付けた男たちが、何かを手にやって来る。益恵たちは、一斉に渓筋に沿って逃げた。

「カイゾ、カイゾ（早く早く）」と男たちが追ってくる。

それまでにも女性や子供がさらわれるところを見ていた益恵たちは、転げるようにして逃げ回った。勝仁がわんわん泣きながら、引っ張られてついてくる。前を行く誰かのあとを追うのが精一杯だった。そのうち、前にいたはずの人物は見えなくなった。背中をつかまれるほど、満人が近づいてくる。勝仁を先に行かせ、背中を押しながら斜面を上がった。

「チェン、チェン（お金、お金）」

斜面の下から男が怒鳴る。金で子供を買いたいと言っているのか。満人は働き手になる男の子を欲しがるのだと誰かが言っていた。

「チェン、ブヨー（お金、いらない）！」

下に向かって怒鳴り返した。勝仁には「早く上りなさい！」と急かす。渓の上に上りつめ、森の中を弟の手を引いて逃げた。勝仁の息がはっはっはとせわしく聞こえる。満人はしつこく追いかけてくる。森の奥に横溝さんが立っていた。彼は父の銃を構えて、満人を威嚇《いかく》した。

「そっちに逃げなさい！」

反対側の森を指差して怒鳴る。益恵が横っ跳びに森の中に飛び込んだ途端、ズドンッと大きな音がした。鼓膜が張り裂けそうになる。そのまま木の幹に頭をぶつけてしまった。

気が遠くなる。倒れ込んだ益恵の横を、満人たちが悲鳴を上げて通り過ぎていった。

「おい！　その子を放せ！」

後ろからまたもう一発。それきり、森の中はしんと静まり返った。

「益恵ちゃん、益恵ちゃん」

幻のような声が益恵を起こす。そっと目を開くと、すぐ前にふみ代の顔があった。姉の顔を見て、にっこりと笑う。ふみ代、もうこんなに笑えるようになっていたのか。ずっとまともに見ていなかったから気がつかなかった。さっきお母さんに水できれいに顔を拭《ぬぐ》ってもらったから、可愛《かわい》いこと。ぼんやりとそんなことを思った。

「あ、気がついた。よかった」

団のおばさんたちが、ほっとしたように言った。そのうちの一人が、ふみ代を抱いているのだった。益恵は、がばりと起き上がった。頭がずきんと痛んだ。

「お母さんは？」

ふみ代を他人が抱いているなんて変だ。母に何かがあったに違いない。さっきのおばさんが顔を曇らせた。

「お母さんはね、かっちゃんを連れ戻しに行ったんだよ」

はっと自分の手を見た。勝仁。さっきまでしっかり手を握り締めていたのに。

「満人に連れていかれたんだけど、大丈夫。横溝さんとお母さんが追いかけていったから。横溝さんは鉄砲も持ってるし」

おばさんの後ろの地面に力なく横たわる武次が見えた。

「タケ！」

うっすらと目を開けるが、もう何も見えていないようだ。疲れ果て、飢えて弱ってしまったもう一人の弟。離してしまった勝仁の手の代わりに、武次の手を握り締めた。握り返してくる力も、ふみ代のように笑う力ももう残っていない。

母と横溝さんが帰ってくるまでに長い時間がかかった。初めは益恵を励まし、ふみ代をあやしてくれていたおばさんたちも黙り込んだ。夕方になって疲れ果てた二人が戻ってきた。

「勝仁は？」

母は力なく頽《くずお》れて、顔を両手に埋《うず》めてしまう。

「満人部落に行ったが、どこにも堂島さんの子供はいなかった」

横溝さんは「それよりも――」と言った。それよりも大事なことがあるのか。益恵はきっと横溝さんを睨《にら》みつけた。せっかくずっと守ってきた弟を、満人に連れていかれるとは。今頃は、心細くて怖くて泣いているだろう。そう思うと、自分の不甲斐《ふがい》なさに腹が立った。どうしてあの時、手を離してしまったのか。

「ソ連軍の一個小隊に出くわした。急いで逃げてきた。もう満人部落へは行かれない」

もう勝仁を探しに行かないということだ。益恵は唇を噛んだ。

「別の団からはぐれた人たちに会った。日本は――」そこで横溝さんはぐっと言葉を詰まらせた。「日本は戦争に負けたんだ」

「そんな……」

女性たちは天を仰《あお》ぎ、涙を流した。

「牡丹江にもハルピンにも、ソ連軍が入っているようだ。日本人は捕まって収容所に入れられるそうだ」

もう動く気力も体力もなくなり、その場で夜明かしをした。遠くから地響きのような音が聞こえてきた。あれはソ連軍の戦車部隊が通っていく音だと、横溝さんが言った。夜が明けた。誰かが水筒に汲《く》んでおいた渓流の水を回してくれて、一口ずつ飲んだ。横溝さんは、とにかくもっと山の奥へ行かないとソ連兵が山狩りをすると言って、歩き出した。重い銃を持って行けず、弾を抜いて捨てた。

母は勝仁がいるかもしれない満人部落の近くから動くことを嫌がったが、おばさんたちに説得されて腰を上げた。自分の服の袖を破って、その辺の木の枝にくくり付けた。

「益恵、いつかここへ戻ってきて、勝仁を取り返してね。これが目印だからね」

益恵は、絣《かすり》の模様を頭に焼き付けた。ここへ戻って勝仁を探してやることができるだろうか。武次が歩けなくなったので、ふみ代を益恵が抱いて、母が武次を空になったリュツクサックに入れて担いだ。リュックサックの中に入れてしまえるほど、武次の体は痩せ衰《おとろ》えていた。

誰もが疲弊し、子供たちも口を閉ざした。山道を行く一行は、たいして進まなかった。

「日本は負けたんだから、もう帰っても仕方がないよ」

誰かが捨てばちになって呟いたが、答える者はいなかった。横溝さんも黙り込んでいる。どうしたらいいのか、彼にもわからないのだ。少し歩いては休むことの繰り返し。

「タケ、タケ!」

母の声が響いた。はっとしてふみ代を抱いたまま益恵は母ににじり寄った。武次は目を開けているが、もう何も見てはいないようだ。ぐったりと首が傾いている。

「しっかりしなさい! タケ!」

母がぴしゃぴしゃと頬を叩いた。ふっくらと赤い頰の可愛らしい男の子だったのに、頰骨が飛び出すほどやつれていた。黒目がぐるりと回って、母と姉をとらえた。

「お母ちゃん……」

武次ははっきりとそう言った。このところ、弱って言葉を発することはなかった。おばさんの一人が、水筒を口に持っていった。武次はごくりと一口飲んだ。細い喉が上下した。

それきりだった。母がわっと泣き伏した。武次はもう目を開けることはなかった。

目についた一番大きな木の下に、何とか浅い穴を掘って、武次を埋めた。代わる代わる穴のそばに跪《ひざまず》いて、手を合わせた。小さな手を合わせる子は、武次と同じくらい痩せていた。益恵は一人ずつの顔を見ていた。女性が六人、子供が十一人。あとは母と益恵とふみ代。それと横溝さん。開拓団を出た時はあんなに大勢だったのに、今はこれだけになってしまった。

「行きましょう」

ふらりと横溝さんが背を向ける。皆もそれに倣《なら》う。もう思考する力もなく、言葉を発した者に従って動く習いになってしまっているのだった。

三日後に、山の中で日本軍の兵士十数人に出会った。軍服は垢《あか》で汚れて破れ、裸足《はだし》の者も多かった。髭《ひげ》だらけの顔の真ん中で、落ちくぼんだ目だけがぎらぎら光っていた。横溝さんは、彼らに駆け寄った。

「有難い。私たちは婦女子と子供ばかりの開拓団です。牡丹江まで行きたいのです。どうか一緒に連れていってください」

歩兵の隊長らしき人が前に出て怒鳴った。

「我々もソ連軍に追われているのだ。開拓団の保護などしている暇《ひま》はない」

そうきっぱりと言った。横溝さんは、よもやそんな冷酷非情な挨拶が返ってくるとは思っていなかったという表情を浮かべた。これが精鋭関東軍のなれの果てなのだと、益恵も思った。こんな人たちを頼りに開拓をしてきたのだと、情けない気持ちになった。

その時、山の峰を飛び越して、ソ連機が数機現れた。機銃掃射が始まった。すぐ目の前に立っていた兵士が撃ち抜かれて、バタバタと倒れた。女たちは、悲鳴を上げて逃げ惑った。ソ連機は、一度通り越した後、旋回して戻ってきた。地面に倒れた兵士の一人が小銃で撃ち返したが、そんなものが当たるはずもない。もう一度、掃射に遭った。森の中に伏せた益恵の前の地面に、プスプスと弾が突き刺さる様子が見えた。土煙が舞った。

ソ連機のエンジン音が遠ざかっても、なかなか頭を上げることはできなかった。血塗《ちまみ》れになった兵士の中には、まだ息のある者もあって、呻《うめ》き声が聞こえていた。

益恵の後ろの斜面から、横溝さんが這《は》って上がってきた。踏み分け道に出て、兵士たちの背嚢《はいのう》や奉公《ほうこう》袋の中を探っている。その様子を見ていた団の女性や子供も這い出してきた。ふみ代を抱いた母も寄ってきて、益恵を立たせた。奇跡的に皆無事だった。

振り返った横溝さんの手には、手榴弾《しゅりゅうだん》がいくつか握られていた。

女たちは、黙って彼の手元を見ていた。横溝さんがそれを何に使うのか、よくわかっているという顔だった。

「もう生きて故郷に帰ることはかないません。皆さん、こうなったら一緒に死にましょう」

反論する者は誰もいなかった。子供の中で一番大きな益恵には、横溝さんの言っていることは理解できた。死ぬことは怖くなかった。父も武次も死んだ。勝仁ともう会えまい。ここで命を絶つのが道理のように思えた。

少しだけ歩いて、開けた場所に出た。草地になっていて、小さな白い花が咲いていた。見晴らしもよく、遠くの地平まで見渡せた。

女たちは身づくろいをし、子供たちの顔を拭ってやった。何も知らない幼子たちは、母親のすることに従った。中にはニコニコ笑っている者もあった。横溝さんを中心として身を寄せ合った。覚悟を決めた女たちは、手を合わせて東方を遥拝《ようはい》した。帰ることのかなわなかった懐かしい祖国に最後の別れをした。益恵も神妙に手を合わせた。

穏やかな気持ちだった。

母にぎゅっと抱き寄せられた時は、幸せだとさえ思った。いつも弟や妹たちの世話をするだけで、母に甘えるということをしなかった。死ぬ前に、こうして母に抱かれて嬉しかった。すぐ近くにふみ代の顔もあった。

「では――」

横溝さんの声が聞こえた。途端にあちこちで、手榴弾のピンを抜く音がした。それきり、益恵は無音の世界に落ちていった。

益恵は草原で花を摘《つ》んでいた。開拓団の集落を取り囲む土塀の外には、春になると色とりどりの花が咲き乱れた。リンドウ、ユリ、芍薬《しゃくやく》、ナデシコなどの草花。アカシア、桃、アンズなどの木々にも花が満開になる。それを友だちと夢中になって摘んだ。すぐに美しい花束ができあがった。

家の手伝いも忘れて、陽が落ちるまで草原にいた。

西の空が茜色《あかねいろ》に染まり始めると、立ち上がって背伸びしてその風景を眺めた。益恵の一番好きな風景だった。一望千里、どこまでも続く草原が、燃え立つように赤く輝き始めるその瞬間は、ため息が出るほどきれいだった。

ぴちょんと滴《しずく》が頰に垂れてきた。

それで益恵は目を開けた。ああ、眠ってしまっていたのだと思った。花を摘んでいるうちに、草原の真ん中で。友だちはどこだろう？

起き上がろうとするのに、動けない。体が押さえつけられているようで、重たい。どうにか頭だけを出して周囲を見渡した。草原ではなかった。手に花束もない。

首をぐるりと回すと、幾人もの人が折り重なっているのが見えた。

ああ――、そうだった。

私はここで集団自決したんだった。頬を拭うと、指先に血がついた。さっき垂れてきた滴は、誰かが流した血だったのだ。その途端、むっとするほどの血の臭いが鼻をついた。よくよく目を凝らすと、凄惨《せいさん》な光景が広がっていた。手榴弾によってちぎれ飛んだ人の手足がそこここに散らばっていた。手足の断面には赤い肉が露わになっていた。顔が半分吹き飛ばされた人もいる。どす黒い血が流れて草を濡《ぬ》らしていた。

慄《おのの》いたり、泣いたりということはなかった。こうなることはわかっていたのだ。なぜ自分だけが助かったのだろう。皆死んでしまった。私はたった一人になってしまった。しばらくその場でぼんやりした後、身をよじって体を抜き出した。

益恵の上に覆《おお》いかぶさっていたのは、母だった。うつむいた死に顔はきれいだった。母の腕の中を見て、はっとした。ふみ代がいた。無傷で、だけど泣きもせず、姉をじっと見上げていた。

思わず抱き取ろうと手を伸ばした。ふみ代も小さな手を母の体の下から差し出した。姉に抱かれるのが当然というように。だが、益恵の手は止まった。こんな小さな赤ん坊を抱いてどうするというのだ。お乳もない。たった十歳の子が連れていって、生かしてやれるはずがない。山から出た途端に、ソ連兵に撃ち殺されるかもしれないというのに。

「お母ちゃんと一緒にいな」

ふみ代の黒目が真っすぐ益恵に向いていた。唇が、お乳を吸うようにすぼまった。

「さよなら、ふみちゃん」

さっと立って背を向けた。

草地の端までいくと、地平線が見渡せた。

満州の大地に、赤く熟れた太陽が沈むところだった。振り向くと、折り重なった亡骸《なきがら》も、赤く染まっているのだった。

どうして私は生き残ったんだろう。また同じことを思った。

そしてゆっくりと歩き始めた。赤々と燃える夕陽を背中に受けて。

第二章　湖のほとりで

　身軽な格好で行きたいから、荷物は先に旅館に送ることにした。ホテルではなく、三人で床《とこ》をのべて眠れる畳の部屋に泊まろうと富士子が提案し、アイも賛成した。宿の手配は、スマホを使いこなす富士子が難なく済ませた。

「問題は國先島よ。あそこは民宿しかなかったから、どうしようかと思って」

「民宿でもいいじゃないの。でも國先島に泊まることになるかどうかはわからないわねえ」

　アイは、宇都宮佳代とは連絡がつかないのだと説明した。

　また石神井川沿いを歩いている。益恵の荷物を預かるために王子の家に向かっているのだった。

「そうだねえ。とても小さな島みたいなのよ。佐世保港からフェリーで三時間もかかるし」

　富士子はスマホを取り出して操作した。

「ほら、こんな島」と画面をアイの目の前に差し出してくる。

「待って待って」

急いで老眼鏡を取り出して、小さな画面を凝視《ぎょうし》した。

「富士ちゃん、よくこんな小さなのが見えるわねえ」

歩きながら見るのは困難なので、この前も座ったベンチに腰を下ろした。白砂に青い海の写真だった。

「きれいねえ」

横から伸ばされた富士子の指が画面をスワイプするたび、写真が変わる。白い灯台、アコウの巨樹、放牧された黒牛、教会。

「そうか。長崎県だものね。こんな小さな島にもキリスト教の信仰が行き渡っていたのね」

説明文には、信徒たちが砂岩を切り出してコツコツと造り上げた教会だとあった。こんな小さな島にしては、大きくて風格のある建物だった。

最後に島の地図が現れた。民家は港の近くに固まっているようだ。この小さな島で、子供の益恵は、どんな生活を営んでいたのだろう。この地に足を下ろしたら、益恵に変化は起きるだろうか。三千男は、あまりたくさんの情報を先に入れると益恵が混乱してしまうので、行き先や予定をあらかじめ伝えない方がいいだろうと言う。のんびりと思いつきで旅をしていて、ちょっと寄ってみたという雰囲気で馴染《なじ》みの町に連れていくのがいいだろうと。

認知症になった益恵は、たくさんのことを段取りよくこなすということができない。あまり先のことまで考えられないから、急《せ》かすと感情を爆発させることがある。怒ったり声を荒らげたりするのは、アイも知っていた。

だから三千男の言に従うことにした。かつて益恵が住んでいた土地を訪ねると、ことさら強調するのはやめた。彼女から、あらかじめ情報を聞き出そうともしないでいた。ただ昔のように三人で楽しい旅行に行くのだと、会うたびに伝えている。今はそれで充分だろう。

「まあ、島のことは旅行しながら考えてもいいわ。フェリーも民宿もすいてるでしょうから」

「わかった」富士子はスマホをしまった。

「いよいよね」

「今日、まあさんの荷物を預かって帰ったら、荷造りして送っておくから」

「お願い」

三人分の着替えを、富士子のスーツケースに詰めて送ることになっている。学芸員をしていた時に、海外へ行くこともあった富士子は旅慣れているし、大きさも様々なスーツケースを持っていた。

「大きなのはよっぽど処分しようかと思ったんだけど、取っといてよかったわ」

益恵の着替えは、三千男がきちんと揃《そろ》えてあった。

当の益恵は、昼寝中だった。朝方、ちょっと混乱して騒いだので疲れたのだろうと三千男は言った。

「夜、あんまり眠れなかったようなんだ」

おそらく三千男も眠れていないのだろうが、そういうことはおくびにも出さない。

「旅行に行くから、興奮しているのかしら」

「ああ、そのことはわかっていて、行く気になっているようだ。こういうことはちょいちょいあるんだ。旅行中に迷惑をかけるかもしれないが……」

「心配しなくて大丈夫。そうなったら、とことんまあさんに付き合うから」

三千男はまた頭を下げた。

彼は小学校の教員をしていた。受け持ちのクラスの子供が、校区内の文房具屋で万引きをした。家庭で問題を抱えた子だった。文房具屋から親に連絡したが、忙しくて行けないとの返事だったようだ。それで三千男が駆けつけた。

警察に知らせないで、親や学校へ先に連絡をくれたことに礼を述べた。

「いいんですよ。子供は欲にかられて物を盗《と》るんじゃないんです。きっと理由がありますよ」

　そう言って子供を許したのが、文房具屋の店員だった益恵だった。そういう馴《な》れ初《そ》めを、夫婦と知り合った頃にアイは聞いていた。三千男と益恵らしい出会いだと思ったものだ。

「ねえ、三千男さん。三千男さんは、どうして今度の旅を思いついたの？」

　訊《き》かずにいようと思っていたのに、つい言葉が滑り出た。

「ごめんなさい。立ち入ったことを訊いて」

　急いで付け加えたが、三千男はゆったりと微笑《ほほえ》んだ。

「その理由をきちんと言葉にするのは難しいんだ。無理なお願いをしておいて申し訳ないが」

　富士子が持参して、自らが淹《い》れたハーブティーのいい香りが部屋に広がっている。その香りを吸い込むように、三千男は大きく呼吸した。

「僕はまあさんと一緒になる時に、彼女の過去なんかどうでもいいと思ったんだ。今の彼女がいてくれたらそれでいいと。今もその考えは変わっていないよ」

　アイと富士子は同時に頷《うなず》いた。

「まあさんが認知症になって――」三千男は言葉を切った。庭の方をちらりと見やる。家の前の道を、黄色い帽子を被《かぶ》った小学生が何人か通っていった。

「あの人が不安とか恐怖とか、そういう感情に囚《とら》われるのをそばで見てきた」

下校する子供たちが賑《にぎ》やかにしゃべっている声が、居間まで届いてきた。三千男の視線は、まだ子供たちを追っている。

「どうにかして平穏《へいおん》な気持ちにしてやれないかと、その手の本も随分読んだよ」

子供たちの声が遠ざかり、三千男はアイたちに向き直った。

「でもこれという答えは見つからなかった。そこに書いてあることは一般論であって、一つ一つの症例には当てはまらない」

「ええ」

「老人はいろんな背景を背負っていて、認知症のあり様《よう》も様々なんだ。だから、結局答えはそれぞれが見出《みいだ》すしかない」

アイの隣で、富士子がそっと身じろぎをした。

「本にはこう書いてあった。認知症の人の不安の根源は、周囲の世界とのつながりの喪失だって。でも『世界』って何だろう？」

哲学的な話になってきた。アイはハーブティーを一口飲んだ。ほんのり甘く、温かな液体を飲み下す。

「僕らが『世界』だと信じているものはそれほど確たるものだろうか？」

その問いが、答えを求めているものではないとわかった。すぐに三千男は言葉を継いだ。

「確かなものなんてどこにもない」

彼は認知症になった妻を前に、たくさんのことを考えたのだと思った。

「僕はこう思ったんだ。確たる世界が幻なら、それと強固につながる意味なんてないって」

三千男は、益恵が眠っている寝室の方へ顔を向けた。

「まあさんを見ていても、その思いは強くなったんだ。認知症の人は、残った記憶を掻《か》き集め、それぞれの『世界』を創り上げる。そこに意味と調和を見出す。それが認知症の人の平安なんだ。その『世界』が彼らをつなぎ留めていてくれる」

「だから、まあさんの記憶をたどる旅を思いついたってことね」

アイが言った言葉に、三千男は小さく頷いた。

「でもそれだけじゃない。ただ懐かしい思い出をたどるだけでは、まあさんは救えない」

「救えない？」

富士子が驚いたように口を挟んだ。

「認知症の人は、何もかもわからなくなるんじゃない。ある感性は逆に鋭くなる」

三千男はちょっと辛《つら》そうな顔をした。

「過去の断片が、まあさんを苦しめている。意識のまとまりが崩壊してしまって、混乱の

極みに彼女を追い詰める。それまでは理性で抑《おさ》えつけていたものが溢《あふ》れ出してきていると
いう気がしてならないんだ」

アイも富士子も一言もない。ただ三千男の言葉に耳を傾けるだけだ。

「あの人の中には――」三千男は天井を仰《あお》いで一つ息を吐いた。「あの人の中にはつかえがあると思う」

目の前の二人に向けた三千男の視線は険《けわ》しかった。

「そのつかえがあるばっかりに、まあさんは自由になれない。認知症でも何でも、ゆったりとした気持ちで死に向かえない。何かが彼女をがっちりと押さえ込んでいるみたいに」

三千男は、ティーカップにふうっと息を吹きかけた。湯気で眼鏡《めがね》が少しだけ曇《くも》った。

「僕はね、まあさんの孤立した不安な魂を救ってやりたいんだ。嘘《うそ》の世界でもいいから、安心して住める世界を用意してやりたい」

三千男の言いたいことはわかった。益恵は時々、混乱して騒ぎ立てることがあった。それを、ただ認知症になった年寄りの症状だと思わずに、この理性的な人は、透徹《とうてつ》した目で原因を探っていたのだ。それは夫である三千男にしかできないことだろう。

過去の一場面を切り取ってくるだけでなく、妄想も口にした。認知症が出始めた頃には、それが顕著《けんちょ》だった。アイや富士子に対して、もっともらしい顔をしておかしなことを言ってくることがあった。

「三千男さんは、昔とっても大きな犬を飼っていたの。散歩させるのに苦労した」

「私は以前、新聞記者をしていた」

「若い頃に一時フランスで生活していたことがあるのよ」

そんなたわいのない妄想をさらりと言った。そういう時「飛行機に乗れないのに、変ねえ」などと言い返してはいけない。益恵の気持ちに添うように言葉を選んだ。

月影なぎさの映像を見ながら、「この子は私の娘なの」と言ってくると、「あらそう。こんなきれいな人が娘さんだなんていいわね」と話を合わせた。そうすると、益恵は満足そうににっこり笑うのだった。

認知能力が低下した老人の中には、家族を泥棒と罵《ののし》ったり、食事に毒が入っていると言って食べることを拒否したりする人もいると聞く。そんな人に比べたら、益恵の嘘はかわいいものだと思ったりしていた。だが、違っていたのかもしれない。夫である三千男は、もっと深いところまで見抜いていたのだ。

あれは非合理なわけのわからない世界に迷い込んだ益恵が、必死で構築しようとしていた居心地《いごこち》のいい世界だったのだ。そしてその奥には、益恵が抱えてきた重い何かがある。そこに三千男は思い至った。

「だから、過去に向き合わせることにしたの？　まあさんを」

三千男はちょっと困った顔をした。白い眉《まゆ》の両端が下がる。

「そんなにおおげさなことじゃないんだ。ただこのままじゃいけないと思った。つかえを取り去ることまではできないかもしれないけど、まだらな記憶が入り乱れて、それに苦しめられる状況からは救えるんじゃないかと思った。ただ旅をしているうちに、まあさん自身が結論を出すだろうから」

益恵が答えを出す、という意味を問い直すことなくアイは理解した。重いものを長年抱えてきた益恵に、そのつかえと折り合いをつけてやっていく術《すべ》を与えたいのだろう。虚構の世界でも何でも、安心してつながっていられるものを、彼女自身が見出すに違いない。

「申し訳ない」もう何度目かになる謝罪の言葉を、三千男は口にした。「本当はここまで言うつもりじゃなかったんだ。今度の旅に、何か任務のようなものを付帯させてしまうから。ただ気楽に旅を楽しんできてもらえたらそれでいいと思っていたんだ」

「よくわかりました」

そうきっぱりと言ったのは、富士子だった。

「旅そのものが目的だってことよね。まあさんはぐるっと自分の人生を見渡して、きっとそれで満足するわ」

アイの考えも変わった。益恵に刺激を与えないようにしようとか、自分たちがフィルターになろうとか、そんな傲慢《ごうまん》な考えを富士子に伝えた自分を恥じた。何もかも益恵に任せればいいのだ。自分たちはただの付き添いだ。

肩の力がすっと抜けた。

「出発は三日後ね！」

背筋を伸ばして言った。


新幹線を米原《まいばら》で降りた。京都まで乗って、大津へ引き返した方が時間は短縮できるが、琵琶湖《びわ》を見ながら、東海道《とうかいどう》本線でゆっくり行きたいとアイは言った。急ぐ旅ではない。そうしようと富士子も賛成した。

「きれいに湖が見えるわねえ」

富士子は景色をスマホに収めた。くるりと振り返ってアイと益恵も撮る。

晴れ渡った空の下、広々とした琵琶湖が見渡せた。大津駅からタクシーに乗って琵琶湖畔まで来た。見つけた湯葉《ゆば》料理の店でお昼を食べた。食べる前に富士子は料理の写真も撮った。

「まあさん、おいしい？」

富士子の問いかけに、益恵はうんうんと頷いた。比叡山延暦寺《ひえいざんえんりやくじ》発祥ともいわれる湯葉や大津の名物である赤コンニャクを食べても、特に懐かしがることもなかった。アイや富士子よりも、益恵の方が食欲旺盛《おうせい》だ。富士子は半分も食べないで箸《はし》を置いた。

その後、大津湖岸なぎさ公園の中を散策した。

「気持ちが晴れ晴れする」

サイクリングやジョギングをする人たちが、三人を追い越していく。湖の向こうには、山並みがかすんで見えた。

「ほら、見て。ヨットがあんなにいっぱい浮かんでる」

富士子が指差す方角に、益恵も目を向ける。ヨットの向こうにはクルーズ船が行き交っている。

「まあさん、あんな船に乗ったことはない？」

大型の外輪船を指差して尋《たず》ねると、益恵は首を傾《かし》げた。

「あれはないねえ。私が乗ったのは、もっと大きな船だった。もうぎゅうぎゅうで――」

きっとそれは満州からの引き揚げ船のことだろう。そう推察したが、アイは黙って聞いていた。

「真っ暗だし、揺れるしねえ。あんなに揺れる船にはもう乗りたくない」

引き揚げ船の話は、東京にいる時には聞いたことがなかった。のみならず、満州に関連したことが、益恵の口から漏れるのは初めてだ。かつて住んだ大津に来たことが、少しだけ益恵の心境に変化をもたらしたのか。

「じゃあね、明日はクルーズはやめて三井寺《みいでら》にでも行ってみようか」

三井寺という言葉にも、益恵は無反応だ。服部頼子の話では、益恵と夫の忠一は、京阪《けいはん》三井寺駅の近くに住んでいたらしい。

「みづうみの鐘の音《ね》に散るさくら花」

いつの間にか富士子が『アカシア』を取り出して、句を読みあげた。

「これ、三井の晩鐘《ばんしょう》のことを詠《よ》んだ句よね」

「そうねえ」

益恵は自分が詠んだ句だとわかっているのかいないのか、曖昧《あいまい》な返事をした。

三井寺で夕刻に撞《つ》かれる鐘は、近江《おうみ》八景「三井の晩鐘」として親しまれている。環境省が選んだ「残したい〝日本の音風景１００選〟」にも選ばれた荘重《そうちょう》な音らしい。益恵も何度も聴いたはずなのだ。だからこそ、俳句にして残したに違いない。

「一回三百円で撞けるみたいよ」早速富士子がスマホで調べている。

「ねえ、明日行ってみましょうよ」

「今晩、また考えましょう。それより服部さんたちが待ってるわよ」

琵琶湖に面したホテルのロビーで、服部頼子と坂上ナヲエと待ち合わせていた。

目当ての二人はすぐにわかった。広いロビーの隅のソファに、背中を丸めた二人の老婆《ろうば》がちょこんと座っていたのだ。益恵を真ん中にして近寄っていくと、二人の顔いっぱいに笑みが浮かんだ。

「益恵さん。益恵さんだ」

声は届かないが、一人の口が明らかにその言葉を発している。

二人とも立ち上がろうとして座面を両手で押さえるのだが、うまくいかない。クッションのきき過ぎたソファを相手に悪戦苦闘している。それでも、二人がそばに行くまでには、よろけながらも立ち上がった。

「まあ、まあ、あなたに会えるやなんてねえ」

手を差し出した痩《や》せた方の女性が、服部頼子だった。坂上ナヲエも名乗って、益恵の手を握《にぎ》ろうとするが、益恵はきょとんとしたままだ。

「カヨ――ちゃん？」

頼子とナヲエは顔を見合わせた。

「ごめんなさい。電話でお話ししたように、まあさん――いえ、益恵さんは、認知症で」

急いでアイが説明する。

「ええ、ええ。わかっていますよ」

「でも会いに来てくれはっただけで嬉しい」

人のよさそうな老婆は口々に言った。そして益恵の背中を撫《な》でた。益恵もそれを拒《こば》もうとはしなかった。

「それじゃあ、お茶でも――」

自己紹介をし合った後、富士子が誘った。

五人は連れ立って二階のカフェに向かった。エスカレーターで上がっていく間も、頼子とナヲエは何やかやと益恵に話しかけていた。

「うちの子が、益恵おばちゃんに会いたいてゆうてたわぁ」

「三人で朝市に行って、たくさんこと買うて帰ったね」

益恵が答えることはないが、二人ともたいして気にしていないようだ。

カフェはすいていた。五人で窓際の席に座った。大きな板ガラスの向こうには、琵琶湖の平らかな湖面がどこまでも続いていた。すぐ近くにクルーズ船の乗り場があって、さっき見た外輪船が着岸していた。

抹茶と和菓子のセットを頼んだ。ついでにスタッフに頼んで、五人の写真を富士子のスマホで撮ってもらう。それからそれぞれの近況を報告し合った。益恵が認知症になって在宅での介護が困難になり、もうすぐ老人ホームに入ることを説明した。その前に、懐かしい人たちに会いに行くよう、今のご主人が提案してくれて、アイと富士子が付き添って来たことなどを話すと、二人は深く頷いた。

「それはしょうがないことです。私の主人も施設に入っております」

ナヲエがやや肩を落として言った。長年老老介護を続けてきたが、体力の限界がきて、決心したのだと。

「せやけど、入ったら、ええこともあります。介護士さんが行き届いた世話をしてくれはるから、家では癇癪《かんしゃく》ばっかりおこしてたのに、今は穏やかに過ごしてますわ」

頼子の方は、娘夫婦と同居していて安泰《あんたい》に暮らしていると言った。旦那さんは三年前に亡くなったらしい。頼子がどこに泊まるのかと尋ねてきた。アイは宿の名前を告げて、三泊する予定なので、よかったらその間付き合ってもらえないかと頼んだ。二人とも相好《そうごう》を崩して喜んだ。

「益恵さんと三日も一緒におれるやなんて、夢みたい」

「ええご主人さんやわ。こうして旅に送り出してくれはるなんて」

富士子が東京での益恵夫婦の暮らしぶりを説明した。

「東京へ行って幸せになってよかったんやね。益恵さん。東京へ行かはるて聞いた時は寂しかったけど」

当時は三人が近所に住んでいて、しょっちゅう行き来をしていたのだという。

「益恵さん、子供好きでね。町内会で夏には水泳場へ行って、よその子供さんが泳ぐのを嬉しそうに眺めてましたわ」

滋賀県民は、琵琶湖で泳ぎを覚えるのだとナヲエが言った。湖畔にたくさん水泳場がある。

「湖やから水泳場て言います。海水浴場じゃなしに。滋賀では、白砂青松《はくしゃせいしょう》の水泳場ですわ」

お花見やお寺参りにもよく三人で行ったという。彼女らの夫や子供が車を出してくれて、遠出をしたりもしたらしい。家族ぐるみで付き合いをしていたということか。頼子の子供が益恵に会いたがっていたというのも頷ける。

「そういう時は、益恵さんのご主人も行かれたんですか？」

頼子はちらっとナヲエを見た。ナヲエは居心地が悪そうに、座り直した。

「益恵さんは、大津で前のご主人を亡くされたんですよね？」

「そうです。益恵さんはようでけた人で、ご主人、忠一さんていわはりましたけど、最後までみてあげて。随分苦労もしたと思いますけど」

益恵はさっさとお茶も和菓子も食べてしまって、手持ち無沙汰《ぶさた》に湖の方を眺めている。

「まあさん、テラスに出てみましょうか」

富士子が益恵の手を取った。益恵は素直に立ち上がってついていく。カフェから直接テラスに出ていけるようになっている。富士子はガラスのドアを押して、広いテラスに益恵を連れ出した。テラスにはところどころ、パラソルが設置されていて、その下にはテーブルと椅子《いす》が置いてあった。

その一つに二人が腰を下ろすのが見えた。富士子の髪が風になびいている。それを押さえる手が細い。富士子は子宮筋腫《しきゅうきんしゅ》の手術をしてから、髪を染めるのをやめた。すっかり銀色になった髪の毛も、かなり量が減った。一番若くて元気だと思っていた富士子にも、確実に老いの衰《おとろ》えが忍び寄っている。

「まあ、死んだ人を悪《わる》ゆうたらいかんけど――」頼子の声に、はっと前を向いた。「私なら、とうに放り投げてしもうたでしょうね」

「それは、どういう――？」

恐る恐る尋ねた。

「もう昔のことですし、益恵さんも忘れてしもうとるようですから言いますけどね」

今度はナヲエが口を開いた。

「忠一さんは頑固で横暴な人でね。こう――なんて言うか」言葉を探して宙に目をやる。「言い出したらきかんのです。もう錯乱《さくらん》状態ていうか。益恵さんに手を上げることもあってね。可哀《かわい》そうでした。益恵さん、じっと耐えとるばかりで」

「あれはな――」頼子が言葉を引き取る。「あれはどうも子供のことに関係しとるようやったわ」

「子供のこと？」

「ええ」

目の前の二人は、同時に首を縦に振った。それから迷うように見つめ合った。

「忠一さんと益恵さんは、女の赤ん坊を生まれて間もないうちに亡くしとりますやろ？」

「はい。それは聞いたことがあります」

「詳しい事情は私らもよう知りまへんけど、どうやらそのことでお二人の間にわだかまりがあるみたいで」

そうだったのか。三千男と再婚した時点で、そんな過去のことはもう忘れていると勝手に思い込んでいた。だが、女にとって子を産むというのは大きなことだ。その子を喪《うしな》うということも。

アイは、美絵を産んだ時のことを思い出した。この世にこんな愛らしいものがあるのかと思った。全身全霊で自分に頼ってくるものがあるという緊張感、高揚《こうよう》感。それと誇らしさ。輝かしいあの朝の気持ちが蘇《よみがえ》ってきた。もう何十年も忘れていたものだった。

アイがほっと息をついたのと、頼子が口を開いたのが同時だった。

「忠一さんは、赤ん坊の泣き声を嫌っておいででした」

「そうです。赤ん坊の声が聞こえると、狂ったみたいに暴れて手がつけられんようになったんです」

頼子は、町内会の夏祭りの時に、忠一が赤ん坊の泣き声に過剰反応して錯乱したことを話した。益恵一人の手には余るので、町内会の男性が数人で押さえつけて家に連れて帰ったのだという。それ以来、忠一は近所づきあいをやめて、職場と家との往復をするだけになったらしい。

「でも、それからも同じようなことは家の中で繰り返されとったようで——」

なあ、と同意を求めるようにナヲエに視線を移した。釣られてアイもナヲエを見た。彼女は大きく頷いた。

「私は隣に住んでおりましたから。あの人は、テレビから赤ん坊の声が聞こえてもあかんのです。なだめようと必死な益恵さんを突き飛ばすわ、足蹴《あしげ》にするわ、もう無茶苦茶でね。うちの人が何べんも駆けつけて力ずくで収めたもんです」

「それが赤ちゃんを喪ったせいだと?」

「はっきり益恵さんがそう言うたわけやありません」

ナヲエは悲しげに首を振った。

「私らが訊いても、言葉を濁《にご》して教えてくれはらへんかった……」

「ただ、私が悪いんやて言うばかりで」

「そやから、これは私らの推測でしかないんです」

背を丸めた老婆は口々に言った。

「ただもうちょっと後になってから、益恵さんは、自分の不注意で子供を死なせてしもうたんやとぽつりと言わはりました」

だからことあるごとに益恵を誘い出して、いろんなところに行ったのだと付け加えた。せめて気分転換をしてもらおうと。それくらいしか自分らにできることはなかったと優しい老婆たちは肩をすくめた。

三千男と穏やかに暮らすところしか見ていないアイには、衝撃的な事実だった。そんな苦労を乗り越えてきていたとは。

今も益恵は、時に押し寄せるそういった記憶に悩まされているのではないか。もし赤ちゃんを死なせてしまったという罪の意識が根底にあるのなら、なおさらいたたまれない気持ちだろう。混乱する益恵を見て、三千男は悲しい思いを抱いているのではないか。それが過去に向き合う機会を、妻に与えようと思い立った理由では？　様々な思いがアイの中で渦巻《うずま》いた。

アイは、テラスにいる益恵の後ろ姿を眺めた。富士子が体を傾けて何かを囁《ささや》きかけ、それに益恵が微笑みで返しているようだ。富士子はすぐ近くの益恵にスマホを向けたりもしている。きっといい写真が撮れただろうとアイは思った。

「ということは――」再び目の前の二人に向き合う。「そのことで忠一さんは益恵さんを責《せ》めていたんですか？」

今度は二人して首を横に振った。

「それはわからしまへん。はっきりしたことは、ご夫婦どちらも何も言いませんでしたから」

それ以上、立ち入ったことは訊けなかったのだと頼子は答えた。

「でもあの取り乱し方は、尋常《じんじょう》じゃありませんでした」

「忠一さんのこと？」

「そうです。あれは――」

なあ、というふうにまた二人は視線を交わし合った。言いにくいことをどちらが口にするか、譲り合っているといったふうだ。

「忠一さんの頭には、爆弾の破片が埋まったままになっとるということでした」

「え？　爆弾？」

まさかそんな話が出てくるとは思っていなかったアイは、仰天《ぎょうてん》した。

「そうです。忠一さんは、戦争中に中国戦線にやらされて、近くで破裂した爆弾で負傷した傷痍《しょうい》軍人なんです」

「野戦病院でも、日本に帰ってきてからも、手術では取り切れんかったてゆうてました」

「そのせいですやろ」ナヲエがきっぱりと言い切った。「まるで人格が変わったようになってしまうんは。子供のことがあるにしても、あの様子はとても人間とは思えんかった。歯を剝《む》いて喚《わめ》いて、しまいには痙攣《けいれん》を起こして。それでも益恵さんを打ちすえることはやめんのです。そこら辺のもんを手当たり次第に投げて壊すし」

ナヲエは、何度もそんな忠一を目にしていたのだろう。辛そうに目を伏せた。アイには言葉もなかった。

子供を亡くしただけでも悲惨なのに、それを理由に夫に責められた。戦争で受けた傷が関係しているとわかっていても、耐えがたいことだったのに違いない。それなのに、そんな夫の世話を最後までやり遂《と》げ、なおかつ自身はずっと子供好きであり続けた。琵琶湖で泳ぐ子らを目を細めて見詰め、万引きをした子を優しく許した。

そして、今は益恵自身が子供になった。

益恵という人の奥深さと慈《いつく》しみの心を見た気がした。この人の人生をひもとくことへの畏《おそ》れに、アイは身震いした。そんな資格が自分たちにあるのか？　あまりに安易《あんい》に出かけてきてしまったのではあるまいか。でももう引き返せない。この旅を最後までやり遂げなければ。

ぐっと唾《つば》を呑《の》み込んだ。

「忠一さんの傷のこと、それは益恵さんから？」

「いいえ」

頼子が否定したので、それにも少し驚いた。

「忠一さんの戦友という人がこっちにおられたんです。その人が――」

そこまで言って、頼子はぽんと手を叩《たた》いた。

「そうや。あの人に会いに行ったらどうですやろ？　天野《あまの》さんていう方で、もう百歳近いお年ですけど、お元気なんですよ。ああ、何で忘れてたんやろ。そうや、そうや」

そもそも忠一が大津に来たのは、戦友だった天野を頼ってきたからだという。それに、忠一が亡くなった後、益恵を東京の知人に紹介したのも彼らしい。その人がいなかったら、益恵は東京に来ることもなく、よって三千男と結婚することもなかった。アイや富士子と出会うこともなかった。そう思うと、益恵の人生に転機を与えた重要な人だという気がした。

「今晩にでも天野さんに連絡を取ってみますわ」

頼子とナヲエの顔が明るくなった。

ちょうど益恵と富士子がこちらを振り返った。アイが手を振ると、益恵も手を振り返した。頼子とナヲエ同様、明るい顔だった。

その夜、宿で富士子に頼子たちから聞いた話を伝えた。

益恵は疲れが出たのか、風呂と食事を済ませると、横になった。開け放った襖《ふすま》の向こうで、すうすうと穏やかな寝息を立てている。

「そんなことが。まあさん、随分苦労をしてきたのね」

富士子はアイと同じような感想を口にした。またたくさんの薬を出してきて、一粒一粒服用していた。アイと富士子の夕食の量は、宿に頼んで減らしてもらった。それでも食べきれなかった。入れ歯の具合があまりよくない。肩が凝《こ》り始めた証拠だ。アイは肩に手をやって、首をぐるりと回した。

「それなのに、そんなことちっとも顔に出さないんだもの」

二人ともが布団《ふとん》の方に顔を向けた。

「きっといろんなことを飲み下して生きてきたんだねえ」

富士子は最後に白湯《さゆ》を口に運んだ。顔をしかめつつ、しばらく黙り込んでいる。

益恵が起きている間に三千男に電話をした。益恵に代わると、途切れ途切れの会話をしていた。電話の向こうから、妻を労《いた》わる三千男の穏やかな声が漏れ聞こえてきた。

「船に乗ってねえ」乗ってもいない船のことを、益恵は三千男に報告した。

「すごく揺れて怖かった」

きっと引き揚げ船の記憶と、ごちゃ混ぜになっているのだろう。宿の部屋に入った時は、家とは違う雰囲気に緊張していた益恵が、三千男と言葉を交わすと、安心していく様子が伝わってきた。

「旦那さんからそんなふうにされても、まあさんはじっと耐えていたんだって。愚痴《ぐち》も文句も言わず、最後まで看取《みと》りをして」

「忠一さんは何で亡くなったの？」

「胃癌《いがん》だったみたい。わかった時にはもう手遅れだったそうよ。まあさん、入院していた忠一さんに付き添ってかいがいしく看病をしていたんですって」

しばらく二人は黙り込んだ。益恵の平和な寝顔にどうしても目がいってしまう。

「娘さんが生きていればねえ」

アイはぽつりと呟《つぶや》いた。

「不注意で死なせてしまったって、具体的にはどういうことだったのかしら」

富士子が独り言めいた問いを口にした。それには首を傾げるしかない。頼子たちも承知していないのだから。おそらく三千男にも打ち明けていないだろう。それは益恵の心の奥底に、慎重にしまい込まれた事実なのだ。もう誰も触れることはない。

「それが因《もと》で、忠一さんは赤ん坊の声を聞くと自分を見失い、見境がつかなくなって暴れて……」

富士子は頭の中を整理するように続けた。

「そして我が子を死なせてしまった妻をいたぶり続けた」

一口茶を啜《すす》った挙句《あげく》「そんなの可哀そうすぎる」と呟いた。

アイも同感だった。益恵がどんな間違いを犯して、子供の命を奪うようなことになってしまったのかは定かではない。だけど、辛いのは益恵も同じだ。いや、さらに苦悩は深いだろう。我が子を、自分の落ち度で死なせてしまったという思いは、ずっと彼女を責《せ》め苛《さいな》んでいただろうから。アイが知っている限り、益恵はずっと子供好きだった。

妻の過《あやま》ちを許すことなく、気持ちを慮《おもんぱか》ることなく、荒《すさ》んだ自分の気持ちをぶつけていた忠一を恨《うら》みたいような気分だった。益恵が昔、ざっと自分の人生について語った時に、「子供は欲しかったけれど、その後は授《さず》からなかった」と言った。さらりと聞き流していたが、妻に寄り添うことなく、怒りを爆発させていた夫とは、慈しんだり睦《むつ》みあったりということはなかったのか。

「子供を喪うことは、そんなに大きなことかしら。もう何十年も前のことだっていうのに。そこに囚われていたのでは、夫婦として先を向くことなんてできやしない。そうでしょ？」

「そうね」

富士子の悔しげな口調に、逆にアイは冷静になった。夫婦のことは他人にはわからない。それでも益恵は夫に仕《つか》えて、最後まで添い遂げたのだ。それは子供を死なせてしまった負い目だけではないような気がした。益恵は夫を愛情深く支えていた。そんな気がした。

「もう寝ようかね。明日は頼子さんとナヲエさんが、大津の町を案内してくれるんだから」

アイの言葉に、富士子は素直に従った。彼女の横顔には、疲れが色濃く出ていた。久しぶりに遠出をしたせいだけではないだろう。益恵の過去が明らかになっていくことに慄《おのの》いているのか。

横になってからも富士子のため息がしばらく聞こえていた。


翌朝、三井寺駅の一つ手前のびわ湖浜大津《はまおおつ》駅で降りて、浜大津朝市を覗《のぞ》いてみた。

ここの朝市に益恵は、かつては頼子たちとよく行っていたらしい。地元で採れた新鮮な野菜や湖魚《こぎょ》の佃煮《つくだに》、それに手作りの布小物や工芸品などが売られていた。益恵は初めて来たという表情で、珍しそうにそれらを見て回った。富士子は店に並んだ品物にもスマホを向けて撮影する。アイと益恵は、迷子にならないよう手をつないで歩いた。アイはモロコとシジミの佃煮を買った。

「三千男さんへのお土産《みやげ》にしようね」

そう言うと、益恵は曖昧に頷いた。この地での思い出は、はるか遠くにかすんでしまっているのか。それとも思い出したくない記憶を、とっくに封じ込めてしまったのか。

「今からたくさん買うと、荷物が重くなるね」

「重くなったら自宅宛てに送っておけばいいのよ。帰る日に着くように指定して。だからアイちゃん、遠慮せずに子供さんたちにお土産買っていいわよ」

富士子の言葉にアイもまた曖昧に笑みを返した。子供たちにこんな土産を渡しても、迷惑がるだけだろう。孫が小さい時には、一人一人の顔を思い浮かべながら土産を買ったものだが、大きくなってしまった今は、そんな楽しみもない。

三井寺駅までまた電車に乗った。

三井寺は天台寺門宗《てんだいじもんしゅう》の総本山だということだった。豪壮な仁王門《におうもん》や、国宝に指定された建物や収蔵品がたくさんあった。高台にあり、琵琶湖を望むことができる。

広い境内《けいだい》を歩き回り、三井の晩鐘と呼ばれる鐘を三人で撞いた。低い音に空気が震えた。益恵は黙って鐘を見上げている。その後ろで、アイと富士子は自然と合掌《がっしょう》した。

「まあさん、行きましょう」

待っている観光客に後を譲って鐘楼《しょうろう》から出た。観光客に紛《まぎ》れて歩く三人の後ろから鐘の音が響いてきた。鐘の音がする度、益恵は立ち止まって振り返った。懐かしい鐘の音に励まされたのか、益恵の足取りは軽かった。

前を行く女性に抱かれた幼児の靴が、片方だけポトリと落ちた。母親は気がつかずにさっさと歩いていってしまう。益恵がかがんで拾い上げた。

「お母さん、子供さんのお靴が落ちましたよ」

富士子が大きな声で呼び止める。さっと振り向いた女性は、抜けるような白い肌に青い目をしていた。横に立つ夫も外国人だった。

「あら」

富士子が二の足を踏む間に、益恵がさっと近寄って靴を差し出した。

「スパシーボ」

美しい女性がにっこり笑った。どうやらロシア人の観光客だったようだ。すると益恵がはっきりした声で言った。

「パジャールスタ」

そして子供に靴を履《は》かせてやると、また言った。

「オーチンハラッショ」

また母親は、ロシア語で礼を言って歩き去った。

アイと富士子はびっくりしてその場で固まってしまった。そろそろと顔を見合わせる。

「今、まあさん、ロシア語をしゃべった？」

富士子がスマホを取り出して、忙しく操作した。

「『パジャールスタ』はどういたしまして。『オーチンハラッショ』は大変よろしいだって」

「どういうこと？」

「満州って中国よね。そこでロシア語も覚えたってこと？」

「終戦直前、ソ連軍が国境を越えて攻めてきたんでしょう？　まあさん、もしかしたら収容所に入れられていたことがあったのかも」

富士子はゆっくりと頭《かぶり》を左右に振った。

「どういう経験をしてきたのか、まあさん。もう誰にもわからない」

観光客の中に紛れそうになる益恵を、二人は急いで追った。引き返した三井寺駅で、頼子とナヲエが待っていた。挨拶もそこそこに、さっきの出来事を語った。頼子もナヲエも目を丸くしていた。

「私たちも、満州でのことは詳しく聞いてないんですよ。そういうこと、益恵さんはあんまり口にしはらしませんでしたから」

驚きはしなかった。多分益恵は、大陸で苦労したことも、他人には言わないでおこうと決めていたのだ。たくさんのことが秘められていて、そして益恵は認知症になった。彼女の中に押し込められていたことが、抑制《よくせい》がはずれて表出してきたのだろうか。湖底の泥の中に身を隠していた魚が、浮かび上がって湖面に影を映すように。

「ただ、弟さんと満州で生き別れになったとは聞きました」

「そうなんですか？」

初耳だった。ナヲエは頷いた。

「中国残留孤児の問題が大きく取り上げられて、日本の家族を探すための事業が始まったでしょう？　あの時――」

「あの時、初めて益恵さんは、自分の弟も大陸に残してきたんやと言わはったんです。来日する残留孤児の身上書《しんじょうしょ》を一人一人見たり、関係機関にいろいろと問い合わせたりしはったんやけど、結局見つからんでね」頼子が後を引き取った。「すっかり沈んではったわ」

「そうですか……」

心配する頼子やナヲエには、それきりしゃべらなかったそうだ。予想はしていたが、益恵の重い過去が浮き彫りになってくる。しばらくそれぞれの思いにふけりながら、黙って歩いた。

五人で料亭に入った。老舗《しにせ》ではあるが、そう気取らない感じの料亭だった。

「ここへ三人でたまにご飯を食べに来たんです」

皆で「びわこ懐石」というコース料理を頼んだ。頼子とナヲエがご馳走《ちそう》したいと言うので、それに甘えた。並んだ懐石料理は美しかった。食前に富士子が写真を撮るのにも慣れた。旬の湖魚が中心の料理を、五人は堪能《たんのう》した。残すと悪いと思い、アイは一生懸命《けんめい》料理を口に運んだ。富士子も同じ思いのようだ。だが、結局ナヲエや頼子も含め、全部は食べられなかった。老境に入った人間には過分な量だった。

「天野さんと連絡が取れました」

是非《ぜひ》訪ねておいでなさいという返事だったらしい。向こうの都合もあり、明日訪ねていくことにする。最後に鮒《ふな》ずしを載せた茶漬けが出た。

「鮒ずしは、発酵《はっこう》食品やもんで、ちょっと癖がありますそやからまったく受け付けんて人もいはります」

琵琶湖産の鮒を使って作る日本古来の「なれずし」だと頼子が説明した。

そう言われてみると、独特の発酵臭が鼻につく。しかし、炊き立てのご飯の上に二切ほど置いてだし汁をかけるので、まろやかな味になっている。臭いもそれほど気にならなかった。もう何もお腹に入らないと思っていたのに、すんなり食べられた。

しかし富士子は口に合わなかったのか、一口食べただけで箸を置いた。申し訳なさそうに、茶漬けの残った碗《わん》の上にナプキンを載せている。

「益恵さん、どう？」

味を通して大津のことを思い出さないかと期待しているのか、ナヲエが水を向けた。益恵は食べかけの茶漬けを指して言った。

「これ、うちの人の好物なのよね」

四人は茶碗から顔を上げて、益恵を見た。「うちの人」とは三千男のことではない。亡くなった前夫、忠一のことだろう。東京では、認知症になっても前の夫のことなど、一言も口にしなかった。

やはり湖のほとりに来たことが、何か益恵の心に働きかけるものがあったのか。この土地は、彼女にとっては辛く苦しい場所だったのだろうか。それとも夫と最後に過ごした思い出の場所として刻みつけられているのか。

それきり口を閉じてしまった益恵は、茶漬けをきれいに食べた。益恵はいつもお茶碗のご飯を一粒残らず食べる。食べ物を決して粗末にしなかった。それは認知症になっても同じだった。

料亭の庭に出された縁台に腰かけて、しばらく休んだ後、五人で益恵たちがかつて住んでいた町を散策した。

「本当にお寺の多いところねえ」

三井寺のおひざ元と言われる場所だからか、小さな寺があちこちに建っていた。角を曲がるたびに寺院の門や屋根が現れた。

「ほら、ここに益恵さんは住んでいたんですよ」

格子《こうし》の門がついた、小さな平屋だった。庭もよく手入れされている。

「こっちに私らが住んどって」

ナヲエの説明を、益恵は頷いて聞いてはいるが、記憶とちゃんとつながったようには見えない。軒《のき》がくっつくように建てられた家だから、お互いの様子はよくわかったろう。忠一が錯乱状態になって暴れるたびに駆け付けていたナヲエの夫は、今は施設に入っているのだ。時の流れを感じた。

今は両方の家に別の住人が住んでいるから、それ以上、中を窺《うかが》うことはできない。五人はその場を離れた。

近隣の寺のうちの一つが頼子の家の菩提寺《ぼだいじ》になっていて、そこの住職と奥さんが、益恵とも親しくしていたという。今度、益恵が大津に来るということを聞き及び、是非寄ってくださいと申し出たそうだ。

「光案寺《こうあんじ》よ、益恵さん。よくお参りに行ったでしょう?」

頼子の言葉に、益恵は子供っぽく小刻みに頷く。

「一緒にお祈りをしたねえ。マリア様に——」

頼子は一瞬面食らった顔をしたが、「そうやったね」と話を合わせた。

益恵が祈りをささげていたのは、どこの教会だろうか。誰と一緒にそこへ行き、何を祈ったのか。そばにいたのはカヨちゃんだろうか? その人は、きっと益恵の人生を読み解くためには重要な人物なのだろう。だが、その人と出会えるのか。未《いま》だに彼女からは連絡がない。

光案寺まで行く途中で、面白《おもしろ》い土産物店を見つけた。「大津絵」と呼ばれる民画を木版画などで表したものだ。江戸時代発祥と伝わるユニークなタッチの絵に、富士子が興味を示して何枚か買い求めた。神仏や風俗をモチーフにしてある。正式な絵師でもない江戸庶民が絵筆を執《と》り、自由奔放《ほんぽう》に描いたもののようだ。博物館の学芸員をしていた富士子には、思いがけず掘り出し物に出会えたといった感じだろう。

光案寺は、そこからいくらも行かない場所にあった。門のところに住職と奥さんが立って待っていてくれた。

「新井さん、ようこそおいでなさい」

益恵の旧姓を呼んで、奥さんが手を出してくれた。その手を益恵は素直に握った。ふくよかな顔をした住職も、小柄な奥さんも、七十歳をだいぶ過ぎているように見受けられた。

住職は石村景宣《いしむらけいせん》さんで、奥さんは月美《つきみ》さんという名前だった。

「さあさあ、どうぞ」

門の中に招《しょう》じられて、全員がぞろぞろと歩いていった。箒目《ほうきめ》の通った美しい境内を抜け、盛りをやや過ぎた感のある藤棚のそばを通って、本堂の前まで行く。そこでお賽銭《さいせん》を投げて鉦《かね》を鳴らし、ご本尊にお参りをした。そういう一連の動作を、益恵は迷うことなく行った。行き先を教会と勘違いしていたのに、体が憶《おぼ》えているのだろう。何度もここへはお参りに来ていたのかもしれない。手を合わせる益恵の横顔を見ながら、アイは考えた。

その後、庫裏《くり》の方に案内された。庫裏といっても、住職たちが居住している部分とは違い、二つの八畳の間が襖で仕切られた座敷のようなところだった。檀家《だんか》がここで法事を営んだりするのだろう。台所はすぐ近くにあるらしく、奥さんはきびきびと動いてお茶を運んでくる。お茶ばかりではなくて、たくさんの種類の和菓子から、煎餅《せんべい》、湯葉で巻いた手まり寿司や佃煮まである。しまいに大きなガラス鉢に盛ったフルーツが出てきて、皆は目を丸くした。

「私、こんなに食べられない。カヨちゃんにもあげなくちゃ。お腹減ってるよ、たぶん」

益恵が言った。

「カヨちゃん、どこで待ってるの？」

ついアイは訊いてしまった。

「常盤寮《ときわ》の庭の――」

言いかけて、益恵の視線が宙をさまよった。その瞳に、悲しみが見て取れて、アイは安易に益恵の過去へ踏み込んだことを悔いた。相当の覚悟がなければ、到達できない領域なのに。

「さあ、いくらでもお上がりくださいね」

機敏《きびん》にその場の空気を読んだ奥さんが、湯呑《ゆのみ》にお茶を注《つ》ぎながら言った。

「新井さん、お体の具合はどうですか？」

住職に問われて、アイと富士子が代わる代わる益恵の近況を話した。認知症であることも含め、あらかじめ頼子から情報が伝わっていたらしい住職は、小さく頷きながら聞いていた。そしてうっかり益恵を以前の姓で呼んだことを詫《わ》びた。

「こちらでは、新井さんとお呼びしていたもので、つい――」

「忠一さんが亡《の》うなった時も、このお寺にお葬式をお願いしたんです」

頼子が付け加えたが、益恵は話を合わせるということも、礼を言うこともない。目の前に置かれた菓子類を子供のように物色している。ようやく決めて、白あんの入った饅頭《まんじゆう》に手を伸ばす。住職も奥さんも気にする様子はない。ナヲエが包装紙を剝《は》がしてやっている。

「忠一さんのご葬儀はこちらで執り行いました。お兄さんといわれる方が来はりました。お骨は後で益恵さんが松山に持っていきましたね。松山に新井家のお墓があるとかで。お位牌《いはい》もお兄さんにお預けしたようでした」

「聞いたところでは、そのお墓に娘さんのお骨も納めてはるとか」

横から頼子が口を挟んだ。

「でも娘さんのお位牌は、益恵さんが持っているはずですよ」

住職の言葉に、アイは大きく頷いた。その小さな位牌は、今も益恵の手元にある。三千男が守っている都築家の仏壇の片隅に置いてあるのは、アイも目にした。だいぶ前に裏を見てみたら、亡くなったのは昭和三十四年のことで、俗名は明子《あきこ》とあった。生きていれば、もうかなりの年になっているところだった。

「忠一さんが生きていた頃から、益恵さん、節目ごとに娘さんの位牌をこちらに持ってこられてお経《きよう》を上げてやってくださいと頼まれましたよ。大事に思っているんだなあと感じ入りました」

益恵自身の口から語られることのなかった事実が少しずつ明らかになる。あれほど心を通わせていたアイにも富士子にも、決して告げようとしなかった事実だ。そこには益恵なりの考えがあってのことだろう。富士子も感慨深げに耳を傾けていた。

「忠一さんは、病院を嫌ってなかなか受診しようとはしはりませんでした。それが命取りになってしまいました」

「気難しい病人でしたよ」

入院していても、勝手に帰ってきてしまう。それで在宅で益恵が看病しようとしたのだが、それも気に入らない。寝床で喚き回り、洗面器や食器を投げつける音が、ナヲエのところまで聞こえてきたという。

「それで住職さんにお願いしましてね。忠一さんの気持ちを落ち着けてあげてくださいゆうてね」

「私はたまに枕元に座って、あの方の話を聞いていただけです。もうかなり悪くなりはってたから、意識が混濁《こんだく》してましたんやろね。切れ切れにいろんなことを言われとりましたが。『敵襲！』とか『距離三百、撃てぇ』とか『小隊長殿、戦死』だとかね。それ聞いとるとね、戦争中に大陸でかなり大変な思いをされたんやなあてね。シベリアにも抑留《よくりゅう》されて、生きて帰れたけど、あの人も戦争の犠牲者《ぎせいしゃ》やと思います」

最後はどうしても家では看病できなくなって、病院に入ったらしいが、数日で眠るように亡くなったそうだ。益恵は、「これであの人も楽になったでしょう」と静かに言ったとのことだった。

「葬儀の後、益恵さんがぽつりと言わはりました。『自分も満州で苦労したから、中国戦線に駆り出されて、戦後も何年もシベリアに抑留されていたあの人の気持ちはよくわかります』って。九州で知り合いに引き合わされて、すぐに決心して結婚されたようでした」

住職の言葉に奥さんも言葉を添えた。

「忠一さんも楽になったかも知れんけど、益恵さんも楽になったんやとその時感じました。ほんまに戦争ちゅうもんは罪なもんですわ」

住職夫婦の人柄にも惹《ひ》かれ、夕刻まで話に花を咲かせた。最後に皆で記念写真を撮った。

光案寺を出て、三井寺駅まで引き返していると、山の方から三井の晩鐘が聞こえてきた。五人は立ち止まってそれを聞いた。辻々に降り注ぐ鐘の音は、荘厳《そうごん》で清澄《せいちょう》でそして優しかった。生活者にとっての鐘の音は、こうして遠くで聴くものなのだ。すっと抱き寄せられ、慰撫《いぶ》されるような音。

鳴り終わっても、余韻《よいん》がしばらく暮れかかる町の中に残っているような気がした。

そっとアイが益恵を見ると、なぜか落ち着かなげに視線をきょろきょろと動かしていた。心細げで不安そうだった。自分がどこにいるのか、さっきまで気にもしなかったのに、町角で聴いた鐘の音によって戸惑《とまど》っているふうだった。

その晩は、益恵は興奮してなかなか寝てくれなかった。脈絡《みゃくらく》なく押し寄せる記憶の断片に苦しめられているといったふうだった。


天野の家は、琵琶湖から流れ出す瀬田《せた》川のほとりにあった。近江《おうみ》大橋がきれいに見えた。家の庭が、かなり広い菜園になっていて、天野は麦わら帽子を被って、そこで野菜の手入れをしていた。

頼子が声をかけると、九十八歳だという天野翁《おう》は、陽《ひ》に焼けた顔を振り向けた。

「いやぁ、何もないから、野菜でも持って帰ってもらおか思うてな」

ニラやしろ菜やチンゲンサイが竹カゴの中に収穫されていた。そのカゴを持ち上げて、益恵に目を留めた。

「益恵さん、よう来たなあ。わしじゃ、天野よ」

益恵は富士子の後ろにすっと隠れた。昨日から、どうも精神的に不安定になっているようだ。天野は気にする様子もなく、帽子を取って豪快に笑った。先に立って家の中に招き入れてくれる。小柄だが、かくしゃくとした身ぶるまいだった。

彼の家は日本瓦の載った古い家だが、気持ちよく整理整頓《せいとん》されていた。息子の嫁だ、と紹介された女性が、冷たい麦茶を運んできてくれた。奥さんは十年以上前に亡くなり、息子夫婦が同じ敷地内に家を建てて暮らしているのだと天野が言った。

自己紹介をしたアイと富士子は、頼子とナヲエとが、天野と言葉を交わすのを聞いていた。天野は益恵のことも聞きたがったので、東京での暮らしぶりを、アイが説明した。たった一人の家族だった忠一が亡くなった後、身の振り方を考えていた益恵に、東京行きを勧めたのは天野だった。

「わしの知人、というても遠い親戚に当たるもんが、あっちで文房具屋をしとったんやが、体を悪うして、畳もうかどうしようか迷っとってな。そこにこの人を紹介したっちゅうわけや」

知り合いもない都会に働き口を斡旋《あっせん》するのもどうかと思ったのだが、益恵は「行ってみます」と即答したらしい。

「私らは止めたんです」ナヲエがやや強い口調で言った。「ここで一緒に暮らそうて。助け合《お》うたら、益恵さん一人生きていく算段はできますやろ。そんな見も知らん遠いとこに行かんでも」

「それでも益恵さんの決意は固かったんです」頼子が引き取った。「私らに打ち明けた時はもう決めてはったんやわ」

「きっと新しいとこに行って再出発したいんやなと、私らも諦《あきら》めましたんです」

「もともと大津に来いて、新井を誘うたんは、わしやから。そんでここで死んでしもうた。益恵さんのことは、面倒みないかんなと思うとった。東京でええ出会いがあって、再婚されたと聞いた時は、ほっと胸を撫で下ろしたもんよ」

「天野さんは、新井忠一さんとは大陸で？」

「新井とは中国戦線で一緒に戦った仲でな。シベリア抑留を経て、同じ引き揚げ船でナホトカから舞鶴《まいづる》へ帰ってきた。わしは故郷に両親も兄弟もおったもんで、すぐに大津に帰ってきた。新井は九州で仕事を見つけたようやった。紹介してくれる人がおって、益恵さんと所帯を持った。それでしばらくして、松山の兄のところに身を寄せて仕事を転々としたらしいが、どうもうまくいかんでな。ずっと連絡は取り合っとったから、そんなら大津に来んかて」

天野の口利きで、置き薬の営業をやったり、旅館に勤めたり、キャンプ場の管理人をやったりしたが、どこも長くは勤まらなかったという。

「どうもあれは根気が続かんでな。仕事もうまくいかん。松山でもそんな感じやったんじゃないかな。戦争のせいや」

遠くを見るような目で、天野は言った。

「それは、あの――、忠一さんの頭の中に残っている爆弾の破片のせいですか？」

恐る恐るというふうに、富士子が尋ねた。

「いや——」

天野は口ごもった。その時、益恵がさっと立ち上がった。

「もう、帰る！」さっさと背を向ける。

頼子とナヲエが慌てて引き戻すが、むずかる子のように地団太《じだんだ》を踏んで「帰る、帰る」を繰り返す。どうもここに来た時から、おどおどとしていた。天野のことを憶えているようではないが、何か嫌な気分になるのだろうか。天野も目を伏せてしまう。

「ねえ、私らは、益恵さんと石山寺《いしやまでら》に行ってきましょか。すぐ近くでしょう。きっと今時分はツツジがきれいやから」

「そうそう。それがええわ」

頼子とナヲエが口を揃えて言った。

天野はそれならと、携帯電話で息子を呼んだ。天野によく似た息子がやって来て、車を出してくれることになった。

三人が車で行ってしまうと、天野はほっとため息をついた。息子のお嫁さんが、今度は冷たい甘酒を持ってきてくれた。日盛りの中を、お嫁さんが自分の家に戻っていく後ろ姿を、甘酒を飲みながら、眺めた。

「わしを見たら、新井のことを思い出すんかなあ、益恵さん。新井のことやのうて、あいつが戦争のせいで、人生を狂わされたことをな」

「益恵さんも満州からの引き揚げ者だったんでしょう。向こうで家族と死に別れたり生き別れたりって聞きました。それじゃあ、忠一さんも？」

「ああ、あれはひどい経験やった。戦争がひどくないわけないやろ？」

天野翁は、甘酒で喉《のど》を潤《うるお》した。手で包み込んだ湯呑を、しばらく見詰めている。

「わしがこんなふうに生き残って、ここで甘酒を飲んでおられるのは、ただの偶然じゃ。生きて帰っても、新井のように廃人同様になってしまうか……」

「廃人……」

瀬田川を吹き渡ってきた風が、菜園の蔬菜《そさい》を揺らしていった。

天野と忠一は、昭和十六年、北支《ほくし》派遣軍独立混成第十旅団という部隊で一緒になった。独立混成部隊の隊員は、日本各地から寄せ集められていた。

「同じ年やったし、なんとなく気が合《お》うてね」

初年兵の彼らは、教育と称して、毎日教育係の上等兵から殴られた。あれはほとんど虐《いじ》めやったな、と天野は言った。服装の乱れ、布団の畳み方、動作の遅さ、言葉遣い、理由はいくらでもあった。素手で殴られるならまだいいが、編上靴《へんじょうか》や革のベルトでも殴られる。

「とにかく初年兵の間は、殴られるのが仕事やね。教育係だけやなしに、古い兵隊も下のもんを殴るでしょ？　何で殴られるんかようわからんことも度々や。そらそうやろ。向こうは殴ることが楽しみなんやから」天野は飄々《ひょうひょう》とそんなことを言った。

「そやけど、まだ殴られる方が楽やった」

ぽつりと言った天野は、辛そうに顔を歪《ゆが》めた。

天野たちの部隊は、山東省《さんとう》の中で移動を繰り返しながら、実地訓練を始めた。日本軍に抵抗する共産党の八路軍《はちろぐん》の勢力が強い地域「未治安地区」では、露営法や中国人の村を襲って略奪する方法を習った。教育作戦の一環として、「人の殺し方」も教わったという。

「木に縛り付けられた中国人を銃剣で刺し殺すんや」

アイは息を呑んだ。そんな凄惨《せいさん》な話を聞くことになるとは思っていなかった。心構えができていない。それでも天野は容赦《ようしゃ》なく続けた。

「『捕虜刺突《ほりよしとつ》訓練』ていうてね。要するに、大陸に配備された初年兵に度胸をつけさせるんが目的なんじゃ。いざ戦闘となった時に、敵兵を殺せんかったら何にもならんでしょう。それでもこの間まで国で平和に暮らしとった我々が、そうそう人を殺せるもんやない。せやけど、やらんかったら、上官の命令に背いたことになって、処罰されるんや」

捕虜というけれど、相手はただの民間人だったらしい。村を襲撃して捕まえた村人を殺すのだ。

「とにかく足ががくがく震えて、『いやーっ』と銃剣かまえて突進するが、相手は目隠しも何もされてないんやから。そりゃあ――」

天野はその時のことをまざまざと思い出したように、ぎゅっと目をつぶった。

「気持ちのええ話やないけど、我慢して聞いてくださいや。これは、新井のその後の生き方に関わる話やから」

目を開いた天野は、やや震える声で続けた。おそらく彼も、話したくない内容なのだろう。遠くから来たアイと富士子に、益恵夫婦のことを正確に伝えたいとの思いから、重い口を開いてくれたのだ。アイは、目の前の老人の言葉を一言も聞き漏らすまいと、背筋を伸ばした。

ある村を襲撃して、広場に連れ出された数人の中国人の中に、小柄な少年がいた。木に縛り付けられた彼は、痩せた体をブルブル震わせていた。汚い民服を着て、頭にはどこで拾ったのか、八路軍が被るような軍帽を被っていた。顔は泥で汚れていた。その辺りの年少者は、誰もが栄養失調で痩せこけ、腹だけがぷくりと出ていたものだが、その少年も同じような体形だった。

その日、一番に銃剣を渡され、少年を殺すように命じられたのは、新井忠一だった。

「新井は青ざめておったね。それまでの刺突訓練では、新井もわしも、すでに息絶えた捕虜を刺すことしかやってなかったから」

それでも上官の命令は絶対だ。一番に指名されることも覚悟していた。中隊長の訓示や教育兵による私的制裁。何より、実地訓練でだんだん感情が麻痺《まひ》してくる。またそうならなければ戦闘などできなかったと天野は言った。

「新井は心を決めて、銃剣をかまえ、突進していった。上官や同年兵が見ている前で、失態は見せられんという悲壮な顔で」

忠一の銃剣は、少年の腹を一突きした。

「相手は、もの凄《すご》い悲鳴を上げた。目の前にいる新井に向かってな。新井は、銃剣を引き抜こうとして少年の腹を裂いてしまった。そしたらどうだ。そいつの腹の中から赤ん坊がずるりと出てきたのや」

蒼白《そうはく》になった富士子が、口にハンカチを当てた。アイも息が止まるかと思った。

「そうなんや。そいつは少年の格好をしておったが、女やった。逃げ遅れた女は、さんざん日本兵の慰《なぐさ》み者にされる。それがわかっとるから、変装しとったんやな。腹が出とったのは、妊娠のせいやった」

もう産み月に入っていたのか、赤ん坊は泣き声を上げたという。今しも自分を産み落とした母親が死のうとしているというのに、産声《うぶごえ》を上げたのだ。忠一はそれを見て、腰を抜かした。そんな情けない姿をさらしたものだから、上官は怒り狂った。

「『新井、そいつもやれ』と奴《やつ》は言うた。その赤ん坊を突けと」

「そんな——」

後の言葉が続かない。

「新井は『できません、できません』と地面に伏して泣いた。業《ごう》を煮やした上官が、新井から銃剣を取り上げて、赤ん坊の背中を突いた。赤ん坊はそうされてもしばらくは泣き声を上げておった。まだ息があった母親は泣き叫んだが、やがてそれも消えた」

富士子がハンカチで涙を拭った。

「それが戦争というもんじゃ」気負うこともなく、天野は言った。「そんなことが延々と続くんがな」

いつの間にか詰めていた息をほうっと吐き、アイは瀬田川に目をやった。リバークルーズの船が川を上っていく。岸の岩の上にカワウが何羽も止まって、羽づくろいをしていた。この平和な風景と、耳にする恐ろしい話との落差に震えた。

「その時の上官、忘れもせん、名前は垣内《かきうち》というた。そいつはな、それからも新井に惨《むご》い仕打ちをしかけるんじゃ。あれは明らかに面白がっとったな」

掃討《そうとう》作戦という名の虐殺《ぎゃくさつ》が行われた。村を襲い、家畜や作物を略奪する。村人を片っ端から殺す。老人も子供も容赦しない。女と見れば襲いかかった。最後に家屋に火をつける。

「垣内は赤ん坊を見つけると、必ず新井に殺させた。母親から奪い取って泣き喚く赤ん坊を新井に押し付けるのや。あいつは反《そ》り返って泣く子を抱いて、呆然《ぼうぜん》と突っ立っとった。すると垣内が『早くやれ』とけしかける。どうにかしてやりたいけど、わしらにもどうにもならん。上官の命令は絶対やから」

自分では手が下せないと思った忠一は、村の共同井戸に赤ん坊を投げ入れたのだという。村の井戸は深い。底に落ちていく赤ん坊の泣き声が一瞬大きく反響する。水の音がそれに続く。母親があとを追って飛び込むことも度々あった。母親が暗い井戸の底で、我が子を探して泣き叫んでいる声も届いてくる。

「そうするとな、垣内の奴、わしらに言うんや。『おい、武士の情けだ。手榴弾《しゅりゅうだん》を投げ入れてやれ』とな。井戸の中で溺《おぼ》れて死ぬより、早く楽にしてやれという。それが情けだとは――」

天野は「くっ」と喉を鳴らしてうつむいた。なめし革のような頰《ほお》の上を、一粒涙が滑って落ちた。それを天野は乱暴に拭った。

「すまんね。こんな不愉快な話をしてしもうて。じゃが、わしが何を言いたいかというと、あの体験が新井の精神をボロボロにしたってことよ」

兵舎でも、露営でも、忠一は眠れず、いつもらんらんと充血した目をしていた。行軍していても、幻聴がすると言い始めた。赤ん坊の泣き声が聞こえると。

「あいつがおかしくなったんは、わかっとった。軍隊は人殺しの機械を作るとこや。新井は、実際にでも幻聴でも赤ん坊の声がすると、反射的に暴れるようになった。無意識に赤ん坊に手をかけようとするんや。もうこれは尋常じゃないと判断した別の上官が、後方部隊に送ろうとした時、戦闘で負傷した。新井のすぐ近くで爆弾が破裂したんや。頭部に深い傷を負った新井は、野戦病院に送られた」

それっきり、天野と忠一は離れ離れになってしまったという。だが、天野がソ連軍の捕虜となってシベリアに送られた時、忠一と再会することになる。野戦病院で傷の癒《い》えた忠一は、また戦線に戻っていたらしい。

「頭の中には取り切れんかった爆弾の破片がまだ埋まっているんだと、新井は寂しそうに笑っとったな。シベリアでの捕虜生活も苛酷《かこく》やったが、それでももう人殺しはせんでもええなった。わしと新井は、なんとか生き抜いて祖国に戻ってきたというわけや」

天野と忠一は、舞鶴港で別れた。住所を教え合っていたから、間遠だが連絡も取り合っていた。一度実家のある松山に帰った忠一は、仕事を求めて九州に行き、そこで益恵と所帯を持った。

「益恵さんは、新井のことをよう理解しとったと思う。あいつの性情も、戦争で傷ついた心も。新井は、日本に帰ってきても、やっぱり赤ん坊の声を聞くと錯乱状態に陥《おちい》るんやとゆうておった。せやから、益恵さんと一緒に大津へ呼び寄せた時、大陸での体験のことを、益恵さんに話した。仕事も続かん、奥さんには手を上げる、自分を見失う。ほんまに廃人や。戦争で廃人にされたんや。その理由を知っといてもらいたかった。じゃがもうあの人は、薄々勘付いとったようや。だからこそ、新井のことを最後まで労わって、どんな目に遭《あ》わされても耐えておったんやな。ええ人と一緒になって、新井も幸せやったなと、わしは思う」

「では忠一さんは、中国での戦争体験がトラウマになって、赤ん坊の声に反応して乱暴なことを――」

「何年経《た》ってもな。惨い、恐ろしいこっちゃ」

天野は即答した。

「それじゃ――」

頭に浮かんだことを言葉にすることは、アイにはできなかった。おそらくアイが言いかけたことを、天野はわかっていたと思う。落ちくぼんだ目は、悲しみをたたえて潤《うる》んでいた。

宿では、またぐずるかと思った益恵だが、機嫌《きげん》よく食事を摂《と》って、三千男とも電話で話した。今日、天野から聞いたことは、いずれ三千男には話すつもりだったが、電話などでは伝えられない。アイは黙って夫婦の会話を聞いていた。

頼子とナヲエともお別れの挨拶を交わしてきた。天野のところへ戻ってきた二人は、たくさんの野菜を持たされて、帰っていった。

仲居さんが入ってきて、お膳を下げていった。テレビを点《つ》けると、ちょうど月影なぎさが出演しているドラマを放映していた。益恵はテレビの前にぺたんと座って、それに見入った。

「富士ちゃん、今日の天野さんの話を聞いてどう思った？」

アイは、小さな声で富士子に尋ねた。腰を締め付けていたコルセットを取って楽になったが、腰は嫌な感じに張っている。まだ旅は始まったばかりなのに、こんなことでは先が思いやられる。

「前の旦那さんがそんな戦争体験をしていたなんてね。ちょっとショックだった。アイちゃんは？」

「そりゃあ、私だって――」富士子の湯呑にお茶を注ぐ。「でもね、それだけじゃないの」

富士子の目を覗き込む。きっと彼女も同じことを考えている。

「益恵さん、初めての赤ちゃんを、自分の不注意で死なせてしまったって言ったけど、本当は――」

富士子の顔は青ざめている。その富士子に、ほとんど囁き声で伝えた。

「本当は、娘を殺してしまったのは、忠一さんじゃないかしら。赤ん坊の声に耐えられなかったのよ。殺すつもりはなくても、過去の体験が蘇ってきて、つい乱暴なことを――」

「自分の子を？」

湯呑を持つ富士子の手が震えていた。そんなことがあるはずがない。でも——。

「わからない」アイは首を振った。何もかも霞《かすみ》の彼方《かなた》だ。想像だけが膨らんで、アイと富士子を苛む。

「戦争は人の人生を狂わせるわね。忠一さんも益恵さんも」

富士子はまた『アカシア』を手に取った。

「嫌なことばかりじゃなかったかも。だってほら、この句なんて——」

富士子は朗《ほが》らかな声で読み上げた。

「馬を駆る少年秋の風に溶け」

「これも満州のことを詠んだ句？」

「大陸的じゃない。馬を駆る少年だもの。そんなのびのびした子供時代もあったのかもね、まあさん」

「そうね」

そうであって欲しいと、アイは切実に願った。

馬を駆る少年秋の風に溶け

遠くに鉄道の線路が見えた。それを目指して歩いた。靴が破れて足裏が露《あら》わになっている。大地を踏みしめる度、ズキンズキンと痛んだ。足の裏の皮が破れているのだろう。振り返ると、足跡が血で汚れていた。

益恵は前を向いた。太陽の光を照り返す二本のレール。あれだけが頼りだ。あれに沿って歩けば牡丹江へ行ける。もうどうして自分だけが生き残ったのだろうとは思わなかった。たった一人になったけれど、どうやっても生きて日本に帰ろう。そう思うようになっていた。

線路に沿って歩いた。何人もの日本人の死体が転がっていた。

死体を見つけると、駆け寄っていって、持ち物を探った。生米や乾パンのかけらが手に入った。その場で貪《むさぼ》り食った。ある死体からは靴を奪った。靴を脱がそうとしたら、足首が脚から取れてしまった。炎天下で、死体はどんどん腐っていく。その死体もぐずぐずと溶け崩れようとしていた。

靴の中から腐りかけた足を取り出して捨て、靴を履いた。

不思議と満人は襲ってこなかった。みすぼらしい子が一人きりで歩いているのは目に留めたかもしれないが、襲う価値がないと判断したのかもしれない。もしそんなことが起ったとしても、黙って受け入れようと思った。死はあまりに身近にあった。そっちに足を踏み入れることは、恐怖でも何でもなかった。一度自決しようとしたのだ。あの時死ぬか、今死ぬかの違いだとしか思えなかった。

荒野の真ん中に大きな川が現れた。線路は鉄橋を渡っていく。まずは駆け寄って、水を飲んだ。濁った茶色の水だったが、そんなことはかまっていられない。獣のように、這《は》いつくばって直接流れに口をつけた。水で腹がいっぱいに膨らんだ。

一息ついて鉄橋を見上げた。そこしか向こう岸に渡る方法はないようだった。益恵は土手を這い上がり、レールに耳をつけてみた。何の音も聞こえない。汽車はやはり通っていないのだ。覚悟を決めて、鉄橋を渡った。汽車専用の鉄橋だから、鉄骨の上に枕木が並んでいるだけだ。はるか下を、ゴウゴウと水が流れていくのが見える。足がすくんだ。

死ぬのは怖くないはずなのに、高さに目がくらむ。枕木の中には朽《く》ちているものもあって、踏むそばから割れて下に落ちる。はっとして目を凝らすと、下の川を人間の死体がいくつも流れていくのが見えた。何かを叫ぶように、黒い洞《ほら》のような口を大きく開けている死体もあった。震えながらも渡り切った。

夜になると、草原の中で丸まって寝た。昼間はあんなに暑いのに、陽が落ちると気温が下がった。土を少し掘って体をねじ入れるようにすると、いくぶん温かだった。遠くの山でオオカミの遠吠《とおぼ》えがしている。だんだん自分も獣に近づいてきているような気がした。オオカミになれたらどんなにいいだろう。仲間たちと草原を駆け回り、辛いとも寂しいとも思わずに生きていけたら。

そんな晩は、オオカミになって風を切って走る夢を見た。獣になった益恵は、足の痛みも空腹も感じなかった。

翌朝目が覚めると、体中が痛かった。よろよろと立ち上がって歩き始める。機械的に体が動くようになっていた。線路があってよかった。それが道しるべだった。茫洋《ぼうよう》たる荒野の中をただ真っすぐに伸びる鉄路が、益恵を誘《いざな》っているような気がした。囚われかけた死の世界と決別して、生の世界へ踏み込むつもりで、一歩一歩足を出した。

陽炎《かげろう》の向こうに建物が見えた。駅舎のようだった。時折、駅の前も通ったが、見るも無残に壊されて、壁や床の板が剝がされて持ち去られていた。そうかと思うと、火をかけられて黒く焦げた柱だけが突っ立っていたりした。

近づくにつれ、人が蠢《うごめ》いているのがわかった。大勢の人が寄り集まって口々に何かを叫んでいる。駅舎の前に長い列車が停《と》まっているのが見えた。

「汽車――」

ひび割れた唇《くちびる》から言葉が漏れた。走りたかったが、ふらふらして眩暈《めまい》がした。レールに足をとられてばたりと倒れる。機関車から煙が上がっていた。連結されているのは貨車のようだ。益恵は熱いレールに手をついて立ちあがった。人々がわれ先にと貨車に乗り込もうとしている。

「待って！」

声になったかどうかわからない。貨車の扉が無情にも次々と閉じられていく。最後尾の貨車に取りついた。車輪が回り始めた。台車は高くてよじ上れない。ずるりと足を滑らせた。貨車はゆっくりと動き出す。誰かが中から力任せに扉を閉めようとしている。扉に腕をねじ込んだ。

「待って！」

今度は声が出た。扉付近に立った男が舌を鳴らした。それからぐいっと引き揚げられた。荷物でも放り込むように、貨車の中に投げられた。誰かの上に落ちたらしく、その人が体をずらした。益恵は、人と人の間に体を潜り込ませた。

男が乱暴に扉をゴンッと閉めた。貨車の中は薄暗い。上部に空気を通す細長い隙間がある。そこから入ってくる光で、ぼんやりと中の様子がわかった。貨車の中はぎっしりと人が詰め込まれていた。寸分の隙もなかった。暗いし暑い。それに臭かった。おそらく家畜を運ぶ貨車だったのだろう。その臭いと人いきれで、息が詰まりそうだった。だが汽車に乗れた幸運を、益恵はしみじみと感じていた。この先も線路に沿って歩いたら、途中で命を落としていただろう。たくさん見た死体を思い出しながら、そう思った。

どうしたって生きて帰る。また心に誓った。

益恵は扉のすぐ近くに座っていた。目が暗さに慣れてくると、隣には、若い女の人がぼんやりした表情で座っているのがわかった。反対側には、白髪《しらが》がくしゃくしゃの老婆がいた。どちらも口をきかなかった。荷物を持っている人は、そこから何かを取り出して食べている。だが、益恵も両隣の二人も、ただ黙って座っているきりだった。連れはいないようだった。益恵と同じように一人で駅にたどり着き、運よく貨車に乗り込めたのだろう。

機関車は、わびしい汽笛を鳴らした。外の様子がわからないので、どこを走っているのかわからなかった。暑さと疲れで、頭がぼんやりした。汽車の揺れにまかせて途切れ途切れに眠った。疲れ過ぎていて、空腹は感じなかったが、やたらと喉が渇《かわ》いた。貨車の中ではバケツが回され、男も女もその中に用を足している。何も口にできない益恵は、尿意を感じることもなかった。バケツは時折、扉を開けて中身が捨てられた。

汽車は突然、荒野の真ん中で停まる。駅でも何でもない場所だ。どうして停まるのか、誰にもわからなかった。そういう時、満人に襲われることもあった。いきなり外から扉が引き開けられて、腕が突っ込まれる。扉付近に置いてあった荷物を引っつかむと、腕はさっと引っ込んでしまう。時には長い棒の先に鉤《かぎ》がついたものを突っ込んできて、それで引っ掛けて持っていく。

「おい、扉を開けられんように押さえろ」

男たちが怒鳴るが、日本人たちは弱って力が出ないので、抗《あらが》うことができない。満人は何から何まで盗っていく。子供がさらわれることもあった。母親が金切り声を上げて子供を奪い返そうとするが、足の速い満人は、もうどこにも見えなくなっている。子供を連れ戻すために貨車から飛び下り、荒野の中に消えていく母親もいたし、ただ泣き崩れているだけの母親もいた。

益恵は勝仁のことを思い出した。家族の中でたった一人、生きているだろう弟は、汽車が走るにつれ、遠ざかる。辛かったが、汽車が停まるのは怖かった。扉の近くにいる益恵は、いつ外に引きずりだされるかと気が気ではなかった。人々が話すことを聞いていると、牡丹江に向かっているのは確かなようだ。いつ着くのだろう。着いたらどうなるのだろう。はっきりしない頭で考えていた。

汽車は遅々として進まない。また停まった。扉が外からガンガンと叩かれた。いつにない脅威《きょうい》を感じた。男たちが必死の形相《ぎょうそう》で押さえていたが、あえなく開かれた。扉の向こうに立っていたのは兵隊だった。その姿を見て、女たちが悲鳴を上げた。自動小銃《マンドリン》をかまえたソ連兵が何人もいた。

ロシア人を間近に見たのは初めてだった。益恵は震え上がった。赤らんだ顔に縮れた金髪。子供の目には、鬼としか映らなかった。彼らは何かを怒鳴りながら貨車の中に踏み込んできた。重々しい軍靴《ぐんか》に踏みつけられて、人々が呻《うめ》いた。子供らは大声で泣いている。ソ連兵の目的は女性だった。品定めをするように女の顔を覗き込んでいく。小銃の先で、女の顎《あご》をぐいと持ち上げたりもした。何人かの若い女が連れ出された。

「嫌だ！　助けて！　お父さん」

「あなた！」

泣き叫ぶ女性にしがみつく家族。だが、大きな体の兵士に蹴り倒され、自動小銃を向けられてはどうしようもない。益恵の隣の女性も引き立てられていった。貨車の扉が閉められても、外で叫んだり抵抗したりする女たちの声がしていた。中では家族が泣いている。名前を呼び合うが、外の声は遠くなった。

貨車がまた動き出した。日本人の難民を満載した汽車は、誰が運転しているのだろう。満鉄の運転士ではないのか。もしかしたら満人かロシア人かもしれない。日本人をこんなに危険な目にさらすのは、申し合わせているとしか思えなかった。

汽車が動き始めた時、連れ去られた女性の座っていた場所に、新聞紙が丸めて置かれているのが見えた。一つも荷物を持たないようだったのに、背中で隠すように何を持っていたのだろう。食べ物ではないだろうか。益恵はそれを取り上げた。新聞紙を開けてみて驚いた。生まれたばかりの赤ん坊が包まれていたのだ。生きていた。生きてもぞもぞと動いている。泣き声の一つも上げず、母親に抱かれることもなく、ただ薄っぺらい布で巻かれただけの赤ん坊だ。

あの人は、この子を産み落としたけれど、どうしたらいいのかわからなかったのだろうか。自分が生きるだけで精一杯だったのか。それでもこの子は生きようともがいている。

益恵は言葉もなく、新聞紙の中の赤ん坊を見下ろしていた。隣に座った老婆がどろんとした目でこちらを見たが、すぐに逸《そ》らした。

その時だった。老婆の向こうで声が上がった。

「おい、その子はもう死んでいるじゃないか」

ぎょっとした。老婆の隣に座った女性が、ずっと赤ん坊を抱いているのは知っていた。時折あやす声がしていた。

その向こうにいた眼鏡をかけた男性が、凄い剣幕で怒鳴っている。

「さっきからどうもおかしいと思ったんだ。奥さん、死んだ子をいつまでも抱いているんじゃないよ」

「いいえ！」女性は、きっと男を睨《にら》み返した。「いいえ、死んじゃあいませんよ。坊やはお乳をちゃんと飲んでいるんですから」

そして胸をはだけて乳首を赤ん坊の口元に持っていった。だが、赤ん坊は口を開けない。首がぐらりと傾く。国民服を着た別の男が母親の腕の中を覗き込んだ。

「ほんとだ。もうだいぶ前に死んだんだな」

「だと思った。どうも臭うと思ったんだよ。この中が臭いから、よくわからなかった」

「奥さん、この子は始末しないといけないよ」

母親は、死んだ子の口を無理やり開かせようとした。その口の中からウジ虫がポロリと出てきた。

「さあ、貞《さだ》ちゃん、おっぱいをお飲みなさいね」

「その子をよこしなさい」

男二人がかりで、女性から赤ん坊を取り上げようとした。母親は抵抗して泣いた。

「何をするの！　この子は死んでなんかないわ。ほら、おっぱいを飲んでいるじゃありませんか！」

貨車の中の誰もが黙ってそのやり取りを見ていた。とうとう男たちは赤ん坊を取り上げた。あの子をどうするのだろうと益恵が思っていると、男は貨車の扉を開けて、赤ん坊を外に放り投げた。誰かが「あっ！」と声をあげたが、その行為を咎《とが》める者はいなかった。母親は狂ったように叫んで、扉から飛び下りようとした。それを周囲の者が押さえつけた。扉は閉められた。誰もが関心を失ったみたいに押し黙った。

母親は、よろけながら元の場所に戻ってきた。老婆が手を取って座らせた。はだけたままになっている彼女の乳首から、白い乳がぽとぽとと垂れていた。

「はい、おばちゃん、坊やはここよ」

咄嗟《とっさ》に益恵は、新聞紙に包まれた小さな赤ん坊を彼女に押し付けた。母親はぱっと顔を輝かせた。

「貞ちゃん、こんなところにいたの」

母親はさっと子供を抱き取ると、赤ん坊に乳をふくませた。赤ん坊は生まれて初めての乳を、勢いよく吸った。こくんこくんと首と喉が動いている。母親は幸せそうな顔をしている。

じっとそれを見ていた老婆が、益恵の方を向いた。

「取り替え子じゃ。誰が育てても生きておればそれでよい」

そして歯のない口を開けて笑った。

ふみ代も見捨てずに連れてくれれば、誰かが育ててくれたかもしれない。だが、赤ん坊を連れてここまでたどり着けたとは思えなかった。そんなことをすれば、益恵も命を落としていただろう。線路脇で見た夥《おびただ》しい数の死体を思い出した。

その日の午後、汽車は牡丹江に着いた。貨車から吐き出されるように人々はどっと降りた。赤ん坊を抱いた女性も老婆も、すぐに見えなくなった。

牡丹江の町は、空襲で焼け落ちていた。

ここはもうソ連軍の支配地だった。武装解除された軍人も民間人も捕虜となって、それぞれの収容所に振り分けられる。益恵は、今度は無蓋車《むがいしゃ》に押し込められ、ぎゅうぎゅうに立ったまま運ばれた。着いたところは海林《かいりん》収容所だった。

ここでやっと食べ物と水にありつけた。薄い高粱粥《コーリヤンがゆ》だったが、生き返った気がした。収容所には、頭を丸刈りにし、軍服を着て顔に墨を塗りつけた女性がたくさんいた。なぜ男の格好をしているのか、益恵にはもうよく理解できた。彼女らは、そうやって自分の身を守らなければならなかったのだ。

収容所では、男女は別の建物に入れられた。建物といってもレンガの壁とトタン屋根だけが残った工場の跡地だった。すべては破壊されていた。高粱粥の食事も、出たり出なかったりで、益恵は常に飢えていた。栄養失調のため、肌は粉をふいたようにガサガサで垢《あか》にまみれ、着たきりの洋服にはシラミが湧《わ》いていた。

ここへ来て初めて、月日がわかった。九月三日だということだ。ハタホを追われて、もう一か月近くが経っていた。

ソ連兵も、よく見るとみすぼらしい格好をしていた。それでも日本人の前では勝者然としていた。トラックで通りかかると、黒パンや魚の干物を投げていく兵士もいた。それに日本人がたかって奪い合いをしていた。子供の益恵には、到底《とうてい》手にはできない食べ物だった。男たちは毎日使役に出され、電柱の運搬とか家の建設などをやらされていた。その途中に死んでいく者もあった。

数日後には、日本人の一部はまた移動を命じられた。その一団に益恵も入れられた。今度はハルピンまで送られるということだった。大人には、ソ連軍から一週間分の食料が配給されたが、子供の益恵はもらえない。大人たちは、自分の子を連れてさっさと汽車に乗り込んでいく。益恵は、この時初めて孤児という身の上を自覚した。これからは誰も助けてくれない。自分の力で生き抜いていくしかないのだと。

汽車は松花江《スンガリー》を渡る鉄橋を越えた。こわごわ歩いて渡った鉄橋とは違い、しっかりした鉄橋だった。橋の下を滔々《とうとう》と流れる豊かな流れを見下ろした。川を渡るともうそこはハルピンだった。駅に降り立って、不穏《ふおん》な空気に緊張感が走った。ホームにあった伊藤博文《いとうひろぶみ》の銅像は、首がなくなっている。駅舎の窓ガラスは全部割られていた。

人波に押されるように駅前広場に出た。そこには、疲れ果て、生気を失った日本人難民が固まって座り込んでいた。ハルピンは北満の中心都市で、五つの鉄道路線の集結地でもある。そこへソ連軍の攻撃を恐れた人々が、続々と押しかけてきていたのだった。

ハルピンは、帝政ロシアが十九世紀末に作った町だ。重厚なロシア様式の建物が建ち並んでいる。ここはそれほど空爆の被害は受けていなかった。だが、ハルピンにもソ連軍は侵攻してきたのだった。益恵が着いた時には、入城式も終わっていた。殺伐《さつばつ》とした町の中には、日本人、中国人、ロシア人、ソ連兵などが溢れ返っていた。

ここでの収容所は、花園《はなぞの》国民学校だった。もちろん、もう学校の体《たい》をなしていない。どの教室も足の踏み場もないくらいの人だった。朝夕の食事の配給は、お椀《わん》に一杯の高粱粥だった。それだけでは餓《が》死《し》してしまうと大人たちは話していた。

が、その一杯の粥すら、孤児の口には入らないことが多かった。力のある者が何でも先に取ってしまうのだ。病人や老人はじっと横になっているしかない。それでも家族がいれば面倒をみてくれる。金を持っていれば、食料も買える。益恵には、そのどれもなかった。

難民救済会や日本人居留民会などという日本人の組織もあって、難民の生活援助や自治も行われているようだったが、そもそも開拓団や家族からあぶれた孤児には、その恩恵は届かない。孤児は、自然と部屋にも居場所がなくなった。

収容所といっても閉じ込められているわけではない。元気な者は外に出て働いて、生活の糧《かて》を得ていた。町の中心部にはバザールが立っていた。どんな環境におかれようと生活力が旺盛な中国人は、ソ連軍の占領下だろうが何だろうが、すぐに商売を始める。関東軍や満蒙開拓団の倉庫から放出された醬油《しようゆ》、味噌《みそ》、米、乾パンなどが豊富にバザールに並んだ。大人たちの話から、北満はまだ食料が豊富なのだと知った。南の奉天《ほうてん》などでは、ここよりも難民が多くて食料不足が深刻だという。

のだ。それぞれの親は自分の子に食べさせることで必死だった。
だけど、そんなことは関係ない。どちらにしても益恵たち孤児には、何も回ってこない
国民学校の教室から弾《はじ》き出された益恵は、バザール周辺やハルピン一の繁華街
中央大街《キタイスカヤ》、松花江の川岸をうろついた。バザールで野菜くずを拾い、松花江の土手で草を抜いてきて食べた。キタイスカヤで物乞《ものご》いもした。ここでも親切な満人が、売れ残りのしなびた野菜をくれたり、時にはポーミ（トウキビ粉）のスープを恵んでくれたりした。
益恵と同じようなことをしている孤児が何人もいた。彼らもここへ来るまでに家族を亡くしたり、はぐれたりしたのだろう。やがてそのうちの一人と親しく口をきくようになった。内田《うちだ》佳代という女の子で、益恵と同じ年齢だった。どこから来たのか問うと、
「海拉爾《ハイラル》から」と答えた。
ハイラルはずっとずっと北の果て、草原の中の小さな町だ。大興安嶺《だいこうあんれい》山脈の向こう、中国とモンゴル、それにソ連の国境が接している地点に位置していた。北満の軍都として知られてもいた。ソ連との国境まで百数十キロしか離れておらず、西から侵入してくるソ連軍を阻止《そし》するために、関東軍が大要塞《ようさい》を築いていたのだ。そこまでして備えた要塞都市だったのに、ソ連軍の侵攻によって陥落《かんらく》したのだという。佳代の家族がいた開拓団も、逃避行の途中でばらばらになり、家族も皆死んでしまったと言った。二人ともが親兄弟を亡くし、死線を潜《くぐ》り抜けてきた身の上だった。

二人は一緒に行動するようになった。一人ぼっちで知らない町に取り残され、情報もなく心細かったので、嬉しかった。すぐに「カヨちゃん」「まあちゃん」と呼び合うようになった。二人とも、居心地の悪いそれぞれの収容所を抜け出した。まともに住める家には、もう人が入り込んで住んでいる。引き揚げのために南下していった一団が出て、寮だの官舎だのが空くと、すぐに日本人の難民が移り住んでくる。そのちょっとした隙に、満人がやって来て、床板や壁板を引っぺがして持っていかれることもあった。それで自分の家の修繕をしたり、燃料にしたりするのだ。

益恵と佳代が潜り込んだのは、以前は軍属の独身寮だったところで、「常盤寮」という名前だった。常盤寮自体は三階建ての建物で、難民の家族がぎゅうぎゅうに詰め込まれていた。そこの庭に物置があって、周囲の板が取り去られて柱だけになって傾いていたのが捨て置かれていた。庭木が繁《しげ》り放題になっていて、その中にあったので人目につきにくい。そこで寝起きするようになった。

拾ってきた筵《むしろ》や板切れで小屋の周りを囲って、家らしく造り上げた。友だちができたということが、そういう作業をする励みになった。

「ここはお茶の間」

「ここは応接間」

寄る辺《よるべ》のない二人の少女は、ままごとをする気分で、自分の家を整えた。

屋根も穴だらけで、雨が降るとずぶ濡《ぬ》れになる。庭の木立《こだち》の中の大ぶりの葉の下に逃げ込んだ。そこで体を寄せ合って、二人でクスクス笑った。そんな些細《ささい》なことがとんでもなく幸せだった。この大陸でたった一人だと思っていた時に比べると、何倍も心強かった。佳代も同じように感じているようだった。

「まあちゃん、ずっと一緒にいようね。絶対に離れずにね」

二人で食べるものを漁《あさ》りに町に出た。

ハルピンの町は、ますます混沌《こんとん》としてきた。益恵は、細かな人の種類も見分けがつくようになった。垢と埃《ほこり》にまみれた日本人の難民、便衣《べんい》の中国人、白系ロシア人の商人、朝鮮人、モンゴル人、ユダヤ人、タタール人などが入り乱れていて、人種のるつぼという感があった。毛むくじゃらのソ連兵も闊歩《かっぽ》している。中国兵は、国民党軍と共産党の八路軍が入り乱れていて、時に市街で戦闘が始まったりもした。そうなったら、どこから弾が飛んでくるかわからない。ダダダダダッと小銃の音がしたら、反射的に頭を抱えて伏せる癖もついた。略奪や暴力、殺人も日常茶飯事《さはんじ》だった。ハルピンは、無法地帯と化していた。町中に出る時、一番嫌だったのは死体を見ることだった。青竜刀でも切り殺されたのか、手足がばらばらになった死体、行き倒れになった難民の死体、子供の死体も道端に転がされていた。どれも裸だった。衣服は貴重品だから、すぐに剝ぎ取られて持ち去られる。

商魂たくましい中国人は、死体から取った衣服を売っていた。難民は、服の出所を知りながらも買い求めた。

昼頃になると、死体は大車《ダーチヨ》に積まれ、馬に牽《ひ》かせて共同墓地に運ばれるのだ。黄色くしなびた死体が満載された大車には、一日のうち、二度や三度は出くわした。怖がりの佳代は、向こうから死体運搬車が来ると、「ひゃっ」と言って路地に逃げ込んでいたが、慣れとは恐ろしいもので、そのうち平気で行き違うようになった。ハルピンの町は、常に死臭が立ち込めていた。

食べ物を手に入れることと同じくらい重要なのは、燃料集めだった。他人の家の周りをうろついたり、バザールを歩き回って、木っ端《こっぱ》や石炭かすを拾ってきた。小屋の前の土を掘り、レンガを並べてかまどを作った。それに石油缶を半分に切った代用の鍋をかけて煮炊きした。出来上がるのは、どろどろに煮込んだ野菜と一つまみの穀物を入れた雑炊《ぞうすい》まがいのものだった。それをせいぜい一日に一回。とても腹は太らなかったが、仕方がない。

寮の前の道を、中国人の饅頭《マントウ》売りが「マントウマイマイ。マントウマイマイ」と声を張り上げて通る。寮の中から日本人が出てきて買い求めるのを、指をくわえてみているしかなかった。母親にくっついて出て来た子供が、ほかほかの饅頭を口に運ぶのを見て、腹の虫が鳴いた。飢え以上に、母親と一緒にいられる子供がうらやましかった。佳代もじっと日本人の親子を見詰めていた。

彼らはちらりとこちらを見て、急いで通り過ぎる。庭の小屋に住みついた孤児を追い出さず、放っておいてくれるだけでも有難かった。

佳代の父親は九州の人だったらしく、佳代は時々「ひだるかー」と口にした。それは「お腹が空いた」とか「ひもじい」という意味だ。本当に飢えているのに、「お腹が空いた」と言うと、体の力が抜けていく気がする。その代わりに、二人は「ひだるかー」を連発した。不思議なことに、その言葉を大声で口にすると、ひと時、ひもじさを忘れられるのだった。

常盤寮に住んでいる日本人は、時々入れ替わっているようだった。ある時、両親と十八歳くらいの娘さんが越してきた。桃子《ももこ》さんという娘さんは優しい人で、時々親の目を盗んで、益恵たちに食べ物をくれた。難民の大人は、少しでも現金を稼ぐために働いていた。中国人の商店に雇われたり、日雇い労働者になったり、八路軍の雑役夫《ざつえきふ》になったりしていた。だからバザールで買い物もできたのだ。

桃子さんは時々寮の部屋に入れてくれて、豚汁や干し肉、トマトなどを食べさせてくれた。益恵も佳代も、桃子を姉のように慕《した》っていた。だが、それも終わりになる。たちの悪いソ連兵は、あちこちで略奪を働いていたのだ。その中の数人が、ある晩寮にやって来た。薄い板の扉を蹴破り、怒鳴っている。その声が益恵たちの小屋まで響いてきた。驚いて佳代と二人、木立の陰から外を窺った。

「マダム、ダワイ。マダム、ダワイ」と聞こえた。

「あれは『女を出せ』って言ってるんだよ」

佳代が囁いた。そう言えば、牡丹江へ向かう汽車にソ連兵が乗り込んできた時、同じ言葉を口にしていた気がする。悲鳴が聞こえ、桃子が引きずりだされてきた。はっと息を呑んだ。両親がすがりついて懇願《こんがん》している。しかし、相手は自動小銃を持った大男の兵士だ。父親は、小銃の台尻で殴られて昏倒《こんとう》してしまった。門の外に軍用トラックが停まっていて、それに桃子は乗せられた。泣いて嫌がる桃子の声が、トラックの中から聞こえていた。

益恵たちにはどうすることもできない。トラックが行ってしまうと、母親は地面を拳《こぶし》で叩いて娘の名前を呼んだ。寮の住人が、両親を家の中に連れていくのが見えた。部屋からは、むせび泣く両親の声がずっと聞こえていた。その晩は、益恵も佳代も眠れなかった。

桃子はそれきり、帰ってこなかった。そんなふうに連れていかれた娘や若妻がたくさんいたらしい。その中の数人は帰されたけれど、おかしくなってしまったとも聞いた。中にはスンガリーに飛び込んで自殺した人もあったと耳にした桃子の母親は、毎日スンガリーの岸を歩いていたが、とうとう桃子の行方《ゆくえ》はわからなかった。

ハイラルには、ロシア人もたくさん住んでいて、日本人とも仲良く暮らしていたのだそうだ。だから、佳代はロシア語が少しはわかるようだった。

それを知ったのは、佳代が親しくしていたロシア人の男の子と、ハルピンで再会したからだった。

「ユーリィ！」

ある日、バザールを並んで歩いていた佳代が突然叫んだ。人混みを掻き分けて駆け寄ってきた男の子を見て、益恵はびっくりした。白い肌に青い目の、生粋《きっすい》のロシア人だったからだ。そんな益恵を尻目に、佳代は男の子と手を取り合って、ぴょんぴょん飛び跳ねている。

しばらく二人は、ロシア語、日本語、中国語を取り混ぜて会話していた。中国語なら少しはわかる益恵にも、会話の内容がだいたい理解できた。ユーリィもソ連兵に家族を殺されて、ここまで逃げ延びてきたのだと言った。ロシア人なのになぜソ連兵に殺されるのか、不可解だった。

「ユーリィはコサックなんだよ。満州のコサックは、革命の時亡命してきたんだよ」

革命に反対して皇帝《ツァーリ》に味方したから、ソ連軍はコサックを殺すんだと佳代は説明した。

ユーリィも佳代と同い年だという。益恵たちの住まいに、ユーリィを連れていった。

あばら家とも言えない、隙間だらけの小屋に入ると、ユーリィは、上着のポケットからふかしたジャガイモを二つ取り出した。

「クシャーチ（これ、食べる？）」

「ダイジャムネ（ちょうだい）」

佳代がジャガイモを取って、益恵にも一個渡した。

「スパシーボ」佳代に倣《なら》って、益恵も礼を言った。

ユーリィは岩塩の粒を、ジャガイモにぱらぱらと振りかけてくれた。二人はすぐにかぶりついた。冷えていたが、うまかった。

「オーチン・フクースナ（おいしい）！」

佳代が口いっぱいに頰張りながら歓声を上げた。

ユーリィはまた持ってきてやる、というふうなことを言った。子供どうしの会話は、不思議と通じるものだ。言葉、表情、身振り手振りで三人は話した。ユーリィは、ハルピンで知り合った仲間と暮らしているのだと言った。日本人の子が中心で、コサックの子も、コサックと日本人の間に生まれた子もいるらしい。その子らは、孤児か、親がいても病気などで働けない。だから、自分の腕で稼いで生きているのだと言った。

男の子のそういった集団は、時に目にしていた。満人の子と喧嘩《けんか》をしているのもよく見た。満人の子は、日本人を見ると、「日本鬼子《リーベンクィツ》」と言って石を投げてくる。益恵たちは、そんな子らには近づかないようにしていたが、男の子の中にはかかっていく者もあるようだ。

ユーリィと度々会うようになると、ロシア人どうしの関係も教えてくれた。ハルピンに元々住んでいる白系ロシアの民間人は、コサックのことを「野生の羊《グラン》」と呼んで蔑《さげす》んでいるのだそうだ。だからその子供どうしも喧嘩したりする。子供の世界にも差別やいがみあいがあるのだった。

ユーリィはいい稼ぎをしているのか、時々餅《もち》やピロシキを持ってきてくれた。

桃子がいなくなった後では、ろくな食べ物にありつけなかったから、有難かった。しかし食べ物以外にも、益恵たちには心配なことがあった。ハタホを出たのは夏だったが、秋が深まり、気温がどんどん下がっていった。北満の冬は厳しい、零下《れいか》三十度にもなる。分厚い上着や防寒頭巾《ずきん》、手袋や防寒靴の重装備で屋外に出ていたものだ。うっかり手袋を外してドアの取っ手などに触ろうものなら、手の皮が取っ手に貼りついてしまう。ハルピンも似たようなものだろう。薄手の衣服しか身に着けていない益恵と佳代は、もうすでに夜は凍《こご》える思いをしていた。

二人で抱き合って眠る時、益恵はオンドルのきいたハタホの家で、家族で食卓を囲んでいる夢を見た。食卓の上には、白いご飯に餃子《チャオズ》や焼き豚、煮豆、漬物など、ご馳走がいっぱい載っている。勝仁や武次が大喜びしている。飢えて死んだはずの武次は、ふっくらと赤い頬をして笑っているのだ。

寒さにはっと目が覚める。すると、すぐ目の前にある佳代の目尻に、うっすらと涙が溜まっているのが見えた。きっと佳代も同じような夢を見ているのだろうと、袖で涙を拭ってやった。拭いながら、きっと二人で日本の土を踏むのだ。それまではどんなことがあっても生き延びてやると心に誓った。

吹きさらしの小屋に手を入れるべく、板を探して歩いた。前は落ちているものを探し回ったが、もうそんな悠長なことはしていられない。空き家を見つけては、壁や床板を剝がした。これは立派な泥棒だけど、仕方がない。人の物に手を付けないと生きていけない。中国人は、堂々と盗んだ品物を売っている。そこは泥棒市場《ショートル》と呼ばれているが、繁盛《はんじょう》していていつも黒山の人だかりだ。

誰が買うのか、蓋《ふた》のないヤカン、片方だけの靴、割れた眼鏡などが売られていた。死体の口から取ってきた金歯さえ売られている。行き倒れになった死体の持ち物や衣服を奪うだけでは済まない。口の中にペンチを挿《さ》し入れて、金歯をねじり取ると聞いた。

バザールでは、かっぱらいも横行している。武装解除された関東軍の兵士ですら、店の売り物をかっぱらって逃げる。彼らは痩せて弱っているので、逃げるのが遅い。すぐに店主に捕まって、棒で叩きのめされていた。髭《ひげ》ぼうぼうで真っ黒な顔をした兵隊さんが、血だらけになって道端に転がされていても、日本人は助けようともしない。戦争中は、自分たちを敵から守ってくれる頼もしい兵隊たちだと思っていたが、今ではそれが幻想だったことを誰もが知っていた。民間人より先に戦況の厳しさを知った関東軍の上層部は、民間人を守るどころか、自分の家族とともにさっさと引き揚げてしまったのだから。

役所や満鉄の幹部も同じだった。もっともここで垢にまみれて飢えている兵士は、下っ端の二等兵か一等兵だろう。彼らも何も知らされずに前線に取り残された犠牲者なのだ。だが、そうは思っても同情してくれる人はいなかった。時には、上向いて呻いている兵士に唾を吐きかけていく者すらあった。

市中で一番すばしっこいかっぱらい集団は、子供たちだ。見張り役や実行役、逃げる途中での受け渡し役など、連携プレーも見事だった。その中にユーリィも含まれているということを、しばらくして益恵と佳代は知った。ユーリィの稼ぎとは、泥棒のことだった。

収容所の片隅や、ソ連軍に接収された建物の地下、大きなマンションの廊下、学校の物置。そんなところをねぐらにした素性《すじょう》の知れない少年たちがいつの間にか仲間になっていった。

ハルピンの町中では、満人が、空き家になった日本人の家屋から家具や着物、食器、床板、ありとあらゆるものを堂々と持ち出し、ソ連兵は略奪と強姦《ごうかん》、暴力を繰り返す。時折中国軍の戦闘がある。まったくの無政府状態だった。盗みをしても、追いかけてくるのは盗まれた相手だ。警察に引っ張られるなどということはない。

十六歳くらいの八田《はった》という少年がリーダーのかっぱらい集団は、遊び仲間から派生したものだった。だからどこか楽しんでいるような雰囲気があった。それぞれの身の上は重いものだったろうが、不思議と悲壮感はなかった。環境に素早く適応した強靱《きょうじん》な精神の持ち主たちだった。追い立てられ、生活に困窮《こんきゅう》し、泣き言を言う大人よりも、よっぽどのびのびと暮らしていた。

走るトラックに飛び乗ることもお手の物だ。そこに満載された野菜や石炭を放り投げる。走ってついていく子が手早く拾い集める。南下しそうな日本人家族の情報があれば、中国人より先に入り込んで、置いていった物を担《かつ》いで運び出す。建物の木材も要領よく剝がしてしまう。それらを澄《す》まして中国人に売りつけるのだ。

ユーリィは、盗んだ品物をソ連兵に売りつけるという役目を担《にな》っていた。ビアホールなどにたむろしているソ連兵に人懐《ひとなつ》っこく寄っていって売りつける。

「酔っぱらったロシア兵は、結構いい値段で買い取ってくれた上に、黒パンやソーセージをくれたりするんだ」

ロシア語、中国語、日本語を使い分けるユーリィは、集団の中でも貴重な人物で、八田からも重宝《ちょうほう》されていた。飄々としたユーリィは、欲がない。ロシア兵に品物を売りつけて、ビアホールから出て来たところを満人の少年たちに囲まれても、びくついたりしなかった。

「チェンメイヨマ（お金ないか）」

満人の少年が、彼の服のポケットに手を突っ込んで売り上げを取り上げる。それでもされるままだった。

「ニーデシンジョ（お前にやるよ）」

などと中国語で言うものだから、相手は気味悪そうな顔をしていた。

それを物陰から見ていた佳代が、満人の子供が去っていくのを悔しそうに睨みつけても、ユーリィはにこにこ笑っていた。

益恵と佳代が寒そうにしているのを見かねて、ユーリィが子供用の防寒着を二枚、持ってきてくれた。「泥棒市場で買った」とユーリィは言った。それは死体から剝ぎ取ってきたということを示している。それでもこれで冬が越せると、二人とも大喜びだった。南下していく家族も少しずつ増えて、日本へ引き揚げられる日が現実のものとしてとらえられるようになっていた。ここまで来て、死ぬわけにはいかなかった。

栄養失調と蔓延《まんえん》するチフスで命を落とす者は、たくさんいた。夥しい数の死体は共同墓地に埋められた。大車に載せられた裸の死体は、掘られた穴にひとまとめにして落とされ、土をかけられた。人間としての尊厳も何もなかった。

防寒着を開いてみると、縫い目に沿ってシラミがたかり、蠢いている。シラミはチフスを媒介《ばいかい》する。本当はお湯で煮れば卵まで駆除できていいのだが、煮る一斗缶《いっとかん》もないし、水を煮立たせるための燃料もない。だから、自分たちで考えた方法で、シラミを駆除した。コンクリートの上で、縫い目部分を石で叩いて潰《つぶ》すのだ。二人で一心に石を振り上げて作業をした。

シラミが潰れると、体液で縫い目が赤く染まる。それをスンガリーに持っていって、丁寧《ていねい》に洗った。陽で乾かして着ると、ほかほかと温かかった。

「スパシーボ」

次に会った時、ユーリィにお礼を言った。

「パジャールスタ」

ユーリィはそばかすだらけの頬を持ち上げてにっと笑った。

ハルピンの町の中で一番堂々として美しい建物は、ソフィスカヤ寺院だった。周囲の建物からふっくらした丸屋根が抜きんでていた。ロシア正教の寺院で、通りかかると、ユーリィはそこに入っていって簡単な祈りを捧《ささ》げていた。それに佳代もついていく。二人並んで跪《ひざまず》いて祈りの言葉を呟くと、十字を切った。

「カヨちゃん、どうして？」

日を丸くして益恵が尋ねると、佳代は胸を張った。

「私のお父さんが生まれた家は、長崎県の國先島ってとこにあるんだよ。うちはみんなキリスト教なんだ。でも戦争中は大っぴらに言えなかったの」そこで朗らかに笑った。「でもういいよね。日本は戦争に負けたんだから」

隣でユーリィが「ハラッショ」と微笑んだ。

ユーリィは自分のことを「マーリンキ・カザーキ」だと時折口にした。「マーリンキ・カザーキ」とは、「小さいコサック」という意味だそうだ。

コサックは草原の民だ。男の子は、子供のうちから馬を操ることを習う。古くはコサック騎兵隊として皇帝に忠誠を誓った民族である。革命軍の弾圧によって国境を越え、満州へと逃亡して村を建設したのだった。以来、家畜を飼い、大地を耕し、自然と共に生きてきた誇り高い民族だ。

ハイラル周辺のホロンバイル草原の中に、いくつものコサック村が存在しているらしい。その一つに、ユーリィの祖父母や伯父伯母たち一族が住んでいるから、戦後の混乱が落ち着いたら、そこへ帰るのだとユーリィは言った。

十月に入ると、凍えるような寒さがやって来た。ユーリィたちに倣って、空き家を狙って日本人家族が残していった布団を持ち出した。先に引き揚げられる日本人は、難民ではなくて、初めからハルピンに住んでいた日本人だったから、持ち物も豊富だった。二組の布団を持ち出したのに、重くて運べない。もたもたしているうちに、一組は満人に盗られてしまった。悔しくて地団太を踏んだ。

「メイファーズ（仕方がない）」

佳代が中国語で言って慰めてくれた。「メイファーズ」は益恵たちの口癖になっていた。物事にとらわれない。諦めも肝心だということを厳しい環境の中で学んでいた。

　十月十三日、益恵は十二歳の誕生日を迎えた。物乞いをして恵んでもらった饅頭一個を、佳代と二人で分けてお祝いをした。佳代は、五月にすでに十一歳になっていた。その時は、家族揃って祝ったのだと言った。半年も経たないうちに、家族全員を失い、こんな苦労をするとは思わずにいたのだ。

　少しずつ情勢は動いていた。

　八田が家族とハルピンを離れた。新京《しんきょう》に親戚がいるとわかったので、彼らを頼って行くのだと聞いた。収容所にいる八田の父親は病弱な上、たくさんの弟妹《ていまい》がいるので、八田がかっぱらいで稼ぐ金だけが頼りだった。旅に係《かか》る費用も家族全員分が稼げたので、八田は仲間に簡単な挨拶をして去っていった。

　八田の後を継いだ金子《かねこ》という少年は、八田ほどの統率力はなかった。強固な結びつきを誇っていた集団は、弱体化した。引き揚げていく子もあったし、別のかっぱらい集団に入る子もいた。それでもユーリィは、数人の仲間と盗みを繰り返し、ソ連兵に売りつけるということを続けていた。

その頃には、益恵と佳代も働くようになっていた。中国人から品物を仕入れて売るという仕事だ。混沌と喧騒《けんそう》のハルピンの懐《ふところ》深く潜り込み、あらゆる場所に顔がきくようになったユーリィが探してきてくれた。煙草《たばこ》、豆腐、饅頭、煎餅《チエンビン》という水でトウキビ粉を溶いて薄く焼いたもの。何でも売った。首に掛けた紐《ひも》の先に小さな板を取り付けて、その上に商品を置いて売り歩くのだ。そういうことをして日銭を稼いでいる日本人はたくさんいたが、子供が売るのが珍しいのか、結構売れた。

仕入れた品物代を引くと、一日に稼げるのは三十円かそこらだった。それでも益恵たちにとっては貴重な現金収入だった。ロシアパンが一本十円。萎《しな》びたリンゴが三つで十円。それでも自分の稼ぎで物が買えるということが嬉しかった。それに品物を卸《おろ》してくれる中国人の中に、親切な親父《ジャングィ》さんがいて、時々店の奥の家に上げてくれた。周《チョウ》さんというその人の奥さんもいい人で、益恵たちが行くと歓迎してくれた。

「ファンツーバ（ご飯食べなさい）」

そう言って、晩ご飯を食べさせてくれた。そう裕福ではないので、麺とか雑炊、野菜炒めなどだが、益恵と佳代にとっては、この上もないご馳走だった。

「ハオツー（おいしい）」を繰り返す二人の少女を、嬉しそうに見て笑っている。

「チャイガハオツー（これもおいしいよ）」と月餅《げっぺい》をくれたりもした。おそらく自分たちが食べようと買っておいたものだ。それを大事にもらって帰る。

「シィエシィエ（ありがとう）」と頭を下げると、「ブーシェ、ブーシェ（いいよ、いいよ）」と送り出してくれた。

国民学校が収容所になったところでは、学齢の子供を集めて授業をしたりするところもあった。勉強もしたかったが、そんな贅沢《ぜいたく》は言っておれない。孤児は自分の口に入れるものは、自分で稼がなければならない。

しばらく商売に精を出していて、ユーリィにも会わずにいた。十一月の声を聞くと、秋というよりも冬の様相だ。北満はあまり雪は降らないが、気温がどっと下がり、寒風が吹きすさぶようになる。二人とも両手がしもやけで膨れ上がった。どうにかして手袋やマフラーを手に入れなければならないと相談し合った。防寒靴も欲しいが、それは無理だろう。

そんな時、久しぶりにユーリィに出会った。暗い顔をしていた。佳代が売り物の煎餅をやろうとしたが、素《そ》っ気《け》なく「ニナーダ（いらない）」と言った。

道端で立ち話を始めたユーリィと佳代を置いて、益恵は煎餅を売り歩いた。住宅街を一周して帰ってくると、佳代だけが立っていた。

佳代によると、ユーリィの祖父母が住む村は、ソ連軍によって壊滅《かいめつ》させられたのだという。その情報を、ソ連軍の兵士からユーリィは聞いた。例によって盗品を売りつけにいったビアホールで。その村だけでなく、草原の中に点在していた村は一つ残らず叩き潰された。ハイラルを陥落させたソ連の機動部隊は、その勢いを駆って、コサックの村々にも襲いかかったということだ。

「そんなはずはないんだ」とユーリィは唇を噛《か》んでいたという。「僕のお祖父《じい》ちゃんは村の長老《スターロシチ》なんだから。コサックはとても勇敢《ゆうかん》なんだ」

青い目を潤ませて言い募《つの》るユーリィの顔が浮かんだ。

「ユーリィは確かめに行くって言うの」

「ハイラルへ？」

「ハイラルの向こうの草原へよ」

「でもどうやって？　もう汽車は向こうへは通じてないよ」

「馬で行くって」

「馬？」

ハイラルまでは、鉄道距離にして約七百五十キロある。そんな距離を馬に乗って行けるものなのだろうか。

「コサックは、小さな時から騎馬の訓練を受ける。ユーリィはとても上手に馬を乗りこなすんだよ」

「でも、馬なんて——」

すると佳代は深刻な顔をした。

「ユーリィは馬を盗むって言ってた。ソ連兵の軍馬を。もう目をつけた馬がいるんだって」

「そんな——」

「その馬は、元々は日本軍の将校のものだったのを、ソ連兵が力ずくで奪ったんだって。そいつは馬の乗り方が下手くそで、馬に腹を立てている。とんでもない扱いをしてる。だからユーリィが馬を助けてやるんだって言ってた。ユーリィは馬の気持ちもよくわかる」

「うまくいくかな」

バザールの売り物や、運搬途中の荷物をかっぱらうのとはわけが違う。佳代も益恵に説明しながら、心配そうな顔をしていた。

ユーリィが軍馬を盗む現場を、図《はか》らずも益恵と佳代は目撃することになった。

キタイスカヤで物を売り歩いている時だった。ソ連軍の兵士の宿舎になっている建物の近くに来た時、「フィッ」と唇を鳴らす音がした。振り返ると、木の柵につながれていた一頭の馬がその音に反応して首を回《めぐ》らすところだった。馬に駆け寄る小さな影が見えた。

「ユーリィ！」

佳代は言ったそばから自分の口を押さえた。

ユーリィは囲いの扉を開くと、手綱《たづな》を解《ほど》いた。そのまま馬を柵囲いから連れ出す。馬は身をよじって暴れている。そんなことはものともせず、暴れる馬の動きに合わせて、ユーリィは横っ跳びでひらりと馬に飛び乗った。

柵の内側から、ロシア兵の叫ぶ声がした。ユーリィは馬の首を軽く叩き、伸ばした左足で、脾腹《ひばら》を蹴った。すると、乗り手の意思を読み取ったように、馬は真っすぐに走り出した。益恵たちがいる方とは反対の方向に駆けていく。

とてもきれいな疾走だった。馬と人が一体になっている。小柄なユーリィが立派なコサック兵に見えた。草原の中、颯爽《さっそう》と風を切って走っていくコサックの少年。

ロシア兵が道路に駆けだしてきた。もう一回何かを叫んで、腰を落とす。肩に銃を構えた姿勢だということに気がついて、佳代が悲痛な叫びを上げた。

「速く！ ユーリィ！」

その声に被《かぶ》さって、銃の音が轟《とどろ》いた。

一発の銃弾が、ユーリィの背中を撃ち抜いた。ぐらりと揺れた「マーリンキ・カザーキ」は、馬の背から滑り落ちた。益恵のそばを、一陣の風が吹き抜けていった。

ユーリィは風になったんだと思った。

ホロンバイル草原に吹く秋の風に。

第三章　天守閣の下で

「野の道の麦色づきて城遠し」

富士子が『アカシア』の中の一句を読み上げた。

「これ、松山を詠《よ》んだ句よね。城が出てくるもの」

「麦が熟れた頃――麦秋だから初夏の句よね」

アイも句集を覗《のぞ》き込んで言った。益恵は一心に窓から外を見ている。大津から京都まで新快速で出て、新幹線で岡山まで行った。そこで四国に渡る特急「しおかぜ」に乗り換えた。

「さすが正岡子規の生誕地の句会で詠まれた句だわねえ。この光景が目の前に浮かんでくる」

正岡子規の句は写生を宗《むね》としている。情景を句に写し取ることで、その場にある雰囲気、詠み手の心情まで表すものだ。

「『城遠し』というのは、お城の遠景を望んでいるってこと？」

「そうだけど、それだけじゃなくて、何かまあさんの気持ちもこもっているような気がする」

アイは、「どんな気持ちを？」と問おうとしてやめた。

松山城は連立式平山城《れんりつひらやまじろ》である。市街地の真ん中に位置していて、松山市のランドマークともなっている。大天守は日本に現存する十二天守のうちの一つで、これを含む二十一棟の建造物が国の重要文化財に指定されている。日本の城郭のうちでも、姿の美しさ、凜《りん》としたたたずまいが人気の城らしい。そういう蘊蓄《うんちく》を、富士子がスマホで調べて教えてくれた。

写真を見ると、ビルが林立する街中の山頂に鎮座《ちんざ》している城は、陽に照らされて真っ白に輝き、存在感があった。近くに寄ってこの堂々たる城を見上げるのではなく、黄金色《こがねいろ》に染まった麦畑の向こうに小さく城を見通すというところに、当時の益恵の心情が表れているのだろうか。

野の道を行きながら、益恵は何を考えていたのだろう。

「あ、鉄橋だ」

益恵が声を上げて、窓ガラスに額《ひたい》をくっつけた。列車は瀬戸大橋《せとおおはし》を渡り始めていた。青い瀬戸内海《せとないかい》と点在する島々が見渡せた。航跡を引いて海を行く船が小さい。

「大きな川だねえ」

「まあさん、これは海よ。瀬戸内海」

富士子が教えてやるが、益恵は「川だ、川だ」と嬉しそうに繰り返す。益恵が越えた川とはどんな川だったのだろう。海と見紛《みまご》うほどの川が大陸には流れているのだろう。東京を離れるにつれ、今まで口にしなかった過去のことが、ぽろりぽろりと益恵の口から漏れだしてくる。彼女の記憶の表層に浮かび上がってきたものを、アイは想像した。それはまだ遠い城の風景のように、曖昧《あいまい》で揺れ動いている。

「ねえ、月影なぎさの記事だけど――」

富士子が、今度は週刊誌を開く。岡山駅の売店で買い求めたものだ。月影なぎさの名前が表紙に出ていたからだ。益恵は感情もうまくコントロールできないで、唐突《とうとつ》に不機嫌《ふきげん》になって黙ってしまうことがある。そういう時、お気に入りの月影なぎさの話題を持ち出すと、スムーズに会話が進む。だから、アイも富士子も、なぎさにまつわる情報を気にかける癖がついてしまった。

週刊誌は、駅弁を買うついでに富士子が買った。「桃太郎の祭ずし」というちらし寿司《ずし》の弁当は、特急に乗るなり三人で食べた。駅弁を汽車の中で食べるという行為が、気分を高揚《こうよう》させた。益恵は「おいしいねえ」を連発していた。その弁当の包み紙に可愛《かわい》らしい桃太郎の絵が描かれていた。包み紙を益恵は膝《ひざ》の上で伸ばしてきれいに畳み、自分のバッグにしまった。

その間富士子は、ペットボトルの水でたくさんの錠剤をのみ下していた。

自分も含め、戦中戦後を生き抜いてきた者は、物を粗末にできない。アイは益恵の仕草を見ながら思った。何でも取っておく癖を娘の美絵に指摘されて、捨てられてしまうことが度々あった。子供たちに迷惑をかけないよう、この一、二年は身辺整理を心掛けてはいるが、溜《た》め込んだ物をなかなか捨てられない。

これはもう自分たち世代の生き方そのものなのだと、益恵を見ながらアイは思った。こうやって大事に大事に積み重ねてきたものの上に、今の自分は成り立っているのだ。それを今さら捨てられない。簡単に捨てていいものじゃない。

美絵はアイが死んだ後、あの家で延々と片付けに追われるだろう。きっと文句を言いながら。その頃には、離婚して独り身が板についているかもしれない。アイは、益恵に倣《なら》って弁当の包み紙をきれいに剝《は》がしてしまい込んだ。

「この記事はまあさんには見せられないね」

富士子が老眼鏡をずらして、上目遣《うわめづか》いにアイを見た。

「どういうことが書いてあるの？」

「ほら、月影なぎさの旦那のことよ」

また記事に視線を落としながら、富士子がかいつまんで話す。つまらないゴシップ記事だ。

なぎさは、五十歳になる直前にあるライターと結婚した。当時は大変な話題になったものだ。たいして名の売れていないフリーのライターと結婚するとは、誰も思っていなかった。そもそも華やかな芸能界に身を置きながら、なぎさには、浮いた噂《うわさ》がほとんどなかった。宝塚出身の初《うぶ》な女優だったし、宝塚を退団後は、母親がステージママよろしく四六時中張り付いて世話をしていたから、男性とそんな仲になるきっかけがなかったのだ。あれこれと娘のことに口を出す母親は、なぎさが若い頃にはマスコミにもよく顔を出していた。インタビューを受ける月影なぎさの隣には、いつも母親が付き添っていたものだ。そんな映像を、アイも時々目にした記憶がある。しかし、さすがになぎさが三十代後半になると、母親も身を引いた。後は事務所とマネージャーにまかせて、東京からも去ったと聞いた。

それでもなぎさは、異性との交際をスクープされることもなかったし、実際、私生活にそういう要素が入り込むことはなかったと思う。宝塚出身の月影なぎさには、常に潔癖《けっぺき》なイメージがついて回った。

だからこそ、彼女の結婚に世間の人々は驚いたのだ。まずは、中年になってからの人生の大きな決断に。それから相手に。なぎさが結婚相手に選んだライターは、島谷竜司《しまたにりゅうじ》という男だった。なぎさより四歳ほど年下で、見栄《みば》えはいいが、仕事の上ではこれといって目立った業績を収めているわけでもない。

彼は月影なぎさの半生記を、ある月刊誌に載せるというので、執筆者として選ばれたのだった。ビッグネームの女優の半生記を手掛けるというだけでも、彼のようなフリーライターにとっては、思いがけない僥倖《ぎょうこう》だったはずだ。本来なら、彼レベルのライターが請《う》け負《お》える仕事ではない。結婚報道に付随して出てきた情報によると、別のライターを予定していたのに、彼が急病になって、代打として話が島谷に転がり込んできたということだった。

後追いの記事では、月影なぎさの半生を描くということで、島谷は彼女に相当突っ込んだ取材をしたらしい。その過程で、純朴《じゅんぼく》ななぎさは、島谷に心を許していったようだ。きっと母親から離れた後、芸能界では孤独だったのではないか、今まで誰にも話さないできたことを島谷に語ることで、一人で背負ってきたものを肩代わりしてもらえたような気になったのではないかという憶測が流れた。

とにかくそういう馴《な》れ初《そ》めを経《へ》て、二人は籍を入れて夫婦になった。連載された半生記は単行本となってベストセラーになった。結婚は、本が注目されるための話題作りではないのかというやっかみも生まれたほどだ。しかしなぎさは、世慣れて人あしらいのうまい島谷にぞっこんだった。鳥かごの中に囲われて育ったようななぎさの目には、島谷のような男は新鮮に映ったのだろう。あちこち取材で飛び回り、抜け目なく相手に取り入る。かなり強引な手法も使ってスクープをものにする。よく言うと処世術に長《た》けた、悪く言うとあざとい島谷が頼もしく見えてもおかしくはない。

「旦那さんにまた新しい愛人ができたそうよ。新進女優の牧田《まきた》ケイト」

富士子がページを繰りながら言った。益恵の耳には入らないように小声でしゃべっている。益恵はまだ窓の下の瀬戸内海を見下ろしている。

「知らないなあ」

「まだそんなに売れてない子よ。どうなんだろ？　自分は月影なぎさと結婚しておきながら、こんな若い子に手を出すなんて」

こういう噂が出る度に、なぎさは夫を庇《かば》ってきた。結婚して数年後にはこういう話題が次々出たが、島谷は否定し、なぎさはそれを信じているようだ。その他にも、島谷は金遣いが荒いだの、生活が乱れているだの、芸能事務所や周囲の者が忠告をすると逆ギレするだの、悪い噂ばかりが先行している。有名芸能人によくあるパターンではある。

健気《けなげ》ななぎさが可哀《かわい》そうだとも思うが、所詮《しょせん》、遠い話だ。なぎさの大ファンの益恵は、認知症になる前は、こんな話題が出る度に心を痛めていたようだが、今はもうそういうことに心を乱されることはない。純粋に月影なぎさの歌を聴き、ドラマや映画の放映を楽しんでいる。

認知症になった益恵は、研《と》ぎ澄《す》まされた感性だけに従い、真に自分がいたい世界を構築していく。その素材の一つが、月影なぎさなのだ。

——嘘《うそ》の世界でもいいから、安心して住める世界。

三千男が言っていた意味が、少しずつわかってきた気がする。きれいなもの、優しいものだけに取り囲まれた世界を用意してやろうとしても、それは他者の自己満足にすぎない。過去への旅で、益恵が自分で選び取るもの。それを見てみたかった。月影なぎさみたいに、たわいのないものだけではないだろう。益恵のつかえとなっているものは、とんでもなく重く苦しいものかもしれない。でもそれがあるうちは、益恵に本当の安寧《あんねい》は訪れない。それを取り去り、益恵が自分好みの世界を作る手伝いをしたかった。

同じ年月を共に過ごしてきて、同じように年を重ねた自分たちが、最後にこんな機会を得たことにアイは感謝した。これは益恵のためだけの旅ではない。そんな気がした。アイにも、富士子にも、そして同行しなかった三千男にも必要なことだった。

「あーあ、こんな週刊誌、買うんじゃなかった」

富士子は雑誌をパタンと閉じて伸びをした。

JR松山駅は、岡山駅に比べると狭くて古かった。乗降客に混じって改札を抜けた。

「まず旅館に行こうかね。昨日、荷物を発送したから、もう着いているはずよ」

富士子は、道後《どうご》温泉に宿を取ってあると言った。

「あら、可愛らしい電車」

三人は、路面電車の電停へ急いだ。益恵は先に立って、いそいそと乗り込んだ。戸惑《とまど》うアイと富士子に、「運賃は降りる時に料金箱に入れるのよ」と教える。松山にいた時、この電車に乗ったことを思い出したのだろうか。少しずつ口数も多くなってきた気がする。

益恵が忠一と松山に住んでいたのは、二十六歳から四十一歳までの十五年間だと聞いた。忠一の生まれ故郷で、彼の兄夫婦を頼っていったようだ。新井家の墓もこの地にあって、今は忠一の甥《おい》に当たる人が管理しているらしいと三千男が言っていた。

墓の場所もわかっている。三千男は、甥には益恵と共に二度ほど墓参にきたことがあるのだそうだ。墓にはお参りするつもりだが、甥には連絡を取らないでおこうと決めている。向こうが気を遣うかもしれないと、以前三千男たちが来た時もそうしたのだという。

電車に乗り込むと、制服姿の高校生がさっと立って席を譲ってくれた。

「ありがとう」

三人の老婆《ろうば》は、並んで腰かけた。アイは腰かけると無意識に膝に手がいく。腰の不調を庇っていたら、膝にそのしわ寄せがきた。ズキンズキンと痛んでいる。もう少し頑張《がんば》って、と心の中で呟《つぶや》きながら、膝をさすった。

路面電車はゆっくりと進む。ガタンゴトンと線路の下の敷石を感じる揺れも新鮮だ。

「まさに『坊《ぼ》っちゃん』の世界だねえ」富士子が含み笑いをした。「松山のリズムはこれってことね。まず路面電車に乗って、それを身に着けるわけね。都会の垢《あか》に塗《まみ》れた私たちへの洗礼よ」

学芸員をしていた富士子は、時に独特な言い回しをする。他人が聞いたら面食らうようなことも、長年一緒にいるアイにはすんなり受け入れられる。信号待ちをしたり、たくさんの電停に停《と》まったり、まどろっこしいほどのスピードで進む電車に乗っていると、富士子の感想は、的を射《い》ていると思う。ここでイライラするようでは、歴史ある城下町の住人にはなれないのだ。

益恵は黙って電車の揺れに身をまかせている。都電荒川線がお気に入りなのも、この路面電車と通じるところがあるからだと、今さらながら気がついた。記憶を喚起《かんき》する些細《ささい》な物事に、益恵の心がゆるりとくつろぎ、開かれていくようだ。益恵が旅行者ではなくて、地元民のように思えてきた。生活の足として路面電車を利用していた若い時分の益恵に。

路面電車の窓から城山が見えた。城山の周りのお堀のそばを、電車はゆるゆると通っていく。見上げた城は風格があった。天守閣が町全体を守っているような気がする。

道後温泉駅から旅館はすぐだった。格子戸《こうしど》を潜《くぐ》った先に飛び石があり、その先に玄関があるというような古風な木造の旅館だった。富士子はこういう宿を見つけてくるのがうまい。二階の部屋に案内された。大津から送ったスーツケースは部屋に置いてあった。

部屋の説明書きに、マッサージの案内があった。

「富士ちゃん、按摩《あんま》さんを呼んでもらいましょうよ。私、どうも肩や腰が凝《こ》ってねえ」

「按摩さんなんて言うのは、私たち年寄りだけよ」

そう言って富士子は笑ったが、部屋の電話ですぐに頼んでくれた。

三十分ほどしたら、白い上っ張りを着たマッサージ師がやってきた。目が不自由らしく、仲居さんに手を引かれていた。やはり按摩さんだとアイは思った。腕のいいマッサージ師だった。五十年配の男性で、ぐいぐいとツボを押してくれる。力の加減がちょうどよく、体が揉《も》み解《ほぐ》されていくのがわかった。

「ああ、生き返るわ。体がガチガチだったから」

「そうですねえ。だいぶ凝っていらっしゃいますねえ」

三人で旅行中なのだと言うと、マッサージ師は「ええですなあ」と羨《うらや》ましがった。

「こんな年寄りのグループ、珍しいでしょう」

「そんなことないですよ。お遍路《へんろ》さんはご年配の方も多いですけん。ここで道後温泉に浸《つ》かって、また先に進まれるんですよ」

そうだった。四国は遍路の島だった。歩くことが修行で、それによって自己と向き合う場所。

四十分間、じっくりとマッサージを施してもらい、富士子と交代した。富士子は体に肉がついていないし、疲れるからと言って二十分だけで切り上げた。益恵にも頼もうと思ったが、彼女は自分の体を触られることを嫌がった。

マッサージ師が帰っていくと、富士子はまた横になった。

「ちょっと疲れちゃった。休憩させて」そのまま目を閉じる。

簡単なものだとはいえ、数か月前に骨盤臓器脱の手術を受けたのだ。詳しくは聞かないが、大量の薬を服用してもいる。まだ体の具合が本調子ではないのかもしれない。そういうことを鑑《かんが》みることなく、今回の旅に来てしまったことを、アイは申し訳なく思った。しかし先にそのことを口にしても、富士子は笑って「平気よ」としか言わないだろう。

アイは益恵を窓際のソファに誘った。ソファはくたびれていて、スプリングがへたっていた。テーブルの上でお茶を淹《い》れた。お茶菓子にタルトが置いてある。早速益恵はそれに手を伸ばす。益恵は甘いものが好物なのだ。松山のタルトは、平たく焼いたスポンジ生地《きじ》にあんこを載せて巻いたものだ。「の」の字に巻かれたあんこがきれいに見えた。益恵はじっくり味わうようにタルトを口に運んでいる。

「こういうの、前に食べたことがある？」

「うん、あるよ。タルトでしょ？」

「まあさん、これ、好き？」

「うん」

「じゃあ、三千男さんに買って帰ろうか」

「三千男さんて？」

ぎょっとした。毎日一緒にいたからこそ、三千男が自分の夫だと認識していたのではないか。こうして夫と離れて、過去へ遡上《そじょう》する旅をすることによって、益恵は昔のことを少しずつ思い出す。それにつれて、「今」の記憶を押しやることになるのではないか。そういう可能性には思い至らなかった。益恵の中のちぐはぐな記憶の断片は、彼女の心の中でぷかぷか浮いていて、時に沈んだりまた浮き上がったりする。東京での穏やかな日常から、引っぺがすように違った環境に連れ出したことがよかったかどうか。

アイは自分の携帯電話を取り出した。保存している写真を表示させた。スマホではないから鮮明ではないが、三千男と二人で写った写真を、益恵の目の前に差し出した。益恵はぐっと目を近づけて見入った。すぐににっこりと笑う。

「なあんだ。三千男さんのことか」

ほっと胸を撫《な》で下ろした。益恵はそれきり黙って口を動かしている。

大津は、前夫である忠一を看取《みと》った土地だった。そしてこの松山は、彼と十五年も暮らした土地だ。忠一の生まれた土地でもある。忠一の記憶が色濃く残っているに違いない。観光地である道後温泉や松山城には、そこまで思い入れはないだろうが、生活の場だったところへ行くと、さらに益恵は混乱するのではないか。辛《つら》い思い出も浮上してくるのではないか。そんなアイの懸念《けねん》を知ることもなく、益恵は窓から下を覗いている。

窓の下は緩い坂道になっていて、観光客が行き来している。浴衣《ゆかた》姿の人もいる。面白《おもしろ》そうに見下ろす益恵に「ちょっと散歩に行ってみる？」と問いかけた。マッサージのおかげで腰の具合はだいぶよくなった。益恵はすぐさま「うん」と頷《うなず》いた。

寝入ってしまった富士子の横にメモを残し、二人でそっと部屋を出た。玄関で、女将《おかみ》さんが下駄《げた》を揃《そろ》えて出してくれる。

「わあ、下駄だわ。懐かしいねえ」

ソックスを脱いで足を入れてみた。するりと足裏に馴染《なじ》む木の感触が心地《ここち》いい。益恵もご機嫌だ。二人で下駄をカランコロンと鳴らして温泉街を歩いてみた。堂々たる道後温泉本館の前を通り、商店街の中を行く。大勢の観光客が歩いていた。外国人の姿も多い。大柄な白人男性が、寸足らずの浴衣を着て歩いている。おかしくて、アイはすれ違いざまそっと笑った。

「あれは日本人の家から盗《と》ってきたんだよ」益恵が憤慨《ふんがい》したように言った。

「え？」

「ソ連の兵隊は日本人の着物を欲しがるんだ。あと、腕時計もね。マンドリンで脅《おど》して取り上げてしまうんだ」

「そう……。怖いね」

話を合わせながら、アイは戦慄《せんりつ》した。次々浮かび上がってくる益恵の記憶に。これから蘇《よみがえ》るかもしれない記憶に。

商店街の入り口、さっき着いた駅の前で、『坊っちゃん』のカラクリ時計を見た。ちょうど四時で、音楽に合わせて夏目漱石《なつめそうせき》の小説『坊っちゃん』に登場するキャラクターが次々に現れる。益恵は子供のように目を輝かせて見ていた。説明書きによると、これができたのは平成六年らしいから、益恵が住んでいた時にはなかったものだ。

カラクリ時計の隣には足湯もあり、観光客が座って足を湯に浸けていた。下駄で来たアイと益恵も早速裸足《はだし》になって足を浸けてみた。体がじんわり温められた。

「ああ、いい塩梅《あんばい》だ」思わず声が出た。

小一時間ほどそうやって散策をして、旅館に帰った。

部屋の前に来ると、中から富士子が電話をしている声が聞こえてきた。

「だから大丈夫だって」

いくぶんむっとした声を出している。富士子には珍しいことだ。

「自分の体のことは、自分でよくわかってる。無理なんかしてないよ。すごく楽しいもの。えっちゃんが心配してくれるのは有難いけど」

どうやら相手は富士子の妹のようだ。しばらく相手の言葉に耳を澄ました後、富士子はきっぱりと言った。

「これが最後の旅なのよ。三人で行く。だからね、おしまいまでやり遂《と》げなくちゃ」

富士子は妹に黙って旅行に出てきたのだろう。妹は心配性なのだと常々富士子は言っていた。確か富士子より十ほど下のはずだ。若い妹は、年取った姉を心配しているに違いない。富士子の会話が終わったのを見計らって、アイと益恵は部屋に入った。

「やれやれ」スマホをしまいながら、富士子は苦笑した。「妹に怒られちゃった。勝手にふらふら出歩くなって。ちゃんと家でおとなしくしてなさいだって」

立ってきた富士子は、益恵の手を取って窓際のソファに座らせた。

「ほんと、年寄り扱いなんだから」

「まあね、どこからどう見たって立派な年寄りよ、私たち」

「そうだ、そうだ」

益恵が絶妙な合いの手を入れるので、二人は腹を抱えて笑った。

その時アイの携帯が鳴った。ディスプレイには、聡平の名前が表示されている。

「あれ、今度は私が怒られる番だ」

急いで部屋の外に出た。話の内容はだいたい想像がつく。あまり愉快ではない会話になりそうだった。

「もしもし」

廊下の突き当たりの窓際に、木製の腰かけが一つ置いてある。そこへ足早に近づいた。

「お袋？　今どこ？」

一瞬だけ迷ったが、短く「松山」と答える。

「松山？　四国の？」息子の驚いた表情が頭に浮かぶ。「何でそんなところに？」

言い訳がましく理由を説明する気にならず、「旅行よ。まあさんと富士ちゃんと」と答えた。聡平は呆《あき》れかえったというふうに一瞬黙った。

「今みたいな時に、旅行になんか行くなよ」

「姉貴から聞いただろ？　離婚するって話」

「聞いたよ」

「もう二人とも離婚届に判をついたって」

「そう」

「そうって――」

アイは腰かけに座った。こちらの窓からは、よく手入れされた中庭が見渡せた。

「昨日、姉貴、東中野《ひがしなかの》の家に行ったらしい。お袋、留守だったたってしょんぼりしてた。相談にくらい乗ってやってもいいだろ？」

つまりそれは、実家に戻ってきたいという相談だろう。その返事はもうした。

「離婚届に判をついたってことは、双方の意見が合致したってことでしょ？　そこに私が口を挟むことはないわよ。もういい年をした大人なんだから。洋司だって立派に成人しているんだし」

「そういうことじゃないよ」聡平の口調には険《けん》がある。「お袋、姉貴が帰ってくるのを拒否したって？」

「そうよ。離婚するのはいいわよ。だったら自分で生活していく術《すべ》を見つけなさいって言ったのよ」

「姉貴はお袋と同居するつもりで離婚を決心したんだよ」

「そういう心づもりなら、決める前に言ってくれないと」

自分の声もだんだん刺々《とげとげ》しくなっていくのがわかった。

「何が不満なんだよ。お袋だって安心だろ？　姉貴と一緒に住んでたら。これからどんどん年を取って助けが必要になってくるんだし」

「それはそうだけど、美絵の離婚とくっつけて、勝手に結論を出さないでって言ってるの」

「いい機会じゃないか。俺はそう思うけど」

アイはまた窓の下に目をやった。庭の池に錦鯉《にしきごい》が泳いでいるのが見える。池にかかった小さな橋の上に子供が二人やって来て、パン屑《くず》のようなものを投げてやっていた。

「あなたはそれでいいの？」

「美絵が言ってたけど、うちの家は美絵が受け継いだらいいって言ったんだって？」

「え？」

「うん、そう言った。俺には今の家があるから。あっちはいらない」

カチンときた。「あっちはいらない」などと簡単に言って欲しくなかった。小さいけれど、夫が一生懸命《けんめい》働いて建てた思い入れのある家だ。

「我儘《わがまま》言うなよ」低い声に怒りがこもっている。「足腰立たなくなったら、どうせ俺たちが面倒みるんだからさ」

聡平は「それに」と続ける。「それに、去年のこともあるし、姉貴と同居してたらあんなこと――」

腹の奥底で、冷たい何かがぬらりと動くのを感じた。去年、アイは詐欺《さぎ》被害に遭《あ》ったのだ。いわゆる特殊詐欺というものだ。初めは一本の電話からだった。いつも利用している銀行の行員だと相手は名乗った。アイの銀行カードが不正に使われているという。新しいカードに作り替える必要があるから、係の者に取りに行かせるとのことだった。

すっかり信じたアイは、やって来た行員にカードを渡し、作り替えるのに必要だと言われて暗証番号まで教えてしまった。それで口座から二百万円を引き出された。二週間ほどしても銀行から何の音沙汰《おとさた》もないので問い合わせ、初めて自分が詐欺に遭ったということがわかった。警察に被害届を出したが、結局お金は戻らず、犯行グループも捕まらなかった。

あの時は、美絵と聡平に呆れられ、さんざん説教をされた。どうして一言、自分たちに相談してくれなかったのだと。あの時のことを持ち出されると、アイは萎縮《いしゅく》してしまう。自分で考えても典型的な詐欺の手口だと思う。なぜあんな簡単な詐欺に引っ掛かってしまったのだろう。きちんとスーツを着た男の顔は今もよく憶《おぼ》えている。黒縁《くろぶち》の眼鏡《めがね》をかけた真面目《まじめ》そうな三十過ぎの男だった。玄関口で話した時も、低姿勢で丁寧《ていねい》な口調だった。「ご迷惑をおかけして申し訳ありません」と頭を下げた。向こうの手違いを詫《わ》び、顧客のことを心底《しんそこ》心配している様子だった。そのことを子供たちに言うと、さらに呆れられたものだ。

「な？　よく考えてみろよ。お袋もいつまでもしゃんとしてるわけじゃないんだから」

聡平の捨てゼリフが耳に刺さった。

切れた携帯電話を、手の中で転がした。この旅行が、気ままな遊びだと子供たちは考えているのだろう。違うのだ。この旅は、益恵のためだけのものではない。私や富士子にとっても重要な意味を持つものだ。アイは考えた。自分がどんな生き方をしてきたか検証するもの。さらに言うと、人生の最終章をどう迎えるか。そういう答えを求めての旅だ。

――これが最後の旅なのよ。三人で行く。だからね、おしまいまでやり遂げなくちゃ。

さっき聞いた富士子の言葉が胸に沁《し》みた。

アイは膝に両手をついて腰かけから立ち上がった。庭から子供たちの明るい笑い声が届いてきた。

古川満喜には、東京を出る前に電話をして約束を取り付けていた。満喜は、アイたちが泊まっている旅館まで来てくれた。手紙の文字が弱々しかったから、年がいって衰弱《すいじゃく》した人物を勝手に想像していたのだが、意外にも声は若々しかった。旅館の玄関に現れた満喜は、足取りも確かで、声のイメージ通り丈夫そうな人だった。

「益恵さん！」

益恵を一目見るなり、満喜は笑み崩れた。

「まあ、またこうして会えるて、嬉しい！」

益恵の手を握《にぎ》って揺さぶった。

「カヨちゃん？」また益恵は同じことを言った。

「いえいえ、マキちゃんよ」満喜は気を悪くすることもなく、おどけて言った。「イサ子さんが生きとったらねえ。どんなにか喜んだじゃろうに」

四人は、旅館のロビーにあるソファセットに腰を据《す》えた。この後、満喜が新井家の墓まで案内してくれることになっている。満喜は『アカシア』を持参していた。

「こんな立派な句集を出されて送ってくれてねえ。ほんとに感激しました。益恵さん、松山を離れても、ずっと俳句をやられとったんじゃなあと思うて」

その中の一句を、富士子が示した。

「この句、松山でのことを詠んだんじゃないですか？」

「ああ、そうです。『野の道の麦色づきて城遠し』」

満喜がそれを読み上げた。

「益恵さんは松山の南の端に住んどられましたから。遠くにお城が見える情景を詠んだんやと思います。まだね、あの頃はあんまり高い建物がなかったから、お城がどこにおってもよう見えたんです」

五十年前には、麦を栽培している農家も多かった地区だが、今はスポーツ施設を集約した松山中央公園になってしまったと満喜は言った。広大な公園として整備されて、田畑も住宅もなくなった。益恵たちが住んでいた家ももうないということだった。

「そうですか。益恵さんの思い出の地を訪ねてみたいと思っているんですよ」

「それなら私らが句会をよう開いとったとこがええと思います。ご案内しましょう」

満喜のその言葉に甘えることにした。

益恵が句会に参加したのは、イサ子の誘いに乗ったからだという。岩本イサ子は益恵の家の近所に住んでいたようだ。町内会の行事で親しくなり、それで句会のことを話した。

「松山ちゅうところは、子規さんのおかげで俳句が盛んなとこでしょう？　町のあちこちに投句ポストがあるし、新聞にも俳句コーナーがあるし。それで益恵さんも興味を持たれとったらしいです」

「ねえ、益恵さん」と満喜が声をかけるが、益恵は何とも答えない。

手紙でも電話でも、益恵の状態は満喜に伝えてあるから、彼女も心得ている。

「いい句を作りよったんよね、益恵さんは」

優しく目を細めて語りかけている。ああ、そうそうと満喜がバッグの中を探る。

「これはその時の写真。吟行会《ぎんこうかい》に行って記念に撮ったんです」

満喜が差し出した写真を、アイが手に取った。富士子とともに大急ぎで老眼鏡をかけた。

「これが益恵さん。イサ子さんに私――」

満喜が次々に指を差す。十五人ほどの人々が、前後二列に並んで写真に収まっている。若い益恵は、いくぶんまぶしそうに目を細めて写っていた。今よりも随分ほっそりとした満喜も笑顔だ。岩本イサ子という人が一番年上だったらしく、着物姿で落ち着いた雰囲気だ。

「本当だ。まあさん、潑剌《はつらつ》としてるわね」

出会った頃の活発な益恵を髣髴《ほうふつ》とさせる写真だった。益恵も興味深そうに見入ってはいるが、若い自分の姿には、何の反応も示さなかった。

「あれ？　ほら、このまあさんのショール」富士子が老眼鏡の縁《ふち》に手をやって、声を上げた。益恵の肩には、ピンク色のショールが掛かっていた。「これは、確か――」

「だるま屋洋品店で買ったのよ」

益恵がしっかりとした口調で言った。アイと富士子は顔を見合わせた。

「そうそう。そうやった。これ、益恵さんによう似合《にお》うてました」

へええ、懐かしいわぁと満喜が写真を取り戻して見直した。

「ほんとにあったんだ。だるま屋洋品店」

「ええ。松山の中心部の商店街にね。今はもうありませんけど」

「じゃあ、堀本かまぼこは？」

富士子の問いに、満喜は手を打った。

「ああ、それ。私の実家の近くにありました。あそこのじゃこ天がおいしくてね。益恵さんにあげたら喜んで、自分でも度々買いに行くようになったんです。今もありますよ。代替わりしてますけど」

「びっくり。あれは二つとも松山の話だったのね。実際にあったなんて」

益恵の語ることには、事実と妄想が入り乱れている。すべてが妄想の産物だろうと決めつけていた自分を、アイは戒《いまし》めた。こうして当時の知り合いと会って話すことで、益恵は確かな記憶に従って語っていたことも多かったのだとわかった。

それからしばらくは益恵の松山での生活のこと、作句のことで話が盛り上がった。女将さんが昆布茶《こぶちゃ》を淹れて持ってきてくれた。

「私の名前、満喜て、満州の満から取ったんですよ。父親が付けてくれました。私、満州で生まれたもんですから」

「満州で？」アイと富士子が同時に声を上げた。

昆布茶を啜《すす》っていた益恵がふっと顔を上げた。満喜は大きく頷いた。

「益恵さんも満州からの引き揚げ者でしょ？　それで気が合《お》うたんです、私たち。でも私は満州の記憶、全然ないんです。赤ん坊やったから。話しとったら益恵さんの、向こうで亡くなった妹さんと私が同じ年じゃゆうんがわかって、それで益恵さんには可愛がってもらいました」

「そうでしたか」

「満州のこと、どんなふうに言ってました？　まあさん」

富士子が益恵を見やりながら訊《き》いた。益恵は興味を失ったみたいに、昆布茶の湯呑《ゆのみ》を手の中で回しながら、ガラス戸に向いた。旅館の格子戸の向こうを、白装束《しょうぞく》のお遍路さんが歩いていった。

「それがあんまり。きっと辛いことばっかりやったんでしょ。うちの母親も兄や姉も、口が重かったですね。父があちらで死にましたから。だいたい引き揚げてこられた方は、筆舌に尽くしがたい辛酸《しんさん》を舐《な》めてきておられますけん」

「それは――ごめんなさい。軽々しく訊いてしまって」

「いいんですよ」

満喜は顔の前で手を振った。

「本当にねえ、あれは何だったんでしょうね。国策で、二十七万人もの民間人が満州へ渡ったわけでしょう？　そして八万人もの同胞が亡くなってしまったんですから。母がだいぶ経《た》ってから言ってましたよ。『大東亜共栄圏の樹立』だの『東洋永遠の平和』だの『王道楽土の夢』だの、あの大号令に騙《だま》されたって」

戦前、貧しい農家の次男以下は耕す土地もなく、口減らしのために幼くして奉公に出されるのが常だった。そこへ満蒙開拓団で大陸に渡れば、誰にでも広い土地が与えられると宣伝されたのだ。それに人々は喜んで参加した。満州を楽天地と信じてひたすら開拓に尽くした。しかし戦況が厳しくなってくると、成人男性は現地召集されて兵隊にとられてしまった。その前に関東軍の精鋭部隊は南方へ転進していったから、開拓団や義勇軍の働きどころがごぼう抜きに抜かれて最前線に配置された。

残った女子供、老人が苦労して引き揚げてきたというわけだ。その途中で飢えや病《やまい》で命を落とした人、行方《ゆくえ》が知れなくなった人は夥《おびただ》しい数に上る。その中に益恵の家族も含まれていたというわけだ。関東軍が列車に満載されて南下していくのを見送った人々には、何の情報も与えられず、逃げ遅れてしまったという。そんなことを、アイは少しずつ調べて知識として持っていた。

「さあ、それじゃあ、そろそろ行きましょうか」

満喜に促《うなが》されて、四人は立ち上がった。


城北にある寺に、新井家の墓はあった。旅館でタクシーを呼んでもらって乗りつけた。満喜は、ここに案内するに当たり、先に一度訪れて場所を確認しておいてくれたらしい。

「この辺、お寺が多いんで、迷うといかんと思うて」

興永寺《こうえいじ》という名の寺の門を潜りながら彼女は言った。門のところで並んで写真を撮った。富士子がスマホをかまえる。彼女は、こうして撮りためた写真で、帰ってからアルバムを作るのだと言った。

満喜が境内《けいだい》を案内してくれる。思いのほか、新しい本堂が建っていた。最近建て直したらしい。墓地の入り口で柄杓《ひしゃく》とバケツを借りて、水道から水を汲《く》んだ。

「ああ、ここです」

たくさんの墓石の間を迷わずに歩いて、一つの墓を満喜は指差した。「新井家之墓」と刻まれている。側面に建立者《こんりゅう》の名前が記されていた。それは新井忠一の兄の名だと満喜が説明した。

「大津で亡くなったご主人の骨を納骨しに益恵さんが来たんです。ここには佐世保で亡くなった娘さんの骨も納めさせてもろうとるて言うてました」

納骨の際に、益恵はまだ生きていたイサ子と満喜とも会っていったらしい。短い間で、詳しい話はできなかったのだと満喜は語った。

「俳句の話とか、ゆっくりしたらよかったんやけど、益恵さん、日帰りやったから」

墓前の樒《しきみ》を、持ってきた新しいものと取り替えた。墓の周りも簡単に掃除した。三人がそうしている様子を、少し離れた場所から益恵は見ていた。満喜が線香の束に火をつけた。

「さあ、まあさん、こっちへ来て。お墓を拝みましょうね」

益恵は青い顔をして、首を激しく振った。

「嫌だ。怖い」

「怖くないよ。このお墓には忠一さんと娘さんのお骨が入っているんでしょ？」

富士子が優しく益恵の手を取るが、益恵は腰を落として抵抗する。

「せっかく来たんだから、ね？ ちょっとだけでも手を合わせてあげましょうよ」

そう促しても、益恵は「怖い、怖い」を繰り返す。そのうち、地面に座り込んで「ごめんなさい、ごめんなさい」と震えだした。あまりのことに、満喜も驚いている様子だ。

こうなったら無理強《むりじ》いはできない。離れた場所で、手を合わす仕草だけさせた。代わりに線香を立ててお参りする三人を、益恵は引き攣《つ》った顔で見ていた。墓地から出ると、益恵は玉砂利を踏んで、一目散に本堂の方へ走っていった。道具を片付けている満喜と富士子を置いて、アイは益恵を追いかけた。膝がギクンと痛んだ。

「待って、待ってよ。まあさん、どうしたの？」

「怖い、怖い。ごめんなさい」

益恵を本堂の縁側に座らせる。小刻みに震える体をぎゅっと抱きしめてやった。しだいに震えは治まってくる。やって来た富士子が、リュックサックから小さな水筒を取り出して蓋《ふた》を取った。益恵は水筒のお茶を一口二口飲んだ。それきり黙り込み、縁側に座ったままうなだれてしまった。

「いったいどうしたのかしら」

「怖いって前のご主人のこと？」

益恵に直接訊くのが憚《はばか》られ、三人は小さな声で話し合った。

「いや、娘さんが亡くなった時のことを思い出したのかも」

満喜は何も答えず、心配そうに益恵を見ている。本当なら、満喜を交えてどこかでお昼を食べようと思っていたのだが、益恵が「帰りたい」と言うので、タクシーをつかまえて道後の旅館まで帰った。

益恵は、どうにも食欲もない様子だ。女将さんに事情を話すと、お部屋におうどんをお持ちしましょうと言ってくれた。それで満喜も誘って部屋に引き揚げた。すぐにうどんが届いた。

「こんなものしか用意できなくてすみません」

そう言う女将さんに礼を言った。

「さあ、食べようね」

四人で座卓を囲んだ。せっかくの会食がおうどんになってしまったことを、満喜にも詫びた。

「ええんですよ。松山のおうどんを食べてもらえて私も嬉しいんです。益恵さんもこの味、思い出してくれるかもしれませんねえ」

松山のうどんは、讃岐《さぬき》うどんとは違って柔らかい麵なのだと満喜は説明した。おつゆは砂糖をきかせた甘い味で、揚げも甘辛くしっかり味付けしてある。

「ほんと。おいしいわねえ」

つるつるとうどんを啜りながら、アイは益恵の様子を窺《うかが》った。たいてい何でもたいらげてしまう益恵だが、あまり箸《はし》が動かない。半分以上残してしまった。珍しいことだ。富士子が益恵の額に手を当てる。

「熱はないみたい」立っていって、隣の部屋に床《とこ》をのべた。

「まあさん、疲れた？　ちょっと横になるといいわ」

それには素直に従って、羽織《はお》っていたカーディガンを脱ぐと、するりと布団《ふとん》の中に潜り込んだ。しばらく富士子が付き添って、掛け布団の上をとんとんと叩《たた》いてやっていると、益恵は寝息をたて始めた。富士子がそっと襖《ふすま》を閉じて戻ってきた。

丼を下げにきた女将さんに、礼と益恵が残してしまったうどんの詫びを言った。「かまいませんよ」と柔らかに微笑《ほほえ》んで、彼女はお盆を持って出ていった。

三人は、窓際のソファに移動した。富士子が三つの湯呑にお茶を注《つ》いだ。

「まあさん、どうしちゃったんだろう。今までの旅程では、あんなに興奮したことなかったのに」

「嫌な思い出でもあるのかな」

「何に対して？　ご主人に？　それとも――」

富士子はわからないというふうに首を振った。アイは、黙り込んでいる満喜に思い切って訊いてみた。

「忠一さんは、戦争で精神的にダメージを受けていて、家で暴れることがあったみたいなんです。そういう話、満喜さんは聞いたことありませんでしたか？」

満喜はゆっくりと顔を上げた。

「あります」はっとして、アイも富士子も満喜を見返した。

「初めはイサ子さんから聞きました。どうも益恵さんは、ご主人から暴力を受けているみたいだって。ひどい暴力なんですよ。益恵さん、時々痣《あざ》や傷を作ってましたから」

「それはどうして――？」

満喜は悲しげに眉間《みけん》に皺《しわ》を寄せた。

「初めはわかりませんでした。ご主人が酒乱なんかと思いました。あの頃はよくおりましたから。お酒を飲んで暴れる男が。ほやけど忠一さんは、お酒を一滴も飲まん人なんです」

年上で面倒見のいいイサ子が心配して、いろいろと尋《たず》ねると、やっと益恵は重い口を開いたという。忠一の頭には破裂した爆弾の破片が残っていて、時々わけがわからなくなるんだと。傷のせいで自分を制御できなくなって、暴れてしまうと辛そうに告白した。

それはひどい様子だったと、一度目撃したイサ子が言っていたらしい。目は虚《うつ》ろで獣みたいに吠《ほ》えて、止めようとした益恵を突き飛ばし、唾《つば》を飛ばして叫んでいたという。「その子を殺《や》れ、その子が死ぬか俺が死ぬかだ」「赤ん坊をよこせ」「母親と一緒に殺してやろう。それが情けだ」そんな言葉を吐いた。イサ子は震え上がったという。

大津で聞いた情景と同じだった。実際に忠一が叫んだ言葉を聞くと、怖気《おぞけ》立った。富士子が自分の体を腕で掻《か》き抱《いだ》いた。

「赤ん坊の声に反応したんでしょうか」

「さあ、ほうかもしれませんが、私は直接見たわけやないから」

アイは迷った挙句《あげく》、大津で天野から聞いた話を満喜にした。最後には、満喜は涙を流した。

「そうやったんですか。忠一さん、そんな苦労を――」肩を落としてぼそりと呟く。「ほんとに戦争ちゅうもんは嫌なもんですねえ」

「人の人生を大きく狂わせてしまうんですよね」

「きっと忠一さんも戦争にさえ行かなかったら、幸せな人生を益恵さんと過ごしていたでしょうにね」

アイと富士子も口々に言った。満喜はバッグから取り出したハンカチで、しきりに涙を拭《ぬぐ》った。満州で生まれたという満喜にも胸に迫るものがあるのだろう。その姿を見ていて、アイは心を決めて口を開いた。

「まあさんの娘さん、生まれて数か月で亡くなってしまったという子のことですけど――」

満喜は洟《はな》を啜り上げながら、アイを見た。

「まあさんは、自分の不注意で死なせてしまったと私たちには説明してましたけど、もしかして、その子は――」

先を察したのか、満喜はたるんだ瞼《まぶた》に覆《おお》われていた目をぐっと見開いた。アイは一気に続けた。

「もしかして、その子を死なせてしまったのは、忠一さんではないですか？　赤ん坊の泣き声を聴くのが耐えられなくて、つい手を上げてしまったとか」

「いいえ」思いがけず強い口調で満喜は否定した。

「イサ子さんも同じ疑念を持たれたみたいで、益恵さんに問い質《ただ》したことがありました。暴力的な旦那さんを見た後で。そしたら、益恵さん、きっぱりと否定しました。明子は、熱湯をかぶって死んだんだと。座卓の上に置いてあったポットを、うっかり益恵さんが倒してしもうたんですって。それで明子ちゃんの顔にかかってしもて、ひどい火傷《やけど》を負うたて。あの頃のポットは、倒したらすぐに蓋が開いて中身が溢《あふ》れ出てきたんやて。昔のポットは確かにそうやったですね」

そんなに具体的なことを嘘では言えんでしょうと満喜は続けた。

明子ちゃんという名前は、改めて聞くといい名前だと思った。この世にたった数か月しか生を享《う》けられなかった子。

「そやから、もうそれ以来、イサ子さんは赤ちゃんのことは口にしませんでした。それからも旦那さんは相変わらずでしたけど、益恵さんは黙って耐えとったんです。もう他人がどうこう言えることじゃないて、イサ子さんは言うて」

満喜は、バッグに手を突っ込んでガサガサと引っ掻き回した。小さな古びた手帳をつかみ出す。

「それでも益恵さん、明子ちゃんのこと、何度も句に詠んだんです。ええ句やったから、句会で発表する度に、私、メモしとったんです」

満喜は老眼鏡をかけて益恵が作った俳句を読み上げた。

「初蝶《はっちょう》や乳のにほひのなつかしき」

「手を結びみどりご眠る夏座敷」

「子らの声遠ざかりゆく葉鶏頭《はげいとう》」

満喜は老眼鏡を持ち上げて、また目尻を拭った。

「これらは、明子ちゃんのことを思いながら詠んだ句じゃと思います。赤ん坊の時の思い出や、成長していく子のことを想像して。忠一さんの前では子供のことは言われんから、句に思いのたけを吐き出しとったんじゃないかな」

しばらく話して、満喜は帰っていった。明日、益恵の体調が元に戻ったら、句会を開いていた場所を訪ねるという約束をした。益恵は、こんこんと眠り続けている。

「やっぱり私たちの考え過ぎだったのよ」

「そうねえ」

穿《うが》った見方をすれば、暴れてポットを倒してしまったのは、忠一ではなかったかとも言えたが、たぶん、益恵の言い分が真実なのだろう。それにもうそんなことを詮索《せんさく》する気にはなれなかった。イサ子や満喜もそこに落ち着いたのだろう。夫婦のことは、夫婦にしかわからない。明子ちゃんが死んでしまったのは事実なのだから、それを受け入れるしかない。益恵が詠んだ句を、もう一度頭の中でなぞってみた。この城下町で、益恵が俳句というものに出会えてよかったと、それだけは思った。

「あっ！」向かいのソファでスマホに保存した写真を見ていた富士子が声を上げた。

「ねえ、見て。アイちゃん。これ」

画面を差し出してくる。老眼鏡をかけるのももどかしく、写真に目を落とす。興永寺で撮ったショットの一つだ。境内の塀に沿って、ずらりと並んだ石柱が写っていた。

「ほら、この名前」

富士子の指が一本の石柱を拡大した。刻まれた名前がはっきりわかった。

「宇都宮佳代」アイは声に出して読んだ。

「そうよ。どうしてここに宇都宮佳代さんの名前があるの？」

「たぶん、ここの本堂を建て直す時に寄付をしたのよね。かなりの金額をしたはずよ。この石柱の大きさを見ればわかる」

「じゃあ、佳代さんは、このお寺の檀家《だんか》さんてこと？」

言いながら、富士子はスマホをひったくるように手元に寄せ、もう操作を始める。すぐに興永寺の電話番号を探し出した。アイに目で合図しただけで、その番号にかけた。出た相手とやり取りをするのを、アイはじっと聞いていた。ものの数分で会話は終わった。富士子は首をゆるゆると振った。

「だめだ。寄付をしてくれた人だとは答えてくれたけど、彼女が檀家さんかどうかは教えられないって。個人情報だからって。もちろん住所もね」

「檀家さんでしょ、普通。そうでなければ寄付なんかしないわよ」

「そうね」

「それか國先島の人と同姓同名の他人か」

完全に行き詰まって、二人とも黙ってしまった。

益恵は夕方まで眠った。起きた益恵はすっきりした顔をしていたので、三人で旅館の大浴場に行った。温泉を引いた湯だということだった。アイは膝を湯の中で丁寧に揉み解《ほぐ》した。脱衣場の鏡に映った体はどこもかしこも皺が寄り、たるんでいる。丸まった背を伸ばしてみるが、老いさらばえた体は隠しようもない。

部屋に帰って三千男に電話すると、益恵は落ち着いて会話していた。

それなのに夜中になって、興奮して騒いだ。

「もう帰りたい」とか「怖い、怖い」「ここはどこ？」「カヨちゃんが死んじゃうよ」そんな脈絡のないことを喚《わめ》き散らす。

月影なぎさの歌を聴かせても無駄だった。とにかくなだめすかして、寝かしつけようとするのだが、うまくいかない。アイや富士子のこともわからないようだった。このまま、何もかもわからなくなったらどうしようと怖かった。こんな苦労を、三千男は一人でしてきたのかと思うと、気の毒でならなかった。

寝間着を洋服に着替えると言ってきかない。仕方がないので、着替えさせた。するとそのまま外に出ようとする。

「豆腐を売りにいかなくちゃ」

「待って、待って」

部屋から出ようとする益恵を富士子が止めた。

「今日はお豆腐はないんだって。カヨちゃんも今日はおうちにいるって言ってるよ」

機転をきかせてそう言うと、「そう」と素直に頷いて戻ってきた。服を着たまま布団に入り、ことんと寝てしまった。

アイと富士子は、へなへなと布団の上に座り込んだ。

翌朝起きた益恵は元気いっぱいで、朝ごはんもよく食べた。疲れ果てたアイたちを尻目に、妙に高揚している。それで少し早めに旅館を出ようと決めた。くたびれた体に気合を入れるように、コルセットをきゅっと締めた。脚を曲げ伸ばししてみるが、膝に痛みはない。

「富士ちゃん、大丈夫？」顔色の悪い富士子が気になった。

「大丈夫。ちょっと睡眠が足りなかったからね」

「体が辛いようなら、旅館で待っててもいいのよ。私とまあさんとで行ってくるから」

「だめよ。私を置いていかないでよ。こんな楽しい機会、もうないんだから」

少しおどけて言う富士子の声は弱々しかった。タクシーで堀之内《ほりのうち》公園まで行った。広々とした芝生公園で、松山城の天守閣がきれいに見えた。ここにあった市民球場や競輪場、テニスコートなどがそっくり移転したので、こうして見晴らしのいい公園に生まれ変わったのだという。移転先は、かつて益恵が住んでいた松山平野の南部地区だった。芝生の中に、桜やクスノキなどの植栽があり、市民の憩《いこ》いの場という感じだった。

公園の中を歩き、ベンチで休憩した。どこかの保育園から来た園児たちが、芝生の上を駆け回って声を上げていた。昨夜の狂乱が嘘のように、益恵は穏やかな表情でその子らを見詰めていた。富士子の顔色もしだいによくなってきて、アイは安堵《あんど》した。

この年になって長旅をするということは、大仕事なのだと思い知った。気をつけないと何があるかわからない。今日の元気が明日続くとは限らない。

――足腰立たなくなったら、どうせ俺たちが面倒みるんだからさ。

聡平の言葉を苦々しく思い出した。

愛媛県美術館が公園の片隅にあって、その正面入り口で満喜と待ち合わせた。美術館のレストランで一緒に昼食を摂《と》った。具合の悪い入れ歯がカツンカツンと鳴るのが不快だったが、何とか食べ終えた。昨夜の顚末《てんまつ》を満喜に話した。

「それは、きっと満州でのことを思い出したんじゃろうね」

益恵を慈《いつく》しむように満喜は言う。豆腐売りで暮らしを立てていたのだろうか。たった十一歳の子が？

それから、石柱に刻まれた名前のことと、興永寺に問い合わせたことも話した。満喜はじっと考えている様子だった。彼女も宇都宮佳代という名には心当たりはないと言った。

「そしたら私、ちょっと新井さんとこに訊いてみます。忠一さんの甥ごさんの連絡先はわかりますから」

何かわかったら、アイの携帯に連絡すると言う満喜に、よろしくお願いしますと頭を下げた。

愛媛県美術館の分館になっている洋館が、城山の中腹に建っている。そこの一室で、「まつやま俳句塾」という松山市主催の俳句サークルが開かれていたのだという。そこまでゆっくりと歩いていった。重要文化財に指定されている洋館は、松山藩の藩主の子孫が別荘として大正時代に建てたものだという。

フランス・ルネッサンス風の建造物は、寄棟造《よせむねづく》りの屋根に尖塔《せんとう》を戴《いただ》いて、城山の森に抱かれるように建っている。堂々たる天守閣を持つ城郭の足下に、しゃれた洋館が建っているのも面白い。庭はバラ園になっていて、色とりどりのバラが咲き誇っていた。

富士子が建物や庭を背景にして、談笑する益恵や満喜の写真を撮った。

「この中のお部屋は、イベント会場としても貸し出されとるんですよ。あの当時、一番ちっちゃな部屋で俳句塾が開かれとったんです」

イベントのない時は、広く県民に開放されているとかで、建物の中を見て回ることができた。管理をしているスタッフが入り口にいるだけで、中はしんと静まり返っている。二階にある一室へ、満喜は案内した。階段を上る時、アイは手すりを頼りにゆっくり上った。分館に来るまでの坂道でまた膝が痛むようになった。萎《しお》れていく自分の体がもどかしい。

「この部屋で、句会をやっとったんです」

今は調度品も何もなく、がらんとしている。

「もう今は、文化ホールとか、立派な施設ができましたからね。そっちでやっとるみたいですよ。空調も調って快適やから」

当時は窓を開け放って、風を入れて句を詠んでいたという。窓に寄っていくと、手入れの行き届いたバラ園や、繁茂《はんも》する緑の木々が見渡せた。耳を澄ませると、小鳥の囀《さえず》りに混じって城山の下を通る路面電車の音もかすかに届いてきた。

とうに亡くなってしまった俳句の師の、選評や指導のことを、満喜は懐かしそうに口にした。

「自然が近いし、季節の移ろいも感じられるわね。いい句ができそう」

富士子が深呼吸して言った。

ここで益恵は、夫への思い、亡くした子への思い、それから鬱屈《うっくつ》した思いや、悲しみや嘆《なげ》きを句にして表現していたのだろう。松山という地に来て、俳句に出会えたことは、益恵にとって幸運なことだった。たった十七文字に込めた益恵の人生に、アイは思いを馳《は》せた。

四人は階段を下りた。遅れ気味になるアイを、満喜と富士子は立ち止まって待ってくれた。入り口でスタッフに軽く頭を下げて外へ出る。風が通る気持ちのいい木陰《こかげ》に、木製のベンチが置いてあったので、そこに四人並んで座った。

さっきはいなかったのに、何人かのお年寄りがバラ園のバラを愛《め》でている。付き添いに若い職員がいるようだから、近くのグループホームか何かから来たのかもしれない。楽しそうな笑い声に釣られて、益恵も立っていった。バラ園の中の小径《こみち》で、彼らと何か言葉を交わしているようだ。東京では感情をあまり出すことがなく、引きこもっていたことを思うと、喜ばしい変化だ。

「楽しそうやねえ、益恵さん」満喜は目を細める。「今は安気《あんき》に暮らしておいでるんじゃね。昔を思い出して辛がることもあるかもしれんけど、それでも今がええということはええことよ」

アイには、満喜の言いたいことがよくわかった。益恵は、背負ってきたものは重いかもしれないが、人生の店じまいをする段になって、こうして笑っていられることがすべてだ。それは偶然でも何でもなく、彼女自身が獲得したものだ。そして行く先々には、彼女を支える人々がいた。岩本イサ子や古川満喜。大津には服部頼子と坂上ナヲエがいた。それは益恵という人柄に惹《ひ》かれて寄り添ってくれた人たちだ。そして自分たちも――。若い職員に話しかけられて、益恵が答えている。認知症であることを察しても、彼らならうまく対処してくれるだろう。

「昨日の話ですけど――」

満喜がためらいつつ、という感じで口にした。ちらりと富士子を見ると、ベンチの背もたれに身を委《ゆだ》ねて目を閉じている。富士子の顔に頭上の葉の影が落ちてきて、不思議なまだら模様を描いていた。見慣れた顔ではなく、ひどくやつれた老人の顔だ。やはり無理をしてついてきたのではないだろうか。

「忠一さんが明子ちゃんに危害を加えて死なせてしもうたんじゃないかという話――」

はっとして、満喜の方を向く。満喜はうつむいて迷っている様子だ。

「ええ。憶えていますよ」

促されて、満喜は決心したように顔を上げた。隣で富士子も身を起こしたのがわかった。

「忠一さんが明子ちゃんを死に至らしめたのかどうかはわかりません。じゃけど——」

アイを見る目にぐっと力が入る。

「じゃけど、そういうことは実際にあったと思います。つまり、中国大陸におって、上の人の命令で赤ん坊を手に掛けとる妄想が、益恵さんの旦那さんを苦しめて、そんで、我が子のこともわからんようになって、赤ん坊の声で錯乱《さくらん》して——」満喜は大きく息を吐いた。

「益恵さんは、明子ちゃんを亡くした後、もう二度とそんな場面を目の当《ま》たりにするのは御免やと思うたに違いないんです。それは忠一さんを思うてのことでもあります」

アイは振り返って富士子と顔を見合わせた。富士子も不安そうな表情で見返してきた。

バラ園の方から、老人たちの明るい笑い声が響いてきた。

「益恵さんは、明子ちゃんを亡くしてから、二度妊娠したんです」

「え?」声を上げたのは富士子だ。アイは膝の上で手を握り締めた。

「そして二度とも堕胎《だたい》しました」

「本当に?」

満喜は大きく頷いた。

「私の姉が産婦人科医院で看護婦をしとったもんですけん、益恵さんに相談されました。そんで、診察に行って、妊娠がはっきりしました。益恵さん、二回とも堕胎しました。たぶん、このことは旦那さんは知らんと思います。私の姉がうまく処理したはずですから」

元気な頃に益恵は、一人目の子を亡くした後は、欲しくても子供には恵まれなかったのだと言っていた。それは嘘だった。

「益恵さんはね――」満喜は遠い目をして日盛りの中にいる益恵を見詰めた。「忠一さんに赤ん坊の声を聞かせたくなかったんやと思います。直接聞いたわけやないけど。私はそう思います。もう二度と辛い思いをさせたくなかったんですよ。悪夢のような戦争中のことを思い出させたくなかったんですよ」

そこまで一気に言って、満喜は「益恵さん、優しい人やから」とうつむいた。

「忠一さんの傷ついた心が、痛いほどわかるんや。あの人も、満州で似たような光景を見てきたはずやから」

また満喜は『アカシア』を取り出した。その中の一句を震える声で読み上げる。

「凍《い》て土《ど》ゆくわれに友あり白き月」

「でもその時も、まあさんには友だちがいたのよね」

富士子がぽつりと言った。

凍て土ゆくわれに友あり白き月

ユーリィが死んでしまってから、佳代はめそめそとよく泣くようになった。ソ連兵が馬を取り戻して行ってしまってから、佳代と益恵はユーリィに駆け寄った。すでにこと切れていた。空の色を映したような青い目を見開いたまま。

ユーリィの仲間たちと一緒に共同墓地まで運んで埋めた。次々に遺体が運ばれてくるので、もうユーリィを埋めた場所は、はっきりわからなくなってしまった。それでも二人は時々共同墓地に行って祈った。

「ユーリィの魂は、お祖父《じい》さんの村まで帰ったろうか」

そう言って、佳代は泣くのだった。ハイラルで親しくしていたユーリィの死は、佳代の精神を叩きのめしたようだ。生きる気力もなくしてしまったみたいに、すぐに涙ぐむ。辛い時も「メイファーズ」と言って、すぐに気持ちを切り替え、明るく生きていた佳代は、しょっちゅう沈んだ表情を浮かべるようになった。

ユーリィがいなくなったことは、実質的な損失でもあった。ハルピンの町を縦横《じゆうおう》に走り回り、目ざとく稼ぎ口や盗み先を見つけてきた少年から、益恵たちは大きな恩恵を受けていた。それがなくなった今は、どうやって暮らしを立てていけばいいのかわからなかった。

もう孤児の女の子なんかに関わろうとはしなかった。

彼らのしていることは、目にしたり耳にしたりはした。大きな儲けを画策《かくさく》したのか、ソ連軍の弾薬庫に盗みに入り、自動小銃でハチの巣にされて死んだ子や、盗んだ弾薬が爆発して、吹き飛ばされて死んだ子の話を聞いたりもした。

そんな少年たちの恐ろしい盗みの話を聞くと、背筋が凍った。しかしたまに市街ですれ違う彼らは、どこかあっけらかんと明るかった。生活と遊びと死が密接につながっていて、それを楽しんでいるという様子だ。仲間がへまを犯して死んでいく状況を、そんなに恐れていないのかもしれない。死はそれほど身近で日常的なものだった。

冬の寒さは、いっそう厳しくなってきた。とてもじゃないけど、野外の小屋などでは冬を越せない。二人が凍えているのを見かねて、常盤寮の住人が部屋の中に入れてくれた。福留《ふくどめ》さんという三十代の夫婦で、彼らはハルピンに来る途中、子供たちを死なせてしまったのだという。常盤寮の一階の一番狭い部屋に住んでいた。そこに夜だけ入れてもらえる。小屋の中で二人でくるまっていた布団は、カチカチに綿が固まり、とても寒さはしのげない。福留さんが毛布をくれた。屋内で毛布二枚を重ねて被《かぶ》り、ベコベコだが畳の上で寝られるという僥倖《ぎょうこう》に、益恵たちは喜んだ。福留さんに助けてもらわなかったら、おそらく小屋の中で凍死していただろう。

一緒に暮らし始めてわかったのだが、福留さんの奥さんは、少し気が変になっているようだ。益恵と佳代を死んでしまった自分の娘だと勘違いしている。年が似通っていたのか、二人を「なっちゃん」「みさちゃん」と呼ぶ。旦那さんは、悲しげな目をして見ているだけだ。旦那さんの方は、没《ぼっ》感情に陥《おちい》ってしまっているようだ。彼らがどんなふうに子供を亡くしたか、益恵にはだいたい想像がついた。同じようにさんざん悲惨《ひさん》な目に遭ってきたし、そういう人たちを嫌というほど見てきたから。

福留さんの旦那さんは、毎日「働きにいく」と言って出かけるのだが、ただ街の中をふらふら歩いているだけのようだった。部屋の中で、おかしくなってしまった奥さんと一緒にいるのが苦痛なのか、大豆の炒《い》ったのを袋に入れ、腰にぶら下げて出ていくのだった。

そんな福留さんの姿を、益恵たちは商売の途中で見かけた。子供を亡くして、もう生きる気力もないのか、夫婦は貧しい配給食だけを口にして、ぼんやりと生きていた。だから益恵たちは、自分の食べるものは自分で稼がなければならない。それでも夜、家に入れてもらえるだけでも有難い。夕方になると、小屋のそばで煮炊きをし、その焚火でレンガを焼いた。それをボロに包《くる》んで抱いて寝る。レンガは福留さん夫婦の分も焼いてあげた。それくらいしかお返しができなかった。

奥さんが益恵と佳代を自分の娘だと勘違いしているのは、好都合でもあった。満人が日本人の女性や子供を欲しがり、無理やり奪っていくことは、もう痛いほどわかっていた。それが高じて収容所を中心として、人買い市が立つようになった。中国人は、何でも商売の種にしてしまうのだ。難民の女子供が売り買いされた。恐ろしいことに、家族が承諾《しょうだく》して金や着物、食べ物と引き換えにしてしまうのだった。それほど収容所生活は、困窮《こんきゅう》を極めているということだ。

もちろん、益恵も佳代もそんなところには近づかないようにしていた。十三歳の女の子で八百円から千円。男子は女子にくらべて百円安い、などという噂を聞いた。女性の値段もまちまちで、若い器量のいい人は三千円で売られていったという。

常盤寮の別の住人が、益恵と佳代をそこで売り払おうとしたことがあった。その時、福留さんの奥さんが、もの凄《すご》い剣幕で食ってかかってくれた。

「うちの子に何をするんですか」奥さんは二人を引き寄せて怒鳴った。「この子らは絶対に日本に連れて帰るんです。私の両親が首を長くして待っているんですから」

同じ開拓団にいたその人は、福留さんたちの本当の娘が死んだことは知っているのだろう。だが奥さんの剣幕に圧倒されて、黙って引き下がった。

「おばちゃん、ありがとう」ついそう言ってしまった。

「おばちゃんじゃないでしょう。変な子。お母さんと言いなさい」

それで益恵も佳代も彼女を呼ぶ時は「お母さん」と言ったが、益恵は後ろめたい気がした。福留さんの奥さんを騙しているようで居心地《いごこち》が悪かったし、死んでしまった実の母親を裏切っているような気がした。

それにしても泥棒市場に人買い市場とは。そんなハルピンの町で知恵を働かせ、体を動かして生きている十一歳の少女は、どんどんたくましくなっていった。佳代も以前のようにめそめそしないで、すぐに泣きやむようになった。泣いている暇がなかった。自分たちも物売りをしているから、よその店の商品には手を出さないが、引き揚げていく日本人が置いていったものを横取りした。どうせ誰かが持っていくのだ。抜け目なく立ち回らなければ飢えて死ぬ。

重くて持っていけそうもない鍋や釜、食料、夜具などを担《かつ》いだ人々が駅に向かうのについていき、駅で荷物を下ろした途端にそれを引っつかんで逃げた。

「おい、こら！」

後ろから声がかかるが、振り向くことなく入り組んだ路地に逃げ込む。捨てるつもりではなかった物かもしれないが、おかまいなしにひったくった。そしてそれを泥棒市場に持っていって満人に売った。子供だと思って買い叩こうとする満人相手に「ブシン、ブシン（だめだめ）」と値段交渉もする。その辺をふらりふらりと歩いている福留さんを捕まえて、「お父さん」と日本語で呼びかけ、「ヨーブヨーマ（いるかいらないか）」と相手に言い募《つの》る。

自分は孤児ではないと強調しておくことが肝心だ。よたよたと近づいてくる福留さんの顔を見て、満人はしぶしぶ金を払う。

「シィエシィエ」

益恵はさっと金を受け取って背を向けるのだ。益恵も佳代も、「野生の羊」になったようだった。いつの間にか、不屈さと不敵さが身についていた。

周さんに教わって、売る品物の種類も増えた。新聞、石鹸《せっけん》、落花生《らっかせい》、ひまわりの種、卵、氷砂糖、納豆――何でも売り歩いた。ひまわりの種は、ソ連兵がよく買ってくれた。種を口の中に放り込み、器用に皮だけ剝いで殻をぺっと吐き出すのだ。ソ連兵にも慣れた。怖いと思っていたら、商売にならない。最初になだれ込んできたのは、囚人《しゅうじん》兵だったとも聞いた。だから残虐《ざんぎゃく》でやりたい放題をしていたようだ。

立ち売りをする日本人はたくさんいた。バザールの中は中国人のテリトリーだから、少し離れた街路にずらりと並んでいる。難民だけではなく、元々ハルピンに住んでいた日本人も引き揚げを見据えて、手持ちの道具を売って金に換えておこうとしていた。着物、帯、掛け軸、壺《つぼ》、三味線《しゃみせん》や茶道具。そういうものを見ていると、都会に住んでいた日本人は、裕福な暮らしをしていたのだと思った。

日本語で書かれた哲学書を、道端に並べて売っている男もいた。そんなものが売れるはずもない。売り声を上げるでもない男は毎日道端に座っては、夕方風呂敷に書物を包んでとぼとぼと帰っていくのだった。おおかた逃げ遅れた満鉄のエリートかなんかだろう。こういう状況に陥ると、彼らには生活能力などというものは皆無《かいむ》なのだと知れた。

子供の方がよっぽど賢かった。益恵たちよりも幼い子が、体の前に大きな箱を吊《つ》るして煙草《たばこ》を売っている。

「シガレータ・パジャールスタ（煙草はいかが）」

ソ連兵が通るとロシア語で声を張り上げ、どこまでもついていく。そのしつこさに音《ね》を上げて、ソ連兵が買っていく。

益恵と佳代も商売に精を出した。それで何とかその日食べるものが手に入る。バザールで焼きトウモロコシや油条《ユィチャオ》という中華風の揚げパンを買って、その場で貪《むさぼ》るように食べた。

食材が余分に買えた時は、福留さんにも分けてあげた。

奥さんの体調が悪そうな時は、一緒の鍋で煮てあげた。榾木《ほだぎ》に火をつけ、じっと燃え上がるのを見ていると、情けなく、寂しい気持ちになった。夕暮れのこの時は特にせつない。親もなく、家もなく、人を騙して盗みを働き、今日一日を生き抜いた。ただそれだけの繰り返しだ。先も見えない。これからどうなるのだろう。ちろちろ燃える火と同じくらい心細かった。

かまどの向こうの佳代の顔を見る。頰《ほお》は赤黒く硬くなり、ひび割れている。髪の毛はぼさぼさで先がよれてもつれている。着たきりすずめの上着は体の寸法に合っていない。袖が垢や擦《こす》り付けた洟水《はなみず》でテラテラ光っていた。お互い同じようなものだから、臭いももう気にならない。二人だけではない。ハルピンで、親と一緒の子供も似たようなものだ。

「さあ、食べよう」

佳代ににっと笑いかける。すると佳代もようやく笑顔になるのだった。

食うに困った日本人男性の中には、八路軍に志願して入隊する者もあった。食料は配給されるから、とりあえず飢えて死ぬことはない。いろんな知恵を絞って生きる術を編み出さねばならなかった。

福留さんの旦那さんがソ連軍の男狩りに遭って、戻ってこなくなった。奥さんはうろたえ、取り乱して泣き喚いた。

男狩りで連行されるのは、収容所の頭数を合わせるためだとも言われていたが、たいていは強制的に作業をやらされて解放されるのだ。死体の埋葬《まいそう》処理とか、鉄橋の修復、飛行場の滑走路作り、石炭の積み込み、雪かきなどを劣悪《れつあく》な環境でやらされる。兵士が自分たちでやりたくない労働を、連れてきた難民の男性にやらせるということだ。

しかし、一時的にしてもソ連軍の支配下に置かれるということだから、楽観はできない。そのままシベリア送りになってしまうこともある。気を揉みながら待っていると、一週間ほどで福留さんは帰ってきた。泥だらけで疲れ果てていたから、やはりどこかで強制労働をさせられていたのだろうが、奥さんや寮の人たちが尋ねても、「うん」「どうかな」としか言わない。

福留さんは、その前から随分投げやりでぼんやりしてしまっていた。娘たちを亡くしたことも含めて、自分の身に起きたことが受け止められずに萎縮《いしゅく》してしまっているのだ。そんな日本人は大勢見た。中国人や朝鮮人が生き生きと動き回るそばで、日本人は落ち込んで下を向いてしまっていた。

戦争に負けるとは、こういうことかと益恵は思った。戦況がうまくいっていた時は、「五族協和」だとか「皇国不滅《こうこく》」だとかのスローガンを掲《かか》げて意気揚々としていた大人たちは、今や見る影もなかった。

常盤寮の人たちも、引き揚げに向けて準備を始めていた。このままハルピンの収容所にいたのでは、北満に取り残される。少しでも先へ進まなければならないという人もあった。つまり、引き揚げ船の出る港に近い新京や奉天まで移動しようというのだ。目先のきく人々は汽車が出るという情報を聞きつけて、ハルピンを後にした。

頼りない福留さんを気遣い、常盤寮の住人が何かと世話を焼くようになって、奥さんもその人たちを頼っていた。奥さんは、益恵と佳代を「自分の子だから、一緒に連れていく」と言い張った。前に益恵と佳代を人買い市場に売ろうとした同じ開拓団にいた人物は、もういなくなっていた。寮の住人も入れ替わって、益恵たちが本当は孤児だということを知っている人はいなくなっていた。福留さんの旦那さんも何も言わなかった。

「お父さん、お母さんの代わりに働いて偉いねえ」

そう言われて、二人は曖昧に微笑んだ。孤児だろうと、難民だろうと、見かけは皆同じようにみすぼらしかったから、奥さんの言い分を誰も疑わなかった。

本格的な冬がやって来て、どんどん気温が下がってきた。

「南へ行けば、もうちょっと暖かいのかなあ」佳代が呟いた。「どうする？　まあちゃん、福留さんたちと新京まで行く？」

そう問われて益恵は考え込んだ。ここまでたどり着くのには、相当苦労した。孤児はどこの隊にも入れてくれなかった。汽車にさえ乗せてくれない。配給ももらえない。そういうことは嫌というほど身に沁みていた。このまま福留さんの子と偽《いつわ》って、共に行動した方がいいかもしれない。火の気のない部屋で凍えながら、益恵は頭を働かせた。

厳寒期に入り、益恵たちは一層、日々の生活に追われていた。

スンガリーはすっかり凍結した。馬橇《ばそり》が走っても、軍用トラックが走ってもびくともしないほど厚い氷が張っていた。その氷に穴を開けて魚を獲《と》っている満人がいる。遠くから見ていると、たくさんのナマズを釣り上げているようだ。彼らはそれをバザールに持っていって売っている。スンガリーが凍結するとバザールに出回る魚が少なくなるので、よく売れている。冬のナマズは貴重なタンパク源だ。

厚い氷を割るのは子供には無理なので、満人が去った後の穴からナマズを釣れないか考えた。自分たちにとってもナマズは重要な食料だし、売り物にもなる。しかし釣りの道具はなく、うまくいかない。氷の上を吹きすさぶ風に嬲《なぶ》られながら、いろいろと試してみた。

佳代が岸辺に生えている柳の枝を折って、ザルをこしらえた。ザルの周りに紐《ひも》をつけ、沈めた。しばらく待っていると、光を求めてナマズが穴の下に寄ってくる。タイミングを計って、ザルを一気に引き上げた。ザルにすくわれたナマズを氷の上に放り出す。するとたちまちナマズはコチンコチンに凍ってしまうのだ。その後何度もザルを使ってナマズを獲った。

しかし凍った川の上で漁を続けるのは至難の業《わざ》だ。薄い靴底からは冷気が這《は》い上がってくるし、手はかじかんでうまく動かない。

ある日のこと、益恵がふっと顔を上げると、佳代の睫毛《まつげ》が白く凍っている。その睫毛が下りてきているのに気がついて、「カヨちゃん!」と呼びかけると、はっとして目を開けた。もう少しでしゃがんだままの姿で凍死するところだった。

ナマズは、福留さんや常盤寮の住人にも分けてあげて、感謝された。難民にとっては滅《めっ》多《た》に食べられないご馳走《ちそう》だ。たくさん獲れた時は、ユーリィが出入りしていたビアホールに持ち込んで買い取ってもらった。ロシア人はウハというスープの具にナマズを入れるのだと、ユーリィから聞いていた。死んだ子からもらった知恵が、益恵たちを生かしていた。

寒さと飢えで、大勢の難民が命を落とした。麻疹《はしか》、発疹《はっしん》チフス、腸《ちょう》チフスも蔓延《まんえん》していた。市街を歩き回る益恵と佳代には、収容所の様子もよくわかった。ハルピンには、大きな収容所が六か所あった。恐ろしいほどの人間がひしめきあっていた。六か所の収容人数は、合わせて二十万人にもなるのだと聞いた。医療機関も薬もろくになく、病んだ人々は黙って死んでいくのみだった。

死人の服を剝ぎ取るのは、難民どうしでも同じだった。寒さをしのいで生きていくためには必要なことだった。地面が凍り付いているので、埋葬用の穴も掘れない。収容所の片隅に、ガチガチに凍った死体が積み上げられているのを、益恵たちはよく目にした。

収容所でないアパートやマンションに仮住まいしている人々や、元々ハルピンに住んでいた人たちの間にも死人は出た。彼らは比較的ゆとりがあるので、簡単な焼香が行われた。そういう時、子供らには蒸《ふか》した芋《いも》や飴《あめ》が配られた。物売りの途中にそういう場面に出くわすと、益恵も佳代も走っていって配給物をもらった。いつの間にか、人が死ぬのを待つようになった。

福留さんの元の団の人が集まって、新京か奉天まで行くということになった。常盤寮を含む別の団の人たちと合流して一個隊を作るらしい。新京、奉天、錦州《きんしゅう》と南下していき、最終的には、遼東湾《りょうとうわん》に面した葫蘆島《ころ》という軍港へ行く。そこから日本への引き揚げ船が出るということだった。福留さんの奥さんは、張り切って準備を始めた。自分たちの荷物をまとめると、益恵と佳代の世話も焼いた。自分の子だから、当然連れていくつもりなのだ。

益恵も佳代も心を決めた。このままハルピンにいても苦しいその日暮らしだ。孤児が死んだって誰も気に留めないだろう。どうやっても日本へ帰りたい。そのためには、福留さんの思い込みを利用するしかない。

引き揚げ列車は、二日に一度ハルピン駅を出発している。地区ごとに構成された小隊がいくつも集まって大隊を作る。一列車は四十輛《りょう》編成で、千人から千五百人が乗っていくのだという。この組織立った引き揚げ行動に潜り込めれば、黙っていても葫蘆島まで行け、引き揚げ船に乗せてもらえる。この機会を逃すと、後はもうないだろう。

常盤寮の世話役が福留さんに説明しているのを聞くと、ますますその思いは深くなった。十二歳以上の引き揚げ者は身分証明書を携行することが義務付けられているという。一方、十一歳以下の子供は、身分証明書の代わりに左胸に胸章を縫い付けることになっているようだ。つまり十二歳になってしまうと、身分証明書のない孤児には、不利になる。

今しかなかった。

福留さんの奥さんは、嬉々として二人の胸章を作って上着に縫い付けてくれた。氏名のところには、「福留夏江《なつえ》」「福留みさ子」とあった。年齢はそれぞれ十歳と九歳になっている。保護者名は「福留五郎《ごろう》」。それに所属隊名、行き先地名が黒々とした筆文字で書かれていた。行き先は神奈川県の住所になっていた。福留さんの実家は神奈川県にあるらしい。益恵と佳代は、複雑な思いでその上着を着た。福留さんの旦那さんは、特に反対することも、喜ぶこともなく自分の妻のすることを見ていた。後は引き揚げ列車に乗る日が決まるのを待つだけだった。

益恵たちは、自分の荷物に用意できるだけの食料を詰めた。効率よくものを手に入れることのできない福留さんたちの食料も、自分たちの稼ぎから用意してあげた。それからよくしてくれた周さんにもお別れを言いにいった。

周さんも喜んで「無事に帰国できるよう、祈っているよ」と言ってくれた。

福留さんが身分証明書を取るための手続きで、同じ開拓団の人が訪ねてきた。斉斉哈爾《チチハル》というところから命からがら逃げてきた開拓団らしい。チチハルもハイラル同様、草原の中にある町だった。船津《ふなづ》さんという五十年配の男の人は、益恵と佳代を見ると顔をしかめた。

「奥さん、あんたの子供はもう死んだじゃないか」

「いいえ、死んだりしてませんよ。ほら、この子は夏江とみさ子ですよ」

船津さんは困惑《こんわく》して福留さんの旦那さんを見た。旦那さんは顔をうつむけた。

「この子らは、どうせどこかで親を亡くした子だろう。困るよ。こんな身元のはっきりしない子をうちの隊に入れられたんじゃあ」

「何言ってるんですか。この子らを隊に入れてください。うちの子なんだから」

奥さんは何を言っても聴く耳を持たなかった。おんおん泣いて、そのうち子供のように布団を引っ被って寝てしまった。最愛の子供を死なせてしまったという恐ろしい事実を受け入れられず、自分が構築した妄想の中に逃避することが、奥さんの支えだった。

益恵と佳代は、黙って船津さんと福留さんの旦那さんのやり取りを聞いていた。彼らの所属していた開拓団は、ソ連軍が越境してきたという情報を得た直後、団長の指示で馬車に荷物を積んで全員が歩いて逃げた。悲惨な逃避行の様子は、益恵にも容易《ようい》に想像がついた。老人や病人が落伍《らくご》していった。疲弊し消耗しきった団の頭上をソ連機が飛び、満人の襲撃が続く中、とうとう団長は集団自決を決心する。

銃を持っている男性数人が、先に子供を銃殺したという。大人はあとを追うつもりで我が子が殺されるのを合掌《がっしょう》して見守った。福留さんの娘さん、夏江さんとみさ子さんは、抱き合わせにされて二人同時に撃ち抜かれたらしい。

子供たちの最期《さいご》を見届けて、さあ大人も自決しようとした時、ソ連軍の戦車が火を噴きながら突進してきた。人々は逃げ惑った。とうとう開拓団は散り散りになってしまった。

「死ぬるという覚悟まで、粉々にされた」と船津さんは声を絞り出した。生きてハルピンまで辿《たど》り着けた者はそれぞれの裁量で収容所を見つけて逃げ込んだという。副団長をしていた船津さんは、引き揚げを前に生き残った団員をまとめて、名簿を作っているのだ。団長は発疹チフスで死んでしまったらしい。

「この子らを、うちのは夏江とみさ子だと言い張って可愛がっているんです」福留さんは目で益恵たちを指した。「自分の子が死んだと認めたら、あいつは舌を噛《か》んで死んでしまうかもしれません。途中まででいいから連れていけないだろうか」

福留さんの提案を、益恵と佳代は息を呑《の》んで聞いていた。自分たちの運命が今まさに決まるのだと思った。船津さんは首を振った。

「あんたの気持ちはわかるが、それはできん」

福留さんの娘たちが死んだのは、開拓団の誰もが知っていることだった。もし名簿に間違いが見つかったら、団全員が足止めを食らうだろうという。

「引き揚げを皆、どんなに心待ちにしていることか、あんたもわかるだろう。順番がくるのを辛い思いをしながら待っているんだ。子供を殺されたのは、福留さんだけじゃないんだ」

そう言われると福留さんも言い返すことができなかった。

船津さんが帰っていくと、福留さんの旦那さんはぷいと外に出ていってしまった。福留さんが抱えた事情はよくわかった。奥さんがおかしくなってしまったのも、旦那さんが生きる気力を失ってしまったのも、戦争のせいだった。満州へ渡ったら、十町歩《ちょうぶ》や十五町歩もの豊かな土地が分け与えられると言われ、多くの人々が船に乗った。益恵にもおぼろげながら、希望に満ちていた団の人々の様子の記憶があった。農業指導員として率《そっ》先《せん》して豊饒《ほうじょう》の土地で農作物を育てる気概に溢れていた父や、それに文句も言わず付き従ってきた母のこと。

実際、恵まれた生活を送っていたと思う。しかし人々の知らないところで、戦争は一段と激しくなっていったのだ。開拓団の働き手である男性は兵隊には取られないという国の言葉を信じていたのに、昭和二十年春頃から次々に召集されて去っていった。残った老人や女性は、非常時だからもっと働いて軍に出荷せよと命じられ、身を粉《こ》にして働いた。しかし、そんなことは何の意味もなかった。日本は戦争に負けた。負けただけならまだいい。こんなふうに大陸に取り残されて、何の保護も受けられない。死ぬにまかせて放置されている。これはいったい誰のせいなのだろう。福留さんの奥さんの枕元で佳代の手を握り、益恵は懸命に頭を働かせた。それでもわからなかった。

佳代は声を出さずに泣いていた。荒れた佳代の頰を涙が流れていく。彼女も引き揚げが遠のいたとわかったのだろう。慰《なぐさ》める言葉もなかった。多くのことを期待せず、その日その日を生き抜くことに慣れていたが、今回だけは別だった。何もかもから突き放された気分だった。孤児になり果て、故国からも拒絶されたという気がした。初めて絶望というものを味わった。

福留さんの開拓団からは何も言ってこないまま、年が暮れた。餅も赤飯もない正月だ。益恵たちは、また周さんに頭を下げて物売りに戻った。詳しい事情は話せず、引き揚げの順番を待っているのだとだけ告げた。

寒さはいよいよ厳しく、立ったまま凍死している人を見たりした。

一月中旬に福留さんたち開拓団は、出発していった。奥さんは、やはり益恵と佳代を自分の子だと思い込んでいて連れていきたがったが、前のような元気がなかった。どこか体の具合が悪いのかもしれない。空咳《からぜき》と微熱が続いていた。

旦那さんは、「子供らは別の団の人に頼んでおいたから、葫蘆島で船に乗る前に合流できる」と奥さんに言い聞かせた。奥さんは嫌がってはいたが、結局納得したようだった。

「なっちゃん、みさちゃん、団の人の言うことをよく聞いて、必ず後から来るのよ」

奥さんにそんなふうに言われ、佳代はまた泣いた。

「お母さんも体、大事にしてね」

益恵も今度は嘘偽りなく心からそう言えた。こういう状況で別れるということは、もう二度と会えないということを意味する。それが身に沁みてわかっていた。凍え死ぬことなく、今まで生き長らえることができたのは、この可哀そうな母親の勘違いのお陰だった。

旦那さんも、ひと時を共にした孤児のために一肌脱いでくれた。難民救済会まで出向いて、益恵たちが常盤寮の部屋にそのまま続けることができるよう、取り計らってくれたのだ。彼らが出ていけば、すぐに次の入居者がやって来るはずだった。まだ難民の流入は続いていた。屋根のある家に住めるなら、どこだって大喜びで転がり込んでくるだろう。難民救済会には、益恵たちのことを、親は死んだが自分たちの親戚筋の子だと説明したらしい。

会の方では、保護者のいない子供だけの暮らしは認めないと言ったらしいが、会長さんが物わかりのいい人で、しばらくはそのまま部屋を使ってもいいと請《う》け合ってくれたようだ。それがどこまで通用するか疑問だったが、有難いことではあった。この気温の中、外で生活するなんて考えられなかった。一時益恵たちが住んでいた庭の小屋は崩れ果てていた。

物売りやナマズ獲りの帰り、佳代は目に付いた小さな教会へ入って祈った。益恵もついていって司教のいない暗い聖堂で、佳代の祈りが終わるのを待っていた。何人かのロシア人が首を垂れていた。ソ連軍の侵攻以来、ミサは中断したままになっているという。

一月の時点で、ハルピンの行政を握っているのはソ連軍から市政を譲られた中国国民党だった。それも安定的な政権ではなく、郊外ではまだ共産党軍との内戦が繰り広げられていた。どうして中国人どうしが戦っているのか、子供には知る由《よし》もなかった。ただ益恵は八路軍の兵士の方が好きだった。八路軍は暴力的な行為をせず、人間味があった。農民出身で人のよさそうな兵士も多かった。この人たちも、本当は戦争なんかしたくないんだろうなと益恵は子供ごころに思ったりした。

常盤寮の住人が入れ替わったのに、益恵たちの部屋に別の家族が入り込むことはなかった。福留さんが難民救済会に頼んでおいてくれたお陰だ。子供二人だけで暮らしているのを不審がり、詮索する住人もいたが、「お父さんとお母さんは出かけている。もうすぐ帰ってくる」と言い張った。常盤寮では一番狭く、四畳半一間の物置のような部屋だったから、そのうち捨て置いてくれた。それでも福留さん夫婦がいなくなると、がらんとして寒々しい感じがした。

物売りのついでに石炭殻や木片を拾って歩いた。それらは煮炊きに使ってしまい、暖を取るまでには至らなかった。後から来たどこかの団は、益恵たちを放っておいてくれる代わりに、助けてもくれなかった。日本人難民の売り子が増えて、商売もあまりうまくいかなくなった。バザールや泥棒市場で売られている物の値段はどんどん上がって、マントウ一つ買えなくなった。仕入れをするお金すら尽きてしまい、物売りをすることもできなくなった。

スンガリーの川岸に生えた雑草を抜いて少しばかりの雑穀《ざっこく》と煮て食べた。味も何もしない。ユーリィがくれた岩塩の味が恋しかった。

冷たい氷の上で長時間粘るナマズ漁も、体力がなくてできなくなった。

それで時折市街から出て、郊外へ行ってみたりした。農道には、牛や馬に牽《ひ》かせた車からいろんな物が落ちている。こぼれた穀物、野菜屑《くず》、布切れ、板切れ、用途のわからない金具。売れるものはバザールへ持っていって売った。道端の雑草もスンガリーの岸辺に生えているものより大きく育っていたから、それも摘《つ》んだ。農家の庭に鶏やアヒルが放し飼いにされている。周囲を注意深く見回して、人がいないようならこっそり庭に入り込んで、産み落とされている卵を盗んだ。

冷たい風が吹きすさぶ日が何日も続くと、稼ぎに出るのも億劫《おっくう》で、二人で部屋で寝ていた。ろくなものを食べていないから、背中の骨が畳に当たって痛かった。井戸水だけを飲んで飢えをしのいだ。

「ひだるかー」と言ってみても、虚《むな》しいだけだった。

弱って動けなくなる前にと、寒さをこらえて外に出た。道端で物乞《ものご》いをする難民が多くて、一日立っていても何も恵んでもらえない。そんな時は、満人や朝鮮人の家の扉を叩いた。薄汚い子供二人が手をつないで立っているのを憐《あわ》れんで、食べ残したものや捨てようとしていたものをくれた。それで力が出てまた働けるのだった。

たまに燃料が多く手に入ったら、少量の湯を沸かして体を拭《ふ》くのだが、お互いの裸は目を背《そむ》けたくなるほどひどいものだった。あばら骨は浮き出し、肌は老人のそれのように弾力も艶《つや》も失われていた。引っ張るとゴムのように伸びる。その異様さにそそくさと服を着た。自分たちも弱ってきている。それを如実《にょじつ》に感じた。もう一回この地で冬を迎える体力はないだろう。どうにかして南下して、日本へ帰る算段をしなくては。益恵は、隙間風が入り放題の凍えるような部屋で考えた。

収容所で悪性の風邪《かぜ》が流行《はや》りだした。あっという間に感染が広がって、体力のない老人や子供がどんどん死んでいく。三日ほどして、佳代が発熱した。寝かせて様子を見ていると、熱はしだいに高くなってきた。しきりに頭痛を訴える。はあはあと息も苦しそうだ。水を汲んできて布を濡《ぬ》らし、頭を冷やしてやるが、下がらない。虚ろな目で益恵を見ている。水だけは飲むが、物は食べられない。

高熱は何日も続き、ひどい下痢《げり》も始まった。便所は寮の外にあるので、肩を貸して歩いていき、用を足した。しかし回数が増えるとそれも間に合わない。部屋の入り口に砂を入れた瓶《かめ》を置いて、そこで用を足させた。昼も夜も益恵がそれを外に運び出し、裏庭に浅く掘った穴に捨てた。

「まあちゃん、ごめんね」

すまなそうに言っていた佳代だが、そのうち意識が朦朧《もうろう》としてきたようだ。熱は相変わらず高い。このまま佳代が死んでしまったら。そう考えると恐ろしかった。ハルピンで頑張って生きてこられたのは、佳代という友がいたからだ。飢えよりも寒さよりも、益恵は孤独が怖かった。

夜中に瓶の中身を捨てに外に出ると、空に白い月が貼りついていた。益恵は教会で祈るということをしなかった。この世に神様がいるとは思えなかった。だが、その妙に現実味のない薄い月には、佳代の命が助かりますようにと祈った。

収容所に陸軍病院の医者が来て、診察をしてくれていると聞きつけた。次の診察日を聞き出して、なんとか佳代を連れていった。益恵一人の力では運べないので、常盤寮の住人に懇願《こんがん》して手を貸してもらった。隣の部屋に住んでいる小杉《こすぎ》さんという四十代のおばさんだ。小杉さんは、収容所まで佳代を支えて歩いてはくれたが、「帰りは誰かに頼みなさい」と冷たく言い放って戻っていってしまった。

長い間待って、ようやく佳代を診《み》てもらえた。開いた佳代の胸に、ピンク色の斑点《はんてん》が現れていた。

「風邪じゃないな」年老いた医者は言った。「腸チフスだ」

「お薬をもらえますか？」

医者は首を横に振った。

「薬はない」

薬は全部ソ連軍が持っていってしまったという。全身の力が抜けていくようだった。せっかくお医者さんに診てもらえたのに、治す手段がないということか。

「温かくして、消化のいい栄養のあるものを食べさせなさい」

そのどれもが不可能なものばかりだ。暗澹《あんたん》たる気持ちになった。従軍看護婦さんが、気の毒そうに送り出してくれた。

「あなた、いくつ?」

「十一歳です」

「そう。私の妹と同じ年ね。看病しているとチフスが感染《うつ》るかもしれない。便を始末する時は特に気をつけて。よく手を洗ってね」

それだけ言って、背を向けた。

収容所を出る時に、庭の片隅に積み上げられた凍った死体を見た。あの中に佳代を入れるわけにはいかない。一人で友を担ぐように歩きながら、益恵は思った。

休み休み常盤寮まで帰ると、もう日がとっぷりと暮れていた。足先も、佳代を支えてきた腕も感覚がなくなっていた。小杉さんがちょっと様子を見に来て、診察結果を知りたがった。腸チフスだと正直に言って、ここを追い出されたら困るので、「ただの風邪だった」と答えておいた。小杉さんは疑《うたぐ》り深そうな顔をしていたが、ポーミのスープを差し入れてくれた。

佳代の口元に持っていくが、弱々しく首を振るきりで、食べようとはしなかった。高熱は十日経っても引かなかった。鼻血が出ている。それを拭ってやるしか、益恵にできることはない。佳代はしきりにうわごとを言った。

「姉ちゃん、ご飯まだ?」

「兄ちゃんは、畑からもうすぐ帰るよ」

そんなことを口走る。天井を見上げる目に、何が映っているのか。草原の中の開拓団で暮らしていた幸せだった時の幻か。

姉はソ連兵に連れ去られ、十五歳だった兄は国民義勇隊に入って戦闘で死んでしまった。そういうことを、益恵は佳代から少しずつ聞いていた。

佳代は一日一日、死へ近づいていくようだった。自分が諦《あきら》めたら佳代は遠くへ行ってしまう。これ以上、身近な人が死ぬのを、手をこまねいて見ているのは嫌だった。

益恵は外へ飛び出した。行き先は周さんのところだ。他に頼るべき人は思いつかなかった。しばらく仕入れに来なかった益恵が、血相変えて飛び込んできたので、周さんも驚いていた。拙《つたな》い中国語を駆使して、佳代が腸チフスにかかったこと、薬もなく、弱っていくのを見ているだけだということを訴えた。周さんは難しい顔をして考え込んでいた。

何も言わず靴を履《は》いて店を出ていく。隣の家に入っていくようだ。隣の家には、年取ったお婆《ばあ》さんが住んでいる。時々、纏足《てんそく》にした足でよちよちと歩いているのを見た。入り口のところで二人が大きな声でやり取りをしている。だが早口な上に、益恵が知っている中国語とは違うので、意味が取れない。

戻ってきた周さんは、明日薬を用意しておくので取りに来るようにと言う。詳しいことは訊いてもどうせわからない。

「ミンバイ（わかりました）」と言って、家に帰った。

もう物を飲み込む力もない佳代に、水に浸《ひた》した布を吸わせた。ひび割れた唇《くちびる》で、一心に布を吸う。とうに忘れていたふみ代がお乳を飲む姿を思い出して胸が詰まった。

翌日、周さんを訪ねた。奥さんもいた。小さな白い塊《かたまり》を袋に入れて渡してくれる。どうやらこれを煎《せん》じて飲ますようにと言っているようだ。益恵は、身振り手振りで「お金がない」と伝えた。

「チェンブヨー（お金はいらない）」

「シィエシィエ」

「ブーシェ、ブーシェ（いいよ、いいよ）」

益恵は何度も頭を下げて周さんの家を後にした。薬を煎じるのにもう燃やすものがない。仕方がないので、小杉さんに頼った。おばさんは渋い顔をしながらも石炭殻を分けてくれた。庭木の枝が風で折れて落ちているのを拾い集め、それで火をおこした。石油缶で作った鍋に白い塊を入れて、水を注いで煎じた。途中で小杉さんが見に来た。燃料が足りないようだとわかると、別の人からコークスの欠片《かけら》をもらってきてくれた。もう一回枝を拾いにいき、火に勢いがついた。

「これ、何なの？」

小杉さんが胡散臭《うさんくさ》そうに白い塊を覗き込む。

「漢方の薬」

たぶん、そんなところだろうと見当をつけて答えた。益恵もよくはわからないのだ。しかし今はこれに頼るしかない。煮詰まった液を欠けた湯呑に移して冷ます。佳代は潤《うる》んだ目で、じっと益恵のすることを見ていた。冷めた液を口に持っていってやると、少しずつだが飲み下した。友人が用意したものを一途《いちず》に信じているのだ。

翌朝、佳代の熱はすっかり引いていた。薬が効いたのだ。だがすぐには起きられない。食欲は少しずつ出てきた。周さんに礼を言いに行き、「あの薬がよく効いた」と言うと、「ハオハオ（よかった）」と喜んだ。隣の纏足のお婆さんも来て、また二人で早口でしゃべっている。奥さんが水餃子《すいギョーザ》をたくさんくれた。お婆さんはピータンを二個くれた。

益恵は何度も頭を下げて常盤寮に帰った。

佳代の顔色は随分よくなっていた。水餃子一個を長い時間かけて食べた。

「まあちゃん、ありがとう。熱が高くて苦しくて死ぬのかと思ったの。もう死んでもいいかと思った。でも目を覚ます度、まあちゃんがいてくれたからやっぱり生きようと思った」

「死んだらだめだよ、カヨちゃん。絶対に一緒にいようねって言ったじゃない」

佳代は嬉しそうに笑った。小杉さんがやって来た。

「あら、元気になったのね」そして佳代の顔をじろじろと見た。

「あのさ、人に聞いたんだけど――」歪《ゆが》んだドアのところに立ったまま、中に入ってこない。

「あんたがこの子に煎じて飲ませた薬だけど、あれ、死人の骨じゃないの？」

「はあ？」

益恵はむっとした顔を小杉さんに向けた。

「腸チフスだったんでしょ？　この子」

それには仕方なく頷いた。収容所にいた人から漏れたのかもしれない。

「腸チフスには、人骨を煎じて飲ませたらいいんだってね。あんた、どこの死体から骨を取ってきたの？」

佳代の前でそんなことを言うなんて。怒りが込み上げてきた。

「へえ!!」佳代が大きな声を出した。「それが効いたんだね。ありがとう、まあちゃん。いい薬見つけてきてくれて」

小杉さんは面食らって、一歩後ろに下がった。佳代は小杉さんに向かって言葉を継いだ。

「ねえ、おばちゃん。おばちゃんも腸チフスにかかったら、死んだ人から骨をもらってきたらいいよ」

佳代の言葉が終わらないうちに、小杉さんはくるりと背を向けると、小走りに去っていった。佳代はいかにもおかしそうに笑った。益恵も笑った。

周さんに薬の由来を問うことはなかった。佳代が治ったのだから、どんな薬でも有難かった。周さんからもらった白い骨のようなものの残りは、大事に取ってあった。看病をしていたせいでチフスが感染ったら、それを煎じて飲むつもりだった。だが益恵は腸チフスにかからなかった。益恵は、骨のかけらを小さな布に包んで持ち歩いた。お守りのつもりだった。

死の病から復活した佳代は強くなった。また二人はハルピンの町を気ままに歩き回り、食べるために工夫を凝らした。

難民たちは、少しずつ南下していった。自分たちのような孤児も引き揚げ列車に乗れるのかどうか、益恵は気が気ではなかった。それで、福留さんが頼んでいったという難民救済会の会長さんを訪ねていった。水上《みなかみ》さんという会長さんは、福留さんからの依頼を憶えていてくれた。

常盤寮の部屋を空けて次の難民に譲らなければならないのだと水上さんは言った。そして益恵たちの胸章を確かめた。福留さんが縫い付けてくれたままのものが、汚れはしたが、まだ付いていた。

「孤児だと後回しになるから、胸章はそのまま付けておきなさい」

そして福留さんが保護者ということで、常盤寮にいる人たちが今度汽車に乗る時、一緒に出発できるようにしてあげると言った。

「食べるものはあるかね？」

水上さんは、配給の粟《あわ》と玄米を少し分けてくれた。それを野菜屑と一緒にくたくたに煮て、何日も食べた。

「おいしいね、まあちゃん」

佳代が薄い粥《かゆ》をゆっくり嚙み締めながら言う。誰かとものを食べるということの楽しさ、有難さが身に沁みた。佳代が死んでいたら、もうものを食べる気力もなかっただろう。そして、日本に帰るという希望もなくなり、ここで死んでいたかもしれない。病気にならなくても、そういうことで人間は死んでしまうのだ。

ハルピンにまた春が巡ってこようとしていた。ひと冬をなんとか生き抜いた。凍土が解け始めた。スンガリーの流れも戻ってきた。

収容所では、外に放り出されたままになっていた凍った死体も解けていく。ひどい臭いが町中まで漂ってきた。すると、この死体を狙って野犬が来るのだという。人間の肉を食らうのだ。野犬はまるまると太っている。

益恵たちが道を歩いていると、向こうから大きな野犬が走ってきた。佳代が怖がって益恵の後ろに隠れた。その犬が何かをくわえているのが見えた。それが何かわかった途端、益恵も佳代にしがみついた。犬ががっちりとくわえているのは、生まれたばかりの赤ん坊の死体だった。いや、月が満ちずに生まれ落ちた子かもしれない。道端で急にしゃがみ込んだ難民女性が、産んだ赤ん坊をかえりみることもなく立ち去るところを見たことがあった。

産声を上げることもなく放置された赤ん坊は息絶えて、そのまま死体置き場に捨てられてしまうのだ。そんな可哀そうな小さな死体がいくつも捨ててあった。くわえていくのに適した大きさのそれを、野犬がその日の餌食《えじき》にしたのだ。

身の毛がよだつことはそれだけではなかった。死体を狙って群がる野犬を、飢えた難民がこん棒で殴りつけて殺し、解体して食べていた。収容所の隅のかまどで焼いた犬の肉を、貪り食う男たち。人間を食らった犬をまた人間が食らう。地獄のような光景だった。

腐臭を放つ解凍された人間の死体の山は、やがて問題になり、収容所の人たちが木片を積み上げ、油をかけて焼いたという。立ち昇る煙は市街地を覆い、人肉が焼けるなんとも言い難い臭いが一週間は続いた。

もうこんなところにいたくないと心底《しんそこ》思った。難民救済会から近いうちに引き揚げ列車に乗れると連絡がきた時には、益恵と佳代は跳び上がるほど喜んだ。

今度こそ、周さんにお別れとお礼を言いに行った。周さんは、日本に帰ると言うと喜んでくれた。

「テンホウ、テンホウ（よかった、よかった）」

奥さんは「ショウショウマンマンデー（ちょっと待ってね）」と言って奥に入り、急いで乾燥大豆や干したトウモロコシの粒を袋に入れて持ってきてくれた。お礼を言って受け取った。

「おじさん、おばさんのことは忘れません」

たどたどしい中国語でそう言って、外に出た。すると、親父《おやじ》さんは落陽に赤く染まる並木を指して言った。

「私たちのことはいいから、ハルピンのことを忘れないで。この楿樹《ホエシュ》をね」

楿樹とは、アカシアのことだ。益恵は、真っすぐに続くアカシアの並木道を眺めた。孤児になってハルピンにたどり着き、死に物狂いで生活してきた。ソ連兵や満人、それに同胞である日本人にもひどい目に遭わされてきた。

しかし周さんのようにいい人もいた。きっともっといるに違いない。でもそういう人たちの心を感じるゆとりがなかった。毎日見る夕陽は美しかったのに、それを感じるゆとりがなかったように。益恵と佳代は手をつないでアカシアの並木道を歩いて帰った。

第四章　島の教会で

　佐世保は明るい町だった。

　米海軍基地もある古くからの軍港で、海に向かって開けている。行き交う人の中に外国人の顔も多い。観光客ではなく、ここに住んでいる人々なのだろう。佐世保という町にすんなり溶け込んでいる。

　そのせいか、町中にはアメリカンな雰囲気が溢《あふ》れている。看板には佐世保バーガーの文字とイラスト。どこからともなくジャズが聞こえてくる。

　休み休み、市中心部を散策した。アイの背中から腰にかけては、ぱんぱんに硬く張っている。それをコルセットで固定して歩く。負担のかかる膝《ひざ》もだましだまし動かすしかない。不自由な体はとうに限界を迎えていて、歩くのは苦痛だったが、富士子に気遣《きづか》われないよう、心を砕いた。

　富士子は「佐世保独楽《ごま》」というラッキョウ形の独楽を売る店を見つけて、いくつか買い求めた。「けんか独楽」とも呼ばれていて、投げた独楽で相手の独楽を割って遊ぶものらしい。店主の説明を、富士子は興味深そうに聞いていた。

「さて、どうしようかね?」

佐世保駅に戻ってきたアイは、二人に話しかけた。駅の外観を、富士子は撮影した。

駅前に腰を下ろして見ていると、降りてきた観光客らしき人々は、高速バスかJRの快速に乗って、ハウステンボスに向かっていくようだ。佐世保市の一大観光地は、広大なテーマパークというわけだ。

「ここには、水先案内人はいないものね」

富士子が益恵の額《ひたい》に浮かんだ汗を拭《ぬぐ》ってやりながら言った。

「宇都宮佳代さんね」

ここに至るまで、彼女とは連絡が取れていない。今までは、行く先々に益恵の知り合いがいて、何かと情報をもらえたし、世話にもなった。それが佐世保ではない。

アイは益恵の顔をちらりと見やった。少しだけ歩き回った佐世保の町には、特に何の反応も示さない。

「國先島へ渡るか、まあさんが暮らしたところを訪ねてみるか」

アイは自分に問うように呟《つぶや》いた。

「せっかく教えてもらえたんだから、まあさんの元の家に行ってみましょうよ。今夜はこっちに泊まって、明日島へ渡ればいいわ」

富士子が益恵の手を取って「ね？」と目を覗《のぞ》き込む。益恵はきょとんと富士子を見返した。

佐世保市内の旅館を一泊だけ予約してある。そこに松山から荷物を送った。佐世保での予定は立てにくい。

「うん。じゃあ、そうしましょう」

アイはそろそろと立ち上がり、二人の後をついてタクシー乗り場に向かった。益恵は、結婚直後は佐世保市内で暮らしていたのだという。その情報をもたらしてくれたのは、古川満喜だった。

松山から広島へスーパージェットという高速船で渡り、広島から新幹線のぞみに乗った。博多《はかた》駅に着いて乗り換えを待っている間に、満喜から連絡が入った。忠一の甥《おい》と電話で話したのだという。甥は親切な人で、父親の古い住所録を当たってくれ、忠一と益恵が結婚後、暮らしていた佐世保の住所を見つけてくれたらしい。

「益恵さんのことを伝えたら、会いたかったて、ゆうてました。益恵さんのことはよう憶《おぼ》えとって、残念がっとりましたわ」

子供の頃に、随分可愛《かわい》がってもらったと甥は言ったらしい。益恵の近況を聞いて、その後幸せに過ごしていたようでよかったと安心していたと。

「じゃけんど、甥ごさんも宇都宮佳代さんて人のことは、知らんらしいです」

アイは満喜が伝えてくれた益恵の古い住所を書き取って、満喜に礼を言った。手帳を開けてその住所を確認する。そのままタクシーに乗った。助手席に乗ったアイが住所を示すと、七十も過ぎたような運転手は、眼鏡《めがね》をおでこまでずり上げて、帳面に顔を近づけた。

「こいは昔の住所表示ですな。こがん町名、今はもうなかとですよ」

「そうなんです。昭和三十年代のもので」

「ほう、そげん前の」

運転手はおもむろに無線機を取り上げて、会社と連絡を取った。通信係もかなり年がいった感じの声だった。

「だいたいわかったとやけん、行ってみまっしょ」

タクシーは佐世保川を遡《さかのぼ》るように走りだした。海から遠ざかっていく。ものの十分ほどで、運転手は車を停《と》めた。

「ええと。ここらやなかかな」

独りごちてドアを開け、道端に立っている人に訊《き》きにいってくれる。玄関先のプランターに水をやっていた中年の女性に話しかけているのを、アイたちは黙って見ていた。振り返って後部座席を見てみる。益恵はおとなしく座っていた。周囲の景色に反応するようでもない。

運転手が戻ってきた。

「行き過ぎたばい」

車を返して、細い十字路を曲がった。特徴のない住宅街だ。運転手は、首を突き出して番地表示のプレートを見たりしている。小さな郵便局の前を通ると、また降りていって局員に尋《たず》ねてくれた。親切な人でよかった。運転手は局員を連れて出てきた。

「この辺らしか。こん人が――」禿《は》げ上がった小柄な局員を指して言う。「昔の町名もにい、きっとわかるて言いよらすけん」

富士子が益恵を連れて降り、アイはタクシー代を払って礼を言った。タクシーは郵便局の駐車場で切り返しをして走り去った。アイは、今度は郵便局員に所番地を書いた手帳を見せ、昔住んでいた家を探しているのだと説明した。

郵便局長だという人は、手帳に視線を落とした。

「この辺の町名は変わったばってん、区画は古いままですけん」

先に立って住宅街を進み始める。三人はその後をついていく。家はどれもこぢんまりしている。古い家もあれば新しく建てられたようなのもある。

「こっから先が、前はその町名やったとです」

ちょうど家から出てきた老人に声をかける。

「ああ、ちょうどよかばい。藤田《ふじた》さんは、昔からここに住んどらすとやけん」

局長が藤田という老人に事情を伝えた。杖《つえ》をついた老人は、玄関前の段をゆっくりと下りてきた。それから局長が言う古い町名と番地は、この五軒ほど先のことだと教えてくれた。局長は藤田に後を託して帰っていった。

藤田がその家まで案内してくれた。アイは、老人の歩調に合わせながら、たぶんここに住んでいたのは昭和三十年から三十五年くらいの間だと思うと話した。

「昭和三十五年頃の家はもうなかでっしょうな。うちも建て替えたとです。ここらは――」杖を上げて並んだ家を指す。「その頃は借家が建っとった気がするばってん……」

藤田は首を傾《かし》げた。借家に入居していた人のことは、藤田は憶えていないという。若かった益恵のことも記憶にないと頭《かぶり》を振った。一応、宇都宮佳代という名前も出してみたが、同じだった。

「ねえ、どう？　まあさん、この辺におうちがあった？」

スマホを益恵と後ろの家に向けながら、富士子が尋ねた。益恵はちょっと考え込んだ挙《あげ》句《く》、答えた。

「うん、そう。ここ」それから道の先を指差した。「あっちにお魚屋さんがあってね。稲《いな》本《もと》鮮魚店」

「こらあ、たまげた」藤田老が目を剝《む》いた。「稲本鮮魚店て、あったばい。もうだいぶ前に店じまいしてしもうたけんが」

「そこのお魚、ぴちぴちしてておいしくてね。しょっちゅう買いに行ってた。明子をおぶって——」

ふいに益恵は口を閉じた。さっと身を翻《ひるがえ》してアイたちの脇を通り過ぎる。

「まあさん、待って」

藤田に頭を下げて、アイと富士子は益恵のあとを追った。益恵は振り返りもせず、一心に歩を進める。痛む膝のことも忘れ、アイは小走りについていった。さっきタクシーで曲がった角に来たら、益恵はうずくまってしまった。両手に顔を埋《うず》めてすすり泣いている。

「大丈夫？　まあさん」

先にたどり着いた富士子が腰を折って背中をさする。益恵は何も答えない。富士子が上《うわ》目遣《めづか》いにアイに目配せした。溢れ来る記憶の中に、明子という死んだ子のことが混じっていたことに、益恵は戸惑っているのだろう。死んだ子のことは、彼女の中でどんな整理をつけているのだろう。松山の墓の前で「怖い、怖い」と怯《おび》えていた益恵の姿を思い浮かべた。

その周辺の記憶が、三千男の言うつかえになっているのだろうか。

益恵の気持ちが落ち着くのを待って、またタクシーを拾った。まだチェックインには早い時間だったが、旅館に直行することにした。タクシーの窓からカトリックの教会が見えた。三つの尖塔《せんとう》がすっくと空に向かって伸びている。前を通り過ぎる時、益恵が教会を目で追っていた。佐世保駅を通り過ぎ、なだらかな丘を少し上ったところに旅館はあった。「見晴らしがいいわね」富士子が益恵を励ますように言った。風景を写真に収める。「ほら、まあさん、海がきれいよ。きっとあれが九十九島《くじゅうくしま》ね」

益恵は興味を示さず、背中を丸めるようにして旅館の中に入っていった。

そのあとを追うようにして富士子も建物の中に入る。アイは前庭に立ったまま、腰を伸ばし、凝《こ》り固まった筋を揉《も》んだ。

三千男は、益恵が満州から引き揚げ船で着いたのは、佐世保港だったと言っていた。七十数年前、この港に着いた十一歳の少女は、どんな思いで祖国の地を踏んだのだろう。家族をすべて亡くしてたった一人、心細い思いをしていたのだろうか。それとも誰か寄り添う人があったのか。そして、ここから始まった日本での生活はどんなだったのだろう。

旅館には、まだ荷物が届いていなかった。部屋には通してもらえたので、座卓を囲んでくつろぐことができた。

「ああ、やれやれ」

とうとうアイは畳の上にごろんと寝転がってしまった。冷たい畳が気持ちいい。しばらくその姿勢でいるのを、富士子は心配そうに見下ろしている。アイの体の不具合は、とっくに友人に伝わっていたようだ。座卓に頬杖《ほおづえ》をつく富士子自身も、随分くたびれて見えた。

益恵はもう、我が子の名を口にすることはなかった。お茶菓子に出してもらったカステラを、黙って食べている。アイも富士子も、益恵の記憶を掘り起こすようなことはしたくなかった。「旅をしているうちに、まあさん自身が結論を出すだろうから」と言った三千男の言葉に従って、益恵に寄り添っていようと思った。

ふと見ると、富士子が頰杖をついたままうつらうつらし始めていた。疲れているのだろう。年寄りどうしはお互いに労《いた》わり合わなければならない。

「富士ちゃん、ちょっと横になりなさいよ」

起き上がって押入れを開け、座布団《ざぶとん》を並べて枕を置いてやった。

「ありがとう」

富士子は素直に従って、座布団の上に横になった。すぐに寝息をたて始めた。

「まあさんも少しお昼寝する?」

それには益恵は首を振り、湯呑《ゆのみ》のお茶を飲み干した。アイは自分のカステラを益恵に譲った。益恵はちょっと考えた挙句、個別包装されたカステラをポケットに入れた。カヨちゃんにあげるつもりなのだろうか。その人は、今どこにいるのかわからない。

アイの携帯が鳴った。美絵からだ。ほんの少し躊躇《ちゆうちよ》した挙句、通話ボタンを押した。

「お母さん」

暗い娘の声に気が重くなった。

「旅行をしてるんだって？」

「そう」

「どこ？」

「今は佐世保」素っ気《そけ》ない言葉しか出てこない。

「聡平と話したんでしょ？」

「ええ。電話をくれたから」

益恵がこちらを向いた。それには微笑《ほほえ》んでみせる。益恵は、空《から》っぽの湯呑に自分でお茶を注《つ》いだ。

「この家を出るわ。もう荷物をまとめ始めてるの」

「そう」

「お母さんに相談せずに、実家に戻るって決めたのは悪かったと思ってる」アイが返事をしないので、美絵は急いで続けた。「あの家を勝手に私が受け継ぐような話を聡平としたことで、お母さんは怒ってるんでしょ？」

「まあね。それって大事なことだと思うから」

いくぶん柔らかな口調で言うと、美絵はほっとしたようだった。

「そうよね。もちろん、私はそうさせてもらえると有難いけど、そもそもそれを言い出したのは聡平なのよ。もうだいぶ前から」

「どういうこと？」

益恵は、一度ポケットにしまったカステラを取り出して眺めている。

「あのね――」美絵がすっと声を落とした。小賢《こざか》しく陰険《いんけん》な色がこもる。「お母さんは知らないだろうけど、聡平が今日子さんのご両親と一緒に住み始めたのは、理由があるのよ」

「向こうさんに頼まれたんでしょ？」

「それもあるけど――」喉《のど》の奥でひっそりと笑ったような気がした。

「聡平は今日子さんに逆らえないのよ。あの子――」

子供の頃、弟の失敗を親に言いつける時に、美絵はこんな声を出したものだ。アイの耳は、娘の声を拾い続ける。

「あの子、浮気したの」

「え？」思いもよらない言葉に、一瞬詰まった。美絵は悦《えつ》に入ったように言葉を継ぐ。

「あの家を建て直す話が出る前だから、もう六年以上前よ。ばかでしょう？　いい年をして。相手は会社の独身の事務員さんだって。聡平、結構入れ込んだらしいわよ。まあ、わからないではないわね。今日子さん、けっこうきつい人だものね。ちょっと気持ちが揺いでしまったんでしょ」

返す言葉が見つからない。

「それで結局浮気がばれたの。今日子さんの怒りはすごかったって。今日子さんの親までしゃしゃり出てきて事務員とは別れさせられて——。聡平、こてんぱんにやっつけられて、すっかり萎《しぼ》んでしまったわけ」

どうしてこの子は、こんなことを楽しげに話せるのだろう。我が娘とはいえ、胸が悪くなった。

「つまり、今日子さんたちに首根っこを押さえつけられて、言いなりになるしかなくなった」

益恵は、またカステラを大事そうにポケットにしまった。甘いものは、満州からの引揚げでは夢のまた夢だったろう。貴重なお菓子を、友人に分け与えようとしている益恵の心情が胸に沁《し》みた。八十六歳の益恵と、十一歳の益恵が重なり合う。

美絵の不愉快な言葉は、容赦《ようしゃ》なく耳に流れ込んでくる。

「その時、聡平、約束させられたの。今日子さんの親と同居すること。お母さんの面倒はみないこと。東中野の家は放棄《ほうき》すること」

「そんな——」

「でしょ？　聡平が二世帯住宅を建てて向こうのご両親と同居するっていうから、私、意見してやったの、その時。お嫁さんの親と同居するなんて、ちょっと違うんじゃないかって。だって、お父さんが亡くなって、お母さんが一人暮らしをしてるんだから、住むんだったら、お母さんとじゃないのって」

だんだん大きくなる美絵の声が鼓膜《こまく》に刺さる。アイは携帯を耳から浮かせた。

「そしたら聡平、しぶしぶそんな事情を話したの。あの子、私に懇願《こんがん》したのよ。そういうことだから、お袋の面倒はみられない。姉貴、頼むよって」

沈黙してしまったアイにはおかまいなしに、美絵はまくしたてた。

「だから今回の展開は、聡平にとっては願ってもないことだったわけ」

今回の展開？　自分の離婚騒動をそんなふうに言い表すとは。

「つまり、だいぶ前にもうそういう約束事があんたたち二人の間で取り交わされていたってことよね」極力落ち着いた声を出そうとしたが、語尾が震えた。

「そうじゃないわ。その時は、私は引き受けられないって言ったんだから」

引き受けられない――。親の面倒の押し付け合いが、自分のあずかり知らぬところで行われていたということだ。大事に住んできた家の始末まで。

怒るべきなのだろう。こういう場面では。だがアイは、込み上げてくる笑いをこらえた。子供の前で小さくなっていた自分が滑稽《こっけい》だった。まったくばかげている。この子らには、年老いた親は、ただ助けを求めるだけの情けない存在だとしか映らないのか。老人は、萎縮《いしゅく》して遠慮して生きるべきなのか。まさか。そんなことはない。ここまで生きてきた重さを背負い、堂々としていて何が悪いのだ。

益恵が鼻歌を歌い出した。いかにも楽しそうに。月影なぎさが若い頃に歌った歌だ。軽く揺れる益恵の背中に目を凝らす。赤ん坊をくりつけ、魚を買いに行っていた益恵の姿が浮かんだ。ねんねこ半纏《ばんてん》の下に手を回し、子供のお尻を軽く叩きながら歩いていく母親の姿だ。

「そういうことだから、私が実家に戻ることに関しては、聡平は承知も承知、大歓迎だってことよ。わかってくれた?」

すうっと息を吸い込んだ。

「ええ、ええ。ようくわかったわ」母親の開き直ったような口調に面食らったのか、美絵は黙り込んだ。「戻ってきてもいいわ」

娘のかすかな息遣いが聞こえる。母親の真意を測りかねているのか。

「一緒に住めば生活費が節約できるしね。誠治さん、離婚に関してはお金を渡さないって言ったんでしょ?」

「そうなの。でも財産分与としていくらかはもらうつもりよ。それぐらいの権利は私にもあるでしょ」美絵は急いで付け加えた。

「そうね。そうして。それでも足りないでしょうから、あなた、働かないとだめよ」

美絵はまた沈黙した。母親の言っていることがよく理解できないようだ。アイは嚙《か》んで含めるように言った。

「あなた、生活に困ったら私の貯金に頼ればいいと思ってるとしたら、それは大きな間違いよ。私はもう一文無しなの。年金で食べていくのが精いっぱい」

「え？」

「あのね、あなたと聡平には、去年詐欺《さぎ》で持っていかれたお金が二百万円だって言ったけど、あれ、嘘《うそ》なの。実は貯金を全部持っていかれたのよ。ざっと一千万円」

「うそ……」それきり言葉がない。

そうなのだ。銀行員を装った男にキャッシュカードを渡し、二百万円を引き出された後のことだ。あれからまた八百万円も奪われてしまったのだった。特殊詐欺被害者支援協会（この胡散臭《うさんくさ》い名前にどうして不審感を抱かなかったのか、未《いま》だにわからない）というところから封書が届いた。それには、この協会が特別民間法人だと記してあった。特殊詐欺に遭《あ》った被害者救済のために作られた組織で、その損失を回復するために安全で有望な株を紹介している。それを買えば必ず利益が保証される。そんな文言《もんごん》が書いてあった。警察機構と連携しているので、被害者の名簿はそちらから送られてくるのだとも。

すっかり信じたアイは、記された電話番号に連絡した。そこで懇切丁寧《こんせつていねい》に説明され、二百万円の損失は早晩《そうばん》穴埋めできると言われた。国があなたのような人のために用意した未公開の株だと、まことしやかに告げられた。失った二百万円をどうにかして取り戻したいと思ったアイは、その話に乗ってしまった。相手に言われるまま、指定された口座に何度かに分けて八百万円を振り込んだ。最後に百万円を振り込むために郵便局の定額貯金を解約しようとした時、郵便局の局員が不審に思い、それも詐欺だと気がついた。それがなければまた何度も食い物にされるところだった。

しゅんと萎《しお》れてしまったアイを前に、警察官は言った。おそらく最初の詐欺グループから情報が流れ、騙《だま》しやすい人物としてマークされたのだろうと。もう二度とこの手の詐欺に引っ掛かってはだめですよとお灸《きゅう》をすえられた。そういえば、支援協会なるところに電話した時の声が、前に銀行のカードを取りに来た男の声に似ていたと、その時になって気がついたのだった。あの誠実そうな似非《えせ》銀行員の顔が浮かんだ。憎む相手は、実際に会ったあの男しか思い浮かばなかった。

後の詐欺被害のことは、子供たちには告げていない。夫が残してくれた貯金のほとんどを持っていかれたことなど、到底《とうてい》言えなかった。

それが負い目になっていた。美絵と同居を始めたら、母親の蓄《たくわ》えがなくなっていることに気がつくに違いない。そのこともあって、アイは美絵が実家に戻るという話を安易《あんい》に受け入れられなかった。子供たちの前では虚勢《きょせい》を張ったり、逆におどおどしたり、常に取り繕《つくろ》っていた。

だが――とアイは思った。あれは自分の貯金を奪われただけではないか。子供たちに迷惑をかけたわけではない。家もある。なんとか自分の口すぎはできている。堂々としていていいではないか。また笑いが漏れた。

娘は離婚し、息子は浮気をする。そして私は詐欺師に引っ掛かる——それぞれがそれぞれの人生でバタバタやってるってこと。

「そういうことだから、うちに来るのはいいけど、働いて自分の生活は自分でどうにかしてね。家賃として少しだけでも入れてくれると、私は助かるわね」

絶句した美絵が言葉を探しているうちに、アイは電話を切った。

胸のすく思いがした。こんなにすっきりするのなら、早く言ってしまえばよかった。

一週間ほど前に出てきた自宅を思った。あの家で人生を全《まっと》うしよう。人生の終わりはあそこで迎えよう。後のことなどくよくよ考えずに。そう思うと、すっと気持ちが楽になった。人生の始末の方向性が、見えた気がした。

益恵は、まだ鼻歌を歌っている。そばに寄っていって、声を合わせた。

益恵がにっこりと笑った。


國先島へ渡るフェリーは、そう大きなものではない。観光地というわけでもないから、乗客は住人と釣り人だけのようだ。五島《ごとう》列島最北端の島、宇久《うく》島よりまだ先。五島列島と壱岐《いき》島の間に位置している小さな島。東シナ海にぽつんと浮かんだ孤島という感がある。

長崎県の観光ガイドブックにも取り上げられていない。

　フェリーの中で見た色褪《いろあ》せたパンフレットには、「大自然と歴史の島」と一応キャッチコピーが載っていた。歴史の島と謳《うた》うのは、遣唐使船《けんとうしせん》が潮待ちのために寄港することもあったせいだという。フェリーが発着し、漁船が出入りする國先港以外に港はなく、二百人ほどの島民は、港の周辺を生活圏としているようだ。島の周囲は断崖絶壁《だんがいぜっぺき》になっているから、他に港を作る場所もないのだろう。

　産業は漁業と主に釣り客相手の観光業、それと畜産業。断崖の上はなだらかな草原になっていて、黒牛が放牧されている写真が載っていた。唯一《ゆいいつ》目を引くのは、前に富士子のスマホで見た教会だった。この地までキリスト教の教えが、あまねく広まっていたということだ。

「宇都宮佳代さんの家をまず訪ねてみましょう」

「狭い島だから、それはすぐに見つかるでしょうね」

「佳代さん、そこに住んでいるのかしら」

　富士子は「さあ」というふうに肩をすくめた。

「住んでいて、私の手紙を読んでくれていたのだったら、なぜ返事をくれないのかしら」

　自分に問いかけるように呟いた。

「まあ、行ってみればわかるわ。そこに住んでいないってわかるだけでもいいじゃない。

様子がわかるだけでも」

富士子は一応、國先島の民宿を一泊だけ予約した。昨日、佐世保の旅館に届いたスーツケースから、一泊分だけの荷物をアイと富士子のリュックサックに詰めて、あとは旅館に預けてきた。宇都宮佳代に会えない可能性の方が高いから、島でのんびりと一晩過ごし、翌日また佐世保に戻って、同じ旅館に宿泊しようと、ざっと計画は立てていた。

佳代に会えても会えなくても、そこで今回の旅は終わりということだ。満州から引き揚げてきた益恵が一時住んでいた島を見たら、益恵の人生をたどる旅は終着点に達する。何も劇的なことは起こらないだろう。益恵の認知症が治ることもないし、彼女の中で変化が起きたかどうかもわからない。

それでいい。この旅をなし遂《と》げたということが重要だ。来てみてよかった。素直にアイは思った。それぞれの土地で出会った人たちの話から、益恵が歩んできた人生の片鱗《へんりん》が垣《かい》間《ま》見《み》られた。それらをつなげて益恵という人を見直すということもしない。益恵は益恵だ。明るくて前向きで、温厚で、強靭《きょうじん》な精神の持ち主で――そんなことはずっと前からわかっていた。

彼女のつかえが取れたかどうか、そんなことも心配しなくていい。

この旅で変わったのは自分かもしれない。アイは思った。益恵と富士子と共に西へ向かって旅をした。同じ時間を共有した。そして子供たちとの距離感もつかめた。この年になると、時間は指からこぼれていく砂のようにあっという間に失われる。有り余る時間を持たない自分たちには、貴重なひと時だった。その間向き合っていたのは、益恵の人生ではなく、自分自身の人生のような気がした。

佐世保湾を出て九十九島の横を通る。九十九島の突端《とったん》にある白い高後埼《こうござき》灯台が見えた。富士子は、さかんにスマホで風景写真を撮っている。アイは、癖になってしまった膝をさする動作を続けていた。外海に出ると、途端に波が高くなった。フェリーの揺れも大きくなる。今日は天気があまりよくない。重い雲が垂れこめた空は、灰色でどこか陰鬱《いんうつ》な印象だ。海の向こうもかすんでいる。

益恵はじっと船室の窓から海を見ている。この航路を、益恵は何度行き来しただろうか。佐世保と國先島を結ぶ船は、昔はもっと小さくて揺れたのではないだろうか。時間もだいぶかかっただろう。この先の島でどんな暮らしをしていたのか。前に推測したように、宇都宮佳代に誘われて、島に渡ったのだろうか。認知症になった今、今まで口にしなかった「カヨちゃん」の名前を度々呼ぶのはなぜなのだろう。

「やっぱりカヨちゃんに会わせてあげたいわねえ」

独り言のように呟くと、富士子はちらりとアイを見た。

しばらく三人は黙り込み、フェリーの揺れに身をまかせた。益恵はそのうち首を垂れて目を閉じ、居眠りを始めた。

「ねえ、アイちゃん」

　座席に背をもたせかけ、富士子が言った。益恵の膝に、自分のカーディガンをかけてやっていたアイは、振り返った。

「何？」

「私ね、定年退職するまで博物館に勤めていたじゃない？」

　富士子は企業の名を冠した博物館の名前を言った。

「ええ」

　アイが富士子と知り合った時、まだ富士子は四十歳になったばかりで、そこに勤めていた。アイは富士子に誘われて、何度も展示物を見に行った。企画展は、大方富士子がプロデュースしたものだった。収蔵品は企業の社長が趣味で集めたものが元になっていて、博物館ができてから収集したものには、富士子の進言や意向が多分に入っていると聞いた。その頃富士子は主任学芸員をしていて、社長の好みや興味のことをよく理解していたのだ。だから、彼の海外出張に同行して、芸術品や骨董品《こっとうひん》のみならず、生活用品、民族衣装、装身具、人形、玩具《がんぐ》、民具や古地図、呪具《じゅぐ》に至るまであらゆるものを見て回り、社長のお眼鏡にかなう物があれば買い付けた。

　興味のない者が見たら、金持ちの道楽としか取れないようなマニアックな品物だ。しかし、富士子はそういうことを楽しんでやっていたと思う。アカデミックで価値のある物を収集した博物館の学芸員をやるより、やりがいを感じているように見受けられた。旅慣れてもいて、海外への出張にさっさと出かけていた。ちょっと癖がある物を集める社長のお供をするのも苦にならない様子だった。とにかく生き生きしていた。あの仕事は、富士子にはぴったりだった。

社長が亡くなってからは、その収集品を守り通した。企画展示を工夫して、社長の遺《のこ》した物を多くの人に見てもらえるよう、心を砕いていたと思う。

富士子と出会えたことは、アイにとっても大きな転機になった。益恵が所属していた俳句教室に入ったのも、富士子の誘いがあったからだった。

「私ね、あの社長の愛人だったの」

「え？」聞き間違えたのかと思った。

「私があの博物館に学芸員として就職したのが、三十二歳の時だった。ありきたりな収蔵品ばかりの一般的な博物館には飽き飽きしたものだから、あそこの面白い収蔵品に惹《ひ》かれて転職したの」

益恵をちらっと見やるが、すっかり寝込んでいるようだ。アイは居住まいを正した。がらんとした客室で、彼女らの周りには誰もいない。

「本当に楽しかったわ」富士子は目を輝かせた。「ああいうものを、どういう気持ちで集めるようになったのか、社長は丁寧に説明してくれた。世界各国の文化や歴史、地理、人種、民俗、伝承。あらゆることに造詣《ぞうけい》の深い人だった。そういうことだけじゃなく、経済や政治のこと、料理、スポーツ、読書、工芸、芝居。いろんなことを教わったわ。赤坂《あかさか》の高級料亭、銀座《ぎんざ》のクラブ、京都のお茶屋にも連れていってもらった。若い私は夢中になった。いいえ、社長ではなく、彼が見せてくれる世界にね。だって社長はあの当時、もう五十歳を超えていたんだもの。もちろん、結婚もしてらした」

「それがどうして？」

「さあ。どうしてかしら」富士子はあっけらかんと答えた。「自分でもよくわからないわ。彼の方も私をそんなふうには見ていなかったと思う。それが自然の流れだったとしか」

うつむいてちょっと微笑む。もうとっくに死んでしまった年上の愛人のことを思い出したのか。

「海外出張についていっても、長い間、そんな関係にはならなかった。でもそうね、そうすべきだと思ったのが、二人同時だったのかも」

「深い関係になるのが？」

つい咎《とが》めるような口調になってしまった。まさか富士子にそんな人がいたとは思わなかった。アイも社長という人に何度か会ったことがあるが、さっぱりした豪放な人という印象だった。変人の蒐集家《しゅうしゅうか》というふうな近寄りがたさの片鱗もなかった。ましてや富士子とそんな関係を結んでいようとは。

「話しているうちに、お互いのことがよくわかった。どっちもあの博物館に収められた物を愛していたし、もっと知りたい、もっと集めたい、今度はこれ、なら、あそこに行ってみようって、そういうことが阿吽《あうん》の呼吸でわかるようになっていたのね。私たちは、上司と部下というよりも同好の士、いい相棒だったと思う」

顔を上げて真っすぐに見詰められ、アイは怯《ひる》んだ。富士子は自分の生き方を、これっぽっちも恥じていない。それどころか、愛人として生きてきたことへの誇りさえ感じられた。友人の気持ちが、アイにひしひしと伝わってきた。

「お互いのことを知り過ぎるほど知った。精神は一つだったと言ってもいい。それでもっと近づきたいって思ったら、もう体を重ねるしかなかったの。それを拒《こば》む理由も思いつかなかったわね」

さらりとそんなことを言い放つ富士子は、晴れ晴れして見えた。だが、やはりアイにとっては衝撃だった。富士子はそういう関係に陥《おちい》るような人ではないと思っていた。男なんかに頼らず、自分というものをしっかり持ち、人生を謳歌《おうか》している人だと。

「社長は七十六歳で亡くなった。私はその時、五十七歳。覚悟はしていたから、静かに受け止められた。ご葬儀には、社員の一人として参列したの。当然よね」

「そう」

「葬儀が終わって二週間ほどしたら、社長の奥様が私を訪ねてきたわ。奥様、私に深々と頭を下げて『主人が長いことお世話になりました』っておっしゃったの。皮肉でも何でもなく」

「奥様は知ってたんだ」

「そうね。彼との関係は、かれこれ二十年ほど。その間、奥様からは何も言ってこなかった。彼からも家庭はうまくいっているという印象しか受けなかった。だからこそ、そんなに長い間続いたんだけど」

「亡くなる前に、社長さんが告白したのかしら」

「いいえ。そうではなくて、随分前から知っていらしたようだった。でも奥様は気がつかない振りをしていたんだと思う。私に世話になったお礼として遺産の一部を譲るとまで言われたわ。丁寧にお断りしたけど」

「昭和の美談だねえ」

そう言った途端に、すべてのことがすとんと腹に納まった。富士子はやはり富士子らしく生きてきたんだと。そういうことが、彼女の人生にあってよかったとさえ思えた。富士子も社長の奥様も、社長という魅力的な男を支えながらも、自分に正直であることをやめなかった。それが彼女らの望んだことだった。

社長が亡くなって二十年も経《た》ってから、さりげなく友人に告白するというやり方も富士子らしかった。

フェリーが大きな波を越えたのか、ぐらりと揺れ、益恵が眠ったままアイに寄りかかった。てきた。温かな益恵の体を、アイは支えた。

國先港には小さな桟橋《さんばし》があるきりだった。桟橋には、積まれてきた荷物を受け取るために、島民が数人待っていた。彼らと行き違うように、アイと富士子と益恵は島に上陸した。

港の周辺に建ち並んだ家々を、立ち止まって益恵は眺め、そしてぐるりと振り返って海を見やった。そんな仕草をする益恵を、アイと富士子は黙って見ていた。きっと家の並びは昔とは随分違っているのだろう。だが海は同じだ。益恵は自分の記憶と照らし合わせているのか。海と益恵の後ろ姿に、富士子はスマホを向けた。

また歩き始めた益恵に寄り添って、島の中に足を踏み入れた。地面が濡《ぬ》れているから、こちらでは雨が降ったのかもしれない。膝は何とか持ちこたえている。

予約した民宿はすぐに見つかった。「民宿マキビ」という名だ。マキビとは、民宿の前にある白砂の海岸の名前から取ったようだ。「播火」という文字を当てるらしい。夏には海水浴場になるそこは、島唯一の海岸で、あとは急峻《きゅうしゅん》な海蝕崖《かいしょくがい》に囲まれている。

通された部屋は、畳敷きの素っ気ないものだったが、見晴らしはよかった。残念なことに空がどんよりした雲に覆《おお》われているので、海の色もそれを映したような色になっている。

「お天気がこぎゃん悪かとはねえ。申し訳なかですなあ」

宿の主人は自分のせいかのように頭を下げた。釣り客でもない観光客が珍しいのだろう。

「ばってん、もう雨は降らんごたってすね。よかったら島ん中ば歩いてみらっさん？」

そして島の名所をざっと教えてくれた。まずは國先教会が一番に挙がった。お天気がよければ夕陽がきれいに見えるスポットもある。黒牛の放牧場もいい。ピザ焼き体験のできる店もあるという。一生懸命《けんめい》に教えてくれる主人の言葉が切れた時に、宇都宮佳代の家のことを尋ねてみた。

「あ、宇都宮佳代さんね。ああ、それでお客さん、ここに来たとですか。ばってん、あん人は普段島にはおられんですたい。家は、教会の近くですけんど」

「あの、宇都宮佳代さんて、島では有名な方？」

主人の言い方が気になって、アイは尋ねてみた。

「そらあ、島のもんは誰でも知っとります。月影なぎさのお母さんですもんね。なぎさママですばい」

「え？」

アイと富士子が驚いたのを見て、主人は「ありゃ、知らんやったとですか?」と逆に目を見開いた。

二人は同時に益恵を見た。益恵は悠然と微笑んだが、ただ月影なぎさの名前が出たからかもしれない。

「そうだ。どこかで聞いたことがあると思ってたんだ。月影なぎさのママの名前よ。一時はよくマスコミにも出てたわよね」

富士子の言葉に主人は大きく頷《うなず》いた。

「あん人はこの島の出ですたい。旧姓は内田と言われて。ここの家は佳代さんのお父さんの実家です。もう誰も住まんごとなってしもうて、佳代さんが管理しとらすと」

月影なぎさに付き添うことをやめて長崎県に帰ってからは、佐世保に住んでいるのだと主人は説明した。父親の実家が空き家になって彼女が引き受けた。時々は来て手入れをしていたが、高齢になった今は代理の人が来ているらしい。

「佳代さんは奇特なお人ばい。教会の改修にもようけ寄付をしてくれて、中にパイプオルガンまで付けてくれたですもんね」

なぎさが生来の美しい声を生かして、佐世保の教会の聖歌隊で歌っていたということは、彼女の子供時分を知らない中年の主人も伝え聞いているようだ。抜きんでた音域と声量を持つなぎさは、北九州地方で知れ渡り、福岡にある児童合唱団からスカウトがきたほどだと主人は胸を張った。

おしゃべりな主人が出ていってから、アイと富士子はようやく顔を見合わせた。

「どういうこと？」

「こんなところで月影なぎさの名前が出てくるとは思わなかった」

自然に益恵に目がいく。つい問うてしまった。

「ねえ、まあさん、月影なぎささんて、カヨちゃんの娘さん？」

「ええと……」

益恵は言葉に詰まる。頭の中が混乱してしまったようだ。慌てて「いい、いいの。ごめん」となだめた。

「認知症になる前のまあさんは、月影なぎささんが昔の友だちの佳代さんの娘だったから、ファンになったのかしら」

「でもそんなことは一言も言わなかったね。知り合いの娘さんなんだったら、そう言ってくれてもよかったのに。却《かえ》って自慢でしょ？」

「そうねえ」

アイは考え込んだ。何か事情があったのだろうか。しっかりしていた時の益恵の口から宇都宮佳代の名前が出たこともない。

「それにほら、松山のお寺、興永寺だっけ？　新井家の墓がある。あそこにも佳代さんは寄付をしていたわよね」

富士子が畳みかける。彼女も相当興奮しているようだ。不用意に立ち入るまいと決めているのに、益恵の過去は二人の前に大きな謎《なぞ》を投げかけてくる。

「よし」

立ち上がったアイを、富士子は驚いて見上げた。背中にピリッと痛みが走ったのを、アイは黙って耐えた。もうそろそろこのポンコツの体はストライキを始めるかもしれない。

「とにかく宇都宮佳代さんの実家に行ってみよう。誰もいなくても様子を見るだけでいいじゃない。近所の人に訊けば何かわかるかもしれないし」

「そうね。行動あるのみ、ね」富士子も立ち上がった。


教会の前を通り過ぎた。港を見下ろす高台に建っている教会は、石造りの外観は装飾も少なく素朴《そぼく》だが、崇高《すうこう》で重厚な雰囲気が漂い、よく整備されていた。信者に愛されてきた長い歴史が如実《にょじつ》に伝わってくる建物だ。だが、先に佳代の実家を訪ねてみようと意見が一致し、教会の中までは見ないで素通りした。

宇都宮家は、教会の前を通り、集落を抜けて少し上がった先に建っていた。ここまで歩いてきて気がついたのだが、島内には空き家がかなりある。もう何年も放置されたままで軒が下がり、家全体が傾いたものもあった。集落から離れたところにぽつんとある家は、下から見上げると元の形がどんなだったかもわからないくらい崩れ果てていた。

そういう家に比べたら、宇都宮家はよく手入れされていた。そう大きなものではないが、瓦もきれいだし、玄関も新しいサッシに換えられている。声を掛けてみるが、応答はない。玄関にも鍵が掛かっていた。門柱には、「内田」と「宇都宮」と二つの表札がかかっていた。表札の下に郵便受けがある。アイはその中をそっと覗いてみたが、郵便物が溜《た》まっているということはなかった。自分がこの家宛てに出した封書は、誰かの手によって持ち去られたということだ。民宿の主人の言葉からすると、あの手紙は佳代の手に渡った公算が大きい。

佳代はあれを読んでも、返事をよこさなかったということだ。益恵が月影なぎさの身上を明かさなかったことと併せて、二人の間には何か取り決めのようなものが存在するのだろうか。もう交流はしないというような？　おそらく一時はここで一緒に暮らした仲だろうに。

「まあさん、このおうちに住んでいたことある？」

アイの問いには答えず、益恵は狭い庭先に立って下の海を見下ろしている。家々はそれぞれ低い石垣の上に建ち、段々になって港まで続いている。益恵の記憶の断片を刺激するのは、ここの海の光景だけなのか。それとも益恵が住んでいた頃とは、家の外観が変わってしまったのか。海風に吹きさらされる家は、住人がいてもあちこち傷《いた》んでいるものも多いが、この誰も住まなくなった家は、よく管理されているといった印象だ。宇都宮佳代は、島の空き家を大事に思って費用をかけて維持しているのだろう。

　ぐるりと家の周りを一周してきた富士子が、七十年配の老女を連れて戻ってきた。

「この方、裏に住まわれている吉野清子《よしのきよこ》さんて方ですって。宇都宮佳代さんのことをよくご存じみたいよ」

　割烹着《かっぽうぎ》を着た清子は、白髪《しらが》頭をひょいと下げた。アイも挨拶《あいさつ》をする。

「私たち、宇都宮佳代さんを訪ねてきたんです。この都築益恵さんという人が——」益恵をちょっと前に出す。「佳代さんの古い知り合いで」

　でも、ここの住所しか知らなかったもので、と富士子が付け足した。

「あら、そいば残念やった。こん家は佳代さんのお父さんの実家で、佳代さんの従兄《いとこ》さんが継いでおんなさったとですけど、ご夫婦には子供がおらんでね。二人が亡《の》うなったのは、もう十年以上前のことですばい。そいでだいも住まんごとなって、佳代さんが後を引き継いだと」

　人のよさそうな老婆は、宿の主人と同じように、佳代は普段は佐世保に住んでいると言った。

「島の生活は不便だけん、出ていく人も多かとです。そんで家が次々にひしゃげてしもうて見苦しかことになってしもて。皆さんはどけから来なすったと？」

「東京から来ました」

「はあ、そいはご苦労なこって」

「吉野さんは、佳代さんの連絡先をご存じなんだって」

「へえ、うちは一応、こん家の様子ばみるよう、言いつかっておるとやけん。佳代さんとはよう話すとです」

アイはごくりと唾《つば》を呑《の》み込んだ。

「それじゃあ、もしよかったら佳代さんに連絡してもらえます？」

「へえ、よかですよ」

清子は割烹着のポケットからひょいと携帯電話を取り出した。気安く操作する彼女の手元を、アイと富士子は息を詰めて見ていた。清子は携帯を耳に当てた。こんな孤島でも通信環境が整っていてよかった。

「あー、佳代ちゃん？」

清子が大声を出した。それに益恵がびくんと顔を上げる。

「あんたにお客さんが来とうとよ。東京から。三人さん。お一人があんたの知り合いじゃて言わっさると。ええと――」

携帯を耳から離した清子が、益恵の名前を確認する。正確な名前をはっきり伝えた。それを清子が復唱する。相手は黙ってしまったようだ。会話が途切れた。

このまま電話を切られてしまうのではないか。アイは慄《おのの》いた。ここまで来て、しかも佳代に連絡までついて、拒否されることは避けたかった。さっきまでは、佳代に会えなくてもこの島に来て彼女の家が見られたらいいぐらいに思っていたのに。絶対に益恵と佳代は会わせてやらなければならない。本能的にそう思った。

清子に目と手振りで代わってくれるよう、頼む。彼女はすぐに察して携帯電話を渡してくれた。

「もしもし……」

相手は答えない。かまわずアイは続けた。

「私、持田アイと言います。以前、お手紙を差し上げました」

電話の向こうで「クッ」というふうに声が漏れた。

「読んでいただけましたでしょうか」

咎める口調にならないよう、気をつけて尋ねた。それでもやはり相手は黙したままだ。

「こうしてお電話を差し上げること、厚かましいとは重々承知しております。でもどうしても——」

ふいにアイの中に熱いものが込み上げてきた。言葉が迸《ほとばし》る。

「どうしても益恵さんと会っていただきたいんです。手紙にも書きましたが、益恵さんは、認知症が進んで、記憶が定まらず、会話もうまくいきません。でも益恵さん、最近誰かに会うと口にするんです。『カヨちゃん』って」

わっと泣き崩れる声が携帯を通して聞こえてきた。それからはただ嗚咽《おえつ》のみが伝わってくる。アイは携帯電話を耳に当てたまま待った。向こうは携帯を耳から外してしまったのか、泣き声が遠ざかった。だが、通話は切れてはいない。アイは辛抱《しんぼう》強く待ち続けた。やがて携帯を取り上げる気配が伝わってきた。

「申し訳ありません。本当に申し訳ありません」

啜《すす》り上げる声に混じって、佳代の声がした。心を落ち着けようと苦心している様子だ。

「あなたからのお手紙、拝読いたしました。それなのに、お返事もせず放っておいたんです。本当に申し訳ありませんでした」

きれいな標準語だ。月影なぎさの母として、長く東京で暮らしていたせいだろう。

「それはかまいません」アイは答えた。「連絡が取れないのに、ここまで押しかけてきたのは、こちらの勝手なんですから。あなたの都合も聞かず――」

「まあちゃんは⁉」アイの言葉を佳代は遮《さえぎ》った。「まあちゃんはそこに？」

「ええ。おります」気持ちは高ぶっていたが、極力穏やかな声を出すよう努めた。「私のそばに立って、海を見ています。この島に来て、ずっと。海のことは記憶の中にあるようです」

また佳代は泣いた。湿った息遣いが感じられた。

「代わりましょうか？」

返事を待たず、益恵に携帯を差し出した。

「まあさん、カヨちゃんよ」

益恵は生真面目《きまじめ》な顔で、それを受け取った。ゆっくりと耳に当てる。富士子が大きく目を見開いてそれを見ていた。

「カヨちゃん？」

益恵は呼びかけた。まるで昨日別れたばかりの友人に語りかけるようだった。佳代が返事をしたかどうかはよくわからない。また泣き崩れているのかもしれない。

「カヨちゃん、お饅頭《まんじゅう》持ってきてあげたよ。一緒に食べよう」

声は聞こえないが、うんうんと頷いている佳代の仕草が浮かんできた。益恵は携帯を握《にぎ》り直して言った。

「カヨちゃん、早くおいで。私もひだるかー」

益恵が返してきた携帯をアイが耳に当てた時、また佳代は声を詰まらせて泣いていた。

なだらかな草地の上に点々と黒い牛が散らばっていた。ゆっくりと首を垂れて草を食《は》んでいるようだ。平和な景色だ。満州から帰ってきて、この島に来た益恵もこの風景を見て心を和《なご》ませたことだろう。この島へ誘ってくれた佳代には、感謝するしかない。さっきの短い会話の中で、佳代から聞いた。大陸で家族を亡くした二人は、一緒の引き揚げ船で佐世保へ着いた。そこで益恵の唯一の親戚がある広島に終戦直前に原爆が落ちて、町が壊滅《かいめつ》状態だということがわかった。それで佳代は自分の父親の実家に益恵を連れていったのだと。

國先島には、佳代の祖父母、伯父《おじ》や伯母《おば》、従兄弟たちがいて、益恵を温かく迎えてくれたそうだ。

「まあさん、よかったね。明日はカヨちゃんに会えるよ」

富士子が声をかけると、益恵は子供のように「うん」と答えた。

清子が教えてくれた。益恵が口にした「ひだるかー」という言葉は、佐世保弁で「お腹がすいた」という意味らしい。そんな島言葉を、益恵は佳代と交わしていたのだろう。

今日はもう船便がないので、佳代は明日の船で國先島に渡ってくると言った。それでも島に着くのはお昼過ぎになる。とうとう長い間離れ離れだった二人が再会するのだ。三千男がこれを聞いたらどう言うだろうか。自分たち同様、興奮するだろうか。いや、あの人のことだ。優しく「よかったね、まあさん。ゆっくり話をしておいで」としか言わない気がする。今夜、民宿から電話をしよう、とアイは思った。

清子は自分の家に三人を招き入れてくれた。そこで佳代となぎさ母娘のことを詳しく聞いた。いくら歌唱の才能に恵まれていても、娘を佐世保のような小さな町から宝塚音楽学校へやるのは、至難の業《わざ》だ。今と違ってすべてが都会とは隔《へだ》たっている。その差をはね除《の》けるほどの、佳代の並々ならぬ努力と気迫があったと清子は熱弁した。

歌のレッスンに加えてバレエも習わせた。佳代はそれらの習い事にも付き添った。生活は常に娘中心だった。宝塚を目指すには経済力も必要だ。当時まだ佳代の伯父という人が國先島の家で健在で、彼のところに佳代がお金を借りに来たりもしていた。佳代夫婦同様、伯父もそれほどゆとりのある生活をしているわけではなかった。だが伯父は、無理をして融通《ゆうずう》してやっていたらしい。そんな事情を知った島民たちが、貧しい中でもカンパを募《つの》ったりしたこともあったという。

「あの子はほんとに愛らしい子でしたけん。島の皆で後押ししたようなもんですたい」

民宿の主人同様、清子も自慢げに言った。

なぎさののびやかでよく通る声は、舞台でも生かされている。あの声は、やがて名のある演出家に見出《みいだ》されることになるのだった。そこの事情は、アイも承知していた。それにしても、稀《まれ》な素質を持った娘を地方に埋もれさせることなく、才能を開花させるために奔《ほん》走《そう》した母親の労は計り知れないものだったということがよくわかった。

佳代がこの島に思い入れを持ち、恩返しをする理由も。

月影なぎさの名前が出るたびに、益恵は幸せそうな表情を浮かべた。益恵が会いたかった「カヨちゃん」と、その娘である月影なぎさ。この不思議なつながりにどんな意味が隠されているのだろうか。

小一時間ほども清子のところで過ごした後、彼女の家を辞した。

三人は草地を抜けて、ゆっくりと海の方へ歩いていった。有難いことに、雲は少し薄れてきた。雨に降られる気遣いはなさそうだ。

近づいていっても、牛はのんびりとしたものだった。首を上げて「モウー」と鳴いた。それを見て益恵が微笑んだ。佳代と話して嬉しかったのか、機嫌《きげん》がよくなった。明日会えるということがわかっているのかどうか。草地の端っこまで行ってみる。

「うわあ、すごい！」

富士子が声を上げた。草地が途切れると、そこは断崖絶壁になっていた。はるか下に砕け散る白い波が見てとれた。

「足がすくむわねえ」

「まあさん、気をつけて」

崖に沿って、下から強い風が吹き上げてくる。潮を含んだ冷たく重い風だ。煽《あお》られて三人の服がぱたぱたとはためいた。海面までは三十メートルはありそうだった。屹立《きつりつ》した岩肌はごつごつしていて、硬そうだ。それでも岩の間にところどころ根を張って、樹木が生えているのには驚いた。常に強い風にさらされている樹木は、奇妙にねじれている。一段と強く吹き上げてきた風に体まで持っていかれそうになって、三人は慌てて二、三歩退《しりぞ》いた。

「ここから落ちたらひとたまりもないわね」

「牛はえらいわ。ここから落っこちることがないんだから」

富士子の言いようがおかしくて声を上げて笑った。佳代と連絡がつき、会える段取りになったことで、アイも富士子も気持ちが軽くなった。旅の終わりに、ここまでたどり着けるとは思っていなかった。自分たちの役目も全うできたという思いだった。後は二人の再会を見届けて東京に帰ればいい。益恵は施設に入るけれど、彼女は彼女なりに人生の整理がつくことだろう。

そして、自分も——。今まで考えていたのとは、少し違う人生の仕舞《しま》い方ができる気がしていた。

崖から離れた三人は、今度は教会へ足を向けた。緩く傾斜した草地の向こうに、國先教会の尖塔にある十字架が見えていた。集落まで下りなくても、こちらからでも行けそうだった。再び黒牛の放牧地を通って低い丘を越えた。教会の後ろ側に出られるようだ。

教会の脇を抜けて、正面へ出る。前庭には、マリア像が立っていた。慈悲《じひ》深い顔が教会の扉をくぐる人々に向けられている。祈りの島だという感が強くなる。儀式用の正面扉を避け、右の扉をそっと押し開けて中に足を踏み入れると、外とは違う清冽《せいれつ》な空気を感じた。

見上げるほど高く、カーブを描いた天井に、優しく音が反響する。窓に嵌《は》め込まれたステンドグラスは、素朴な花模様だ。ガラスを透過してきた光が、足元で踊っている。ゴシック様式の祭壇にはやはりシンプルな十字架。教壇の前に何列もの長椅子《ながいす》が並んでいる。そのところどころに信者らしき人が座っていた。三人は静かに最後列に腰を下ろした。

「立派なパイプオルガンね」

富士子が体を傾けて囁《ささや》く。祭壇の背後に中二階が設けられていて、そこにパイプオルガンが設《しつら》えられていた。あれを佳代が寄付したのだろう。富士子がそっとリュックを開けて、『アカシア』を取り出した。

「まあさんが詠《よ》んだ島の句がある。きっとここのことを詠んだんだわ」

富士子が小さな声で読み上げた。

「安らかに祈る人あり島の春」

「いい句だわ」心の底からそう思えた。

「この島へ来られてよかったのね。まあさん」

富士子もアイと同じ感想を覚えたようだ。

「満州からの引き揚げ船が、佐世保に着いたことにも運命的なものを感じる。向こうでは苦労しただろうけど、日本に帰ってきてからは、まあさんは幸せだったのよね」

念を押すように富士子は続けた。

「満州ではたくさんの人が、帰国がかなわずに命を落としたんだもの。それを思うと奇跡よね。両親を亡くした十一歳の女の子が、生きて祖国の土を踏めたということは」

益恵は黙って祭壇を見詰めているきりだ。富士子は『アカシア』のページを繰った。

「ほら、この句。満州を離れる時の心情を詠んだものよ」

アイは富士子が読み上げる句に耳を傾けた。

「生きて乗る船は祖国へ揚雲雀《あげひばり》」

その句を愛《いと》おしむように、富士子は開けたページを手のひらで撫《な》でた。

「春だったんだ。引き揚げ船に乗ったのは。終戦は昭和二十年の八月でしょ？　そうすると、まあさんは翌年の春まで大陸にいたんだね。船が出る港まで来るのに、どんな思いをしたことか。甲板《かんぱん》から離れる陸地を見ていたら、雲雀が高く飛んで囀《さえず》ったのね。日本に帰れる喜びに溢れた句だわ」

「生きて乗る」という言葉の重さが、ひしひしとアイの胸に迫った。

生きて乗る船は祖国へ揚雲雀

三月になると、ソ連軍は撤退《てったい》を始めた。

ハルピンから北に向かう汽車には、ソ連兵が満載、それとは逆に南下する汽車には、日本人難民が満載だった。国共両軍が交戦状態の北満から離れないと、日本への引き揚げの目途《めど》は立たない。南満《なんまん》の国民党軍占領地域では、もう引き揚げ業務が始まっているという噂《うわさ》だった。

それを耳にした難民は、矢も楯《たて》もたまらずハルピン駅に押しかけた。一応、難民救済会が順番を決めているのだが、それでも駅で何日も待たなければ引き揚げ列車に乗れないという状況だった。

益恵と佳代がようやく無蓋《むがい》の貨物列車に乗れたのは、駅で三日粘った後だった。鉄のはしごを伝って側板を上り、内側へ飛び下りるのだ。床は中央が盛り上がった構造になっている。もともとは石炭車だったようだ。箱の両側の側板を開ければ、石炭がザーッと落ちる仕組みになっているのだ。ぎゅうぎゅうに人が詰め込まれた上に、床が平らでないので、すこぶる座りにくい。後から乗ってきた人は、立ったままだ。

そんなことはおかまいなしに汽車は出発した。益恵と佳代は、側板に押し付けられるようにして、狭い場所に座っていた。ひどく揺れるし、人いきれや汗の臭いで息苦しい。赤ん坊や幼児が泣くと、いらいらして罵《ののし》る人もいる。おまけに汽車はしょっちゅう何の前触れもなく停《と》まる。何で停まっているのか、いつ動くのかもわからない。

運転手は中国人なんだ、と誰かがひそひそ声でしゃべっている。わざと停車して、賄賂《わいろ》を差し出さねば動かしてもらえないのだと、まことしやかに言っていた。それは本当のことのようで、汽車が停まるたびに代表者が各車輛《しゃりょう》を回って金品を集めていった。汽車が停まっている間に、人々は貨車から飛び下りて線路端で用を足した。先に通った汽車も同じようにしていたのだろう。線路端は糞尿だらけだった。それでも離れたところまで行って用を足すわけにはいかない。動き出した汽車に置いていかれるかもしれないからだ。実際、そんな人もいた。泣きながら追いすがってくる女性や子供の声が遠ざかるのを、何度も聞いた。

そのうち、雨が降りだした。屋根のない貨車だから、雨を避ける術《すべ》はない。土砂降りになった雨のせいで、貨車の中は水浸《みずびた》しになった。しかも石炭車だったから、床に溜まった石炭の粉末が雨に溶けて真っ黒な水になる。そんな中でも我慢して乗り続けるしかない。

そのうち、誰もがおしっこを垂れ流すようになった。貨車の中は異様な臭いが充満していた。益恵と佳代は、荷物を入れたズダ袋が汚水に浸らないよう、頭の上に持ち上げた。不自然な格好のまま、汽車に揺られ続けた。

やがて汽車は完全に停まってしまった。もう動く気配はない。窓も出入り口もないから、外の様子がわからない。側板の上に顔を出した人が「全員下車だとよ」と怒鳴った。理由も知らされないまま、側板にかけられたはしごを伝って地面に下りた。汽車から降りてみて、様子がわかった。目の前に大きな川が流れている。川にかかった鉄橋は破壊されていた。

益恵は、牡丹江にたどり着く前、鉄橋を渡ったことを思い出した。あれは怖かった。しかし、これほど破壊された鉄橋を人が歩いて渡ることはできない。

「これは第二松花江《しょうかこう》です。向こう岸には、船で渡ります」

団を率《ひき》いる団長が大声で叫んだ。船着き場まで歩いていかねばならないようだ。人々はぞろぞろと歩き始めた。背後の汽車からは、まだ蟻《あり》のように人が降りてきていた。

第二松花江は、ハルピンの南を流れるスンガリーの支流だ。三千人もの難民は、川に沿って黙って歩く。船着き場まではかなりの距離があった。子供がむずかって泣くのを、引き立てるようにして母親が歩いていく。益恵たちも、顔見知りの隊長から離れないように必死で歩いた。小隊の中に紛《まぎ》れていることは肝心だ。大人数の団の中ではぐれてしまうと、元の隊を探し出すことは不可能に思えた。

船着き場は、ハルピン駅と同じようにごった返していた。何千人もの人が待っているのに、数隻《せき》の小さな木造船が行ったり来たりしているだけだ。船頭は中国人だ。もしかして船賃を要求されたらどうしようと益恵は身が縮む思いがした。お金など一円も持っていない。全部食料に換えてしまった。佳代も不安そうな顔をして、向こう岸に渡っていく船を見ていた。スンガリーとは違って、川幅は一キロほどだから、ものの十分ほどで渡河《とか》できる。少しずつ群衆はさばけていく。

誰もが先に船に乗りたがり、隊の統制は崩れてしまう。せっかく馴染《なじ》みの小隊にくっついてきたのに、もう知った顔がいなくなった。力の強い者が人を押しのけて乗ってしまう。保護者のいない子供は後回しだ。それでも辛抱強く並んで待っていると、益恵たちの番になった。後ろから押されるようにして木造船に乗り込んだ。船賃は取られないようだ。

粗末な桟橋には銃をかまえた兵士が何人かいて、難民を二十人ほどに区切って、効率よく一隻の船に乗せている。軍服を見ると、おかしなことに共産党軍のようだ。どこがどの軍の支配下なのか、どちらが日本人の味方なのか、よくわからなかった。

向こう岸に着いた人々は、黙々と歩き始める。もう誰も見知った人はいないけれど、集団から離れるのは怖かった。ついて歩いていくと、線路が現れた。それに沿って歩いていく。線路の下に敷かれた小石《バラスト》が、じゃりじゃりと鳴った。牡丹江に着くまでも、こうやって線路沿いを歩いたことを、益恵は思い出した。あの時はたった一人だった。でも今は大勢の人と歩いている。何より、隣には佳代がいる。それが本当に心強かった。

目的地は新京だ。北満の引き揚げ者の第一集結地点と呼ばれている町だ。石炭の混じった汚水で汚れた服が気持ち悪かったが、上着を脱ぎ捨てるわけにはいかなかった。福留さんが縫い付けてくれた胸章がついているからだ。自分たちの身元を証明する唯一のもの。偽の身分証だが、それでも孤児ではないと訴えることはできる。

歩いているうちに天気は回復し、濡れた服は乾いた。集団はばらけてきた。しっかりした足取りの男たちは先に行ってしまう。老人や女子供は遅れてしまう。ばたりと倒れる者があっても、助けてやる者はない。まだ息のある老人は、諦《あきら》めたように仰向《あおむ》けになった。振り返ると、上空を猛禽《もうきん》類が舞っている。倒れた者が息絶えるのを待っているのだ。

振り切るように前を向いて歩いた。ソ連兵の襲撃がないだけまだましだと益恵は思った。少なくとも集団自決はしなくていい。ただ脱落して命を落とすだけだ。だが、満人の襲撃はあった。荷物や子供を奪われるのならまだいい方で、殴りつけて殺してから、略奪を行う集団もあった。

そんな場面に出くわすと、集団は蜘蛛《くも》の子を散らすように逃げ惑った。若い女性は、その場に押し倒されて凌辱《りょうじょく》されることもあった。赤子を背負ったままの母親が何人もの男に次々と圧《の》し掛かられている。連れている幼児が、母親のそばで突っ立って大声で泣いていた。「ギャッ!」という声に足を止めて振り返った益恵は、佳代が追いかけてきた満人に腕をつかまれているのを認めた。振りほどこうとするが、うまくいかないようだ。相手は小柄だが大人の男だ。佳代はずるずると引きずられて、仲間の方へ連れていかれそうになった。

離れた場所では、満人たちが若い母親相手に、暴掠《ぼうりやく》の限りを尽くしている。獣じみた笑い声を聞くと、気が遠くなった。傍《かたわ》らで泣いている子供がいきなり殴り倒され、横抱きにされてどこかへ連れ去られようとしている。佳代も同じ目に遭わされるのだと思った。

気がついた時には、足下から大ぶりの石を拾い上げていた。迷いなくそれを、佳代を捕まえていた男の後頭部目がけて投げつけた。叫び声のひとつも上げずに、男は倒れ込んだ。体が自然に動いた。再び石を振りかぶると、もう一回男の頭を殴りつけた。ぐしゃりと嫌な音がした。佳代も倒れた男の横で足を取られ、転んだ。仰向きのまま大きく目を見開き、益恵と満人を見詰めていた。

「カヨちゃん、早く!」

手を引っ張って佳代を起こす。

遠くにまばらに生えている木々に向かって走った。広漠《こうばく》とした原野では、身を隠す場所もないのだ。息も絶え絶えになって木立《こだち》の中に逃げ込んだ。満人は追ってこなかった。二人は地面の上で大の字になった。益恵は手を伸ばして佳代の手を握った。

「ありがとう。まあちゃん」

佳代はまだせわしく息をしながら、震え声を出した。

「死んだかな?」

自分はあの満人を殺してしまっただろうか。石を振り下ろした時の、男の頭蓋《ずがい》が砕けるような感触がまだ手に残っている。

「でもしょうがないよね。カヨちゃんが死ぬよりはずっといい」

佳代の手にぐっと力が入った。益恵も握り返した。ぐいと半身を起こした佳代が、益恵の顔を上から覗き込んだ。

「私もまあちゃんがああなったら、おんなじことをする。絶対まあちゃんを助ける」

二人は顔を見合わせてにっと笑った。

そんなことがあって、二人は完全に集団からはぐれた。それでも線路に沿って歩く日本人は遠目に見えた。次から次へと難民は湧いてきた。同じように行き倒れ、同じように満人に襲われていた。子供の二人には、どうすることもできなかった。

益恵と佳代は襲撃を避けるために、線路の近くを歩くことをやめた。どこからでも狙われやすい平地を歩くのは怖かった。線路の位置がわかる程度に、離れた灌木《かんぼく》の中や背の高い草の繁《しげ》みの中を歩くようにした。少しずつ新京に近づいている気がした。赤茶けた大地の中に高粱《コーリャン》畑が広がっていることもある。そんな畑には近寄らないようにした。畑の中には農民がいる。作物に手を出して殺される難民をたくさん見た。

機関銃や砲弾の音がすることもあった。ここが戦場だということを忘れてはならない。遠くで砂煙が上がる。砲弾が着弾したのだろう。

丘陵地《きゅうりょうち》の森の中を歩いていると、ふいにガサガサッと繁みが揺れて、兵士が現れた。逃げる暇がなかった。益恵と佳代はその場で凍り付いてしまった。共産党軍のようだ。共産党軍の軍服は、薄汚れていてボロボロだからすぐにわかる。

向こうも驚いて足を止めた。一人っきりの兵士はよく見たら、自分たちより少しだけ年長のようだった。少年兵だ。兵器も持っていない。まるで森の中をぶらぶら散歩している子供のようだった。一瞬見合った後、少年兵はにっこりと笑った。

「ハオマー（こんにちは）」

屈託《くったく》なくそう声をかけられたが、益恵も佳代も黙りこくっていた。

彼はポケットからリンゴを一個取り出した。一口だけかじった跡があった。大事に取っておいた食料なのだろう。それを益恵たちの方に差し出す。二人とも手が出なかった。

「シンジョ（あげるよ）」

そう言って、佳代の手に押し付けた。

「シィエシィエ」

ようやく小さな声で返事をした。

「アーイ（おーい）」

森の奥から大人の兵士の呼ぶ声がして、小さな兵士は繁みの中に走り込んだ。

益恵と佳代は、その場に座り込んでリンゴを食べた。かわりばんこにかじり、すぐに平らげた。芯まできれいに食べた。瑞々《みずみず》しい果汁が口の中に広がった。

気持ちのいい木陰《こかげ》のある森の中で二日ほど過ごした。木の実もあるし、小川もある。食べられる草も生えている。荒野を延々と歩いてきた身には、有難い場所だった。それでも先に進まなければならない。新京までどれくらいあるのか見当もつかないが、南に行くという目的が、体を動かした。

どこから来るのか、時折引き揚げ列車が何十輛も連結されて通った。決して停まらないから、乗ることはかなわない。第二松花江の向こうで下ろされた人々も、どこかで待っていたら乗れたのかもしれない。だがこれだけ線路端を歩く人々が大勢いるのだから、汽車に乗れるのは限られた人々なのだろうと諦めた。

高台から見下ろした線路沿いを、大勢の難民が歩いていくのが見えたので、急いで森から出た。大きな集団の後をついていくのは、自分の身を守ることにもなる。きちんとした団長のいる統率の取れた集団は、満人も襲わないからだ。

黙って団の最後尾を歩いた。どこの開拓団か知らないが、誰も口をきかない。百人近い人々が、下を向いて足を引きずるように歩いている。子供が泣いても、ただ引き立てるように歩き続ける。なだめるということもしない。そのうち、子供も黙ってしまう。大人の気持ちが伝染したみたいに暗い顔で足を動かす。

線路の脇に給水塔が立っていた。隊列を組んでいた人たちは、われ先に水を汲《く》もうとする。あまりの混雑に、益恵たちは近づくこともできない。団長が小休止を命じて、その場で火を起こし、煮炊きが始まった。まずまず豊かな物資を持った団のようだ。ようやく給水塔の水にありつけた。喉を鳴らして水を飲む。あちこちから漂ってくる食べ物の煮える匂いに、二人はたまらなくなった。少人数に分かれた人々の間を歩いた。

誰も声をかけてくれない。飢えた子供が物欲しそうな目をして通るのがうっとうしいのか、粥《かゆ》の入った椀《わん》を口に持っていきながら、背を向ける。中でも親切そうな女の人のそばで立ち止まった。

「少しでいいので、分けてもらえませんか？　私たち、ずっと食べてないので」

「あっちへおいき！」

目を吊《つ》り上げて怒鳴られた。どの家族も集団も同じだった。杖代わりにしてきた細い棒で追い払われた。食事の終わった男たちがやって来て、取り囲まれた。

「お前ら、何なんだ？　日本人じゃないだろ？」

「日本人です。ハルピンから来たんです」

「一緒に新京まで連れていってくれませんか？」

益恵と佳代は口々に言った。

「だめだ。ついてきたら、満人に売り飛ばすぞ」

ハルピンの常盤寮で、人買い市場で売られそうになったことを思い出し、益恵は震え上がった。一団は荷物をまとめて出発した。その数メートル後ろをついて歩いていると、振り返って石を投げられた。鬼のような形相《ぎょうそう》で、数人が線路の小石を拾っては投げてくる。一つが佳代の胸にまともに当たった。二人は背中を向けて逃げた。背中に斜め掛けしたズダ袋にバラバラと石が当たった。背後で笑い声が上がった。歩いている時は、おしゃべりも笑いもなかったのに、こんなことをしている時は笑うのだ。人々の荒《すさ》んだ心模様に怖気《おぞけ》が立った。

佳代は走りながら泣いていた。また元の高台まで戻ってしまった。

「カヨちゃん、大丈夫？」

胸をはだけてみると、青痣《あおあざ》ができていた。草の上に座らせ、給水塔の水に浸したぼろ布を当てて冷やす。佳代は何も答えず、されるがままだ。虚《うつ》ろな目をした佳代の髪の毛を撫でてやった。それくらいしかやれることがなかった。しばらくして、佳代は首を回《めぐ》らせて益恵を見た。

「私たちって日本人だっけ？　もうわからなくなっちゃった」

ふわっと笑みを浮かべる。胸が詰まった。

そのまま、二人抱き合うようにして眠った。歩く気力が湧いてこなかった。この世界に二人だけで取り残されたような、底なしの寂寥《せきりよう》感と心細さ、恐怖を味わっていた。

翌朝、砲弾の音で目が覚めた。線路を挟んだ向こうの丘に、小さく兵士の姿が見えた。リヤカーに積んだ機関銃で応戦している。敵はどこだろう。伸びあがってみるが、砲弾を撃ち込んでいる方の兵隊は見えない。

砂煙が上がり、丘に大きな穴が開く。人の体がゴムまりみたいに跳び上がった。砲弾は何発も飛んでいく。おそらく丘よりもっと向こうの繁みに敵方が潜んでいるのだろう。丘の上の軍は、一方的にやられているようだ。兵士がたくさん死んでいるのだろうが、遠くなのでまるで実感がない。そのうち、しんと静まり返った。砲弾を撃ち込んでいた軍もどこかへ去ったようだ。なだらかな丘の上に何人もの兵士が倒れている。びくとも動かない。

長い間様子を窺《うかが》った後、益恵と佳代は丘を下って線路を越えた。線路端を歩く難民の姿はない。鳥の声もしなかった。すべてのものが、息を潜めて死人を見詰めているような気がした。

丘の上には九人ほどの兵士の死体が転がっていた。砲弾が直撃してバラバラになった者もある。機銃掃射もあったようで、体を弾で撃ち抜かれて死んでいる者まであった。まだ新しい血の臭いがした。共産党軍だろう。汚れてくたびれた軍服姿だ。ほんの小さな隊だった。もしかしたら、大隊からはぐれてさまよっていたのかもしれない。それでも軍は軍だ。国民党軍から攻撃されれば、応戦するしかない。それでこうして全滅したって、誰も気がつきやしないのに。

農民から徴発《ちょうはつ》されたのだろう彼らの顔は、兵士らしい険《けわ》しさもなく、どこかひなびて見えた。戦う目的や意義すら、わかっていたのかどうか。この戦争は、いったい誰が始めたものなのだろうか。こうやって失われていく一つ一つの命があることを、その人たちは考えたことがあるのだろうか。益恵は子供なりに考えを巡らせた。

散乱した荷物をあさっていた佳代が益恵を呼んだ。

「まあちゃん、これ――」

彼女は、小さな木箱の蓋《ふた》を取った。二人で同時に歓声を上げた。中にはぎっしりと乾パンが詰まっていたのだ。木箱の蓋には、日本語で関東軍の師団名と大隊名が書かれてあった。日本軍からソ連軍が強奪したものが、中国共産党軍に流れたのだろう。

益恵と佳代は、背中のズダ袋を下ろすと、大急ぎで乾パンを詰め込んだ。早くしないと、戦闘に気がついた満人がやって来る。麻袋《マータイ》の中に玄米や粟《あわ》が入っていたので、それももらう。肉や魚の缶詰がごろりと出てきた時には、思わず跳び上がって喜んだ。すごいご馳走《ちそう》だ。ハサミやマッチや飯盒《はんごう》やブリキのバケツ、日本の征露丸《せいろがん》まであった。手拭《てぬぐ》いも役に立つ。煙草《たばこ》も何箱かあったので、ズダ袋に入れた。どこかで食料と交換してもらえるかもしれない。

戦利品がたくさんになったので、リュックサックを一つもらった。太陽が中空に昇り、気温が上がってきた。ハエがわんわんと死体にたかりだした。空では猛禽類が輪を描いている。早くしないと満人がやって来る。日本の難民の集団にも気づかれるかもしれない。今は人間が怖かった。

「服と靴ももらおう」

益恵は小柄な兵士を見つけて、体をごろりと上向かせた。

「あっ」

佳代が小さく声を上げた。益恵の手も止まった。前の日に、森の中でリンゴをくれた少年だった。大きな傷は見当たらないのに、死んでいた。砲撃の爆風で小さな体は吹き飛ばされ、どこかに叩きつけられてこと切れてしまったのか。さっきまでの浮き立った気持ちが一気に萎んだ。自分たちがどれほど浅ましいことをしているか、思い知った。死体をあさって泥棒をしているのだ。ついさっきまで生きていたこの子は、優しい心根の子だったのに。

佳代が突っ立ったまま泣き始めた。

だが、益恵は気を取り直して少年兵の服を脱がした。黙々と作業するそばで、佳代は泣き続けている。少年兵の身ぐるみを剝《は》ぐということが後ろめたいのか、義勇隊に入って死んだ同じくらいの年の兄のことを思い出したのか。

「泣かないで、カヨちゃん」手を動かしながら、益恵は背中で言った。「泣いたってお腹は太らないよ」

はっとしたように佳代の泣き声が止まった。それでも「えっ、えっ」としゃくり上げる声はしている。

「この子は生きていた時、私たちにリンゴをくれた。死んでからは服をくれるの」

自分に言い聞かせるように言葉を継いだ。

「私たちはこうしなくちゃいけないんだ。どうしてかっていうと、私たちは日本人だから。日本人は日本へ帰らなくちゃいけない。生きて帰るためには何でもやらなくちゃ」

佳代が益恵の隣に腰を落として、手伝い始めた。ぐっと唇《くちびる》を嚙み締めた佳代の汚れた頬に、涙の筋が付いていた。だが、もう泣いていなかった。

もう一人の小柄な兵士から軍服と靴を剝ぎとった。本当は少年兵だけでも埋めてやりたかったが、時間がない。ぐずぐずしていると自分たちの身に危険が及ぶ。目を閉じた少年兵を、リヤカーの下の陰に運び、また「シィエシィエ」とお礼を言った。

それからたくさんの荷物を担《かつ》いで駆けた。線路を越えて、元いた高台の森の中に駆け込む。しばらく周囲の様子を窺ったが、人の気配はなかった。

「ひだるかー」

久しぶりに佳代が言った。声は明るかった。

二人は乾パンを口に入れた。喉に詰まりそうになって、笑い合った。缶詰も缶切りで開け、指を突っ込んで貪《むさぼ》り食った。お腹が落ち着くと、森の奥へ入っていった。水の音がしていた。細い流れが窪《くぼ》みで滞《とどこお》り、池のようになっている。

そこで軍服に着替えた。大きかったが仕方がない。袖もズボンの裾《すそ》も折り込んだ。もらってきたハサミを使って、伸び放題だったお互いの髪の毛を短く切り合った。靴は大きかったので、ぼろ布を詰めて調整した。それでも今まで履《は》いていた穴だらけの靴に比べたら上等だった。軽くなった頭に軍帽を被《かぶ》った。その姿を池に映してみる。

「八路軍《パーロ》だ」

「八路軍だ」

お互いを指差して笑った。この格好で歩けば、女の子だと知れて満人に捕まることはない。難民に邪険にされることもない。

二人の日本人の女の子は、少しずつ賢くなっていく。頭を使って、生き抜くための術を考える。日本まで生きて帰るために。

歩いていると、中国人の集落に行きつくこともあった。

中国人の集落は屯《トン》と呼ばれている。村まではいかない数軒の家の集まりだ。畑の中に現れる屯は、泥で固めた家屋で、貧しい農民が暮らしているのだ。そういう家屋には決して近寄らなかった。中には親切な農夫もいるのだろうが、そうでないかもしれない。今までの経験からすると、日本人を憎んでいる満人がいる公算の方が大きかった。

どこかの開拓団と一緒に線路伝いを歩いていた時、遠くに屯が見えた。土塀に大きな看板が掛かっていた。

「不忘民族恨」と書いてある。これは「民族の恨《うら》みは忘れない」という意味で、日本人に向けて書いてあるのだと誰かが解説していた。

「ああいう屯には絶対に近づくな」

その人は言った。土塀には銃眼がくりぬかれていて、内側から射撃されるのだと。

日本政府は、中国人の農地を買い上げて日本人に与えたと言っていた。だから満蒙開拓団はそれを信じて入植し、農業に勤《いそ》しんだ。日本にいたら決して手に入らない広い土地だ。でも中国人にとっても、先祖代々苦労して開墾《かいこん》してきた大事な土地だ。日本政府は強制買収をしたのだった。それも豊かな農地に見合わない低い値だったそうだ。奪取されたと同じだった。だから虐《しいた》げられた満人は、日本人を恨んでいるのだ。そういうことを、ここに来るまでに大人の口から聞いた。

理由がわかったからといって、どうしたらいいのか。子供には術がなかった。やはり満人は怖かった。自分の身を守るために屯には近寄らない。それだけだ。

ロシア人の集落もあった。ハルピンには多くのロシア人が暮らしていたが、南下するにつれて、ロシア人の姿は少なくなった。集落はあっても空き家になっているものが多い。戦況を見て家を捨てていったのだろう。ソ連に帰ったか、別の町に移ったか。ロシア人の家は中国人の家とは全く違っていて、遠目でも判別できた。小さくても手入れが行き届いていて、住人の趣味でかわいらしく飾り付けてある。窓には両開きの扉があるし、板を飾り切りしたひさしが付いていたりする。

人が住んでいれば煙突から煙が出ているが、たいていはその気配はない。そっと家に入ってみると、中は掠奪《りゃくだつ》の被害にあっているのだった。そういう家で一晩眠ることもあった。野宿ばかりしてきた身には安らぐ場所だったが、長居は無用だ。いつ満人や中国人兵士がやって来るかもしれない。

日本人難民も油断ができないということは、もう身に沁みていた。とにかく新京にたどり着きたかった。有難いことに、食料はふんだんに手に入った。益恵と佳代は、乾パンをかじって腹を満たした。マッチも飯盒もあったが、火を起こして穀物を炊くということはしなかった。煙を見て、そこに人がいることを誰かに知られたら、また襲われるに違いない。

用心深く先に進んだ。人家が多くなってきて、大きな町が近いとわかった。食べ物がズダ袋に入っているというだけで、足の運びが軽かった。

やっとたどり着いた新京にも、難民が溢れていた。町に入る前に、軍服は脱いで元の服に着替えた。軍服を着ている間に川で洗って干したので、気持ちがよかった。胸章の文字は消えかかっていた。だが身分証の代わりだ。大事にしなければならない。福留さんは新京にいるだろうか。いたとしても、この人混みでは出会うことは無理だろう。

新京駅から難民の集団が隊列を組んで収容所へ向かっていく。益恵と佳代は、そしらぬ顔で最後尾に紛れ込んだ。着いたところは廃屋《はいおく》同然の家がずらりと並んだところだった。かつては日本人の社宅か官舎だったようだ。扉も畳もすべて持ち去られていた。だが、ハルピンにいた頃とは違って、気候はよくなっていた。少なくとも凍えて死ぬことはなさそうだった。

難民たちはなだれ込むようにして家の中に入り、他人を押しのけて荷物を置いて自分たち家族の居場所を作った。そうしておいて、食料の調達に行く男や、赤ん坊のおしめを洗いに行く母親もあった。そういうことを無表情にこなす人々は、たくましいというよりは怖かった。

ここでは配給食は出なかった。それぞれの裁量で食べ物をかまえなければならないのだ。すぐに庭で急ごしらえのかまどに火が入れられ、煮炊きが始まった。益恵と佳代も裏庭の隅で火を起こした。飯盒に水とトウモロコシの粉を入れて煮た。燃料があまりないから、穀物を炊くことはできなかった。薄いポーミスープを食べていると、塀にもたれてじっと宙を見上げている子供が目に入った。

五歳かそこらだろう。栄養失調で腹だけがぽこんと膨れ、顔に薄い皮が張り付いたような風貌《ふうぼう》をしていた。髪の毛は抜けてしまって地肌が見えていた。体は絶えず小刻みに震えている。寒いのではなく、弱っているからだろう。しばらく様子を窺っていると、同じようにやつれた母親が戻ってきた。子供が訴えるように見上げる。母親はゆっくりと首を振った。食べ物を探しに行ったけれど不首尾に終わったことを告げたようだ。子供は泣く元気もないのか、虚ろな目を逸《そ》らした。

益恵が立ち上がるより先に、佳代が母子に近寄っていった。他の人に見えないよう、そっとズダ袋から乾パンを出して母親に渡した。子供から施しを受けた母親は、驚いたように佳代を見返したが、頭の上に捧げ持つようにして、乾パンを受け取った。戻ってきた佳代は、何事もなかったようにポーミスープを口に運んだ。

ここでも難民救済会が世話をしていた。本来なら名簿と突き合わせて人員チェックをしたり、検疫《けんえき》を受けさせたりするらしいが、あまりに多くの難民が押し寄せるものだから、そういうことはスムーズに運ばなかった。救済会の職員は、流れ作業のように難民を引き揚げ列車に乗せてさらに南下させることのみに心を砕いていた。そうしないと、とてもじゃないけど人をさばけないのだった。

新京から奉天に下る列車は、多く出ているようだった。輸送もうまくいっているようだ。きっとここから先は線路がちゃんとつながっているのだろう。北満と違い、ソ連軍の侵攻や国共内戦の被害はそう受けていないに違いない。この町を今支配しているのは国民党だ。国民党軍の兵士は、アメリカ軍から豊かな物資が流れてくるのか、軍服もカーキ色のぱりっとしたものを着ていた。訓練が行き届いていて、動きはきびきびしている。日本人難民とは距離を取っていて、共産党軍に感じたどこか泥臭い人間味は感じられなかった。

新京の難民たちは終戦から月日が経ち、疲労困憊《こんぱい》で憔悴《しょうすい》した顔立ちの者ばかりだった。益恵も佳代も、ハルピンでの長い難民生活があまりに辛かったので、また新京で同じような生活を送るのかと思うと気が塞《ふさ》いだ。またここで、一から食べていく算段をしなければならないのだろうか。

今ある食べ物が尽きないうちに、少しでも葫蘆島に近づいておきたかった。数日間、観察をしていると、汽車に乗る順番がきた小隊に連絡がいって、新京駅に集められるということがわかった。すでに身元の確認はできているグループなので、駅では荷物の検査が行われる程度だ。それも対象は大人だけのようだ。それが済むと、いくつもの小隊がホームでごちゃごちゃの状態で待っていて、汽車が来るなり、なだれ込むように乗り込んでいくのだ。

それで益恵と佳代は、荷物検査を受けている大人を尻目に、こっそりと集団の中に紛れ込んだ。胸章は縫い付けてあるから、その辺にいる家族の一員だという振りをする。ばれたらばれたで、また次の機会を狙うのみだと覚悟を決めた。二人とも度胸もいっぱしになっていた。

汽車に乗る前だから、皆そわそわしている。便所で用を足したり、子供の面倒をみたりで他人のことなど眼中にない。くっついていた家族が不審な目を向けてきたら、さも親を探しているようにさりげなく離れ、また別の家族に寄っていった。駅員は中国人だ。汽車の運行にだけ気を配っていて、溢れるほどの難民がいるホームにはやって来ない。

汽車が入ってきた。皆我さきに乗り込む。益恵たちも群衆に押されるようにして貨車の中に入った。ハルピンから乗ったような石炭車ではない。床は平らだし、屋根もちゃんとついている。これなら雨が降っても大丈夫だ。南に下るにつれ、引き揚げの環境もよくなってくるようだった。それでも座るのも難儀するほどの混雑だ。佳代と離れないように手をつないで奥へと進んだ。

貨車だから窓はなくて、天井近くに細長い空気抜きのような隙間が開いているだけだった。それでも上等な乗り物だ。何とか床に座り、ズダ袋を体の前に抱え直した。佳代と顔を見合わせてそっと笑う。何の合図もなく汽車は動き出した。安心感で体が蕩《とろ》けそうになった。

今度の汽車の旅は、前と比べるとはるかに恵まれていた。時々停まるが、荒野の真ん中などということはない。ちゃんと駅に停まっている。人々は一斉に貨車から降りるのだが、駅のホームなので乗り降りは安全だ。皆、水場で水を汲んだり、大急ぎで洗濯をしたりしている。益恵たちは、新京の町で拾った瓶《かめ》に新しい水を汲んで貨車に持ち込んだ。治安もよくて、満人が襲いに来るということもないから、ゆっくりできた。

駅には日本人会の人と中国保安局の人が立っていて、見張っていてくれるのでなお安心だった。

「マーファ、マイマイ」

物売りの声がする。麻花《マーフア》という油で揚げたお菓子を売りに来ているのだ。お金のある者は、競ってそれを買っている。ホームで体を動かしている人もいる。小さな駅だと、ホームのむこうに満州広野が広がっている。荒れた土地ではなく、耕された畑が多い。高粱、大豆という穀物だけではなく、ナシやリンゴの果樹園も見える。南の土地は豊かなのだとわかった。それら畑の向こうに、膨張した真っ赤な夕陽が沈んでいくところが見えた。

四日かかって奉天に着いた。

やはり日本人の難民が多いが、町はそれほど破壊されていなかった。中国人が普通に生活している。ハルピンのような混乱や騒がしさは感じられず、統制が取れている感じだ。駅前には人が引く洋車《ヤンチョ》や馬車が行き交っていた。雪が解けて道路は泥でぬかるんでいる。汽車から降りた人々は、一度駅前広場に集められた。難民救済会の世話人が立っている。

「これから収容所である奉天春日《かすが》小学校に案内します」

国民服を着たその人の後を、ぞろぞろ歩いていった。かなり遠い。一時間歩いても着かない。疲れ果てた人々は、文句を言ったり道端に座り込んだりし始めた。荒野をずっと歩いてきた益恵と佳代にとってはどうってことのない道のりだ。

ようやく着いた春日小学校では、講堂に押し込まれた。この収容所では配給食が一日に一回は出るという。到底一回では足りないから、あとは各々《おのおの》の裁量で調達しろということだ。夜にその配給食が出た。薄いごった煮だったが、味噌《みそ》味だったのが嬉しかった。味噌など、ハタホを出てから一度も口にしていなかった。

先に収容所に来た人々の話では、ここでも毎日十数人の死人が出ているということだった。病人もたくさんいる。やはりチフスや風邪《かぜ》が流行《はや》っているのだ。

「シラミはきちんと取らないとだめだ」

後から来た人たちに注意している。暖かくなったから、シラミが活発に動き出して卵を洋服に産みつける。シラミは生きている人の血を吸うから、死んだ人に気がつかずに隣で寝ていると、生きている者に移ってくるのだという。ぞっとした。

佳代も不安そうに益恵を見た。

「大丈夫。あの薬、持ってるから」

そう言ってやると、佳代は安心したように微笑んだ。佳代を助けてくれた人骨らしきものは、大事に小袋に入れて持っていた。また同じ病気になったらあれを煎《せん》じて飲めばいい。あれは腸チフスの薬だったから、発疹《はっしん》チフスには効かないかもしれないが、周さんがくれた大事な薬だ。益恵はお守りのように肌身離さず持っていた。

翌日、難民救済会の人が来て、隊員と名簿との照合を始めた。それでとうとう益恵と佳代が名簿に載っていないのに、勝手に汽車に潜り込んだのだと知られてしまった。

「孤児なのか?」眉根《まゆね》を寄せて会の人は訊いた。

「違います。親とはぐれただけです」

益恵は胸章を見せた。それは雨で滲《にじ》み、汚れ果てて到底読むことはかなわない代物《しろもの》になっていた。それで憶えていた福留さんの名前と行き先地名を述べた。会の人はそれを書き取った。どこかへ連れていかれるかと思ったが、ここにそのままいてもいいと言われた。

「前は孤児だけの収容所を作っていたんだけど、間に合わなくなってね」

保護者とはぐれたり、死に別れたりする子供はたくさんいるのだろう。保護も手が回らないということか。

「葫蘆島まで行って、船に乗れますか？」

「順番で乗れるようにはしている。ここから動かないように。連絡が来てもわからないから」

それだけを言って、会の人は帰っていった。

奉天でも、何とか自分たちの口すぎはしなければならないようだ。ここまで来て死ぬわけにはいかない。もう少しで日本に帰れるのだから。しかし、国民党が整然と統制をしている町では、かっぱらいをして生きていくわけにはいかない。保護者のいない子供がどうやって稼いだらいいのか、皆目《かいもく》見当がつかなかった。

力のある大人の男は、救済会が使役を世話してくれる。主な使役は、死体運びだ。春日小学校のグラウンドには、死体を埋める場所がなくなってしまったので、死体を担いで川まで運ぶ。遼河《りょうが》という南満最大級の川に死体を捨てるのだ。奉天では、ハルピンのように町中に死体が転がっているというような風景はない。日本人の死体は、すべて奉天から撤去すると決まっているらしい。

遼河まではかなりの距離があり、死体運びは一日がかりだ。それでも一回百円もらえるので、元気な大人は皆やりたがり、くじ引きで決めるのだという。そんな力仕事は子供には無理だった。どこか働けるところはないか、益恵と佳代は奉天の町をほっつき歩いた。収容所に荷物を置いておくと盗まれるから、全部持っていく。収容所から離れて人目のつかない場所に来ると、荷物から食べ物を出して食べた。まだ乾パンや缶詰が残っていたから、当分は飢えることはなさそうだ。

　ぎゅうぎゅうに押し込められ、冷たい目を向けられる収容所を出て、どこか他に寝るところを探したかった。あそこで一日一食出る配給食は魅力だったが、シラミだらけの講堂で寝ていたら、いずれ何かの病気をもらって死んでしまうような気がした。

　北満と違って、奉天は殺気立ったところがなかった。住人の表情も柔らかに見えた。気候がいいので、作物もよく育つのだろう。市場には、肉や野菜やお菓子、果物などがふんだんに並んでいる。お金さえあればそれを買って食べることができる。食べ物屋もあって、おいしそうな匂いが漂ってきた。難民でも懐《ふところ》具合のいい人は、そこで食事ができるのだ。マントウや餃子《チャオズ》を買ってきて、講堂で食べている人たちもいる。指をくわえて見ている貧しい難民がいるのをよそに、笑い合っている。

　腹を空《す》かせた家族は、諦めて横になる。帰国が現実味を帯びてきたせいか、人間関係もそこまでぎすぎすはしていないように見えた。

　日本人の住人もいた。ソ連軍に襲撃されたり、満人にひどいことをされたりしていないから、のんびり生活しているように見える。だが日本が戦争に負けたことで、彼らも安穏《あんのん》と商売を続けていくわけにはいかなかった。店を畳んで本土に引き揚げる準備をしていた。そういう店の一軒が倉庫の片づけをしていた。背中に赤ん坊を負ぶった奥さんが、苦労して重たい荷物を運び出していた。

「こんにちは」

益恵は佳代の手を握り締め、倉庫の中に声をかけた。よく見たら、女の人はかなりの年寄りのようだった。赤ん坊はその人の孫なのだろう。

「何？」

ぎょっとしたように女の人が振り返る。なるたけいい子に見えるよう、笑顔を作った。

「おばさん、お手伝いをさせてもらえませんか？」

「いらないよ」即座に女の人は言った。「うちは人を雇うほど豊かじゃないんだ」

「お金はいりません。この倉庫の隅っこで寝起きさせてもらえたら、それでいいので」

女の人は考え込んだ。分厚い眼鏡をかけているから、表情がわかりにくい。背中の赤ん坊が泣いたが、あやそうともしなかった。

「ちょっと待って」

隣にある店と住居が一緒になったような家に入っていく。しばらく待っていると、息子らしい若い男と一緒に出て来た。坊主頭で体格がいいので、見下ろされると、身が縮んだ。

「あんたら、収容所から来たの？　親は？　いつまで奉天にいるの？」

矢継ぎ早に質問を浴びせられて、それに答えた。北満で親とはぐれて、二人で南下してきたこと。引き揚げ列車の順番を待っていること。収容所は人がいっぱいで子供だけだと居づらいことなどを正直に話した。

「そうか」母親と同じようにつんけんした口調で息子は言った。

「それなら倉庫で寝起きしていいよ。ここにある荷物を整理して中国人に売り払うんだ。急いでいるから、精を出してやってくれ」

あと五日ほどでこの倉庫は中国人に引き渡す約束になっているという。それを聞いてがっかりしたが、五日だけでもここでゆっくり眠れるなら有難いと益恵も佳代も思った。

橋本《はしもと》という日本人の母子は、奉天で金物屋をやっていたという。倉庫には鍋釜、ブリキ製品、陶器の瓶や箒《ほうき》、柄杓《ひしやく》、鎌《かま》や鍬《くわ》、竹で編んだカゴやすだれ、ネジや釘《くぎ》など、たくさんの物がおいてあった。それを木箱に詰めていく。詰めた物は、倉庫の入り口付近に積み重ねる。

二人は休みなく働かされた。へとへとになったが、文句は言えなかった。

橋本の母親は、二人に指示を出すきりでじっと立って監視していた。

「匙《さじ》の一本でも盗んだら承知しないよ」

彼女は眼鏡を指で持ち上げながら言った。食事の時間には、隣の店舗部分兼住居に戻っていく。食卓には益恵たちは呼ばれなかった。硬くなった乾パンをぼそぼそと食べ、水で喉を潤《うるお》した。赤ん坊には息子の嫁が乳を与えているのだろうか。一回もその姿を見たことはなかった。

荷物がある程度まとまると、中国人が大車《ダーチヨ》を牽《ひ》いて取りに来た。益恵は橋本に断って、仕事の途中で難民救済会まで行き、春日小学校から倉庫に移って寝起きしていることを伝えた。収容所から動かないように言われていたのに、勝手に移動して引き揚げ列車に乗せてもらえなくなると困ると思ったのだ。

別の職員が対応してくれたので、再び孤児でないことを強調しておいた。少しは親切な人のようで、名簿に記された益恵と佳代の名前の欄に、今いる住所を書き足してくれた。

時々は救済会に顔を出すようにと言われ、丁寧に頭を下げた。そして大急ぎで駆けて帰った。一人で働いていた佳代が、ほっとしたように微笑んだ。

きっちり五日後に、倉庫も店舗も片付いて、橋本一家はそそくさと引き揚げていった。がらんとなった倉庫にはアルミニウムの大鍋が四個だけ残っていた。それはここを買った中国人が、商売用に橋本から譲り受けたものだという。益恵と佳代は、寒々しい倉庫の中で、次の住人が来るのを待っていた。どんな人かわからなかったが、続けて住まわせてもらえるよう、頼み込むつもりだった。

夕方になってやって来た黄《ホアン》さんという人は、奥さんと二人でわずかな荷物を運んできた。旦那さんは四十歳くらいで、奥さんは三十代くらいに見えた。倉庫に薄汚れた日本人の子供がいることに、二人とも驚いたようだった。益恵は片言の中国語と日本語を交えて、ここに置いてもらえるのなら、いくらでもただ働きをすると訴えた。黄さんは、深く考えることもなく「ブーシェ、ブーシェ（いいよ、いいよ）」と笑った。黄さんの奥さんはお腹が大きいようだった。

奥さんがざっと店と住居を見て来て、店の奥に一間空けてあげるから、そっちで寝なさいと言う。行ってみると、狭いがちゃんと畳を敷いた部屋だった。夢のような心持ちだった。働き者の夫婦はじっとしていない。担いできた荷物を下ろしたら、旦那さんの方は市場に買い出しに行った。益恵たちは、奥さんに言われて夕飯の支度《したく》をした。奥さんは店の二階を片付けている。肉と野菜とでスープを作り、乾麺を茹《ゆ》でた。後は麺を入れたら出来上がりだ。

材料さえあれば、すぐにできる簡単なものだった。ハタホの家で母の代わりにこれくらいの料理は作っていた。

「ワンラ（終わったよ）」

二階に向かって言うと、奥さんが下りてきた。

鍋の中を見て「ハオハオ（良い良い）」と喜んでいる。外から旦那さんの声がした。

「ライライ、チャンベライ（来い来い、こっちに来い）」と呼んでいるので、三人で出てみると、馬車を雇って帰ってきたのだった。布団や家財道具がいっぱい載っている。車夫にも手伝わせてせっせと下ろした。益恵たちの部屋にも布団を運び込んでくれる。驚いて突っ立っていると、旦那さんが笑った。

これで寝なさいと、身振りで言う。何と親切な人たちだろう。「シィエシィエ」とも言えず佳代と顔を見合わせた。もう佳代の目は潤んでいる。

四人で食卓を囲み、麺を食べた。こんな温かな料理を家の中でちゃんと座って食べられるとは思っていなかった。

「この日本人の子供《リーベンショウハイ》はいい子だ」と奥さんが旦那さんに言っている。

黄さんは、日本人に雇われて働いていたらしい。その日本人がよくしてくれたから、自分も日本人には親切にしようと思ったのだと、そんなふうな話をした。彼らも日本に引き揚げていったのだが、その時に店や家財道具を売ったお金から、黄さんにもたくさん分けてくれたらしい。どうせ引き揚げ船に乗る時には、千円しか持っていけないのだそうだ。難しい話は聞き取れないので、何度も聞き返してそういう事情が理解できた。

益恵は、黄さんに親切にしてくれた日本人に心の中で感謝した。見も知らない日本人の行いが、今、自分たちを助けてくれているのだ。不思議なつながりだった。

もっと中国語がうまく話せたら、自分の気持ちが上手に伝えられるのに。もどかしかった。それが伝わったのか、奥さんがにっこり笑う。

「ニーデツォンゴウソウハテンホウ（あなた、中国語、上手だよ）」

そう言って褒めてくれた。

日本人から教わった濁酒《どぶろく》を造って売ろうとしていることも、ゆっくりした口調で教えてくれた。前の店でもよく売れた。パイチュウという中国の酒よりおいしいといって、中国人も買ってくれた、と旦那さんが言った。

奥さんはお腹に赤ちゃんがいて、これから大変になってくるので、それを手伝ってくれと頼まれた。黄さんに頼みごとをされて嬉しかった。佳代と二人で喜んで手伝うと返事をした。その晩は一枚きりの、だが温かで柔らかな布団に二人でくるまって寝た。

翌日から濁酒の仕込みをした。倉庫の入り口付近にかまどを二つこしらえてアルミニウムの大鍋をかけた。旦那さんが仕入れてきた米を蒸した。そこに水と麹《こうじ》を加える。清酒と違って濁酒は濾過《ろか》をする必要がなく、温度調節だけで済むから簡単なのだと旦那さんは言った。温度調節をしながら、だいたい二十日で出来上がるそうだ。

旦那さんは、日をずらして次々と仕込みをする。それを益恵と佳代は嬉々として手伝った。こんな楽しいことは、終戦後初めてだった。身重の奥さんの代わりに、家事も引き受けた。家の中を整え、料理をした。市街を走り回って薪《まき》も調達してきた。黄さん夫婦は、二人の働きぶりに目を丸くした。ハルピンでひと冬生き抜いた知恵があるので、こんなことは何でもなかった。

最初は、ここの倉庫の片隅に置いてもらえるだけでいいと思っていた。それが家族同様にご飯を食べさせてもらえ、布団で寝させてもらえる。風呂はないが、大鍋で湯を沸かして体を拭いた。生き返るような気持ちがした。春日小学校にいたら、手持ちの食料はすぐになくなり、飢えて窮屈《きゅうくつ》な思いをしていたことだろう。いや、今頃は死んでいたかもしれない。

二十日が経って、最初の濁酒ができた。黄さんが試しに飲んでみた。

「ハオツー（うまい）」と言ったので、ほっと安心した。早速リヤカーを借りてきて、黄さんが牽き、益恵と佳代が後ろを押して商売に出た。

「ドウリョウ、マイマイ」

黄さんの口上を真似《まね》て売り歩いた。

市場の近くの路上に止めると、人がわっと寄ってきた。日本人もたくさんいた。湯呑を渡してそれで一杯ずつ立ち飲みをさせるのだが、人が列をなすほどの繁盛ぶりだった。北満では、腹に収めるものを得るのに汲々《きゅうきゅう》としていたが、ここでは酒を飲んで酔っ払おうというところまで気が回る生活ができるのだと、複雑な思いを抱いた。

すぐに濁酒を入れてきた大鍋はカラになった。リヤカーを押して市場に行き、黄さんは次の仕込みのための材料を買い込んだ。初めての儲けで、マントウや焼きトウモロコシ、油条《ユイチャヤオ》などをたくさん買った。商売がうまくいったのを知った奥さんも大喜びだった。その日はご馳走をたらふく食べた。

そんなふうにして季節は移り、晩春を迎えた。奥さんのお腹はどんどん膨れていった。益恵と佳代は、時々春日小学校や難民救済会を訪ねた。収容所では、皆高粱の雑炊《ぞうすい》を啜っていた。そういうところを見ると、自分たちは何て恵まれているんだろうと思った。ただ引き揚げ列車の順番が来ないのは、収容所生活を嫌って外に出てしまったせいだろうかと訝《いぶか》った。春日小学校にいる難民の顔は入れ替わっているようだった。救済会で尋ねても「待ちなさい」としか言われない。だんだん不安が募ってきた。

それでも商売は面白かった。濁酒を仕込む要領も心得た。佳代と二人だけでも立派に濁酒をこしらえることができた。ハルピンでものを売り歩いた時のような悲壮感はなかった。保護してくれる大人がいるということは、こんなにも気持ちにゆとりのあるものなのかと思った。

だが、油断していると痛い目にも遭う。黄さんが珍しく具合を悪くして、益恵と佳代と二人だけでリヤカーを牽いて売りに出た。いつもの場所で濁酒を売っていると、並んだ満人たちが、子供だけだと見て、お金も払わず好きなだけ飲み始めた。

「ブシン、ブシン（だめ、だめ）」と湯呑を取り返そうとするが、言うことをきかない。背の高い満人に飛びつくようにして湯呑を取ろうと手を伸ばしていると、リヤカーの上から大鍋ごと持っていく者がある。

「ショートル、どろぼう！」

中国語と日本語で叫ぶ。もう満人は人混みの中に消えていこうとしていた。振り返るとリヤカーまで持っていかれそうになっている。リヤカーは黄さんが知り合いから借りたものだ。取って返してリヤカーにすがりついた。向こうは何人もの大人だ。かなうわけがない。そのままずるずると引き倒されてしまう。

道に転がった益恵と佳代の服に、何本もの手が伸びてきてポケットを探られた。売上金もすべて盗《と》られた。引きずられたから、顔や腕からひどく出血していた。佳代はわんわん泣いている。商売に来たのに、何もかも盗られて、黄さんに申し訳なくて帰るに帰れなかった。

夕方になって、心配した黄さんが迎えに来た。事情を訊いて、「シンシン、ミンバイ（いいよ、わかった）」と家に連れて帰ってくれた。大事な商売道具を全部失《な》くしてしまい、情けなくて悔しくて、黄さんには申し訳なくて、奥さんの顔を見た途端、益恵も泣いてしまった。奥さんは優しく慰めてくれ、それでまた泣いた。辛い時は泣かなかったのに、優しい人の前では涙が止まらなかった。

美しい初夏の夕暮れ、黄さんの奥さんは女の赤ちゃんを産んだ。「小芳《シイアオファン》」という可愛らしい名前を黄さんが付けた。小さな赤ちゃんを抱かせてもらった。赤ん坊だったふみ代のことを久しぶりに思い出した。ふみ代と別れて、この夏で一年になる。開拓団で逃げ惑い、集団自決したのがもう遠いことのように思えた。死にきれなかった自分に課せられた使命。それは生きて日本に帰ることだ。今は迷うことなく、そう思えた。

それに合わせたように、難民救済会から引き揚げ列車に乗る順番が来たと連絡をもらった。

「リーベンホイゴマ（日本に帰るの）」

奥さんは寂しそうに言った。黄さんは、一生懸命働いてくれてありがとうと言った。大陸を離れる直前に、こんないい人たちに出会えて幸せだった。佳代はまた泣いている。

黄さんがいろいろと支度を整えてくれた。それまでに古着を買ってくれていたのだが、着替えまで市場で求めてくれた。食べ物もたくさん詰めてくれ、その上にお金をそれぞれにくれようとする。遠慮するのに、無理に持たされた。まだ先があるのだから、使うことがあるだろうと言われた。何度も頭を下げた。

荷物になるから、大事にしまってきた共産党軍の軍服は捨てた。森の中でリンゴをくれた少年兵が着ていたものだ。たくさんのものを始末したが、周さんにもらった骨のかけらだけは捨てられなかった。これはお守りとして一生身につけていようと決めていた。

黄さんは、商売を一日休んで奉天の駅まで見送りに来てくれた。アカシア並木の下を、三人でゆっくりと歩いた。奉天駅は、駅舎もホームも引き揚げ者でいっぱいだ。黄さんは中に入れない。

「再見《ザイチエン》」

黄さんは手を挙げた。もう二度と会うことはないけど「さよなら」は「再見」だ。中国の言葉は優しい。黄さんは人混みに紛れてすぐに見えなくなった。佳代とはぐれないよう、手をしっかりと握って汽車に乗った。貨車ではない。ちゃんとした客車だ。椅子には座れないが、立っていても乗り心地はよかった。汽車が動き出すと、気が抜けたようになって眠ってしまった。

汽車は停まることなく走り続ける。それでも錦州の駅に着いたのは四日後だった。汽車から降ろされて、屋根があるだけのみすぼらしい家に一貨車ごと割り当てられて一泊した。翌朝、ぞろぞろと駅まで歩いた。汽車が停まっていたが、それには乗れず、次に来るのを待つように言われた。やっと乗れたのは、午後になってからだった。疲れ果てた人々は口数も少なかった。だが南満が出発点だったので、食べ物に不自由しているようではない。益恵と佳代も、黄さんが持たせてくれた焼きおにぎりを少しずつ食べた。濁酒にする大事な蒸し米から、奥さんがこしらえてくれたものだ。

汽車はやはり一度も停車することなく、間の駅を飛ばして走り続けた。葫蘆島に着いたのは、丸一日経った時だった。

列車を降りると、すぐ目の前に大きな体のアメリカ兵が噴霧器を肩にかけて待っていた。慣れた調子でガムを嚙みながら、「ヘーイ、ヘーイ」と陽気に声をかけ、日本人を一列に並ばせる。そして一人一人の襟元《えりもと》をつかんではだけさせると、そこに噴霧器の先を突っ込んで真っ白い薬剤を噴射させる。シラミやノミを駆除するためのＤＤＴだ。何の心構えもなく冷たい粉末を吹きかけられて、人々は地面に這《は》いつくばり、「ゲエッ、ゲエッ」とえずいていた。子供でも容赦はない。益恵と佳代の頭は真っ白になり、目や鼻に入り込んだ薬剤に噎《む》せた。

かすんだ目で桟橋まで歩き、誘導されるまま船のタラップを踏む。船は米軍から貸与《たいよ》された輸送船のようだ。タラップを、まだ噎せながら息も絶え絶えに上がってくる人もいる。病人を背負って上ってくる人もいる。船員は日本人で「ご苦労様でした」と乗ってくる人に声をかけている。その声に泣き崩れる人もあった。

しかし甲板でゆっくりしているわけにはいかない。広い船内でいい場所を取るための争奪戦が起こっていた。大人に押し返されながら、益恵と佳代は一番下の船倉まで下りた。黄さんが持たせてくれたリュックサックを置いて陣取りをする。窓もなくて蒸し暑く、気分が悪くなる。

「もっと詰めてください」

船員の誘導で、次々に人が下りてきた。せっかく確保した場所がどんどん小さくなってしまう。何人も子供のいる家族や、病人を横にさせたい家族に押されて、奥へ奥へと追いやられる。小競《こぜ》り合いがあちこちで起こっている。それでも何とか居場所を確定して、足を伸ばすことができた。

ほっとしたのも束《つか》の間《ま》、船首から「ジジジ……」と碇《いかり》を巻き上げる音がし始めた。出航だ。

すると今度は、人々が争って甲板に上がり始めた。暗い船倉から出て、いい空気を吸いたくて益恵たちもその後に続いた。

甲板に足を置いた途端、「ブオーッ、ブオーッ」と汽笛が鳴った。大陸に別れを告げるように、尾を引いて鳴らされる。船はゆっくりと岸壁を離れていく。

「さようなら、満州」

「満州、ばかやろう！」

人々はそれぞれの思いを口にした。

茶色い山が遠ざかる。大陸がゆっくりと離れていく。益恵と佳代は声もなく、黙ってその風景を見ていた。山の上の青い空を白い雲が流れていく。この瞬間をどんなに夢見たことだろう。どれほど嬉しいことかと夢想していた。だが、益恵はただぼんやりと立っているだけだった。嬉しいという気持ちは、どこを探しても湧いてこなかった。

青い空に一羽の小鳥が飛び上がって、囀っているのが見えた。黒い点にしか見えない小鳥は、懸命に囀っている。たぶん雲雀だろう。ふいにハタホの風景が目に浮かんできた。どこまでも続く緑溢れる春の畑。雪が解けた大地から生まれ出た雲雀が、命の賛歌を歌う様を。

あの雲雀は、自分に別れを告げているのではないかと思った。小鳥に姿を変えた父や母や兄弟たちの魂ではないか。たった一人故国に帰る自分を見送りに来たのではないか。そんなふうに思った。

北満から引き揚げる旅は苛酷《かこく》だった。こんなに辛い思いをするなら、集団自決をした場所に留まって、母の下でふみ代と共に息絶えるのを待っていた方がよかったと何度も思った。

だが今、自分は生きて雲雀の囀りを聞いている。

一人生き残った意味を、初めて実感した。凄《すさ》まじい逃避行を、益恵の体は耐え抜いた。病気も怪我《けが》もしなかった。飢え死にもしなかった。母が授けてくれた丈夫な体があったからだ。死んだ母は、益恵がたった一人でも生きて帰るように念じていたのかもしれない。ならば、これからも生きよう。そしてもしこれから先、新しい家族を得ることがあれば、大事にしよう。子供に恵まれたら大切に育《はぐく》もう。ここで嫌というほど経験した、死んでいく子を手をこまねいて見ているようなことは絶対にすまい。

雲雀はさらに空の高みに上り、やがて空の青に溶けた。

そっと横から佳代の手が伸びてきて、益恵の手を握った。それを益恵は力強く握り返した。

第五章　旅の終わり

フェリーが着岸した。

浮き桟橋《さんばし》にタラップが掛けられて、乗客が降りてくるのを、益恵は背伸びするように見守っていた。誰が佳代かはすぐにわかった。島の住人とはどこか違う、ゆったりとした雰囲気をまとった老女だった。着ているものも、地味だが品がある。彼女の顔には見覚えがあった。月影なぎさの写真集には、そこに佳代の顔もあった。益恵は友人の顔を、あの写真集で見ていたことになる。

向こうも益恵を認めたようだ。感極まったような表情が、遠くからでも見てとれた。

「カヨちゃん、お帰り」

益恵が掛けた言葉に、近寄ってきた佳代は、しばらく立ち尽くした。益恵の手を取り、その手を両手で何度もさすった。その手を伸ばして、愛《いと》おしそうに益恵の顔を撫《な》でる。益恵はされるがままだ。心を許した相手だと知れた。

「ただいま」

長い沈黙の後、佳代はやっと答えた。

「島でまあちゃんに迎えられることがあるなんてね」

とうとう佳代はこらえきれずに涙を流した。

「泣かないで。カヨちゃん」

佳代の頬《ほお》を流れる涙を拭《ぬぐ》う仕草をしながら、益恵が言った。

「そうね。泣いたってお腹は太らないものね」

それから佳代は、アイと富士子の方を向いた。

「こう言って励ましてくれたんです、まあちゃん。満州で。私が挫《くじ》けて泣いたりすると」

「それじゃあ、やっぱり佳代さんは満州では、ずっとまあさんと一緒だったんですね?」

富士子が急いで尋《たず》ねた。「まあさん、満州でのことはほとんど話さなかったの。だからあなたのことも――」

「そうでしょう。私たち、約束して別れたんです。もう二度と会わないでいようって」

それだけはぴしっとした口調で、佳代は言い切った。

「それなのに、こうして会えるなんて、きっと神様のお導きだ」

佳代は胸の上で小さく十字を切った。

フェリーからは、富士子の大きなスーツケースも下ろされた。昨日、佳代と話した後、佐世保の旅館に連絡して、この船に荷物を載せてもらうよう手配したのだ。佳代はぜひ島の家に泊まって欲しいと言った。益恵が三年間、暮らした家だからと。

港の小さな建物の前に、車が停《と》まっていた。錆《さび》の浮いた古い乗用車は、清子の孫の政輝《まさき》が出してくれたものだった。それに四人で乗り込んだ。スーツケースも積んでもらった。漁師をしているという政輝は、陽気に口笛を吹きながら運転した。小さな島の小さな集落だ。ものの数分で佳代の実家の前に着いた。玄関の前に清子が立っていた。

「お帰り。窓ば開けて風を通しておいたとよ」

「ありがとう」

鍵の掛かっていない玄関の戸を、佳代は引いて開けた。

政輝が、スーツケースを下ろして玄関の中に入れてくれた。彼に頼んで、家の前で皆で並んで写真を撮ってもらった。遠慮している清子も引き入れた。スマホの画面を確認すると、皆いい表情で写っていた。

「さあ、どうぞ。狭いところですけど」

「お邪魔します」

何年も空き家だったとは思えないほど、さっぱりと片付いた家に、アイたちは上がった。佳代は清子と玄関土間で立ち話をした。冷蔵庫の中身のことや、寝具のことなど、細々《こまごま》したことを、佳代は清子に尋ねている。清子が、漁で獲《と》ってきた魚を後で差し入れると言った。

益恵は先に立っていって、次々と襖《ふすま》を開けた。その自然な仕草は、ここで暮らした確たる記憶に基づくものだと知れた。海に向かって開けた座敷に、縁側がついていた。さっさと入っていった益恵が縁側に座って足を投げ出した。

「そこ、まあちゃんのお気に入りの場所だったね」

　後から来た佳代が目を細めた。

「この小さな家に、戦後のしばらくの間、十数人が暮らしていたんですよ」

　二階にも続きの間があって、そこで益恵と佳代を含めた従兄弟《いとこ》連中が布団《ふとん》を並べて寝ていたのだと、彼女は説明した。

「それは大変だったですね」

　富士子の言葉に佳代は首を振った。

「大変なことがあるもんですか。この島にいれば食べる物に困ることはない。布団にくるまって寝られる。いつ殺されるかとびくつくことも――」

　そこまで言って、佳代はふいに言葉を呑《の》み込んだ。落ちくぼんだ老女の瞳がじわりと潤《うる》んだ。宙をさまよう視線が、縁側に座った益恵の背中で止まるのを、アイと富士子は言葉もなく見ていた。佳代は溢《あふ》れそうになった感情をうまく畳み込み、すたすたと縁側に寄っていった。益恵の隣にぴったりと身を寄せて座る。

　――いつ殺されるかとびくつくことも――。

その一言で充分だった。後は何も聞かないでも想像できた。この二人の老女が大陸で舐《な》めてきた辛苦《しんく》が。それがたった十歳かそこらの子供だった頃のことだと思えば、胸が詰まる思いがした。

明るく、前向きだった益恵のあり様は、そんな惨《むご》い体験に根差したものだった。それに安易《あんい》に触れることは許されなかった。ただ一人、この友を除いては。老いて縮んだ益恵と佳代が今ここで出会い、身を寄せ合っていることに、畏敬《いけい》の念を抱かずにはいられなかった。

アイと富士子も座敷に座った。アイの膝《ひざ》はうまく折り曲げられず、正座はできなかった。

見下ろす海は凪《な》いでいた。今日は天気が回復した。真っ青に晴れた空の下、沖には小さな漁船がぽつんぽつんと浮かんでいた。潮風が吹き上げてきて、庭に繁《しげ》った草木を揺らした。縁側の前には、粒々のつぼみをたくさん付けた紫陽花《あじさい》が一株植わっていた。そのつぼみの先が、ほんのりとピンクに染まっているのが見て取れた。花が開くのも、そう先のことではなさそうだ。下の家の石垣を越えて、ふんわりとカラスアゲハが現れた。大きな黒い蝶《ちょう》は、たよりなく風に流されて、またどこかへ飛んでいった。

こんなふうに、満州から引き揚げてきた佳代と益恵はしょっちゅう海を眺めていたのか。平和なこの風景を、身に沁《し》み込ませるように。これが夢でもなんでもなく、現実だと自分に言い聞かせていたのか。手を携《たずさ》え、地獄を潜《くぐ》り抜けてきた二人は。

寄り添う二人の老女が、楽しく語らう少女に見えた。いつの間にか、二人はしっかりと手を握《にぎ》り合っている。もう二度と離れまいと決心したように。

アイの隣で富士子がほうっと大きく息を吐いた。二人の後ろ姿をスマホに収め、それからすっと背中を伸ばして立ち上がった。

「佳代さん、洗濯機を借りていいかしら」

いつものちゃきちゃき動く富士子に戻っていた。

「ええ、ええ。どうぞ。いつ帰ってきても泊まれるように、一通りのものは用意してありますから」

アイと富士子はスーツケースを開け、整理に取りかかった。

佳代が案内してくれた洗面所には、新しいドラム式洗濯機が置いてあった。ざっと見たところでは、水回りはリフォームして、使い勝手のいいようにしてあるようだ。また縁側に戻っていく佳代を尻目に、アイと富士子は旅行中に溜《た》まった洗濯物を片付けることにした。

一度松山のコインランドリーで洗濯をしたが、それでも三人が着替えたものが日に日に増える。それらを一度に洗えるのは、有難かった。その作業をしながら、随分長い旅だったのだと、アイは改めて思った。こんなに長い旅行を、三人でしたことはなかった。

しかし長い旅を終えたのは、益恵だと思い直した。満州で終戦の報を聞いてからの、彼女の長い道程は、今、この島で終わりを告げたのではないか。佳代に再会したこの地に来ることなく、益恵の旅は終わらなかった。

ドラム式洗濯機は、軽い音を上げて回転し始めた。後ろから佳代が声を掛けてきた。

「まあちゃんと教会に行ってきてもかまいませんでしょうか？」

「もちろん。どうぞ行ってきてください」

アイが口を開く前に、富士子が佳代に答えた。

「ごゆっくりね」アイはそれだけを付け加えた。

益恵と佳代は手をつないだまま、玄関で靴を履《は》いた。益恵は満ち足りた笑みを浮かべている。益恵の中で、隔絶されていた時間はどんなふうに消化されたのだろうか。認知症になって、時間の概念に縛られなくなった益恵にとっては、佳代は昨日まで一緒にいた友だちでしかないのかもしれない。それでいいのだとアイは思った。

ゆっくりと労《いた》わり合うように遠ざかる二人の後ろ姿を、アイと富士子は玄関に立って見送った。緩い坂を下りていく姿は、やがて見えなくなった。

どちらからともなく、アイと富士子はさっきまで二人が座っていた縁側に出ていって座った。かすかなドラム式洗濯機の運転音と、すぐ目の前の紫陽花のつぼみの上を飛び交うアブの羽音が重なり合う。穏やかな午後の情景だ。

「もう旅も終わりね」

「そうね」

「いい終わり方だわ」

しみじみと言う富士子の横顔には、充足感が溢れている。やはり私たちにとっても意味のある旅だった。改めてアイは思った。

「この島へ来られてよかった。三千男さんは、もしかしたらこうなることをわかってて、私たちを送り出したのかもしれないね」

あの人も、益恵のすべてを知っていたわけではない。すべてを知りたいと思ったわけでもない。益恵が満州で共に死線を乗り越えた無二の友、佳代と再会するという結末を、予期していたわけでもないだろう。だが、彼が終着点を國先島と指定したことには、大きな意味があった。いいところにきちんと着地したのだ。三千男が望んだ益恵の心の平安は、もたらされた気がする。

益恵が佳代と二人、かつて祈りを捧《ささ》げた教会で寄り添っている図が、すべてを物語っている気がした。

「よかったね。ここはまあさんがたどり着いた一番安らかな場所ね。終戦後も今もね」

アイの気持ちをなぞるようなことを、富士子は言った。それから一度膝の上に置いた手に視線を落とした後、アイの方を向いた。銀髪が潮風に搔《か》き混ぜられている。

「アイちゃん、あのね——」

「うん」

「私、癌《がん》なの。子宮《しきゅう》癌。もう長くは生きられない」

髪の毛に、頬に打ちつける風の音が、富士子の言葉を耳に届く前に変えてしまったのだ。そう思った。それか汽笛か。沖に目を転じると、大きな貨物船が航行していくのが見えた。あまりに遠くて、現実味のない船体は停止しているように見える。汽笛も届きそうにない。それともアブの羽音? 足下を見るが、小さな虫はもうどこにもいない。

顔を富士子に向ける。きっと迷子になった子供のように、不安げな顔をしていたと思う。富士子は優しく微笑《ほほえ》んだ。

「癌に冒《おか》された子宮の摘出手術をしても取り切れなかった。もう腹腔《ふくくう》内に転移していて」

「手術って、あの——子宮筋腫《きんしゅ》の?」

「ごめん。嘘《うそ》ついた」

あっけらかんと富士子は言い放った。

「手術の後、抗癌剤の投与もしてもらったけど、だめだった」うつむいて小さく微笑む。

「じゃあ、今年の入院は?」

「あれも癌の治療だったの。だめだってわかってたけど、今後、少しでも質のいい生活が送れるように」

「富士ちゃん！」

アイは富士子の方へにじり寄って、彼女の手を握り締めた。細い指だった。いつの間に、この人はこんなに痩《や》せ衰《おとろ》えてしまったのか。知らなかった。友の変化に気づかなかった自分を呪った。能天気に彼女の言う嘘を信じ、残された人生を共に歩めると信じていた。彼女の生命は、刻々と削られていたというのに。

「でも、そうしてよかったわ。こうしてどうにか、まあさんの旅に付き添うことができたんだもの。私は抗癌剤治療で弱り果て、ベッドに縛り付けられるなんてこりごりだったの」

松山の旅館で、妹からの電話を軽くいなしていた富士子。あれは病気の体を心配する妹を説得していたのだった。

「あと四か月。うまくいったら半年」

いとも簡単に富士子は告げた。自分に残された時間を。

「でもちっとも後悔していないわ。いい人生だったと思う。今度の旅は、まあさんのためじゃない。私の人生の締めくくりとしても最良だった」

握り締められた手をそっと抜いて、その手でアイの頭を撫でた。

「泣かないでよ。アイちゃん」

そう言われて初めて、アイは自分が涙を流しているのに気がついた。乱暴に手の甲でそれを拭う。

「こんなことって――」溢れてくる涙は頰を濡《ぬ》らす。潮風に当たって、ひりひり痛む。

「こんなことってある？　あなたは一番若いのに」

「人は誰でも死ぬのよ」

内容とはうらはらに、柔らかで温かな声だった。

「私にその番が回ってきただけ」

「そんな――」アイは悲痛な声を出した。まだ自分の中で咀嚼《そしゃく》しきれなかった。今まで共に人生を歩んできた友が、先に逝《い》ってしまうという事実を。

「これは誰にも決められない。ねえ、アイちゃん」今度は富士子がアイの手を取った。

「まあさんと佳代さんは、子供の頃、保護してくれる人もなく、過酷な状況を生き抜いてきた。あの時、多くの子供が死んだのに、あの二人は自分たちの命を守り通した。祖国へ戻ってきた。あの時は、まだ死ぬ時じゃなかった。生きる側に立っていた」

――いつ殺されるかとびくつくことも――。

さっきの佳代の言葉が蘇《よみがえ》ってきた。

「その時が来たら、受け入れるだけ」

また手を伸ばして、優しくアイの髪を撫でる。

「アイちゃん、私は今、とても満足している。怖くも悲しくもないの。だから、アイちゃんもそうして。お願いだから」

そんなことができるだろうか。そんな強さが自分には備わっているのか。

今度こそ、海から幻のように汽笛が聞こえてきた。


益恵と佳代は、夕方まで帰ってこなかった。

夫、息子、孫と三代で漁をする清子が、獲れたての魚を差し入れてくれ、佳代が帰ってきたことを聞きつけた近所の住人が、畑でこしらえた野菜を持ってきてくれた。それでアイと富士子は、夕飯の支度《したく》をした。洗濯物もふっくらと乾いた。

忙しく働いたおかげで、アイの気持ちもひとまず落ち着いた。益恵におかしな素振りは見せられない。認知症になっても、益恵は他人の気持ちの変化を敏感に感じ取るのだった。

益恵と佳代が並んで坂を上ってくるのを見ると、アイはほっと肩の力を抜いた。二人が子供のように讃美歌を唱和しているのに気づき、笑みがこぼれた。富士子も穏やかに窓から坂道を見ている。

――海ゆくとも、山ゆくとも、わが霊《たま》のやすみ、いずこにか得ん。

うきことのみ、しげきこの世、なにをかもかたく、たのむべしや。

家の前まで来たら、歌うのをやめ、二人で笑み交わす。

「まあちゃん、寒くない？」

「大丈夫よ。カヨちゃん」

益恵の、時にちぐはぐになる会話が、ちゃんと佳代との間では成り立っていた。虚《むな》しく発せられていた「カヨちゃん」が、ちゃんと受け止めてもらえる人物に向けられる様を、アイは和《なご》やかな気持ちで眺めた。

富士子も普段と変わらない態度で、益恵たちを迎えた。

「おいしそうね、まあちゃん」

座敷の座卓に並んだ料理に、益恵と佳代は目を見張った。

「たくさん食べてね。アイちゃんと私が腕によりをかけて作ったんだから」

箸《はし》を取る富士子も嬉しそうだ。小皿に料理を取り分けてやる富士子を、アイはじっと眺めた。この旅行中、富士子の食は本当に細かった。今さらながら、友の異変に気がつく。大津で食べた「びわこ懐石」も、特急しおかぜの中で食べた駅弁も残していた。「もうお腹いっぱい」と言う富士子の言葉に何の疑問も抱かなかった。今も料理を食べる益恵と佳代を、にこにこしながら見ているだけで、自分は箸を動かさない。

その代わり、目を見張るほどの大量の薬を飲み下していたのに、それも当たり前だと受け止めていた。自分と同じように、年を取ったせいだと呑気《のんき》に思っていた。

その富士子が視線を向けてきたので、アイは急いでカレイの煮つけに箸をつけた。ほっこりと取れた白身の、味がわからない。益恵と佳代の会話も、耳からこぼれていく。どうやら満州の話をしているようだが、苦労話ではなくて、楽しかったことばかりを話題にしている。

「マントウを二人で分けっこして食べたねえ」

「そうねえ、あれ、おいしかったね」

「凍ったスンガリーに開けた穴からナマズを獲ったね」

「たくさん獲れて、たくさん売れたね」

「福留さんがお部屋に入れてくれてよかったね。親切な人だった」

「小杉さんはちょっと意地悪だったけど」

「黄さんの奥さんが産んだ赤ちゃん、可愛《かわい》かった」

「小芳《シイアオフアン》ちゃんね」

ぽろぽろとこぼれ落ちる記憶の断片。つなぎ合わせると、楽しい少女時代を送ったように思える。自分たちが憶《おぼ》えていたいと思える記憶だけを取り出しているのだろう。これこそが、三千男の言う「残った記憶を掻き集め、それぞれの『世界』を創り上げる」ということなのだ。それがここへ来てようやくわかった。

アイと富士子は口を挟むことなく、二人の会話を聞いていた。

夕食が終わると、富士子は自分のリュックサックから『アカシア』を取り出してきた。

「これ、まあさんの句集なんです。まあさん、松山で俳句を始めて。私たちもその関係で知り合ったの。満州のことや、この島のことも詠《よ》んでいるんですよ。これ、私がもらったものだけど、あなたにあげます。私はまた東京に帰って三千男さんにもらうわ」

佳代はしばらく句集の表紙を眺めていた。「アカシア」というタイトルに込めた益恵の思いが胸に迫っているのかもしれない。そのまま、句集のページを繰って一句一句読んでいった。おそらく、佳代にしか意味が取れない句があるはずだ。特に満州のことを詠んだものには。長い時間をかけて句集に見入る佳代を置いて、アイと富士子は食器の片づけをした。自分の句集を読む友の横にぴったりとくっついて、だが一言も発することなく、益恵はじっとしていた。

台所から戻ってきたアイと富士子は、松山に転居してからの益恵の人生を、佳代に説明した。簡単にかいつまんだものだったが、佳代は静かに耳を傾けていた。

八時前に三千男に電話した。佳代に会えるようになったことは、彼にはもう伝えてあった。益恵は三千男にも、佳代と交わした会話を子供のように繰り返す。黙って聞いているであろう三千男も、妻が安寧《あんねい》の境地にたどり着きつつあることを感じたことだろう。

益恵は三千男相手に、とりとめもないことをしゃべり続ける。途切れ途切れの会話は、あっちへ飛び、こっちへ飛びする。三千男は優しく受け答えをしている。佳代に会えたこと、かつて自分が暮らした家で眠れることが、益恵を高揚させているのだ。長い通話が終わって、益恵は携帯電話をアイに返した。

佳代が風呂の用意をしに立っていった。その間、富士子が皆に熱いお茶を淹《い》れてくれた。現代的にリフォームされた台所の使い勝手は、もう心得たようだ。この家に泊まれるようになって、アイも芯からくつろげる気がした。宿泊施設を転々としてきた旅は、どこか落ち着かず、疲れが溜まっていった。体も正直に音《ね》を上げている。

これからは好きなものを作って食べ、毎日洗濯もできる。東京で送っている普段の生活をなぞるようなあり様に、肩の力が抜けていく。

「でも、びっくりしました。佳代さんがあの月影なぎささんのお母さんだったなんて」戻ってきた佳代に、アイは話しかけた。「だからなの？　まあさんが月影なぎささんの大ファンなのは」

佳代はちょっと視線を泳がせた。挙句《あげく》、益恵の方を確認するように見やる。益恵は佳代ににっこりと笑い返した。大好きな月影なぎさの話題が出たからか。純粋な反応を見せる益恵と対照的に、佳代が迷っている様子なのが気になった。

「月影なぎささんって、芸名でしょ？　ご本名は何ていわれるの？」

畳みかける富士子に、諦《あきら》めたように佳代が答えた。

「佐那《さな》です。宇都宮佐那」

佳代は座卓の上に指で文字を書いてみせた。

「ああ、きれいない い名前」

「ほんとに」

それにも曖昧《あいまい》に笑ったきりだった。益恵が月影なぎさの歌を聴いたり出演ドラマを熱心に見たりしているのだと水を向けてみたが、乗ってこない。あまりこの話題には踏み込んで欲しくないのかもしれない。富士子が買った雑誌の記事にあったなぎさの夫の行状が頭に浮かんだ。芸能人には複雑な事情があるのだろう。

四人は順番に風呂を使った。一緒に風呂に入った佳代と益恵は、また楽しそうに会話している。座敷とその続きの和室に二枚ずつ布団を敷いて、佳代と益恵、アイと富士子がそれぞれ寝ることになった。布団も清子が干しておいてくれたということで、ふかふかしていた。

「ああ、何だか私たちもわくわくして、楽しい気持ち」

富士子が布団を敷きながら言う。アイはまた彼女の病《やまい》と限られた寿命のことを思い出して、悲しくなった。

「いつまでも泊まっていってくださいね。私の方はちっともかまわないんですから」

佳代もまた高揚した声を出した。

「まさかねえ、まあちゃんとこうして布団を並べて眠れるなんてね。夢みたいですよ」

「お布団、いいねえ」

益恵が新しいカバーのかかった布団を撫でながら言った。

「子供が多かったから、この家では、私とまあちゃん、一枚の布団で寝てたんです」

それだって贅沢《ぜいたく》だって思いましたよ、と佳代は続けた。また満州での逃避行の苛酷《かこく》さに思いが至った。

「私、満州でまあちゃんに二回も命を助けてもらったんですよ。そのことだけじゃなく、あっちで独りぼっちになった私が、同じ身の上のまあちゃんと出会わなかったらと思うと凄《すご》く怖いですよ。きっと今ここに生きていることはなかったでしょうね。まあちゃんは強くてたくましくて、知恵もあって優しい子でした」

佳代に見つめられて、益恵は首を傾《かし》げた。その記憶はもう心の表層には浮かんでこないのか。辛《つら》い記憶は深いところに押し込めてしまったのか。察した佳代も詳細は語らなかった。

代わりに日本に帰ってきてからのことを説明した。佐世保港に着いた船から降りた二人は、孤児専用の収容所に入れられたという。そこで身寄りのある者は引き取り手が来るのを待った。誰も迎えに来ない子供は、施設や寺に移されたらしい。

佳代の父の実家、國先島の内田家へも連絡がいった。終戦から一年近く経《た》って、ひょっこり佳代だけが帰ってきたという知らせに内田家は仰天《ぎようてん》した。もう一家全員が大陸で死んでしまったと思っていたのだった。

すぐに佳代の伯父《おじ》が迎えに来た。収容所で身元を調べられた時、益恵の身内は広島にも一人も残っていないと判断された。佳代の伯父はすぐに益恵を引き取ることにしたという。

「よかよか。うちに来たらよか。どうせ大勢子供のおるとやけん」

おおらかな島気質でそう言って、益恵を一緒に連れ帰ったのだ。学校にも通わせてもらって、十五歳になった時、益恵と佳代は佐世保に出て働いた。

「住み込みでね。私は履物《はきもの》店、まあちゃんは仕出し屋兼料理屋に」

駐留している米兵相手に物おじせず接客する益恵は、店で重宝《ちょうほう》されていたようだと佳代は言った。その光景が目に浮かぶようで、アイと富士子は微笑んだ。釣られて益恵も笑った。満州で片言の中国語やロシア語を操って生き抜いてきたような益恵だ。米兵を怖がることもなかったろう。

「その後、世話してくれる人があって、私もまあちゃんも佐世保で所帯を持ったんです」

佳代の説明は素《そ》っ気《け》なく終わった。

「それからまあさんは、ご主人の生まれ故郷である松山に移ったんですよね」

富士子の質問にも「そうです」としか答えない。

会話は唐突に途切れた。益恵も居心地《いごこち》悪そうにきょろきょろと目を動かしている。

「じゃあ、もう寝ましょうか」

富士子の一言で、佳代はほっと息を吐いた。

「そうですね。今日はいろんなことがあったからお疲れでしょう」

布団に入ってからもアイはしばらく眠れなかった。

満州から助け合って引き揚げてきて、強い絆《きずな》で結ばれた益恵と佳代が、結婚後交流が途絶えてしまったのはなぜなのだろう。佳代は益恵に命を救われたとまで言っていた。それがどうして疎遠《そえん》になってしまったのか。それぞれの生活に勤《いそ》しむあまり、自然に間が遠のいたというのとは、違うような気がする。再会した後の二人のあり様を見ていても、その思いは強くなるばかりだ。

――私たち、約束して別れたんです。もう二度と会わないでいようって。

――カヨちゃんとはもう会えないのよ。

益恵が故意に葬《ほうむ》った過去は、葬られたままにしておくべきなのか。それでいいのだろうか。その部分が益恵のつかえになっているとしたら？　ここまで来て、それに触れずに帰るべきなのか。それとも――？

様々な思いに心が乱される。富士子からの告白も、頭の中で渦巻《うずま》いている。

何度も寝返りを打ちながらも、アイは眠りに落ちていった。

「佐那ちゃんはどうしとって？」

清子が大きな声で尋ねている。

「元気にしとうとよ」

佐世保弁で佳代が返している。朝食の後片付けをしていたアイは手を止めて、窓の外の会話に耳を傾けた。富士子と益恵は縁側に出て海を眺めていた。

「旦那さんはひどか男ばい。佐那ちゃんが可哀《かわい》そうたい。なして佐那ちゃんは黙って一緒におると？　あぎゃん男とはさっさと別れた方がよかよ」

気の置けない相手に対してだからか、それとも元々他人に対する気遣いのない人なのか、清子は容赦《ようしゃ》がない。

「佐那ちゃんほどの子なら、まちっとよか男が寄ってくるもんやっか」

漁師の女房らしく、きんきんした声でまくしたてる。困った顔の佳代が想像できた。

「島谷ごた男ば、うちは初めっから気に入らんやったと。佐那ちゃんの半生記書くゆうて、こん島にも取材に来たとやけんが」

もう返事をする気もなくしたのか、佳代は何とも答えない。清子はますます勢いづく。

「あん男は浮気ばするわ、佐那ちゃんが稼いだ金ばがめてしまうわ、もう滅茶苦茶《めちゃくちゃ》たい。ほんなこて、はがいか。なして佳代ちゃんはあげなとっぴんをうっちょかるっと？」

清子にそこまで言われて、恥じているのか憤《いきどお》っているのか、佳代の様子は窺《うかが》い知れない。

勝手口がいきなり開いて、佳代が入ってきた。流しの前に突っ立っているアイを認めて、ぎょっとしたように立ちすくんだ。アイがそこで清子とのやり取りを聞いていたとは思わなかったのだろう。アイの方も気まずくうつむく。

何か取り繕《つくろ》うようなことを言うかと思ったが、佳代は寂しげに微笑んだだけだった。かつては「なぎさママ」と呼ばれたステージママだったが、こうして接してみると、特に芸能界に情熱を注いでいるようにも、華々しい世界にいる娘を鼻にかけているようでもない。地味で、どちらかと言えば人前に出ることを嫌うタイプの人間に見受けられた。

世間では、月影なぎさは母親の意向に従って宝塚音楽学校に入り、芸能界デビューしたように受け止められている。アイもそう思っていた。若いなぎさに付き添って、マスコミの対応まで引き受けていたしっかり者の母親と、今の佳代とはどうにも重ならないのだ。

佳代の夫も、なぎさの芸能界入りに反対していたように思う。それを押し切って娘を女優にした佳代は、おとなしい夫を佐世保に置いたまま、上京してなぎさに付きっきりだった。昨日聞いたところでは、佳代の夫は六十代で病死したという。佳代がなぎさから離れて九州に引っ込んだのは、夫の看病もあってのことらしい。そこまでして、なぜこの人は娘を芸能界に入れたのだろう。

才能ある娘を成功させようと奔走《ほんそう》する母親のイメージが、どうにもしっくりこない。インタビューなどで見るなぎさも、母親同様、派手なところのない、純真な女性のように見える。いつまで経っても芸能界に身を置くことに、一種の気後《きおく》れのようなものを感じているようなところがある。そこがまた彼女の魅力になっているのだが。もし地道な人生を歩んでいれば、島谷のような男に付け入られることもなく、幸せな結婚をしていたかもしれない。佳代母娘《おやこ》をよく知っている清子も、そういうところに引っ掛かりを覚えているのではないか。

そう思うと、人の人生はわからないものだと思う。佳代は勝手口から上がってきて、そそくさと奥へ行ってしまった。

その日は佳代の家でゆっくりした。アイが背中から腰にかけての張りと痛みを訴えると、佳代が知り合いの鍼灸師《しんきゅうし》を呼んでくれた。佐世保で開業しているのだが、用があって島に帰っているのだという鍼灸師は、丁寧《ていねい》にアイの体を診察してくれ、鍼《はり》を打ってくれた。それでかなり楽になった。こうやって体の機嫌《きげん》を取りながら、まだ少し頑張《がんば》らねばと思った。

お昼を食べた時、違和感のあった入れ歯がしっくりきているのに気がついた。体の凝《こ》りが首から顎《あご》にまできて、入れ歯が浮いていたのだろう。心なしか食べ物の味もおいしく感じられた。

少し休んでから、國先港まで下りていった。鍼のおかげで、体が軽くなった気がした。フェリー乗り場とは別に、漁船溜まりのようなところがあり、政輝が漁から帰ってきたところだった。彼は今日はあまりいいものが獲れなかったと苦笑し、水揚げしてしまうと、漁船で島を一周しようと誘ってくれた。

「こげな島、何も見るとこのなかとやけんが、せめて海からの景色を見らっさん？」

アイたちは大喜びで船に乗せてもらった。怖がるかと思っていた益恵も、嬉しそうに乗った。佳代を入れて四人の老婆《ろうば》が乗った小さな漁船は、港を出るとスピードを上げた。四人は船べりにしがみついた。

益恵が「ひゃーっ」と子供のように声を上げた。楽しそうだ。頭にタオルを巻き、煙草《たばこ》をくわえた政輝は、平気な顔をして舵《かじ》を握っている。港のすぐ横は荒磯《あらいそ》になっていて、夏にはそこでウニが採れるという。

「子供でも採れる。その場で割って指で掻き出して食うと。夏のごっつおばい」

そのままもっと沖に出た。波が高くなり、波しぶきが飛んできて洋服が濡れてしまう。

「マサちゃん、まちっとスピードを落とさんね」

佳代がエンジン音に負けないよう大声を出すと、陽《ひ》に焼けた漁師は、それ以上の大声で笑った。播火海岸の沖も通り過ぎた。海岸の向こうに一泊した民宿が見えた。あとは切り立った海蝕崖《かいしょくがい》だ。海から望むと、さらにその高さがわかった。教会の尖塔《せんとう》の先が見えたきりで、あとは崖の上に何があるのかわからない。小高い丘や黒牛の放牧場があるはずだが、それらは海からは見えなかった。

　島を一周するのに、ものの二十分ほどしかかからなかった。港に帰ってくると、岸壁に清子が立っていた。ずぶ濡れになった四人を見て「あららら」と声を上げた。そして孫の政輝を「このつーたんが！」と怒鳴りつけた。

「つーたん」とは「バカ」という意味だと佳代が教えてくれ、アイと富士子は笑い転げた。それを見て、益恵も笑う。

「まあさん、飛行機は怖いけど、船は大丈夫なのね」

　富士子が言って、また笑った。

　水滴を垂らしながら、佳代の家まで帰って着替えをした。それから洗濯機を回した。天気がいいので、洗濯物を庭に干し、風の通る座敷にごろんと横になっていると、心地よい睡魔が襲ってきた。そのまま四人でしばらく昼寝をした。まるで夏休みの子供だな、と眠りに落ちながらアイは思った。こんなふうに佳代と益恵は、ここで平和な暮らしを営んでいたに違いない。

　人の動き回る音に目が覚めた。そんなに長い時間は経っていないようだ。風にはためく洗濯物が目に入ってきた。横を見ると、益恵と富士子が眠っているのが見えた。それぞれの腹の上に、タオルケットが掛けてあった。佳代がそうしてくれたのだろう。アイは自分の上に掛けられたタオルケットを畳んで立ち上がった。

二人を起こさないよう、足音をしのばせて居間へ行った。台所の続きの板の間に、ダイニングテーブルが置いてある。そこに佳代が座っていた。アイを見ると、「あら」と微笑んだ。

「お茶を淹れましょう」

立って台所へ行く佳代の後ろ姿を眺める。この人は、益恵に会えて嬉しいのだろうかと考える。いや、嬉しいことはわかっている。再会した時の表情と態度を見れば、疑いの余地はない。だが、複雑な思いを抱いていることは確かだ。アイが送った手紙を読んだ時に、佳代は返事をよこさなかった。進んで会いたいと思っているのなら、大急ぎで返事を書くはずだ。

アイの前に香り高い緑茶の湯呑《ゆのみ》が置かれた。

「ありがとうございます」緑茶を一口含んだ。

「おいしい」

にっこり笑ったアイに釣られて、佳代も笑う。漁船の遊覧で、気持ちが打ち解けていた。

「こちらこそ、ありがとうございます」椅子に腰を下ろした佳代が頭を下げた。「まあちゃんを連れてきてくれて」

「ご迷惑でなかったらいいんですけど」

アイの言葉に佳代は強く首を振った。

「迷惑だなんて、そんなこと。こうしてくださらなかったら、私は一生まあちゃんに会えないでいたでしょうから」

言葉には出さなかったが、「なぜ？」というふうにアイは上目遣《うわめづか》いに佳代を見た。佳代は何かを言い出しかけているのだという気がした。佳代はテーブルの上に置かれた自分のバッグを引き寄せた。オーストリッチの高価そうなバッグだった。その口金をぱちんと開く。手を入れて封筒を取り出した。その中から取り出した一枚の紙を、アイの前で広げてみせた。

「ああ、ちょっと待って」

アイは急いで自分のリュックサックまで歩いていき、老眼鏡を持ってきた。富士子と益恵は、まだぐっすりと寝入っていた。

「これは――」

老眼鏡をかけて見た用紙に、息を吞んだ。離婚届だった。佐那の署名と押印《おういん》は済ませてある。だが、夫の欄は空白だった。

――もう二人とも離婚届に判をついたって。

一瞬、美絵の離婚届のことが頭に浮かんだ。おかしなことに、娘のそれ以上に衝撃を受けた。

「佐那は、あの男と別れたいんです」

「でも、相手が承知しない？」

佳代は大きく頷《うなず》いた。

「あの子は——」佳代は遠い目をして居間の窓から外を見た。窓からは、隣家との間に植わったソテツが見えた。尖《とが》った細い葉が羽のように並んでいる。てらてら光る葉先が海風に揺れているのを、佳代はしばらく眺めていた。

「あの子はあの世界では独りぼっちでした。あんな派手な世界に身を置くべき子ではなかった」独り言のように佳代が呟《つぶや》く。アイはただ聞いていた。「私が九州に帰ってからは特に寂しかったんでしょう。だから、島谷のような男に心を許してしまったんです」

ただ歌が好きなだけの少女が、母親の強い要望で宝塚音楽学校へ入り、芸能界にデビューしたのだ。母親が敷いたレールの上をひた走ってきたと言っていい。厳しい芸能界でも母親が盾《たて》になってすべてを取り仕切ってくれていた。

佳代はそんなあり様《よう》が、三十を過ぎた娘にはよくないと考えて身を引いた。事務所と何度も話し合いを重ねた後のことだった。九州に帰って、今までないがしろにしてきた夫と静かに暮らそうと決めたのだ。佐那も自分の考えとやり方で芸能界に居場所を作っていった。ほとんど共依存の関係だった母娘は、穏やかにその関係を解いていった。

だがやはり佐那の心にはぽっかりと穴が開いていたのかもしれない。そこにするりと入り込んできたのが島谷だったのだと佳代は言った。

「お聞き及びでしょう。清子さんも言ってたけど、島谷は佐那の財産を湯水のように使い、女遊びはするし、賭け事にもうつつを抜かす。結婚して二年もしないうちに、佐那もあの男の本性に気がついたんです」

「結婚される時にはわからなかったんですか？」

差し出がましいこととは思いながら、つい問うてしまった。佳代はうつむいて唇《くちびる》を噛《か》んだ。

「あの子の半生記を雑誌に連載するという企画が立った時、佐那は乗り気ではありませんでした。そんなおこがましいことを嫌う子ですから。私も大反対でした。でも事務所に押し切られて」

紆余曲折《うよきょくせつ》があって、ライターとしてやって来たのが島谷だった。彼はおとなしそうな男だったという。なぎさから丁寧に聞き取りを始めた。彼女の生活にも密着して、女優月影なぎさの真の姿をとらえようと真摯《しんし》に向き合っているように見えたらしい。

アイは、なぎさの夫のスキャンダルが報じられるたびに出る、彼の写真を思い浮かべた。ちょっと甘い風貌《ふうぼう》の、柔弱《にゆうじやく》な男に見受けられた。

「佐那は、自分自身について語るうちに、島谷に傾いていきました。その時まで、男性とお付き合いしたこともないほどの世間知らずでしたから。そんなふうにしたのは、私です」

一方で島谷は、綿密な取材を行い、彼女の人生をひもとこうとしたようだ。彼もまた、月影なぎささに深入りしていった。

「私が気がついた時には、もう二人は離れられない関係になっていました。驚きましたが、その時はこう思ったんです。やっと佐那も人生の伴侶《はんりょ》を得て、遅まきながらも女としての幸せをつかむことができるんだって」

母親の心情として、そこはよく理解できた。浮き沈みの激しい芸能界で成功を収め、確たる地位を得ていても、娘の幸せとはかけ離れている。親もいつまでも見守ってはやれない。人生を共に歩むパートナーを得ることは、願ってもないことだと。しかも相手は芸能界の人間ではない。物書きという職業が、地に足をつけた知的な仕事に思えたことだろう。

しかし図《はか》らずもというか、やはりというか、島谷の目的は、月影なぎささの夫という名声とそれに伴う利益の享受《きょうじゅ》にあったわけだ。ライターとしての矜持《きょうじ》もなく、ただ食うために就いていただけの安直な職だった。

つくづく佐那が可哀そうだった。彼女は純粋な気持ちで、島谷という男を愛したのだろうから。何という巡り合わせだろうか。

島谷の不実な行状が取り沙汰《ざた》されるたび、佐那は彼を庇《かば》った。

ある週刊誌が、数年前に一人のお笑い芸人を自殺にまで追い込んだ中傷記事を書いたのが島谷だったとすっぱ抜いた。

番組収録中の事故に遭ったと目《もく》されていたものが、実は保険金目当ての自作自演ではないかと島谷は書いたのだ。彼は苦節十数年でようやく注目されかかったお笑い芸人で、過去にも自宅に火をつけて火災保険を得たのだと、まことしやかに書いた。人気番組のセットから転落して後遺症が残るというショッキングな事故だったことと、本人の名がまず知られていたせいで、同情的に見られていたのが、島谷の記事のせいで一斉に攻撃されるようになった。被害者が加害者のように扱われた。まさに立場が逆転したわけだ。

やっと手に入れた人気は地に墜ち、SNS上で心無い非難が集中し、精神的に追い詰められた彼は、山の中で縊死《いし》した。

心配する佳代に問われて、佐那は、島谷はそのことをひどく後悔していると語ったそうだ。佐那は島谷が口にする言い訳を素直に信じた。取材対象者を自殺に追いやったことを苦にして、夫は寝ている時にうなされている。ああ見えて繊細で脆《もろ》い人なのだ。私が守ってあげなければ彼自身が潰《つぶ》れてしまうだろうと言った。

島谷はうなされて跳び起きるたび、佐那に訴えるのだそうだ。自分が太い枝にロープをかけて、首を吊《つ》っている夢を見るのだと。縊死した自分が、枝の下でゆらゆら揺れているという生々しいものらしい。そんな悪夢に見舞われる年下の夫に、佐那は憐憫《れんびん》の情を抱いている様子だった。だから、佳代も娘の言い分を信じた。

だが事実は違っていた。島谷の書いたものを丁寧に検証した記事が出たのだ。縊死したお笑い芸人は、本当に事故に巻き込まれた不遇な人物、真の被害者だったということが明らかになった。過去の火災も、彼には何の落ち度もないものだとわかった。たまたま保険金が下りたために、島谷が勝手に結びつけた挙句、大げさに脚色して書いたものだった。大きな事故の被害者である有名人が、実は同情に値する人物ではなかったという衝撃的な記事を書けば、週刊誌は売れて島谷の懐《ふところ》に転がり込んでくる報酬も大きくなるし、腕のあるライターとしてもてはやされる。そうしたことを企図《きと》した上ででっち上げの記事だったわけだ。

検証記事では、月影なぎさがごく親しい関係者に語った「島谷はそれを苦にしている。睡眠中にうなされている」という言葉さえ暴露して、「不正な行為を自分が為《な》したことを自覚しているがゆえの、うしろめたさが見せる悪夢なのだ」と切って捨ててあった。芸人が自殺した当初、「あんなことで死ぬとは思わなかった。あれくらいの記事は誰だって書く。それで首をくくってしまうなんて、あいつは所詮《しょせん》、人生の落伍者《らくごしゃ》だ」と周囲にうそぶいた島谷自身の言葉を証言する者まで現れた。

妻に問い詰められて、島谷は渋々自分の非を認めたそうだ。妻に告白しながらも開き直り、反省する様子は見られなかった。島谷にあの悪夢を見せているのは、後味の悪さと逆恨みの念なのだった。しばらくは芸能活動を休止したほどだった。ついに夫の本性を認めざるを得なかった。

「で、佐那さんは、決心したのですね？　離婚しようと」署名捺印《なついん》された離婚届に目を落とす。「なぜ佳代さんがこれを？」

「あの子がどれだけ頼んでも迫っても、島谷は拒絶するのです。そして、島谷が悪夢に悩まされている様子を見ると佐那は心がぐらつくんです。夢を見る島谷は、心底《しんそこ》怖がっているようだと言うんですよ。死に追いやった男に同化して、自分が枝にぶら下がっている夢を繰り返し見るのは、やはり後悔の念に苛《さいな》まれているからだって。まだそんなことを言うのです。それは自業自得《じごうじとく》だって私は言ってやったんです。佐那は強く人を非難することができない。だから私が間に入って話をまとめようとしたんですけど」

高齢の母親が六十代の娘のことで心を痛めているということか。芸能界という特殊な世界に娘を無理に送り込んだ母親としての自責の念だろうか。それにしてもやや世間の常識からずれているという感じは否《いな》めない。佳代の言葉は尻すぼまりになっていく。とにかく佳代が乗り出しても、話し合いはうまくいかなかったということだ。それはそうだろう。働かなくても安泰《あんたい》な生活が営める今の生活を、島谷のような男が、みすみす手放すはずがない。つい感情移入してしまい、アイは憤った。

「間に専門家を入れるべきですよ。弁護士とか、アドバイザーとか。そりゃあ、いっときは揉《も》めて不愉快な思いをするでしょう。メディアでも報道されて佐那さんにとっては汚点になるかもしれませんが――」

佳代は力なく首を振った。そしてテーブルの上に広げられた離婚届をゆっくりと畳んでバッグにしまった。

「それができないんですよ。あの男は――」

佳代は顔をすっと上げてアイを見た。鋭い視線に射すくめられて、体が強張《こわば》った。

「あの男は決定的な切り札を握っているのです。佐那のことで。このことだけは、私に責任があることだから、私が話をつけようと、これを持ち歩いているわけなんです」

言ってしまってから、佳代は明らかに狼狽《ろうばい》した。

「すみません。私、つい――」

「いえ、私の方こそ、ごめんなさい。踏み込んだことを訊《き》いてしまって」急いで付け加える。

「でも、まあさんは月影なぎささんの歌もドラマも舞台も楽しんでいた。本当に大ファンでした。それは、佳代さんが知らせたから？」

また突っ込んだことを言ったかと後悔した。しかし、佳代は少しだけ明るい表情を浮かべた。

「いいえ。そうではありません。私たちは六十年前に別れてから、一度も連絡を取り合っていません」

佳代は前と同じ文言《もんごん》を繰り返した。

「月影なぎさが私の娘だと知ったのは、私がステージママとして、しょっちゅう、マスコミに顔を出していたからだと思いますよ。宇都宮佳代という名前も出ましたから」

「ああ、それで」

一応は納得した顔をしたが、さらに疑念が深まった。それならなぜ益恵は佳代に連絡を取らなかったのか。遠くから、佳代の娘だけを見て満足していたのはなぜなのか。島谷が手にした決定的な切り札とは何なのだろう。

「私、下の店に食材の買い物に行ってきますね」

佳代はバッグを取り上げて、そそくさと勝手口から出ていった。しゃべり過ぎた自分を悔いるような、慌てふためいた足取りだった。

勝手口の引き戸がトンと閉まり、アイは立ち上がった。居間と座敷との間の襖を開けて、足が止まった。畳の上に富士子が正座していた。

「聞いた？」

「ええ」

富士子はひどく考え込んだ様子で返事をした。

「まあさんと佳代さんの間には、いったい何があったのかしら」

二人の視線は、座敷で寝がえりを打った益恵の方に向いた。この老いた友人を問い質《ただ》しても、明確な答えは得られない。だが、その部分が三千男の言うつかえとなっているのだったら？　彼女の意識下で重い碇《いかり》となって、自由な海に漕《こ》ぎ出していくことを阻止しているものとは何なのだろう。

――海ゆくとも、山ゆくとも、わが霊のやすみ、いずこにか得ん。

讃美歌の歌詞が浮かんできた。

それ以上のことは、佳代の口からは語られなかった。アイも富士子も尋ねることはなかった。答えは益恵自身が出す、そう言った三千男に従おうと思った。國先島での子供時代をなぞるような穏やかな時を過ごしている間に、自《おの》ずと答えは見つかるだろう。同行者であるアイや富士子にも、それとわからないうちに。

佳代と益恵は、離れていた六十年間を埋め合わせるようにぴったりと寄り添っていた。この地方の特産品であるかんころ餅《もち》を食べ、島の北端にあるアコウの巨木を見に行き、播火海岸で水遊びをする子供たちを眺めた。佳代も益恵同様、健啖家《けんたんか》で足腰が丈夫だった。二人の年齢を考えると、驚くべきことだ。それも満州での少女時代を髣髴《ほうふつ》とさせることだった。國先教会のミサには、アイと富士子も出た。佳代が寄付したというパイプオルガンが荘厳《そうごん》な音色を響かせていた。

黒牛の放牧場を抜けて、國先灯台が遠くに見える場所に行くと、毎日大きな夕陽が海に沈むところが見える。そこへはよく四人で出かけた。牧草地に腰を下ろし、頭をくっつけるようにしてそれに見入る益恵と佳代の後ろ姿を、少し離れたところでアイと富士子は眺めた。

大陸の広大な草原に沈む赤い夕陽を思い出しているのか。それともアカシアの街路樹の向こうに沈む夕陽か。彼女らの心の中は測り知れない。まだ何かあの二人の心をざわつかせるものがあるとしても、その領域に足を踏み入れるべきではないとアイは心得ていた。ただ、今、夕陽を眺めるこの瞬間、老女二人が安らかでいること、それが肝心だと思った。

四日間、そんなふうにして島での生活を満喫した。いつまでもここにいたかったが、三千男を一人にしておくこともできない。そろそろ帰らなければならない。これからは佳代とはいつでも連絡が取れるだろうし、益恵が施設に入っても会いに来てもらえるだろう。佐那に会いに、佳代は東京へも時折訪れているようだった。

島を後にすることを佳代に告げた。彼女も引き留めることはなかった。旧知の友とこれだけ長く過ごせたことを有難がり、アイたちにも素直に感謝した。電話で三千男とも話しておれ礼を述べていた。

「まあさん、東京へ帰ろうね。三千男さんが待ってる」

益恵も「うん」と答えた。

東京から来た客人が、帰る準備を始めたことを察した清子が、磯遊びに誘ってくれた。ウニにはまだ早いが、岩についた海藻《かいそう》を採ったり、マテ貝を採ったりできるという。子供の頃にも同じようにしてここで遊んだのだと、佳代が言った。益恵もその時のことを思い出したのか、時折はしゃいだ声を上げている。

砂地の部分にマテ貝が開けた丸い穴がある。そこに塩を一つまみ入れると、驚いたマテ貝が飛び出してくるのだ。益恵はマテ貝の穴を見つけるのがうまく、一番の収穫を上げた。遊びから記憶が喚起《かんき》されるのか、興味深そうに磯をあちこち歩き回っている。

政輝が漁を休んで、小舟を磯まで回してくれた。磯メガネで海底を見せてくれるという。それにも益恵は躊躇《ちゆうちよ》なく乗り込む。若い政輝は嫌な顔ひとつせず、老婆の遊びに付き合ってくれている。清子も腰にカゴをつけて、本格的に海藻集めに精を出しているようだ。潮の引いた岩場を、ひょいひょいと巧みに歩き回る清子は、たくましい漁師の女房そのものだ。

浜には、共同の漁師小屋のようなものが建っていて、疲れたアイと富士子は佳代に促《うなが》されてすのこの上に腰を下ろした。入り口の戸を開け放っておけば、磯にいる三人がよく見えた。小舟から身を乗り出す益恵の洋服の裾《すそ》を、政輝が後ろから引っ張っている。海に落ちないかひやひやしている様子が、遠くからでも伝わってくる。

政輝が置いていってくれたクーラーボックスから、佳代が冷えた缶ジュースを取り出して、手渡してくれた。

「よかった。ほんと言うと、佳代さんに会えると思わなかったのよ。まあさんの最後の旅は最良の旅になったと思う」心からそう言えた。

「満州であなたに会えて、まあさんは生きる力を得たのね。佳代さんのおかげでこの島に来ることもできたし。まあさんは日本に帰ってきてもどこへも行く当てがなかったんだから」

富士子も口を添えた。佳代は何も答えず目を伏せた。

「まあさんは、『アカシア』をあなた宛てに一度は送ろうとしたようなの。國先島の住所にね。佐世保の現住所はわからなかったんでしょう。ここなら、いずれあなたに転送してもらえると思ったのね。でもなぜか思い直してやめたみたい」

うつむいた佳代の唇がわずかに震えた。佳代は『アカシア』を何度も読み返したことだろう。満州でのことを詠んだ俳句に込めた益恵の本当の心情を理解できるのは、きっとこの人だけだろうとアイは思った。引き揚げ船の甲板《かんぱん》で、益恵の隣に立って雲雀《ひばり》の囀《さえず》りを聴いたのは、佳代ただ一人なのだから。

「私たちは、ただの付添人としてこの旅行に同行したのだけれど、でもそうさせてもらって、とても感謝しているんですよ」

アイは、松山や大津を訪ね歩いて知り得たことを佳代に話そうと思った。佳代にはそれを聞く権利があるような気がした。益恵が「われに友あり」と詠み込んだその人には。

佳代は一言も口を挟まず耳を傾けていた。富士子も身じろぎ一つせず、聞き入っている。初めは、佐世保を離れてからの経緯《けいい》をさらっと話した。松山に移り住んで、誘われて俳句を始めたこと。思いのたけを吐き出すように、俳句に没頭したこと。亡くした娘を思って詠んだ句のこと。

大津へは、夫、忠一の戦友である天野に呼ばれて行ったこと。そこで忠一が病に倒れたこと。気難しい病人を、益恵は献身的に看護し、看取《みと》ったこと。夫の骨は松山の新井家の墓に納めたこと。その後、また天野の口利きで、東京へ一人で移住したこと。三千男との出会いと再婚。亡き娘、明子の位牌《いはい》は、都築家の仏壇の中で大事に守っていること。

明子の名前が出た時、佳代は手にしたジュースを一口飲んだ。手が震えて、ジュースが膝にこぼれる様を、アイと富士子は黙って見た。

海には太陽の光が降り注いでいる。輝くさざ波の上に浮かんだ小舟の上で、益恵が政輝に何か話しかけ、政輝が答えている。島の風景に溶け込んだ益恵は、しっかりした自分の世界に足を着けているという気がした。

アイは息を軽く吸い、背を伸ばした。富士子がはっとしたように視線を送ってくる。彼女には、アイの意思が伝わったのだろう。佳代と腹を割って話そうと決心したことが。

「松山でまあさんの俳句仲間だった古川満喜さんという方に聞きました。まあさんは、松山にいる間に、二回妊娠したんだそうです。でもまあさんは、忠一さんに黙って二回とも堕胎《だたい》したようです」

佳代の手からジュースの缶が滑り落ち、すのこの上に転がった。

「まあさんは、明子ちゃんを亡くした後は子供には恵まれなかったと、そう言っていたんです」

「ああ……」

佳代は両手で顔を覆《おお》ってしまった。缶ジュースがすのこの板の隙間から、とくとくとこぼれていく音を、アイと富士子は聞いていた。

「佳代さん――」私はこの人を追い詰めているのだろうか。そんな権利が自分にあるのか。三千男が意図した以上の領域に、土足で踏み込んでいるのではないか。アイはそう思いながらも、口を突いて出る言葉を止めることができなかった。

「明子ちゃんは、本当にまあさんが不注意で死なせてしまったの？」

佳代はびくんと体を震わせた。そして両の手に埋めていた顔をゆっくりと上げた。老女の目から見て取れるのは、後悔、怯《おび》え、恐怖、悲しみ、痛哭《つうこく》――。これほど多くの感情に揺れ動く瞳を、今まで見たことはなかった。

細かな皺《しわ》に囲まれ、深く落ちくぼんだ佳代の瞳を、アイも慄《おのの》きながら見返した。ここまで来たら、もう引き返せない。ぐっとお腹に力を入れた。

「明子ちゃんを誤って死なせてしまったのは、益恵さんではないのでは？」

それはおそらく忠一なのだ。富士子を見やる。富士子が小さく顎を動かした。いいよ、というふうに。

「大津で会った天野さんという忠一さんの戦友から聞いたんです。忠一さんが中国戦線でどんなことをしてきたか。そのせいで、あの人の精神がどれほど痛めつけられたか」

天野から聞いたおぞましい話を、自分の口で語るのは憚《はばか》られた。躊躇しているうちに、佳代がきっぱりと言った。

「まあちゃんは、そういうことをすべてわかった上で結婚したんです」

「そういうこと――？」

富士子が恐る恐るというふうに訊いた。

「忠一さんが大陸での戦闘で、どれほどひどい目に遭《あ》ったか。どんな思いで生き延びたか。私たちはね、同じようなことを経験してきたんですよ」

小舟の上で、益恵が明るい笑い声を上げた。政輝が舟の舳《へさき》を回そうとして、バランスを崩したようだ。その上に益恵が立ち上がったものだから、さらに不安定になってゆらゆら揺れている。益恵はそれを面白がってまた笑う。

あんなに無邪気に笑う益恵を久しぶりに見た。

「忠一さんのことを一番よくわかっていたのは、まあちゃんでした。だから黙って支えていたんですよ。赤ん坊の声に過剰に反応する夫を見て、まあちゃんは、可哀そうだと泣きました。私たちは――」くっというふうに、佳代は言葉を詰まらせた。「私たちは見たんです。何度もね。母親が赤ん坊を自分の手で殺すところを。月足らずで生まれた子の死体を、犬がくわえて走っていくところを」

富士子が目を見開き、両手で口を押さえるのを、アイは視界の隅にとらえた。

「まあちゃんの開拓団は集団自決したんですよ。でもまあちゃんと赤ん坊の妹は死ななかった。母親の遺体の下で大きな黒い目を見開いて姉を見詰める妹を、まあちゃんは見捨ててきたんですよ。どうしようもなかった。だって私たちはまだ十一歳だったんですから」

とうとう富士子が、こらえきれずに嗚咽《おえつ》を漏らした。

益恵の心の中には、冷え冷えとした地平が広がっていた。混乱を極める満州から死なずに生きて帰れた者と、凍《い》てついた大地の下で眠ることになった者との差は、それこそ紙一重だったのだ。だから、生きて帰ってきた者の体の一部は、あの場所に囚《とら》われている。そこから遠く離れ、どれだけ月日が流れても解放されることはない。彼女の中で凝り固まり、核となってその後の人生を作り上げた。

ようやく益恵という人を理解できたと思った。こんなに長い間付き合ってきたのに、友人の人となりを知り得たのは、彼女が認知症になってからだった。もはや本人の口から直接聞くことは叶《かな》わない事実に圧倒される。

「私たちには――」かすれた声を、苦労して喉《のど》の奥からひねり出す。「まあさんは、自分の不注意で明子ちゃんを死なせてしまったのだと言いました。でも、明子ちゃんを死なせてしまったのは忠一さんではなかったんですか？　あなたはその辺の事情をご存じでしょう。同じ時期に佐世保で所帯を持っておられたようですから」

そこまで問うべきではないと、わきまえていたつもりだった。この旅の目的は、もう達せられたはずだ。今、海に浮かんだ小舟の上で笑っている益恵がすべてを物語っているのだから。

それなのに、言葉はアイの意に反してするすると溢れてくる。涙に濡れた顔を上げて、富士子が不安そうな視線を送ってきた。

「いいえ」

佳代は即座に否定した。まるでアイがそこまで言及するのを予期していたようだった。

「明子ちゃんを死なせたのは、忠一さんではありません」

政輝が持ち上げたオールの先から透明な滴《しずく》が跳ねて海に落ちる様を、アイは佳代の肩越しに見た。この平和な島で見聞きすることすべてが、アイを戦慄《せんりつ》させる。

「明子ちゃんを死なせたのは、私なんです」

無音――浜に打ち寄せる波の音も、オールが海面を叩《たた》く音も、海鳥の鳴き声も、沖を行く漁船のエンジン音も、すべてが消えた。もはや自分の声さえも聴くことができない。何かを答えたのだろうか。それとも唇が震えただけか。

「それが私たちがこんなに長い間、会わずにきた理由なんです」

この世に存在する音は、佳代が発する言葉だけだった。さっきまで自信なさそうに丸めていた佳代の背中がすうっと伸びた。彼女がすっかり覚悟を決めたのだとわかった。益恵をこの島に連れてきただけの他人に、こんな告白をする必要などない。ずっと秘めてきたことなら、そのまま胸にしまっておくこともできるだろう。客人たちはもうここから去ろうとしているのだから。

だがこの人は、すべてを語るという選択をしたのだ。ことが起こってから、何十年も経った後で。佳代の高潔で確固たる決断に、アイは畏敬の念を抱いた。

「あー、益恵さん、服がそぎゃん濡れてしもうて。まあ、よかよか。今日はぬっかけん」

浜から清子ののんびりした声が届いた。

浜は陽に暖められて汗ばむほどだろう。だが陰になった小屋の中は、ひんやりとしている。佳代が語るにつれ、さらに温度が下がっていく気がした。

益恵が勤め先の仕出し屋のお得意さんからの口利きで、忠一と所帯を持った半年後、佳代も縁があって、宇都宮与志夫《よしお》という人と一緒になった。与志夫は佐世保市内で薪炭《しんたん》を扱う店で働いていた。益恵と佳代は新居も近く、よく行き来をしていたそうだ。お互い親がなかったから、助け合って暮らしていた。

「まあちゃんと私は同じ頃に身ごもったんです」

二人とも女の子を産んだ。与志夫は子供好きで、たいそう喜んだらしい。

「子供のために、うちの人は筑豊《ちくほう》の炭鉱で働くことにしたんです。初めは私もついていくつもりでしたが、うちの人が一人で出稼ぎに行くからって。男一人で行った方が身軽だし、雑魚《ざこ》寝みたいなとこで寝起きした方が稼ぎがいいからって、私と佐那は佐世保に残ることになりました」

炭鉱での仕事はきついが金になるので、与志夫は張り切って出かけていったらしい。長く働く気はなく、ある程度の金が貯まったら、また佐世保に帰ってきて、自分で商売を始めるつもりだった。すべては可愛い娘を思ってのことだった。

「真面目《まじめ》な人で、稼ぎのほとんどは私らの方に仕送りしてくれました」

明子と佐那は、同じ頃に首がすわり、同じ頃に寝がえりをした。夫の留守を預かる佳代は、今まで以上に益恵のところに出入りするようになった。それで、忠一が抱える問題にも直面した。忠一は、赤ん坊の声を聞くと自分を抑えきれなくなり、半狂乱になって暴れるのだった。自分の子だという認識もなくなり、中国戦線にいる幻想に囚われて子を殺そうとするのだった。

「あれは地獄のような情景でした。まあちゃんは、明子ちゃんを抱いて何度も私の家まで逃げてきました。それでも庇《かば》いきれずに明子ちゃんはしょっちゅう傷や痣《あざ》をこしらえていて、可哀そうだった。それでもまあちゃんは、忠一さんを責めることはなかったんです」

一度、明子が脚を脱臼《だっきゅう》したことがあった。理由を聞いて、佳代は震え上がった。泣く明子の片足を、忠一がいきなり引っつかむと、そのまま振りかぶり、畳に打ちつけようとしたという。すんでのところで益恵がそれを阻止したが、明子は一層泣き喚《わめ》き、それに激《げっ》昂《こう》した忠一は、首を絞めようとしたのだという。

「さすがにまあちゃんも疲れ果てていました。ぼんやりして。もう限界が来ていたんだと思います」

しばらく佳代は黙り込んだ。大きく息を吸い、目を閉じた。そこから先を話すには、相当、自分を奮い立たせねばならないというふうだった。

そんな時に悲劇が起きた。佳代は悲痛な声で言った。

「私が座卓の上に置いてあったポットを倒してしまったんです。沸騰《ふっとう》した湯を入れたばかりのポットを。畳の上に寝かせていた佐那の上に、大量の湯がかかりました。私の悲鳴を聞いて、隣の人が駆けつけてきて。佐那の顔は火傷《やけど》で真っ赤に――」

佳代はただ自失して、大声で泣いて佐那を抱き締めるだけだった。佐那は声を上げることなく、ぐったりしていた。隣人は元看護婦で、水で佐那の顔を冷やしながら、医者へ行くよう指示した。あまりに取り乱す佳代に付き添って医者へも同行してくれた。

「でも佐那は助かりませんでした。火傷をしたと同時に吐いたものを喉に詰まらせていたんです。医者へ行った時にはもう――」

医者が亡くなったと言うのを振り切って、佳代は佐那をまた家に連れ帰ったという。隣人に頼んで、益恵を呼んでもらった。益恵は明子を背負って、すぐに飛んできてくれた。

「佐那の顔は焼けただれて、もう直視できませんでした」

愛娘《まなむすめ》を愛してやまない与志夫にどう伝えればいいかと、佳代はただただ泣き崩れた。夫は、佐那に少しでもいい生活をさせてやりたいと、危険な炭鉱で働くことを決心したのだ。娘が死んだとは知らない与志夫は、まさにその瞬間も坑道の奥深くで汗みどろになって石炭を掘り出しているはずだった。生まれたばかりの我が子の顔を思い浮かべながら、ツルハシを振り上げているのだ。

益恵は慰める言葉もなかったようだ。どれくらいそうしていたか。

「まあちゃんがぽつりと言ったんです。佐那ちゃんが死んだんじゃない。明子が死んだことにしようって」

「つまり、それは――」

「まあちゃんは、明子ちゃんと佐那を取り替えようって言い出したんです」

「そんな……」小さな声で呟いたのは、富士子だった。

「『このままだったら、明子はいずれ忠一さんが死なせてしまう。明子は私たちのところに生まれてくるべきではなかった。可哀そうだけど、何度もそう思った。だから、明子はあなたが育てて』そう言ったんです。まあちゃん」

揺るぎなく強い言葉が佳代の口から発せられた。泣くことも動揺することもなかった。

重度の火傷を負った佐那は、顔の見分けがつかなくなっていた。与志夫は、生まれた直後に佐那を見たきりで炭鉱へ働きに行ってしまった。どんどん成長していく子の顔が、日に日に変わっていくことは承知しているだろう。明子と佐那が入れ替わっても気がつくはずがない。

「そんなこと、本当に？」

富士子の声は、囁《ささや》きとしか取れなかった。

「それは、私も了承しかねました。そんなとんでもないことを受け入れる気にはなれませんでした」

でも話すうちに、益恵は本気だとわかった。そうしないと、明子を生かしてやる手立てはないと、真剣に訴えてきた。それでも迷う佳代に、益恵は小さなお守り袋を手渡した。

中身を見なくても、それが何だか、佳代には即座にわかったという。

「私は、満州でまあちゃんに命を助けてもらったって言ったでしょう？　腸チフスにかかって死にかけた私に、まあちゃんは薬を服《の》ませてくれたんです。中国人から手に入れたもので、死人の骨なんです。それを煎《せん》じて服むんです」

「え？」アイと富士子は同時に驚きの声を上げた。

「それが効いたかどうかはわからない。でも、まあちゃんが私を助けてくれたことは確か。お守り袋の中には、あの時の骨のかけらが入っていたの。あれは、ほんとのお守りだった。生きて帰るための標《しるべ》」

満州から戻ってからも、益恵はそれを肌身離さず身に着けていたという。幸運のお守りだと言って。

「それを私の手に押し付けて、こう言いました。『カヨちゃん、私たちはどんなものにだってすがって、生き延びる算段をしてきたんだ。知恵を絞って、子供を生かしてやることもできるはずよ』」

それで私も心を決めました、と佳代は言い切った。アイと富士子はお互いの顔を見やることもなかった。今まで『アカシア』に詠まれた俳句を何度も読み返してきた。あの満州を詠んだ俳句の本当の心に、今やっと触れた気がした。

自分が生き延びること、大事な者を生かすこと。その凝縮《ぎょうしゅく》した思いが、あの句を詠ませ、我が子を友に託した。

「では――」

ごく短い言葉しか出なかった。それで充分通じた。佳代は大きく頷いた。

「私たちは子供を取り替えたのです。まあちゃんは、背中ですやすや眠る明子ちゃんを私に託し、代わりに惨《むご》い亡骸《なきがら》になった佐那を連れて帰りました」

「うまくいったんですか？」

自分がとんでもなく間の抜けた質問をしたとはわかっていた。

「ええ」予想通り、佳代からは明快な答えが返ってきた。

忠一は、佳代のところで明子を火傷させた、急いで医者に手当してもらったが、助からなかったという妻の言葉を受け入れたという。

「本心はどうかわかりません。突然の不自然な成り行きに、疑問を持ったかもわかりません。でも後でまあちゃんに聞いたところによると、忠一さんは、ショックを受けると同時に、どこかほっとしたところがあったということでした」

つまり、我が子を自分が殺したのではなく、不慮の事故で亡くしたという点に、と佳代は付け加えた。忠一はそれ以上、明子の死について問い質すことはなかったそうだ。だが強い疑念を抱いたのは、佳代の隣人だった。火傷で死んだのは、預かっていた友人の子だったと説明したが、納得しなかった。

「当然でしょう。佐那が火傷を負った時、私の叫び声に駆け付けてくれたのは、隣の人だった。私は火傷した赤ん坊に『佐那、佐那！』と呼びかけていたんですから。死んだ子を病院から連れて帰って、まあちゃんに連絡してもらいました。まあちゃんは、自分の子をおぶってやって来ました。その時にも赤ん坊を預け合っていたことなんか、私たちは一言も口にしなかったですから」

元看護婦は、赤ん坊が取り替えられたのではないかと疑っていた。いつまでも不審な目で二人を見ていたらしいが、佳代はしらを切り続けた。とうとう彼女は口をつぐんだという。信じたわけではない、と佳代は言った。ただ勘のいい人だったから、何かの事情があることを察したのだろうと。死亡診断書を、新井明子の名で医者に書いてもらうのも見逃してくれた。

海の方では、小舟から釣り糸を垂らしていた政輝が何かを釣り上げたらしく、釣り糸の先に益恵が手を伸ばしている。政輝が獲物を手繰《たぐ》り寄せるより先に、小魚はひょいと海に落ちてしまった。

「あー、しもたー！　はがいかー」

政輝のガラガラ声が届いてきた。舟も舟に乗った二人も、黒いシルエットにしか見えない。光を照り返す幾千もの波を背景にした、幻のようなその光景に、三人はしばらく見入った。

「佐那は新井明子として葬られました。死んだ我が子を、他人の振りをして葬ることは可哀そうで、無念で、心が潰れそうでした」

「ああ、だからなのね」

富士子がやっと口を開いた。明子の骨を納めた新井家の墓がある興永寺に、宇都宮佳代の名を刻んだ石柱が建っていた理由に思い至ったのだ。彼女は、ことあるごとに我が子の菩提《ぼだい》を弔《とむら》っていた。縁のない寺にも高額の寄付をした。決して実の母親だと名乗ることなく。

「では、月影なぎささんは——？」

はっとしてアイが続けた。認知症になった後、益恵は何度か口にしていた。月影なぎさは、自分の子なのだと。あれを笑って聞き流していたが、益恵は真実を語っていたのか。

「そうです。私が佐那として育てたのは、明子ちゃんなんです」

佳代の奥まった瞳に強い光が宿った気がした。

佳代も明子を自分の子と偽《いつわ》って育てることに、抵抗を感じていたのだと言った。夫にも後ろめたい思いを抱いた。何より、生きているのに、我が子を他人に託す益恵の気持ちを慮《おもんぱか》ると、とても平常心ではいられなかった。

「葬式の後、しばらくしてまあちゃんは、ご主人の生まれ故郷へ一緒に行く決心をしました。自分たちが近くにいると、いつか秘密が露《あら》わになってしまうというのです。だから

――」

だから、もう二度と私たちは会わないようにしよう。明子はきっとあなたがいい子に育ててくれるはず。それは信じているからと言った。予期していなかった友人の言葉に、佳代は狼狽したし、拒絶もした。もし、明子を佐那として自分が育てるにしても、益恵には近くにいて欲しかった。益恵も我が子の成長を見ていたいだろうと思った。でも益恵はうんと言わなかった。離れているのが一番いい方法だと言い張った。益恵は、今後も明子とは親子の名乗りを上げるつもりはないときっぱり言ったそうだ。

「大泣きをする私に、まあちゃんは言いました。『取り替え子よ。誰が育てても生きていればそれでいいのよ』そういう言葉を、まあちゃんは満州で耳にしたらしいです。死んだ子を取り上げられて半狂乱になる母親に、まあちゃんが親を失くした赤ん坊を抱かせてやると、そばで見ていたお婆《ばあ》さんがそう言ったって」

結局、佳代は益恵の提案を受け入れて、益恵とは決別した。忠一と益恵は、松山に去っていった。佳代の手の中には、明子と骨の入ったお守り袋が残された。

佳代は胸元から紐《ひも》の先に吊るしたお守り袋を引っ張り出した。

「あれからずっと身に着けているんです。これは、私とまあちゃんを結ぶ唯一《ゆいいつ》のものだから」

「本当にそれから一回も連絡を取り合わなかったの？」

柔らかな微笑みを、佳代は浮かべた。益恵が遠くへ行ってしまったことで、隣人も疑いの目で見るのを諦めたようだった。益恵の決意は、確かに功を奏した。隣人や病院関係者など、事情を知る人を遠ざけ、何より、自分たちの心が吹っ切れた。

「きっとあれからも親しくしていたら、いつか私の心は挫《くじ》けて、真実を明子ちゃんに告げてしまっていたと思います。それをまあちゃんは見越していて、離れる決心をしたんだと思います」

「じゃあ、今もあなたの子供さんは？」

「ええ。佐那は自分が、本当は明子だということを知りません。私が実の母だと信じています」

「それが益恵さんの望んだことなのね」

「まあさんらしい。本当に」

富士子が目頭を押さえて言った。

その強靭《きようじん》さ、ひたむきさ、不屈さ、そして虚心《きよしん》。身ごもっても、二度と子供を持たなかった意志の強さ。益恵はその後、長い年月を経《へ》て、松山、大津、東京と移り住み、俳句をたしなみ、時に波立つ心を鎮《しず》めていたのか。句集を佳代に送ろうとしてやめた理由もわかった。人生の終焉《しゆうえん》に近づいても、彼女は一途《いちず》に自分の決意を押し通したのだ。三千男

「ええ。一度も」

と出会って、今は幸せなのだろうなどと、安易に彼女の人生を判断していた自分の能天気さに、アイは唇を噛んだ。

「でも、佐那さん、いいえ、明子ちゃんが女優になってくれてよかったんじゃない？　そのおかげで我が子の顔をいつでも見られたわけだから、まあさん。きっと月影なぎさが別れた明子ちゃんだとわかっていたのよね」

そこまで言って、富士子がはっと息を呑んだ。

「もしかして、それは佳代さんが――？」

また佳代はゆるりと笑みを浮かべた。

「佐那を宝塚音楽学校へやったのは、私の強い希望でした。本人も主人も乗り気ではありませんでしたが」

佳代は、どうにかして佐那として生きる明子の成長した姿を、益恵に見せてやりたいと思った。そして思いついたのが、佐那を芸能人にすることだった。幸《さいわ》い、佐那はその方面の才能に恵まれていた。それをさらに磨き上げるために、佳代は心血を注いだ。分不相応な習い事をする佐那を物心両面から支え続けた。時には励まし、時には厳しく叱《しか》りつけた。

そのおかげで佐那は、宝塚に入った。だが、そこからいっぱしの芸能人となるにはそれ相応の努力と運が必要だった。精神力もいる。もともと引っ込み思案で、派手な芸能界には合わない佐那を、付きっきりで後押ししたのは、佳代だった。

「でもそれだけじゃありません。私が出しゃばってあの子の世話を焼き、マスコミに頻繁《ひんぱん》に顔を出したのは、月影なぎさが明子ちゃんだと、まあちゃんに知ってもらうためだったんです。本当は、佐那も私も芸能界なんかが似合う人間ではありません。主人も反対していました。でも、どうしても私はそうしたかった。そうするしか、遠くからあの子の顔をまあちゃんに見せる方法を思いつかなかったんです」

「まあ、なんて――」

「なんて奇抜で素晴らしいアイデアなの！」

言葉に詰まったアイを受けて、富士子が言った。心底楽しそうだった。

「佳代さんの目論見《もくろみ》は、見事に成功したわね。まあさん、月影なぎささんの大ファンだったもの。歌もドラマもずっと聴いたり見たりしてた。舞台公演も観《み》に行ったわね」

益恵は、なぎさが我が子だとわかっていた。今考えるとそうとしか思えない。女優にあんなに入れあげるなんて、益恵らしくないとアイはずっと思っていたのだ。その謎《なぞ》が解けた。認知症になって、自分に課していた戒《いまし》めの重しが少しずれたのか、なぎさのことを「あの子は私の子だ」と言い始めた益恵が愛《いと》おしかった。

「ありがとう、佳代さん。本当のことを教えてくれて」

アイは立っていって、佳代の手を取った。佳代は、手を取られながら、目を伏せた。

「まあちゃんがどれだけ私の人生を助けてくれたか。なのに、私は何の恩返しもしていない」

「そんなことないわ。あなたは立派にやり通したじゃない。明子ちゃんを育て上げ、まあさんにその姿を見せてあげたわ。それで充分。まあさんもあなたには感謝しているはずよ」

佳代は、さらに目を伏せてしまう。

「今日はいい日ね！」

富士子の弾《はず》んだ声が、海から届く益恵の笑い声に重なった。

佳代は、益恵の枕元に座って、団扇《うちわ》で風を送ってやっている。今日は少し蒸すようだ。益恵の穏やかな寝顔を見ている佳代は幸せそうだ。昼間の磯遊びで疲れた益恵は、三千男との電話も早々に切り上げて、布団に入った。枕元に座るカヨちゃんと、しばらく言葉を交わしていた。過去の断片を、二人で紡《つむ》いで通じ合う会話は、アイや富士子には立ち入れない領域だ。

密《ひそ》やかな言葉のやり取りと含み笑い。皺くちゃな手と手の握り合い。そういう様子を見ていると、益恵はとうとうここへ到達したのだな、という感が強くなる。

ここがどこなのか、アイには知る由《よし》もないが、それでいいと思う。

しばらく団扇を動かしていて、佳代はアイたちのいる居間へ戻ってきた。

「この家の二階で私たち子供は、ずらりと並んで寝てたんですよ。夏には大きな蚊帳《かや》を吊ってね。満州から引き揚げてきた夏、日本の子供たちは虫からも守られているんだなあ、と思いましたね。だって満州では、体中シラミや南京虫《ナンキンむし》に嚙まれ放題でしたから」

「佳代さんは昼間、私たちにした話を、まあさんとしたかったでしょうね。まあさんが認知症でなければきっと、長年の隔絶を飛び越して、心を通わすことができたでしょうにね」

麦茶を三つのグラスに注ぎながら、富士子がしみじみと言った。

うつむいた富士子の顔には、それとわからない程度の翳《かげ》が落ちている。病は内側から着実に彼女を冒している。益恵のことに心を奪われているうちに、この友人は刻々と命を削られているのだ。そんな自分のことを捨て置いて、「今日はいい日ね！」と言える富士子がこの世から消えてしまうなんて。いったい自分はどうしたらいいのだろう。

「いいえ。今のまあちゃんでよかったと思いますよ。佐那の今の境遇を知ったら、まあちゃんは何て言うか」

富士子に渡されたグラスを、手の中に包み込みながら、佳代が答えた。

「今の境遇って、あの、旦那さんのこと？」

富士子がアイに目配せをした。月影なぎさのろくでもない夫のことは、マスコミに散々取り上げられているのだ。この島の住人だって知っているだろう。清子が佳代を相手に、なぜ佐那はあんな人とずっと一緒にいるのかと問い詰めていたことを思い出した。

後でそれとなく清子に「とっぴん」の意味を問うと、「のぼせもの」という意味だと教えてくれた。「あんなのぼせものをどうして放っておくのか」と清子は言い募っていたのだ。

「そうです」

「ごめんなさい。この前、あなたとアイちゃんが話しているのを聞いてしまったの。佐那さんが離婚届に署名捺印したってことは、娘さんも別れたいって思っているんでしょう?」

「ええ。あの子もとうとうその決意を固めたんです。独り身に戻って女優業に専念しようとしています」

「でも、旦那さんは違うのよね」

アイは黙って佳代と富士子の会話を聞いていた。佳代は小さく頷き、麦茶を口に含んだ。ゆっくりとそれを飲み下す。

「島谷が佐那さんのことで、切り札を持っていると言われましたよね。それは佐那さんの出生に関すること?」

佳代よりも、アイの方がぎょっとして富士子を見た。鋭い洞察力を持つ富士子は、何でもよく気がつく。しかしここまで踏み込んだ物言いをすることはまれだ。今、富士子を突き動かしているものは何なのだろう。

佳代がグラスを座卓の上に置いた。カツンというかすかな音に、アイはなぜか戦慄した。この旅において、ただの傍観者だった自分たちに、違った役割が振られるのではないか。自分たちのあずかり知らぬところから来た予兆とも布告とも知れぬものに、アイは目を凝らした。

緊張するアイとは裏腹に、佳代は体の力を抜いたように見えた。グラスに浮き出た模様を親指でなぞっている。言い出そうかどうか迷っているというよりも、どんなふうに切り出そうか頭の中を整理しているというふうに見えた。彼女の中でも何かが変わろうとしている。

「あの男はね、佐那の半生記を書く取材をしているうちに、赤ん坊の取り替えに気づいてしまったんですよ」

「そうですか……」

富士子にとっては予期していた答えだったのか。静かにそう答えたきりだった。

「島谷にとって、月影なぎさの半生記を手掛けられることは、思ってもみない僥倖《ぎょうこう》でした。あの子の人生に入り込み、ファンや読者の気持ちをぐっとつかむいい本を書き上げられれば、彼の名声も上がる。そんなふうに考えたのでしょうね。あちこち飛び回り、たくさんの人に会って、丁寧な取材をしているようだと、そう聞いた時から嫌な予感がしました」

佳代はもう一度、麦茶を飲んだ。縦皺が刻まれた喉が上下するのを、アイと富士子は黙って見詰めた。

「島谷は、佐世保で私の隣人だった元看護婦の女性に話を聞いたんです。私の本当の娘、佐那が火傷を負った時に駆け付けてくれた人――」

夫が筑豊から帰ってきた直後に転居し、それからは一切交際を絶っていたのだと、佳代は言った。長い間疑念を持ち続けていた彼女は、熱心に話を聞いてくれるライターを相手についロを滑らせた。その話を裏付けるために、佐那が担《かつ》ぎ込まれた医院で働いていた看護婦、葬儀会社や寺にまで取材をかけて、島谷はこれは真実だという確信を得た。

「でもそんなことは、半生記には暴露されていませんでしたね」

「するもんですか。そのことは、あの男にとって、格好のネタになるんですから」

「ネタ？」

「そう。月影なぎさの隠された過去。大きな秘密。それが世間に知られたら、大スキャンダルになるだろうというのです」

「脅《おど》されたんですか？　なぎささん。島谷はそれをちらつかせて結婚を迫った？」

佳代は激しく頭《かぶり》を振った。

「あの子は何も知りません。島谷はいつの間にか佐那と私の検体を採取して、DNA鑑定までしていたんです。私たち二人の間に親子関係はないとの報告書を持って、私のところに来たのは、もう結婚してからでした」

「あなたを脅迫《きょうはく》するために？」

とうとう黙っていられなくて、アイは口を挟んだ。

「そうです」その時のことを思い出したのか、目を怒らせて佳代は答えた。「その時には、私はもうこっちに引っ込んでいました。夫も亡くして一人暮らしをしていました。佐那のおかげでなに不自由のない裕福な生活を送らせてもらっていました。そこへあいつは意気揚々と乗り込んできたんです」

島谷にDNA鑑定書まで突きつけられて、佳代は動揺した。と同時に娘婿《むこ》の本性を見た気がした。佐那は幸せになったのではなかった。一生ダニのような男に付きまとわれる苦労を背負い込んだ、ということに佳代は思い至った。

「私が恐れたのはね、世間に秘密が知られて大騒ぎになることではなく、佐那に隠してきた真実を知られるということでした。まあちゃんと固く約束をして別れたんですから。この秘密は二人の胸の中にだけ収めておこう。この子はあなたの子に間違いない。明子はあの日、死んだんだとまあちゃんは言いました。そのことを、私たちは何十年も守り通してきたんです。今さら佐那に真実を告げることはできない。それに何より、マスコミがまあちゃんを探し出して押しかけるのではないかと震え上がりました。きっと穏やかに過ごしているだろうまあちゃんの心を、今さらかき乱すようなことはとても——」

佳代の心情を、島谷は憎いほど読んでいた。自分がつかんだ秘密は、佳代にこそ効くのだということを。違法すれすれの取材を繰り返し、取材対象の気持ちを慮ることなくスクープをものにしてきたあざといライターの性情が明らかになった。

たとえ自分のでたらめな記事が因《もと》で命を絶った人物に同化する夢を見て慄くことがあるにしても、島谷竜司という人間性は変わらない。そんなことで死んでしまった男を蔑み、あざ笑うのが関の山だ。貧しく卑《いや》しい心根の持ち主——。

「で？　どうなったの？」

訊かずにいられなかった。佳代は首をすくめた。

「ご存じの通りです。島谷は働きもせず、好き勝手をやっているのです。お金なら難なく手に入る。月影なぎさは女優として円熟期にありますから、ドラマへの出演依頼はたくさんあります。佐那の差し出す金額で足りなければ、私から引き出せばいい。私にも、あの子のおかげでかなりの蓄《たくわ》えがありましたから。あんなしがないライターの稼ぎと比べたら、夢のようなお金がね。それを湯水のように使って悦《えつ》に入っています」

派手な生活を妻が咎《とが》めると、島谷は暴力を振るうようになったという。女優としての価値を損なうことのないよう、顔や腕など、人目につく場所は避けるという巧妙さなのだと。佐那が離婚届に署名してからは、腹立ちまぎれに佐那を押し倒してセックスを迫る。撮影から帰ってきたばかりの佐那を、玄関で犯すこともある。そんな爛《ただ》れたセックスが、倒錯《とうさく》した喜びになるのだと、佳代は吐き捨てるように言った。

母親に泣きついてきた佐那を問い質し、娘婿の陰惨《いんさん》なやり口を知った。佐那は、精神的に追い詰められてボロボロになった後、健気《けなげ》にも気を取り直して女優業を続けている。今、彼女を支えているのは長年培《つちか》ってきたプロ意識なのだ。母親の庇護《ひご》の下から抜け出し、不幸な結婚生活を経て、佐那は佐那なりに自分の足で歩いていこうとしている。

「何とかしてやりたいけれど、私も高齢で、前のように娘についていてやることはできません。私たち母娘は、あの男に食い物にされているんです。いいえ、私のことなんかどうでもいい。まあちゃんから託された大事な娘を守り抜くことができず、本当に申し訳ないと――」

佳代は座卓の上に身を伏せて、肩を震わせて泣いた。ひとしきり泣いた後、佳代は身を起こした。皺の刻まれた頰に、幾筋もの涙の痕《あと》がついていた。佳代はハンカチを取り出して、それを拭った。

「だから、あなたからの手紙を読んだ時、本当に怖かった。佐那が、いいえ、明子ちゃんが不幸のどん底にいる今、まあちゃんと会うなんて、そんなこと……」

ハンカチを口に当てたせいで、くぐもった声だった。

アイも富士子も絶句した。まさかこの島で、こんな壮絶な告白を聞くとは思わなかった。暗澹《あんたん》たる気持ちで、開け放った掃《は》き出し窓の向こうへ目を転じた。暗い海に漁火《いさりび》が、点々と見えた。その灯に煽《あお》られるように、憤怒《ふんぬ》の感情が、アイの中でふつふつと湧いてきた。

「でも会ってよかった」ハンカチをぐっと握りしめて、佳代は強い言葉を発した。「アイさんと富士子さんには感謝しています。ああ、それからまあちゃんのご主人にも。この数日は、夢を見ているようでした。ここ何年も、こんな幸せを味わったことがありませんでした。地獄にいるような日々でしたから」

「佳代さん……」

富士子がにじり寄っていって、佳代の背中を撫でた。佳代はもう泣いていなかった。そして襟元《えりもと》から、お守り袋を取り出した。それを愛おしそうに撫でる。佳代の命を助けた死人の骨が入ったお守り袋――。

「まあちゃんに会って、力が湧いてきました。忘れていた。私たちが満州から生きて帰ってこられたこと。戦争は終わってたけど、あの行程はまさに戦争だった。十一歳の女の子が立派に戦い抜いて祖国の土を踏んだのですから」

向かい合った佳代の目に、みるみる強い光が宿ってくるのを、アイは見た。

「この数年は気持ちが萎《な》えて、島谷の言いなりになっていれば、穏便《おんびん》にことが済むのだと自分に言い聞かせてきましたが、それは間違いだった。それにようやく気がつきました」

古びたお守り袋を、またするりと襟首から落とし込む。

「ここで諦めるわけにはいかない。私が生きているうちに、どうやっても佐那を、いいえ、明子ちゃんを自由にしてやります。あんな男とはきっぱり別れさせるわ」

「どうやって?」

富士子の声は震えていた。

「ここへ呼び寄せます。また遊ぶお金にこと欠いて、私に無心をしてきているんです。それを渡してやると言ってやります。そして、今度こそは離婚届に判を押させるわ」

「うまくいくかしら」

ねえ、アイちゃん、と富士子が不安げな顔を向けてきた。アイは返事をしなかった。考えを巡らせていた。

「今度は負けませんよ。手切れ金としてまとまった金額を渡すと言い渡します。その交換条件として、離婚を迫ります。島谷は、どこかの若いタレントか女優か、お気に入りの誰かと暮らせばいいんです。きっと神様が助けてくださいます。この島では、私たちは守られているんです」

佳代はお守り袋をしまった胸の上で十字を切った。

「どう思う？　アイちゃん」

庭の物干し台の前に立った富士子は、ほころんできた紫陽花のつぼみに手を伸ばしていた。彼女は洗ったばかりの洗濯物を干し終えたところだ。縁側にいるアイのそばに戻ってきて隣に座った。

石垣の下の道を、お揃《そろ》いのジャージを着た女子中学生がランニングしていった。國先島には高校がないので、子供たちは中学を卒業すると島を出ていくのだと聞いた。何かの部活なのか、たった数人の女の子たちの掛け声が遠ざかっていく。

佳代と益恵は、教会に出かけた。

――一緒にお祈りをしたねえ。マリア様に――。

大津で呟いた益恵は、この島の教会に佳代と通っていた時のことを思い出していたのだろう。ここは神聖な島なのだ。その島に、もうすぐ外からやって来る者がある。島谷竜司。月影なぎささの夫だ。

佳代が連絡を取った。初めは渋っていた男も義母の口ぶりから、風向きが変わったことを感じ取ったようだ。佳代はシンプルにこう言った。

「あなたがつかんでいる事実は、何の効力もなくなった。今、國先島には佐那の本当の母親、私にとってはかけがえのない友人が来ている。彼女もあなたに会いたいと言っている」

島谷は詳しい話を聞きたがったが、それ以上のことは直接会ってからと佳代は拒《こば》んだ。多くを語らず、またいつになく威圧的な義母の態度が、島谷を不安にさせたのだろう。とうとう重い腰をあげてこちらに来ることを了承した。今、月影なぎさは京都で舞台に出演している。妻と連絡を取ることもできないはずだ。それはそれで都合がよかった。

「佳代さんの作戦は成功すると思う？」

もう一度、富士子が尋ねた。島谷が来ると決まってから、アイはずっと考えていた。どれほど佳代が手切れ金を渡すと言っても、彼は承知しないと思えた。あの男は、月影なぎさの夫というポジションが心地よいのだ。生活は安泰で、遊ぶ金には事欠かない。芸能界につながりもでき、見栄えのいい若い女性を愛人にすることもできる。時折スキャンダラスにマスコミに取り上げられることすら、あの男には快感なのだ。佳代がどれほどの金額を提示しても、うんというはずがない。

島に来て益恵に会ったら、彼女が認知症なのがわかってしまう。実の母は、もう何もわからない。自分を糾弾《きゆうだん》することもできないと知るわけだ。そういうことが、佳代に有利に働くとは思えなかったし、アイはそんなことに益恵を巻き込みたくなかった。もう詳しい事情は理解できないにしても、益恵はただ不安を募らせ、混乱するだけだ。認知能力は低下しても、何も感じないわけではない。特に負の感情は、わけのわからない恐怖へと益恵を追いやる。ここまで来て、そんな目に遭わせるわけにはいかない。

三千男にも申し訳ない。この旅の目的は、益恵に平安を与えることなのだから。

それに佳代としては、佐那に事実を知られることを最も恐れている。その秘密だけは絶対に知らせないで、自分の子として育てると、益恵と交わした約束を一途に守り通してきたのだ。佳代に残された人生の時間は少ない。間もなく一人娘を残して逝くことになるだろう。そんな時に、佐那を衝撃と失意のどん底に落としてしまうわけにはいかない。そんな佳代の気持ちは痛いほどわかった。

どう見たって、島谷の方がいいカードを握っている。

「島谷が素直に離婚届に判を押して帰っていくとは思えない」

富士子も同じように考えているようだ。

「富士ちゃん」

アイは真っすぐに富士子を見た。親友の体が恐ろしい病に蝕《むしば》まれているという事実。こうして見ると、それが外見にも如実《にょじつ》に表れている気がする。目は落ちくぼみ、肌の皺は深く、かさついている。唇の色も悪い。病魔を束《つか》の間《ま》抑えるために服用する大量の薬。自分よりも若いと思っていた富士子なのに、旅に出てからの二週間ほどで、どっと老いたような気がする。老いさらばえているのは、自分だって同じだろう。アイは縁側に置かれた節くれだった自分の指を、軽く曲げ伸ばしした。丸まった背中を意識して伸ばす。

「今度の旅が始まる時、三千男さんは言ったわね。嘘の世界でもいいから、まあさんが安心して住める世界を用意してやりたいって」

「ええ」

「あの時、私たちは決めたわね。まあさんに黙って付き合って、まあさん自身が答えを出すのにまかそうって」

「そうね」

「そうやって、ここまで来て、思いもよらないまあさんの過去を知ったわ」

富士子は答えず、不安げに見返してくる。

「私たちは、もう付添人や見届け人ではいられない」

富士子はわずかに目を見開いた。持ち上がった瞼《まぶた》の下の薄い虹彩《こうさい》が、アイをとらえている。

「あなたの言う通り、島谷は佐那さん、いいえ、明子さんを手放すとは思えない。死ぬまでくらいついていているつもりよ」

鬼畜のような男の行状を、もう何度もアイはなぞった。気まぐれに暴力を振るい、倒錯した性のはけ口にもすると言った佳代の言葉が頭から離れない。体が震えるほどの怒りで、どうしようもなくなる。友人に託した大事な娘がそんな境遇にあると、益恵が理解できようができまいが、到底許せることではない。

「どうするの？」

富士子の声は、囁きにしか聞こえなかった。

「私たちには時間がない」アイは深く息を吸った。馴染《なじ》んだ潮の香りがした。「佐那さんを助けてあげたいけど、じっくりとは取り組めない。まあ、説得したって聞くような相手でもないでしょうしね」

努めて軽く聞こえるように言ったが、富士子はぎゅっと眉を寄せた。長年の友は、アイの心の内を読もうとしている。

「どうするの？」もう一度、同じ質問を口にする。

「島谷を殺すのよ」

富士子は息を詰めていたらしく、そっとそれを吐き出した。アイの言葉を予期していたのか、それとも驚愕《きょうがく》したのか、小さな呻《うめ》き声が唇から漏れた。アイは急いで言葉を継いだ。

「この島のどこかの崖から突き落とせばいい。事故に見せかけて」

富士子は口に手を持っていった。

「そんな――恐ろしいこと――」

「怖がることはないわよ、富士ちゃん」今度こそ、軽快に言えた。「何を怖がることがある？　私たち、後は死ぬだけじゃないの」

富士子はアイから視線を外してうつむいた。膝の上に置いた両手を組んで考え込んでいるようだ。「後は死ぬだけ」だなんて、死を目前にした友人に言うべき言葉ではないとわかっていた。だが、死は自分にとっても近しいものだ。八十歳を超えた老婆だからこそ、力を持つ言葉だ。そういうことを、富士子はわかってくれるはずだ。

富士子の肩が小刻みに震えだした。やはり無神経過ぎる言葉だったかと、アイは後悔した。感情にまかせて彼女の心を踏みにじってしまった。

富士子がぱっと顔を上げて、アイを見た。アイの方が呆気《あつけ》に取られてしまう。富士子は笑っているのだった。

「そうね！　アイちゃんの言う通りだ。問題を抱えているのが私たちのどちらかで、まあさんが昔のままのまあさんだったら、きっとまあさんがそう言ったでしょうね！」

込み上げてくる笑いを苦労して抑え込んでいるせいか、富士子の肩は震え続けている。

アイも釣られて笑った。富士子の言い方は極端だけれど、益恵は決断が早かった。なんでもさっさとやり通した。迷いがなく、泣き言も一切なかった。終わったことを引きずることなく、常に前を向く姿勢は、見ていて胸がすく思いがしたものだ。

益恵が忠一の戦争体験を聞いた上で、結婚を決めたこと。彼の戦場でのトラウマを理解し、優しく寄り添ったこと。娘を生かすために立てた企《くわだ》て。秘密を守るために、無二の親友と一生会わずにきたこと。すべてが益恵という人の生き様を表している。

「わかった。やりましょう。これが旅の最後に、私たちに課された仕事ね」

富士子の生き生きとした声を聞いて、アイも嬉しかった。


島谷が國先島にやって来るのは、三日後だという。

三日の間に念入りに計画を練った。佳代には真の目的は伏せて、島谷を追い詰めて離婚届に判を押させる相談をした。

島谷は、益恵の顔を知らない。もしかしたら、なぎさの半生記の取材の過程で、若い頃の益恵の写真を目にしたかもわからないが、八十六歳にもなった今の顔とはつながらないはずだ。だから、アイが益恵の振りをすることにした。年齢も近いし、ああいう手合いには老婆の顔など、見分けがつかないだろう。

一応、正攻法で離婚を迫る。それでもうまくいかない場合は、益恵役のアイが彼と二人で話し合う機会を設ける、ということで佳代を納得させた。

アイは島谷を散歩に誘い出し、黒牛の放牧場まで連れ出すつもりだった。相手は老人だと思って油断するだろうから、隙を見て崖から突き落とす作戦だ。その策に富士子は強硬に反対した。危険すぎると言う。もし崖っぷちで揉み合いにでもなったら、アイの方が転落させられるかもしれないと心配した。向こうは壮年の男で、こちらは力のない老人なのだからと。富士子も加勢すると言い張る。

それで放牧場へ黒牛を見学しに来た人という態《てい》で、富士子が先にそこで待っているということにした。老婆が二人になったからといって、それほど有利になるとは思えなかったが、富士子が近くにいてくれるだけでも心強い。

「ねえ、私たち、人を殺す算段をしているのよね」

クスクス笑いながら、富士子が言う。佳代と益恵が出かけてしまった家の中で。

「そうよ」

「そんな恐ろしい相談をしているなんて、全然思えない」

「まあね」

アイも苦笑した。この計画は、佳代も益恵も、ましてや三千男も知らない。ことが終わった後、島谷が國先島へやって来たのはなぜか、なぜ初めて会ったアイと崖の近くに行ったのか、取り沙汰《ざた》されるかもしれない。アイに疑いの目が向けられるだろうか？　こんなよぼよぼの年寄りに？

そこまで思い至っても、アイには不安も恐怖もなかった。自分の心境が自分でもよく理解できなかった。そんな面倒に巻き込まれた母親を、美絵や聡平はどう思うだろうか。自分たちの事情だけを勘案して、勝手に描いた図に母親を都合よく嵌《は》め込もうとしていた子供たちは。今頃、母親が詐欺《さぎ》被害で無一文になったことを、二人で相談し合っているかもしれない。あるいはより険悪な状態で、愚かで無能な母親の押し付け合いをしているだろうか。

その光景がありありとアイの頭の中に浮かんだ。美絵の口調。聡平の戸惑い。苛立《いらだ》ち。

死を前にして、弱って助けを求めるだけの存在に、母親をなぞらえていたのだろうけど、そうはいかない。私は私でやるべきことがある。後は死ぬしかない老人は自由なのよ。黙っておとなしくしていると思ったら大間違い。さらに困ったことに、母親は、遠い西の島で殺人事件を引き起こそうとしているわけだ。きっとうまくやるわ。益恵のために。そう思うと、爽快感が広がった。人生の最良の仕舞《しま》い方を見つけた気分だった。

「でも慎重にやらないと。絶対に失敗は許されない」アイは表情を引き締めた。「あいつをこの世から消し去るまではね」

「自分の年齢を忘れないでよ、アイちゃん」富士子は釘《くぎ》を刺した。「向こうが素直に『サヨナラ』って落ちてくれるなんて思わないで。私がそばにいたって、助けられないからね」

その言い方がおかしくてぷっと噴き出した。

「大丈夫」

アイは上着のポケットから小ぶりの包丁を取り出して見せた。刃先をくるんだ布を取る。

「え？　それって」

小刀と言えるほど小さな包丁だ。これで清子は手早く魚を捌《さば》くのだ。島の家にはどこにも備えてあるようで、佳代の家の台所にもあった。それをアイは丁寧に砥石《といし》で砥《と》いだ。

「いざとなったら、これで脅すか、一回くらいは突き刺してやるわよ」

富士子は大仰《おおぎょう》にため息をついた。

「刺し傷があったら、事故だって装えないでしょ」

「その時はその時よ」

要するに島谷を殺すのが第一なんだから、と続けると、また富士子はため息をついた。

「だんだんずさんな計画になっていくわね」

富士子は呆《あき》れたように首を振ったが、たいして気にしている様子はなかった。


何も知らない益恵は、それでも友人たちの緊張が伝わるのか、やや落ち着かない様子だ。前日になると、立ったり座ったり意味のないことを口走った。

「孫にお小遣いをあげなくちゃ」と財布を探したり、「この前、ここがひどい雨漏りをしたのよねえ」と天井を見上げたりした。

「ああ、疲れた。夜、お店が忙しくなるから、ちょっと休んでおこう」と横になったと思ったら、すぐに起き上がって、家の中をうろうろと歩き回る。

「紙とペンをどこへやったかしら。仕事がはかどらないから、困ってしまう」

混乱して妄想を口にする益恵を見ていると、押しのけたはずの不安の芽が、どこからともなくアイの中に湧いてくる。富士子は午後になると、一人でどこかへ出かけてしまった。アイは、夕飯の支度を引き受けて台所に立った。腹を据《す》えたらしい佳代は、居間の座卓の上に離婚届を広げて睨《にら》みつけている。

キュウリとタコで酢の物をこしらえた。砂糖を多めに入れて甘めの味付けにするのが、アイのやり方だ。鍋ではナスと油揚げを煮付けている。政輝からもらったイサキをおろして、刺身をこしらえ、アラ汁も作るつもりだ。慣れた手順で料理をしていると、だんだん平明な心持ちになってきた。

魚を俎板《まないた》に載せた。包丁はついでに全部砥いでおいたから、切れ味はよい。トン、とイサキの頭を落とす。腹にすっと刃を入れて内臓を掻き出し、三枚に下ろす。皮を剝《は》いだら透き通った身を、刺身包丁で薄くそいでいく。どれもこれも流れるように手が動く。

「お腹に包丁を刺してやるくらい、わけないわ」

独りごち、一人で笑った。

夕食が終わると、富士子がアイを呼んだ。ゆっくりくつろいでいる佳代と益恵を置いて、勝手口から外に出た。

「私も武器を作ったの」

富士子が目を輝かせて差し出したものを、アイは手に取った。七、八十センチほどの丈夫な細いロープの両端に、こぶし大の丸い石をくくりつけただけの代物だった。一つは大きく、もう一つはひと回り小さい。用途がさっぱりわからない。

「何? これ」アイは素朴《そぼく》な疑問を口にした。

「ツォンガ」得意満面で富士子は答えた。

「ツォンガ?」

「そう」富士子は勢い込んで説明する。「これを投げて獲物をとらえるの。走っていくガゼルやインパラの脚を狙うの」

「インパラ?」

「アフリカの草原地帯に住んでいたいくつかの部族が昔使っていた狩猟具なの。似たようなものがパプアニューギニアの奥地にもあったのよ。火薬を使う武器なんか持たない部族は、こういう飛び道具を使って獲物をつかまえていたわけ」

こうやって投げるの、と富士子は投げる仕草をしてみせた。大きい方の石を勢いよく回して、タイミングを計って投げる。すると疾走する草食動物の脚にロープが絡《から》まり、獲物を倒せるのだという。小さい方の石の回転を利用して、うまく二本の脚を束ねるのだと、富士子は真剣な顔で説明した。

「投げるにもコツがあるのよ、これ」

「つまり、その——あなたが勤めていた博物館に所蔵されていたわけ？」

ようやく呑み込めてきた。富士子は大きく頷いた。

「社長と私は、現地まで赴《おもむ》いて、かつて使われていたツォンガを手に入れたの。その時に、部族の男たちから投げ方も教わった」

真剣にツォンガを投げる練習をする博物館のオーナーである社長と、学芸員の富士子の、熱に浮かされた子供のような表情が浮かんできた。上司と部下であり、同好の士であり、腹心の友であり、そして愛人同士だった年の離れた男女。

「で、これをどうやって使うわけ？　明日」

「アイちゃんが島谷を突き落とそうとするでしょ？　もしあいつが抵抗したり、逆襲してきたりしたら、これを投げてアイちゃんを助ける。あいつの脚でも両手でも拘束できれば、そのまま崖から落とせるでしょ？」

「ツォンガが巻き付いたまま海に落ちれば、事故だって誰も思わないわよ」

「その時はその時よ」富士子は澄《す》まして答えた。

年老いた女が二人、暗がりで人を殺すための武器を試している。その奇妙さと神妙さ。そして高揚感。アイは自分の年を忘れた。目の前の富士子も、頬を紅潮《こうちょう》させた少女に見えてくる。

そうだ。手に手を取って、満州の地を駆け抜けた益恵と佳代のように。苦しいことばかりじゃなかったかもしれない。時には楽しいこともあって、はしゃいだ声を上げたこともあったかもしれない。

ツォンガを操る富士子を見ているアイも、自分が若返っていく幻想に取りつかれた。時折ぶり返す腰や膝の痛みはどこかへ消え、軽い足取りで走り回っていた娘時分の感覚を取り戻す。幻想の中では、曲がっていた腰はぴんと伸び、地肌が見えるほど薄く、細くなっていた頭髪は豊かに背中に垂れている。いやらしい染みや皺とは無縁の肌を持つ朗《ほが》らかな体で、これから人を殺すのだと思ったら、どこからともなく自信が湧いてきた。

「きっとうまくいくわね」

束の間の少女たちは、顔を見合わせて笑い合った。

島谷は胡散臭《うさんくさ》そうに、アイを見詰めている。

この婆さんが、本当に自分の妻の実の母か、見極めようとしているのか。いくらでも見ればいいわ、とアイは思った。佳代が一番恐れているのは、娘に出生の秘密を知られることだと、この男は見抜いている。だから、まだ佐那には真実は告げられていない。強請《ゆす》りのネタは大事に取ってあるはずだ。

「まあ、実の母親が出てきたって、関係ない。あんたらの弱みはこっちが握っているんだからな」思った通りのことを島谷は口にした。「月影なぎさの出生の秘密が暴かれるとなると、世間は大騒ぎになるだろうな。どこのマスコミも、涎《よだれ》を垂らして飛びついてくる。この情報を手に入れるためには、こぞって大金を出す」

座卓の向こうでふんぞり返る島谷を、アイはじっくりと観察した。写真で見た通りのまずまず整った顔つきだ。くっきりとした二重瞼《ふたえまぶた》に、長い睫毛《まつげ》。浅黒い肌。たいして売れない俳優に見えないこともない。だが全体的に、怠惰《たいだ》で退廃的な匂いを撒《ま》き散らしている。仕草や物言いからは、育ちの悪さを感じた。そんなふうに若い男を評価するのが、すでに年寄り目線なのだとわかってはいるが、島谷は、アイたちの年代の者からは敬遠される類《たぐい》の男だ。それは間違いない。

銘柄は知らないが、ブランドものらしき上質の服を着崩している。立て襟の変わったデザインのジャケットの下には、皺加工のTシャツ。首にはお定まりの金のチェーン。凝ったデザインのバックルが付いたベルトや、やたらと目盛りの多い腕時計もきっと目が飛び出すくらい高価なものに違いない。

絵に描いたような成り上がり男だ、とアイは値踏みした。要するに中身のない男。生活能力もないくせに、誰もが自分に注目しているような思い違いをしている。佐那は、どうしてこんな男に心を開いてしまったのか。佳代が今まで百万回も考えたであろう疑問を、アイも思い浮かべた。

その佳代は、佐那の名前の記された離婚届を座卓の上に広げた。

「これで最後よ。今、これにサインして判を押してくれたら、あなたには佐那の財産の半分を渡す」

離婚届を見ていた島谷が、目を上げた。佳代がすうっと息を吸い込んだのが、隣にいるアイにもわかった。

「その上に、佐那には内緒で私が金額を上乗せする」

「いくら?」すかさず問う島谷に、胸が悪くなった。

「二千万」

へっというふうに男は笑った。

「たったそれっぽっち? こんな辺鄙《へんぴ》な島まで呼びつけておいて」

長めの髪を掻き上げる。甘すぎるコロンの匂いが鼻につく。もしかしたら、愛人を伴って来ていて、佐世保ででも待たせているのではないか。そんな気がした。

アイは島谷の背後に掛かった柱時計に目をやった。彼がここに来て、三十分が経った。益佳代がお茶を出したり、佐那の近況を聞いたりしているうちに時間が経ってしまった。益恵と富士子は播火海岸へ行っている。たった十二人の小中学生が、砂の上の運動会をするというので、見学に行った。きっかり一時間経ったら、戻ってくることになっている。それまでに話し合いがうまくいっていれば、記入済みの離婚届を佳代が手に入れているはずだ。だが、おそらく決裂するとアイは踏んでいた。

そうしたら計画通り、アイが一人で島谷を放牧場へ連れ出す。富士子は益恵を佳代に託して、先回りして放牧場の断崖《だんがい》の近くで待ち受けるという段取りだ。アイはバッグの中には包丁を、富士子は手提《てさ》げの中にはツォンガを忍ばせて。世界で一番年老いた殺し屋だ。でも、できればそんな手荒なことはしたくないわ。そう心の中で呟いたアイは、まるで本物の殺し屋みたい、と笑いをこらえた。

「とにかく佐那はもうあなたと一緒にいるのは嫌だって言ってるの。これにサインしたのでもわかるでしょ？」佳代が畳みかけるように言った。「心が離れてしまった妻と暮らすのは、あなたにとっても苦痛でしょう」

島谷はふふんと鼻を鳴らした。

「いや、今は佐那は気が変わったみたいだ。これを書いたことを後悔してるよ。母親に言われてつい気の迷いでサインしてしまったと言ってる」

「何ですって？」佳代の言葉は震えている。

「ちゃんと俺が言って聞かせたからな。バカなことはよせって」

横目でとらえた佳代の顔が、さっと青ざめるのがわかった。

「あなた、佐那に何をしたの?」

「別に」男はうそぶいた。「きちんと道理を教えてやっただけだ。あれはよく言うことをきく女だから」

佳代がぎゅっと目を閉じた。身の内から湧き上がる激情を、必死で抑えようとしているのだ。しっかりしていた頃の益恵が、こんなことを聞いたらどうだろう。きっと嘆《なげ》き悲しむに違いない。認知症でよかったと、アイは初めて思った。そしてそんなふうに思った自分を恥じた。同時に目の前の男に憎悪《ぞうお》の念を募らせた。同じ感情に翻弄《ほんろう》されるからこそ、佳代も苦悩している。それが痛いほどよくわかった。

「とにかくこれはもう——」

座卓の上に伸ばした島谷の手が届く前に、アイはさっと離婚届を引ったくった。島谷は、不満げに下唇を突き出したが、何も言わなかった。離婚届を畳んで、傍《かたわ》らに置いた自分のバッグに入れ、男に向き合った。

「つまり、あなたは、佐那と離婚する気はないってことね」

押し殺した声で言い、島谷を睨みつけた。が、八十を過ぎた老婆の視線など、相手にとっては痛くも痒《かゆ》くもないようだ。

「そういうこと」

歌うように、いくぶん楽しげな口調だった。

「これからも月影なぎさの夫として、彼女を支えていくよ。それをあいつも望んでいる。あいつには、俺が必要なんだ。これ以上、夫婦のことに首を突っ込まないでくれるかな？いくら母親が二人でかかっても無駄だ」

島谷は自分の言葉が気に入ったらしく、にやりと笑った。

「おとなしくしていてくれたら、佐那には何も言わない。本当の母親が別にいるなんて。どうして死んだ赤ん坊と取り替えられたかなんて」

真っすぐに自分に向けられた視線に、アイは怖気《おぞけ》を震った。この世には、他人を傷つけること、他者の感情を踏みつけることを何とも思わない人間がいる。今目の前にいる男は、確実にその範疇《はんちゅう》に入る人間だと感じた。

「俺もジャーナリストのはしくれだからな。取材力は人並み以上にあると自負しているし、ことこういう部分には執念《しゅうねん》を燃やすたちなんだ」

嫌な予感がした。

「あんたの――」島谷の人差し指が真っすぐにアイを差した。「旦那がどんな人間だったか知っている」

すっと体の温度が下がった。

「赤ん坊の取り替えの事情を探っていたら、その事実に行き当たった。証言をしてくれる人が何人かいたから」

またあのいやらしい笑い。唇の片方が、ついと持ち上がる。

「戦争体験がそうさせたんだろ？　気の毒にな」

これほど心のこもらない言葉をかつて聞いたことがない。ぎりっと鳴ったのが、自分の歯ぎしりか。それとも隣の佳代のものか、もはや判別がつかなかった。

「不幸な戦争後のＰＴＳＤ？」島谷は、自分の言葉にくっと笑った。笑った？　この人は、こんな場面で笑える類の人物なのだ。「興味深い事例だ。自分の赤ん坊を殺そうとするなんて」

バンッと大きな音がして、アイは跳び上がりそうになった。佳代が座卓面を両の手で思い切り叩いたのだった。そのまま身を乗り出して、娘婿につかみかかろうとしている。島谷は、身を引いて難なくその手から逃れた。まだ薄ら笑いを浮かべたまま。皺だらけの老女の手は、虚しく宙を掻いた。

「あんたって人は――」

顔を怒らせ、息を切らして相手に向かおうとする佳代を、アイは中腰になって押しとどめた。昂《たかぶ》って自失する佳代を見て、逆に心が鎮まった。同時に島谷に対する殺意は固まった。時計を見上げた。もうそろそろ富士子と益恵が戻ってくる頃だ。

「俺が口を割れば、佐那に知れるだけじゃない。彼女にまつわる興味深い過去が世間に露わになる。マスコミはこぞって取材合戦を繰り広げるだろうな。あんたのところへも押し寄せると思うぜ。覚悟しといた方がいい」

あの王子の気持ちのいい三千男と益恵の住まいが蹂躪《じゅうりん》される。そんなことは許されない。あそこは、やっと益恵がたどり着いた安住の地であり、アイと富士子にとっては聖域なのだ。

「あなたの気持ちはよくわかった」かすれた低い声を出す。「要するに、佳代さんや私の要求は呑めないってことね。佐那と離婚する気はさらさらないと」

「そういうことだって、さっきも言ったろ？」

島谷は、話は終わったとばかりに腰を上げかけた。心はもう愛人のところへ飛んでいるのかもしれない。

「わかりました」厳《おごそ》かに言い放つ。「あなたが手にした情報を私が買うわ。佐那の、いえ、明子の父親に関しての情報。黙っていると約束してくれるなら。そのことに関しては、佳代さんは、何の関係もないんだから」

「そんな――」アイさん、と続けそうになったのか、佳代はすんでのところで口をつぐんだ。

「夫はもう死んでしまったけど、死者にも尊厳があるわ。あなたはそれすらも貶《おとし》めようとしているんだ」

「いくらで？」

魂のこもったアイの言葉も、島谷には通じないようだ。

「一千万円。それ以上は出せない」

詐欺師に奪われたのと同じ金額。銀行員を装った受け子の男を、目の前の男に重ね合わせた。忘れていた憎悪が燃え上がる。

「お願いだからやめて。そんなこと」

悲鳴に近い声が、佳代の口から出る。

「これから先の話は、佳代さんには聞かせたくない。別の場所で話しましょう。その後、港へ行けば、佐世保行きのフェリーに乗れるはずよ」

「いいぜ」

島谷は、気楽に立ち上がった。島谷が乗ってきたフェリーは、三時間ほど國先港に停泊した後、折り返し便として佐世保港へ向かう。どうせ島谷は、それで帰るつもりで来たのだろう。さっさと義母との話を終わらせて。

渋々ここへ来たはずだが、予期していなかった金が懐《ふところ》に転がり込んできそうな風向きになって、男は上機嫌《じようきげん》だ。女優の妻とも別れずに済み、その上大金が手に入るのだ。彼を従えて玄関を出る時、家の中から、佳代の泣き伏す声が聞こえてきた。義母の泣き声にも、島谷は頓着《とんちやく》しない。先のとんがった革靴に裸足《はだし》の足を差し入れると、意気揚々とアイの後をついて来た。もうすぐ殺されるとも知らずに。

アイもバッグを肩に掛けて外に出た。

この一時間で、この男の本質は理解できた。私も伊達《だて》に年は取っていないのよ、とアイは心の中で呟いた。人間の中身は、容易なことでは変わらない。佳代が言う通り、こんな男に一生まとわりつかれたのでは、佐那が心穏やかに過ごせるはずがない。

益恵の中のつかえがどんなものかは益恵にしかわからない。だが友に託した実の娘が、結婚後あまり幸せではなさそうだと感じることも、その一端だったのではないか。月影なぎさの夫のスキャンダル記事を読んで顔を曇《くも》らせていた益恵の気持ちが、今はよくわかった。筋の通った思考が不可能になった時、そうした負の記憶の残像が、彼女を苦しめているという現状も。

益恵はもう充分苦労してきたのだ。過去は変えられないけれど、「今」の状況を整えてやることはできる。それがこの旅で自分と富士子に託された使命だった。見守ること、付き添うことの先に行動すること。それにようやく気がついた。

一時間の会見は、アイの中に少しだけ残っていた殺人というものへの躊躇を、きれいさっぱり取り除いてくれた。

――何を怖がることがある？　私たち、後は死ぬだけじゃないの。

富士子に対して投げかけた言葉を、自分に向かって放った。

富士子と益恵が並んで緩い坂を上がってくるのが、遠くに見えた。目鼻も明瞭に見えない富士子へ小さく頷いてみせて、アイは別の道に島谷を誘った。

高台の開けた場所から、漁船の船溜まりが見えた。防波堤を回って入ってくる船がいくつかある。漁を終えた漁船が荷揚げのために戻ってきたのだろう。

ちょっと立ち止まってその風景に見入ると、島谷は不機嫌そうに舌を鳴らした。アイは男の仕草を気にすることなく、ゆっくりと歩を進めた。また上り坂になった。前かがみになって一歩一歩上る。膝が悲鳴を上げている。頭の上をかすめるように、大きなアマツバメが一羽飛んでいった。

港から離れた見晴らしのいい崖上まで来た。誰もいない展望台には、八角形の屋根のついた休憩所が設置されていた。中には木製のベンチとテーブルがある。腰を伸ばして息を整えた後、アイが黙ってベンチに座ると、島谷もそれに倣《なら》った。男の額《ひたい》にもうっすらと汗の粒が浮かんでいた。それでも虚勢を張ってみせる。

「ここでいいだろ？　あの婆さんがどんなに耳がよくても聞こえないぜ」

自分のジョークに半笑いになる。険《けわ》しい顔をしたアイが向き直っても涼しい顔だ。

「あんた、さっき言ったこと、本当なんだろうな」

湾曲した絶壁の先に、黒牛の放牧場が見える。アイは、手をひさしのようにかざしてその方角を見通した。

「なあ！　どうなんだ？」

島谷が焦《じ》れたように畳みかける。

「本当よ」落ち着いた声が出せた。

「でもそれには、あなたが持っている情報をどこにも流さないという確約が欲しいの」

「どうすればいい？」

目の前にぶら下げられた一千万円という餌《えさ》に、島谷は食いつきたくて仕方がない様子だ。そんなものはどこにもないのよ。冷たい言葉を呑み込む。

「その情報、どこで手に入れたの？　つまり私が心配しているのは、あなたに亡くなった私の夫の行状を語った人が、子供の取り替えと結びつけて考えていないかってことよ。あなたがまた変な動きかけをしたりすると、秘密に気がつくってことがあるんじゃないの？」

そんなことはどうでもいい。もうすぐあなたは死ぬんだからね。

「それは大丈夫だ」悦に入って島谷は請《う》け合った。「その情報は、別々の人物から手に入れたから。結びつけることができたのは、俺だけだ」

「そのあんたが信用できないの」ぞんざいな口ぶりで決めつけた言い方をすると、男は目をきょろきょろと動かした。

「どうすればいい？」

また同じ質問をする。濡れ手に粟《あわ》の金が、よっぽど欲しいのだろう。妻から引き出せるだけ引き出して、今は小遣いに不自由しているのかもしれない。

アイはバッグを開けた。離婚届を取り出す時、バッグの中に入れてある小ぶりの包丁を確かめた。さっと取り出して使えるよう、刃も剝《む》き出しで入れてある。

「これに一応サインをしてちょうだい」できるだけ、威厳を込めて離婚届を差し出した。

「一千万という大金を無条件にあげるわけにはいかない。こっちも切り札を持っておきたいわけ」

「それがサインした離婚届？」

「そう。あなたがつまらないことをしゃべると、これを役所に提出するからね。それで何もかも終わり」

声に力を込めたつもりだが、弱々しくかすれた年寄りの声にしかならなかった。

島谷は腕を組んで考え込んだ。一千万円を得ることと離婚届を他人に握られていることとを天秤《てんびん》にかけているのだ。吐き気がした。

「もし、これを勝手に出した場合は、あんたの旦那がどんな人物だったかも含め、佐那の身の上がすべて公《おおやけ》になると思ってくれ」

「わかった」

島谷はもう一度離婚届に目を落とした。唸《うな》った挙句、内ポケットからペンと印鑑を取り出した。印鑑を持ち歩いているとは、こういう場面も一応は想定していたのか。ごつごつしたテーブルの上で、紙面に署名捺印をする男の手元を、アイはじっと見下ろしていた。

これが効力を発揮することがあるだろうか？　男が海に転落した後で？　もし不幸にして死ななかった場合は役に立つかもしれない。あらゆる場合を想定しておかなければ。どっちにしても、殺意は揺るぎのないものだ。アイは記入済みの書類をそそくさとしまった。

放牧場の黒牛の間に、人の姿が見えた。富士子だ。用意は万端整った。

なぜか浮き立つような気持ちだった。

「じゃあ、行きましょう」

膝を庇いながら、ゆっくりと歩き始めたアイのあとを、島谷が追ってきた。港とは反対の方向に歩いているのに、「こっちの方が近道だ」と放牧場の方に誘い込む。一度、ウバメガシやハマヒサカキが群生する林の中に入ったので、余計に方向がわからなくなったようだ。

林を抜けると、放牧場の草地が広がっていた。

のんびりと草を食《は》む黒牛と、牧草を分けて吹き渡る風。空はどこまでも晴れている。この牧歌的な風景の中で、今から人を殺そうとしているのだ。草地を通り過ぎると、牛が首を上げてアイの方を見た。一頭の黒牛の向こうに富士子が立って、こちらを見ているのが見えた。遠目だが、強張った表情を浮かべているようだ。手提げの中に右手を突っ込んでいる。きっともうツォンガのロープを握りしめているに違いない。

島谷に背中を見せて、崖っぷちまで歩み寄った。ここの崖が島では一番高い。それに人目もない。殺人を犯すには格好の場所だ。そこで立ち止まり、海を見下ろす。青い海は、引き込まれそうなほど澄んでいる。崖の途中に曲がりくねったウバメガシが一本生えていた。下から吹き上げる風に、常に嬲《なぶ》られているのだろう。すべての枝が崖上に向かって、伸びている。こちらに手を伸ばして悲鳴を上げる人間みたいだ。

奇妙に落ち着いた心持ちで、アイはそんなことを思った。

「おい」

ここに来て初めておかしな雰囲気に気がついたのだろう。崖から下を覗《のぞ》き込んだまま、じっと動かないアイに、島谷は不安げな声をかけた。

「何をしている?」

「海をね――」振り返ってにっこりと笑いかける。気味悪そうに顔を歪《ゆが》める島谷を見て、愉快な気分になった。「海を見ているの」

はるか下に、打ち寄せて砕ける白い波を、うっとりと眺める。もうすぐ一人の人間を呑み込む海を。

「とてもきれいよ。ほら、ここに来て見てごらんなさいよ」

「いや――」本能的に危険を察知したように、島谷は一歩下がった。「いい」

「あら」今度はさっきの東屋《あずまや》の方向に目を転じる。「フェリーが出て行く。あんた、乗り遅れたんだ」

爪先《つまさき》立って林の向こうを見る振りをすると、島谷は、「えっ」と小さく喉の奥で驚いた声を出した。

「嘘だろ?」自慢の腕時計を見る。「まだ時間じゃない」.

「だって、ほら、あそこ」

無理に腰を伸ばすと、固まった筋がみしりと鳴った。島谷が釣られて寄ってきた。アイのそばに立って、港の方向を見やる。そこから港を見渡すことはできない。それは承知していた。

アイは素早く島谷の背後に回った。そして彼の背中を思い切り押した。その一突きで、男は崖から転落するはずだった。だが、壮年の男の体は思いのほか重かった。ほんの一、二歩、崖に向かってよろめいただけだった。

「何をするんだ!」

それでも小柄な老女の意図は十二分に伝わったようだ。彼が体勢を整える前に、アイはバッグから包丁を取り出した。バッグを捨て、刃物を男の腹に向かって突き出す。切れ味の増した包丁は、相手をかすりもしなかった。老婆が操る凶器を難なく避けた男は腕を払い、その拍子《ひょうし》に包丁は、アイの手から飛んで海に落ちていった。

「まさかな」それでも息を弾ませながら、島谷は言った。「まさかそこまでするとはな」それは本心だろう。八十も過ぎた年寄りに殺されそうになったことがショックだったのか。青ざめていた。

だがすぐに本性を現した。憤怒《ふんぬ》と憎悪、邪気、暴悪。それらすべてがないまぜになった黒い猛々《たけだけ》しさ——。男の中で何かが弾《はじ》ける音を聴いた気がした。ほんの少しだけ残っていた理性が弾け飛ぶ音。

島谷に腕をつかまれて、アイは逆に崖の先端に押し出された。足下に開いた恐ろしい空間に、眩暈《めまい》がした。

「アイちゃん!!」

同時に何かが、空《くう》を切って顔のそばを飛んでいった。ガスンと嫌な音がした。ツォンガだ、と思った。思った途端、目の前が真っ白になった。

國先教会の長椅子に、アイと富士子が寄り添って座っていた。

整然と並んだ長椅子には、ぽつんぽつんと島民が腰を下ろしている。最前列には、益恵と佳代も肩をくっつけるようにして座っていた。

教会の中には、パイプオルガンの荘厳な音色が響き渡っていた。弾いているのは、長崎から来た名のあるオルガン奏者らしい。明日、ここでコンサートが開かれる。今日はリハーサルが行われるというので、島民が聴きに来ているのだ。

パイプオルガンで演奏されているのは『羊は安らかに草を食み』だった。

バッハが作曲した狩猟のカンタータなのだと富士子が教えてくれた。もともとはアリアで、「よき牧人が見守るところ、羊たちが安らかに草を食む。統治者が優れている地では、安息と平和が訪れる」とソプラノが高らかに歌い上げるものらしい。バッハが領主の誕生日祝賀のために作った曲なので、安らぎの中にも希望と喜びが感じられた。

アイはかすんでいきそうな目をなんとか見開き、益恵と佳代の後ろ姿に目を凝らした。きっと二人は手を握り合っているに違いない。この島で暮らしていた少女たちは、七十年以上の時を経て、また安住の地に戻ってきた。もうすぐこの地を離れる益恵と、見送る佳代の上に祝福の曲が降り注いでいる。

昨晩三千男に電話して、明日には東京に帰るつもりだと告げた。三千男は詳しいことをひとつも訊くことなく「ご苦労をおかけしました」とだけ答えた。いずれ彼には本当のことを告げようと思っている。益恵が施設に入ってからになるかもしれない。きっと長い長い話になるだろうが、隠すことなく、真実を話したいと思う。

王子の家から益恵を伴い、三人で出発したのが、もう遠い昔のように思えた。半月以上にわたり、あそこから離れて長い旅をしてきた。旅の終わりに益恵は佳代に会えた。それがすべてだ。後のことは付け足しのようなもんだわ、とアイは心の中で呟いた。

島谷は、富士子が投げたツォンガをまともにくらって、崖から転落した。亡き社長と何度も練習をしたという富士子の腕は、確かだった。その直前にうかつにも島谷に崖から突き落とされそうになって、アイは気を失っていた。だから彼が転落した瞬間を見ていない。

気がついたら、アイは放牧場の草の上に倒れていた。富士子が心配そうに覗き込んでいた。そう長い時間ではなかったようだ。富士子の背後に大きな黒牛が一頭いて、富士子の肩の辺りに濡れた鼻づらを突き出していた。

「あいつは?」

口を開くと、入れ歯がカクンと鳴った。ずれた入れ歯を直しながら、海に落とさなくてよかったと思った。そんなことを心配する自分がおかしかった。人を殺したすぐ後で、入れ歯の心配をするなんて。

「落ちたわよ、当然」

富士子はさもないように答えた。身を起こそうとするアイを助けて、背中を支えてくれる。

「大丈夫？　アイちゃん」

ようやく上半身を起こした。富士子の後ろの黒牛は、急に興味を失ったようにのったりと向こうへ歩いていってしまった。富士子はそんなに近くに牛がいたことに、気がついていないようだ。

「じゃあ、成功したのね？」

「上首尾よ」

まだふらつきそうなアイは、這《は》って崖っぷちまで行った。ごつごつした岩に手をかけて頭を突き出し、下を覗く。富士子も隣で同じ格好をしていた。崖の真ん中付近に一本だけ生えたウバメガシの葉むらが、ざわざわと揺れていた。風が一段と激しくなっていた。二人はしばらく口をきくことなく、はるか下で砕け散る波を見ていた。吹き上げてきた風に髪の毛が乱される。潮の粒が混じったような辛い風だった。

波は白く泡立ち、崖の根に激しく打ちつけている。黒い岩が突き出したその部分にも海面にも、人の姿は見えなかった。それでも息を詰めて海を見張っていた。どれくらいそうしていたか。

「沈んでしまったのよ。もう」

「浮かび上がるってことはなさそうね」

そのままの格好で、そろそろと後退し、富士子に支えてもらいながら立ち上がった。

「帰りましょう」

「ええ」

まだ富士子はアイの肘《ひじ》を支えている。二人で佳代の家を目指してゆっくりと歩いた。踏みしだく緑の草が気持ちよかった。

人を殺しておいて、こんなに清々しい気持ちになるなんて。

だがその時、アイも富士子も知らなかった。島谷は崖から転落したけれど、海までは落ちていなかったのだ。崖の途中のウバメガシに引っ掛かっていた。回転するツォンガの作用によって。島谷の肩にまともに当たって、バランスを崩させたツォンガは、彼の左腕に巻き付いた。転落していく島谷の腕の周りで、ロープの先の石はまだ回転し続けていた。

そして小さい方の石が偶然にもウバメガシの枝をとらえたというわけだ。

島谷は、ウバメガシの下で宙吊りになった。崖の上からは、繁った葉が邪魔をして見えなかった。彼も転落する衝撃で失神していたようだ。冷たい海風を浴びて気がついた後、彼は悲鳴を上げ続けていたかもしれない。でもそれは誰の耳にも届かなかった。アイと富士子はもうその場を離れていたし、放牧場の崖近くになど、誰も近寄らなかったからだ。ただ黒牛だけが、時折首を上げて不穏《ふおん》な人間の叫び声に耳をそばだてていたかもしれない。

ウバメガシの枝は頼りなく、ツォンガのロープは細い。

島谷が乗る予定だったフェリーは、無情にも出港していってしまった。男はなんとか岩の突起に足を載せて体勢を整え、海へ落ちることだけは免《まぬが》れた。命綱であるツォンガのロープを握り締め、片方の手で枝の一本をかろうじてつかんで、島谷は一晩を過ごした。島谷が繰り返し見る悪夢そのものの一晩だったろう。縊死した自分が、枝の下でゆらゆら揺れているという生々しい夢。彼は現《うつつ》でその呪われた夢をなぞり、精神をゆっくりと崩壊させた。

翌朝早く、東屋からの眺望《ちょうぼう》を楽しみに来た人が、向こうの崖の途中に引っ掛かった人影らしきものを認めて、消防に連絡した。島谷を引き揚げるのに、長い時間と労力を要したとのことだった。佐世保からレスキュー隊がやって来たらしい。隊員は、長いロープを伝って、ウバメガシまで下りていかねばならなかった。

死の淵から地上に戻された島谷は、目をらんらんと光らせる獣のようで、当分は口をきくこともできなかったという。あんな場所で悪夢を追体験したことが、よっぽどこたえたのだろう。風に揺られる頼りない彼の体の周りを、かつて自分が死に追いやった男の亡霊が飛び交っていたのか。とにかく島谷は心神を喪失してしまったようだ。転落した前後の記憶をすっかりなくしていた。

島谷の命を救った（と誤解された）ツォンガも一緒に回収されたが、その用途を誰も解明できなかった。島谷自身にもそれを説明することができなかった。警察や消防から何を訊かれても、まともに答えることができないでいた。島の診療所で簡単な診察を受けて、身体的には問題がないと判断された。結局は、うっかり足を滑らせた挙句の事故という線で決着したようだ。彼と並んで歩くアイの姿は、島民の誰にも目撃されていなかった。

警察からは、妻である月影なぎさにも連絡がいった。舞台公演中の彼女は、身動きが取れないと冷たく答えた。それで義母である佳代が、島谷を家に引き取った。娘と電話で話した佳代は、島谷がこのところ、愛人のところに入り浸《びた》っていたのだと知った。

佳代の家へ連れてこられても、茫然自失《ぼうぜんじしつ》のままだった島谷は、そこに佳代以外に三人も老婆がいることにも特に反応しなかった。しかしアイの顔を見た途端、頭の中で何かが弾けたみたいに慄いた。顔が恐怖に歪み、食いしばった歯の間から呻《うめ》き声が漏れた。視線が定まらず、目の前に並んだ老婆や天井の梁《はり》、座敷から見渡せる海の光景などを順繰りに見た挙句、頭を抱えてうつむいた。

一晩のうちに白髪が目立ち始めた頭や、皺の刻み込まれた黒ずんだ顔、枝にすがり続けた細い腕は、見る影もなかった。やつれ果てて十歳は老けて見えた。ここに来た時の男とは、別人だった。

「どうかした?」

冷たい声で佳代が問うた。

「何のために俺はこんなところに来たんだ?」

昨日の勝ち誇ったような声とは裏腹な弱々しい声が、男の口から流れ出した。佳代は離婚届の用紙を、取り出した。

「これを――」ぐいとそれを島谷の眼前に突き出す。「これを書きに来たんじゃない」

男はあんぐりと口を開いて自分が署名した書類を眺めた。

「あなたが書いたのよ。確かに」

横から口を出したアイに、島谷の視線が移る。膝を動かしてにじり寄ると、男は「ヒッ！」と小さく叫んで跳び退《すさ》った。後ろに手をついてのけ反《ぞ》った男を、アイは追い詰めた。

「お気の毒に。何も憶えていないのね」

島谷は、子供がいやいやをするみたいに、首を左右に振った。引き攣《っ》った顔は、本当に泣いているんじゃないかと思えた。アイはさらに距離を詰めた。

「でもあなた、幸運だったわよ。崖の途中に引っ掛かったなんてね。木の枝にぶら下がって揺られていたんでしょう？」

にやりと笑ってやると、今度こそ島谷は悲鳴を上げた。失われた記憶には、明確な感情だけが付随しているようだ、恐怖という感情が。

佳代がさっと立ち上がった。

「さあ、行きましょう。こっちの支所でこれを提出すれば、あんたは自由よ。もうこの島に来ることもない。お気に入りの女《ひと》とどこへでもお行きなさい」

　佳代が玄関で靴を履くと、島谷は、ほっとした表情を浮かべてそのあとを追った。もどかしげに先のとんがったしゃれた靴を履く男は、心底助かったという顔をしていた。

「ふん。死にかけた婆さんを甘く見るんじゃないわよ」

　よろよろと遠ざかる島谷の後ろ姿を見ながらそう言うと、富士子が笑い転げた。益恵はきょとんとしていた。あの男が愛しい自分の娘の夫で、今まさにその関係が解消されようとしていることは益恵にはわからないのだ。それでいいとアイは思った。

　戻ってきた佳代から聞いた話によると、市役所の國先支所へ離婚届を提出する時は、島谷は抵抗することもなく、黙って見ていたという。そしてそのまま、這《ほ》う這《ほ》うの体でフェリーに乗って島を離れていったそうだ。

　佳代につまらない心労をかけたくなくて、アイたちが島谷に対して為《な》したことは黙っていた。だが状況を見れば、佳代にはだいたい何が起こったのか理解できたと思う。

　しかしそれについて言及することはなかった。その上で、彼女は満州でのことをぽつりと口にした。

「私が二回目にまあちゃんに助けられたのは――」服の上から胸の辺りをぎゅっとつかんでいる。そこには、死人の骨を納めたお守り袋があるはずだった。

「ハルピンから新京に向かって、線路沿いを歩いている時でした。突然、狂暴な満人に襲われたんです。女の人は犯されて殺され、子供はさらわれる。私も腕をつかまれて引きずられていきました。まあちゃんは、満人を石で殴り倒して私を助けてくれた。十一歳のまあちゃんは、勇猛果敢な戦士でしたよ。生きるための戦士」

ただ黙って佳代を見詰めるだけの益恵に、彼女は笑いかけた。益恵も微笑みを浮かべる。こんなに表情が豊かになった。アイは益恵をつくづく見詰めた。

「あの時の満人は死んだかもしれない。でも、ああするしかなかった」ふうっと息を吐く。「どんなことにも理由があるんですよ。そうしなければならない理由がね」

佳代はそう言って、また胸の上で十字を切った。

――子供は欲にかられて物を盗《と》るんじゃないんです。きっと理由がありますよ。

益恵の言葉も佳代の言葉も、苛酷な経験に裏打ちされた重いものだった。

私たちの無謀な行為とその結果を知った上で、この人は優しく肯定《こうてい》してくれたのだ、とアイは納得した。

八十を超えた老婆が持った殺意に、誰が思い至るだろうか。でも確かにそれはあった。その衝動に従って、アイと富士子は彼を殺そうとした。島谷が助かったのは、ただの偶然だ。それでもアイは、ひとつも後悔はしていなかった。

ああしなかったら佳代も佐那も、悪辣《あくらつ》で卑しい島谷に脅されたまま、これからもずっと苦しんでいただろうから。これでよかったのだ。理由があり、それが人を動かすのだ。

「メイファーズ」

唐突にそんな言葉を益恵が口にし、佳代が微笑んだ。二人だけにわかる合言葉だった。

『羊は安らかに草を食み』の演奏は続いている。

パイプオルガンの音は、柔らかなカーブを描いた高い天井に反響して、祈る人々を包み込んでいる。今聴くのに一番ふさわしい曲。

――安らかに祈る人あり島の春
本当に安らかな時の流れる島だ。

益恵が移り住んだ場所は、どこも祈りの地だった。晩鐘《ばんしょう》が降り注ぐ町、お遍路《へんろ》さんが行き交う町、そして教会のある島。

最前列で身を寄せ合っている益恵と佳代にも平安が訪れただろうか？　長い長い間離れに暮らしていた二人にも、大いなる理由があった。分かたれていた人生が、この場所でまた交わった。

佐那には、真実は告げないでおこうと三人でもう決めてある。親友の佳代に我が子を託した時に、益恵が固く決めたことに従うべきだと思った。

佐那と島谷の離婚話に首を突っ込む佳代を見て、アイは初め、あまりに過干渉《かかんしょう》だと思った。だが、それは親友から託された子を大事に育て上げ、その子の幸福を念じる佳代の心情から出たことだった。それが理解できた。

佐那は、確かに益恵と血がつながっているのだとも認識した。戦争で傷ついた忠一を気遣う益恵と、悪夢に悩まされる島谷を突き放してしまえなかった佐那とが重なり合う。この母娘は、関わりを持った相手を大きな心で包み込むのだ。理屈や損得では説明できない情の深さ。それは二人の間で脈々と受け継がれていた。

益恵は、これからも月影なぎさのファンでい続けるだろう。それで充分だ。会おうと思えばいつでも会えるが、どうなるかはわからない。それも成り行きで決めればいい。益恵の世界は、再構築されたと思う。過去の記憶の断片に追い詰められて、不安や恐怖を感じることはもうないだろう。

松山の新井家の墓の前で、「怖い、怖い。ごめんなさい」と言って震えていた益恵。可哀そうな夫が、自分ではどうしようもない衝動に突き動かされるところを思い出したのか。それともあの墓の中に、夫と共に葬った佳代の赤ん坊に詫《わ》びていたのか。血のつながらない二人がひとつ石の下で眠り続ける状況に、申し訳なさを感じていたのか。しかしあれも必要なことだった。彼女の心の奥深くにあるつかえを取り除くためには。

亡霊のように立ち現れる過去の出来事とそれによって想起される後悔や悲嘆《ひたん》、辛苦《しんく》や恐怖が、確たる世界を失った益恵を苦しめていた。益恵は、もうそれらを自分の力で排除した。認知症になっても、益恵は残された人生を生き抜く勇猛果敢な戦士だった。アイには確信があった。今、教会でパイプオルガンに耳を傾けている益恵は自由だ。自由で調和の保たれた世界にいる。

旅は終わりだ。アイはそっと嘆息《たんそく》し、痛む膝を撫でた。

それでもたゆまず時は流れていく。隣に座った富士子を見やる。パイプオルガンの演奏に耳を傾けていた富士子も、友人の視線に気がついて、ゆっくりと向き直った。

この大事な人が、もうすぐいなくなるなんて。今までずっと肩を並べて歩いてきた友人が。富士子が死ぬなんて信じられない。凡庸《ぼんよう》を嫌い、変わった博物館の学芸員を勤め上げ、同志である社長の愛人であったことを恥じることなく、胸を張ってその生き様を通してきた人。

アイにとってもかけがえのない人だった。長年の俳句仲間で、気心の知れた友人で、子供以上に自分を理解してくれる人で、阿吽《あうん》の呼吸で気持ちが通じる人。病んだ体で、益恵の人生をたどる旅に付き合ってくれた人。憎い人物を殺そうという突拍子《とっぴょうし》もない思い付きに賛同してくれ、ツォンガという武器まで用意してくれた人。この人がこの世から消えたら、いったい私はどうすればいいのだろう。

アイの心を読んだように、富士子が手を差し延べてきた。膝の上に置かれたアイの手の上に、自分の手を重ねる。

「ねえ、アイちゃん、憶えてる？　前にまあさんと佳代さんが歌っていた讃美歌」

再会した二人が、教会から戻ってくる時に声を合わせて歌っていた讃美歌を思い出そうとした。子供みたいに顔を見合わせて、お互いの口元を見ながら歌っていた歌。

富士子が小さな声で口ずさむ。

「海ゆくとも、山ゆくとも、わが霊《たま》のやすみ、いずこにか得ん。

うきことのみ、しげきこの世、なにをかもかたく、たのむべしや」

そこまで歌って、にっこりと微笑む。そこには好奇心旺盛《おうせい》で博学な友がいた。

「この後、どんな歌詞が続くと思う？」

アイの答えを待たず、富士子は歌った。

「死ぬるも死の、終わりならず、生けるもいのちの、またきならず」

アイの手を、軽くトントンと叩く。

「別れる辛さを思うより、この世で出会えたことを喜びましょう」

そう言う富士子の顔が、涙で歪んで見えた。

パイプオルガンの演奏に聴き入る益恵と佳代を置いて、アイと富士子は教会の外に出た。午後に港を出るフェリーに乗ることになっている。スーツケースは宅配便に託し、あとの荷物は港まで届けてくれるよう、政輝に頼んである。

二人でマリア像の前の見晴らしのいい場所に立った。

空は晴れ渡り、海はどこまでも凪いで青い。目を転じると、遠くの放牧場の草地に、放牧された牛が、黒い点になって散らばっていた。

海に突き出した岬の灯台が、幻のように霞《かす》んでいる。

富士子がスマホを海に向け、何度もシャッターを切った。

「富士ちゃん」

振り返る富士子の笑顔がまぶしい。

海風が教会の前の坂道を駆け上ってきた。凪は岸壁にずらりと吊り下げられた魚の干物をはためかせ、道端に繁茂《はんも》したヤブツバキの葉をざわつかせ、家々の庭先の洗濯物を揺らした。

最後に、富士子の首に緩く巻いたスカーフを持っていきそうになる。

富士子は、片手でスカーフを押さえてまた笑い声を上げた。

「ありがとう」と言ったアイの言葉は彼女の耳には届かなかったようだ。

——生き生きて八十路《やそじ》の旅や風光る

だから、思いついた句も言わずにおいた。

教会の屋根の上の可愛らしい鐘楼《しょうろう》から、鐘の音が鳴り響いた。

参考文献

合田一道『証言　満州開拓団死の逃避行』(富士書苑)
稲毛幸子『かみかぜよ、何処に　私の遺言　満州開拓団一家引き揚げ記』(ハート出版)
石村博子『たった独りの引き揚げ隊　10歳の少年、満州1000キロを征く』(角川文庫)
高屋敷八千代『ガッコ八歳のできごと　わたしの満州引き揚げ体験』(光陽出版社)
熊谷伸一郎『金子さんの戦争　中国戦線の現実』(リトルモア)
箕谷正義『ながれ雲　満州引き揚げ苦難の道』(文芸社)
大井玄『「痴呆老人」は何を見ているか』(新潮新書)
恩蔵絢子『脳科学者の母が、認知症になる　記憶を失うと、その人は〝その人〟でなくなるのか?』(河出書房新社)

本書は令和三年一月、小社より四六判で刊行された同名の作品に、著者が加筆修正したものです。なおこの作品はフィクションであり、登場する人物および団体は実在するものといっさい関係ありません。

羊は安らかに草を食み

一〇〇字書評

切り取り線

購買動機（新聞、雑誌名を記入するか、あるいは○をつけてください）

□（　　　　　　　　　　　　　　）の広告を見て
□（　　　　　　　　　　　　　　）の書評を見て
□ 知人のすすめで　　□ タイトルに惹かれて
□ カバーが良かったから　　□ 内容が面白そうだから
□ 好きな作家だから　　□ 好きな分野の本だから

・最近、最も感銘を受けた作品名をお書き下さい

・あなたのお好きな作家名をお書き下さい

・その他、ご要望がありましたらお書き下さい

住所	〒				
氏名		職業		年齢	
Eメール	※携帯には配信できません		新刊情報等のメール配信を 希望する・しない		

この本の感想を、編集部までお寄せいただけたらありがたく存じます。今後の企画の参考にさせていただきます。Eメールでも結構です。

いただいた「一〇〇字書評」は、新聞・雑誌等に紹介させていただくことがあります。その場合はお礼として特製図書カードを差し上げます。

前ページの原稿用紙に書評をお書きの上、切り取り、左記までお送り下さい。宛先の住所は不要です。

なお、ご記入いただいたお名前、ご住所等は、書評紹介の事前了解、謝礼のお届けのためだけに利用し、そのほかの目的のために利用することはありません。

〒一〇一－八七〇一
祥伝社文庫編集長　清水寿明
電話　〇三（三二六五）二〇八〇

祥伝社ホームページの「ブックレビュー」からも、書き込めます。
www.shodensha.co.jp/bookreview

祥伝社文庫

羊《ひつじ》は安《やす》らかに草《くさ》を食《は》み

令和 6 年 3 月 20 日　初版第 1 刷発行

著　者　宇佐美《うさみ》まこと
発行者　辻　浩明
発行所　祥伝社《しょうでんしゃ》
東京都千代田区神田神保町 3-3
〒101-8701
電話　03（3265）2081（販売部）
電話　03（3265）2080（編集部）
電話　03（3265）3622（業務部）
www.shodensha.co.jp
印刷所　萩原印刷
製本所　ナショナル製本
カバーフォーマットデザイン　芥 陽子

本書の無断複写は著作権法上での例外を除き禁じられています。また、代行業者など購入者以外の第三者による電子データ化及び電子書籍化は、たとえ個人や家庭内での利用でも著作権法違反です。
造本には十分注意しておりますが、万一、落丁・乱丁などの不良品がありましたら、「業務部」あてにお送り下さい。送料小社負担にてお取り替えいたします。ただし、古書店で購入されたものについてはお取り替え出来ません。

Printed in Japan ©2024, Makoto Usami ISBN978-4-396-35040-6 C0193

祥伝社文庫の好評既刊

宇佐美まこと
入《い》らずの森
京極夏彦《きょうごくなつひこ》、千街晶之《せんがいあきゆき》、東雅夫《ひがしまさお》各氏太鼓判! 粘つく執念、底の見えない恐怖——すべては、その森から始まった。

宇佐美まこと
愚者《ぐしゃ》の毒
緑深い武蔵野、灰色の廃坑集落で仕組まれた陰惨な殺し……。ラスト1行まで震えが止まらない、衝撃のミステリー。

宇佐美まこと
死はすぐそこの影の中
深い水底に沈んだはずの村から、二転三転して真実が浮かび上がる。日本推理作家協会賞受賞後初の長編ミステリー。

宇佐美まこと
黒鳥の湖
十八年前、彰太がある〝罪〟を犯して野放しにした快楽殺人者が再び動く。人間の悪と因果を暴くミステリー。

矢樹　純
夫の骨
結末に明かされる九つの意外な真相が不器用で、いびつで、時に頼りない、現代の〝家族〟を鋭くえぐり出す!

太田忠司
道化師の退場
はじまりは孤高の女性作家殺人事件。死に臨む探偵が最後に挑む難題とは? 追及は悲劇を呼び、驚愕のラストが!?

祥伝社文庫の好評既刊

樋口有介

平凡な革命家の死

警部補卯月枝衣子《うづきえいこ》の思惑《おもわく》

心不全とされた市議の死を、なんとか殺人に〝格上げ〟できないか――。野心家女刑事が火のないところに煙を立てる！

樋口有介

礼儀正しい空き巣の死

警部補卯月枝衣子《うづきえいこ》の策略

身元不明の空き巣男が、民家の風呂場で息絶えていた。火のないところに煙を立てる女性刑事の名推理！

中山七里

ヒポクラテスの誓い

法医学教室に足を踏み入れた研修医の真琴《まこと》。偏屈者の法医学の権威、光崎《みつざき》とともに、死者の声なき声を聞く。

中山七里

ヒポクラテスの憂鬱《ゆううつ》

全ての死に解剖を――普通死と処理された遺体に事件性が？　大好評法医学ミステリーシリーズ第二弾！

中山七里

ヒポクラテスの試練

伝染《うつ》る謎の〝肝臓がん〟？　自覚症状もなく、MRIでも検出できない。法医学者光崎が未知なる感染症に挑む！

中山七里

ヒポクラテスの悔恨

「一人だけ殺す。絶対に自然死にしか見えないかたちで」光崎教授に犯行予告が。犯人との間になにか因縁が？

祥伝社文庫　今月の新刊

大下英治
ショーケン　天才と狂気

カネ、女性関係、事件……。危険な匂いを漂わせ人々を魅了し続けた萩原健一。共演者、プロデューサーの証言からその実像に迫る！

宇佐美まこと
羊は安らかに草を食《は》み

認知症になった老女の人生を辿る、女性三人最後の旅。大津、松山、五島……戦中戦後を生き延びた彼女が、生涯隠し通した秘密とは。

西村京太郎
空と海と陸を結ぶ境港《さかいみなと》

十八歳、小柄、子猫のように愛らしい――特徴の似た女性を狙う〝子猫コレクター〟に苦戦する十津川。辞職をかけ奇策を講じるが……。

南　英男
罪　無敵番犬

依頼人の公認会計士が誘拐された。窮地に立つ凄腕元SP反町は、ある女性記者の死との繋がりを嗅ぎつけ……。巨悪蠢く事件の真相は？

岡本さとる
千の倉より　取次屋栄三《えいざ》　新装版

取次屋の栄三郎は、才気溢れる孤児の少年の、数奇な巡り合わせを取り持つ。じんわり温かい気持ちに包まれる、人情時代小説の傑作！